D1922156

Dirk Tessarek

Widerstand in der Provinz

Autobiographischer Roman

Impressum

Texte: © 2023 Copyright by Dirk Tessarek

Umschlag: © 2023 Copyright by Roger Letsch

Verantwortlich für den Inhalt: Dirk Tessarek
Chemnitzstraße 3 , 38118 Braunschweig
dirk.tessarek@tessarek-pbp.de

Druck: epubli – ein Service der Neopubli GmbH, Berlin

„In manchen Ländern hat man angestrebt, dass es einem Bürger nicht gestattet ist, die Gegend in der er zufällig geboren ist, zu verlassen. Dieses Land ist so schlecht und wird so schlecht regiert, dass wir jedem verbieten es zu verlassen, weil es sonst die gesamte Bevölkerung verlassen würde.“

Voltaire

Vom Autor für Lutz

Viel Spaß beim Lesen!

Inhalt

1960

Brandenburg war eine Stadt, die zu jener Zeit bei Durchreisenden nicht gerade als Sinnbild von Gastlichkeit im Gedächtnis haften blieb. Man wurde eher von dem Drang getrieben, nach Beendigung seiner Tätigkeit schnell wieder auf einer der Ausfallstraßen oder mit der Eisenbahn, die Stadtgrenzen hinter sich zu lassen. Näherte man sich ihr, wurde man schon bevor die vielen Kirchtürme am Horizont sichtbar wurden, auf einen breiten, grauen Rauchteppich aufmerksam. Die zwölf Schlote des alten Stahlwerks bliesen ununterbrochen dicke Rauchsäulen in den Himmel, wo sie noch einige Zeit um Eigenständigkeit bemüht, recht bald vom Wind zu hässlichen grauen Schwaden verwunden wurden. Doch die „Stahlarbeiterstadt" hatte bei näherem Betrachten auch reizvolle Facetten. Potsdam, nur etwa 30 Kilometer entfernt, war die „Beamtenstadt", so wurde sie von den Brandenburgern abschätzig genannt.

„Wir verdienen das Geld, dass in Potsdam ausgegeben wird", war die landläufige Meinung der Brandenburger. In dieser Stadt wurde Michael Tenner im August 1960 geboren. Nach ereignisreichen und wechselvollen dreißig Jahren sollte er seiner Heimatstadt im März 1989 wohl für immer den Rücken kehren. Die vorerst letzte deutsche Katastrophe lag zwar fast 15 Jahre zurück, jedoch war das politische und militärische Klima schon wieder spannungsgeladen. Ein kleinster Funke hätte der Auslöser einer

Eskalation der Gewalt sein können, ein erneutes Desaster für Deutschland, diesmal als Kriegsschauplatz der Supermächte. Die Bundesrepublik entwickelte sich unter dem Einfluss der westalliierten Siegermächte und ganz besonders unter Federführung der Amerikaner zu einem Land, in dem die freie Marktwirtschaft die Grundlage seiner recht bald wiedererlangten Leistungsfähigkeit bilden sollte. In der DDR hingegen wurde der Aufbau eines Arbeiter- und Bauernstaates stalinistischer Prägung vorangetrieben. Vor diesem Hintergrund entspann sich ein Kampf der Supermächte um Berlin.

1958 stellte Chruschtschow den 3 Westmächten ein:

[1] *Ultimatum mit dem Ziel die Berlinverantwortung auf den sozialistischen Staat zu übertragen, der im Oktober 1949 unter sowjetischer Schirmherrschaft als „DDR" gegründet wurde.*

Chruschtschows Forderung: Innerhalb von 6 Monaten, bis zum 27.Mai 1960, sollten die Westmächte aus Berlin abziehen, sollte Westberlin in eine „entmilitarisierte freie Stadt" umgewandelt sein. Für den Fall, dass sich die Westmächte einer solchen Regelung widersetzen, kündigt der Machthaber aus Moskau den Abschluss eines separaten Friedensvertrags mit der DDR an. Die Folge: Die DDR würde die alleinige Kontrolle aller Zugangswege nach Westberlin erhalten, zu Lande, zu Wasser und auch in der Luft. Hintergrund des sowjetischen Ultimatums ist der gewaltige Exodus aus der DDR. Seit die deutsche Teilung 1949 vollzogen wurde, sind Jahr für Jahr mehr als 200.000 Menschen, insgesamt bereits 2,6 Millionen aus dem sozialistischen Ostdeutschland in das kapitalistische Westdeutschland abgewandert. Dem „Ersten Arbeiter- und Bauernstaat auf deutschem Boden" laufen die Arbeiter weg. Noch ein weiteres Problem plagt die DDR-Volkswirtschaft: Während allein in Ostberlin 45.000 Arbeitskräfte fehlen, fahren 53.000 Ostberliner Tag für Tag zur Arbeit in den Westteil der Stadt. Ende der fünfziger und Anfang der sechziger Jahre werden die Folgen des großen Exodus für die DDR dramatisch. Wegen fehlender Arbeitskräfte müssen Teile der Ernte auf den Feldern bleiben. Volkseigene Industriebetriebe können Liefertermine nicht mehr einhalten, Exportaufträge gehen verloren.

In den Landkreisen und Kleinstädten ist die medizinische Versorgung der Bevölkerung gefährdet. Am 20. Januar 1961 wird John F. Kennedy als 35. Präsident der Vereinigten Staaten von Amerika vereidigt. Chruschtschow glaubt, mit dem unerfahrenen jungen Mann leichtes Spiel zu haben. Er lädt Kennedy zu einem Gipfelgespräch über eine Lösung des Berlin-Problems nach Wien ein. Chruschtschow wiederholt seine alten Forderungen, und droht mit Krieg. Kennedy berichtet Vertrauten, er sei erschüttert darüber, wie leichtfertig der sowjetische Regierungschef mit dem Gedanken eines Atomkrieges umgehe. Um die Gegensätze abzumildern, vereinbarten die Großmächte eine Außenministerkonferenz, die von Mai bis August 1959 in Genf tagte. Erstmals nahmen (wenn auch an Beobachtertischen, den sogenannten Katzentischen) eine Abordnung der Bundesrepublik und eine Delegation der DDR teil. Um der eindeutigen Überlegenheit der Sowjetunion an konventionellen Waffen in Ostdeutschland im Ernstfall begegnen zu können, ordnete Präsident Kennedy Anfang Juli 1961 militärische Sofortmaßnahmen zur konventionellen Aufrüstung der amerikanischen Streitkräfte an. Die Situation spitzte sich zu. Da Präsident Kennedy am 25. Juli 1961 klarstellte, dass für die USA die Anwesenheit westlicher Truppen und der Zugang zu Berlin unverzichtbar seien, steuerte die UdSSR auf eine Abriegelung Ostberlins zu, die die Interessen der USA nicht direkt berührte. In Washington, so scheint es, ist der amerikanische Präsident bis ins Detail über Berlin informiert, und auf alles Denkbare vorbereitet, nur nicht auf das, was wirklich geschehen wird. Noch am 15. Juni 1961 kommt es bei einer internationalen Pressekonferenz in Ostberlin zu einem denkwürdigen Dialog zwischen der Korrespondentin der „Frankfurter Rundschau", Annamarie Doherr, und dem DDR-Staatsratsvorsitzenden. Annamarie Doherr fragt: „Würde die Bildung einer freien Stadt Berlin bedeuten, dass die Staatsgrenze am Brandenburger Tor errichtet wird?".

Walter Ulbricht antwortet: „Ich verstehe ihre Frage so, dass es in Westdeutschland Menschen gibt, die wünschen, dass wir die Bauarbeiter der Hauptstadt der DDR dazu mobilisieren, ein Mauer zu errichten. Mir ist nicht bekannt, dass eine solche Absicht besteht. Die Bauarbeiter unserer Hauptstadt beschäftigen sich hauptsächlich mit Wohnungsbau, und ihre Arbeitskraft wird dafür voll eingesetzt. Niemand hat die Ab-

sicht eine Mauer zu errichten!"

In der Nacht vom 12. zum 13. August errichteten Volkspolizei und NVA entlang der quer durch Berlin verlaufenden Sektorengrenze Stacheldrahtverhaue und Steinwälle, in den folgenden Tagen wurde eine Mauer errichtet. Die DDR war abgeriegelt.

In den ersten Lebensjahren war Michael fast ständig bei seinen Großeltern in Brandenburg. Seine Eltern waren berufstätig, und einen Krippenplatz zu bekommen, war schwierig. Es war in der DDR üblich, dass Frauen schon kurz nach der Geburt ihrer Kinder wieder an ihren Arbeitsplatzzurückkehrten.

[2] *Die SED ging in ihrem, im Dezember 1961 verfassten Kommuniqué „Die Frau, der Frieden und der Sozialismus" davon aus, dass die ökonomischen Aufgaben nur bewältigt werden könnten, wenn auch die Frauen verstärkt zur Mitarbeit herangezogen würden. So waren im Herbst 1961 bereits 3,5 Millionen Frauen berufstätig, das heißt 44% aller Beschäftigten waren Frauen.*

Auch in späteren Jahren, Michael ging bereits in den Kindergarten, wurde er von seiner Mutter im Krankheitsfall auf dem Weg zur Arbeit bei seinen Großeltern abgegeben. Für ihn war es immer eine große Freude. Bei seiner Großmutter konnte er all die Dinge tun, die zu Hause tabu waren. Seinen Großvater bekam er selten zu Gesicht. Entweder war er zur Schichtarbeit im nahen Sauerstoffwerk, oder im ehemaligen Luftschutzkeller des Hauses, und schraubte an Fahrrädern. Der Keller war voll mit übereinander gestapelten, alten Fahrradrahmen. Auch in der Wohnung waren Ersatzteile allgegenwärtig. In den Küchenschränken, dort wo normalerweise Backzutaten, Gewürze, Geschirr und Besteck verstaut sind, lagerten unsortiert Speichen, Pedalen oder Bowdenzüge. Sein Großvater musste die Teile stets griffbereit haben. Speichen wurden schon mal im Wohnzimmer auf die Felgen gezogen. Die Wohnung der Großeltern war ein in der Nazizeit gebauter Wohnkomplex von zweigeschossigen Mietwohnungen.

Zwischen zwei Blöcken hatte jeder Mieter eine kleine Gartenparzelle. In den Bombennächten der letzten Kriegsjahre wurde der Luftschutzkeller im Haus mit dem Nötigsten ausgestattet, denn oftmals wurde der Weg zum zentral gelegenen Luftschutzbunker nicht mehr geschafft. So zogen seine Großeltern mit den vier Kindern nach unten. Dort standen Kinderbetten, etwas zu essen und zu trinken wurde mit hinuntergenommen, und so konnten die Bombennächte in vermeintlicher Sicherheit verbracht werden. Helga, die Schwester seiner Mutter war 1956 in den Westen „gemacht". Aus dem Aufnahmelager ging es für sie in Richtung Leverkusen. Dort lernte sie ihren späteren Mann kennen, und nach etwas mehr als einem Jahr wurde ihre Tochter Heike geboren. Das Kind in einer Krippe unterzubringen, um so schnell wie möglich wieder zu arbeiten, war im Westen nicht möglich. Im Gegenteil, hier waren die familiären Strukturen noch sehr konservativ. Der Mann brachte das Geld nach Hause und die Frau hatte in der Küche zu stehen, und sich um die Kinder zu kümmern. Helga wollte aber unbedingt arbeiten, da ein zusätzlicher Verdienst existenziell war. Also brachte sie ihre Tochter zur Mutter in den Osten. Heike blieb bei der Großmutter fast zwei Jahre. Heike und Michael wuchsen in der gemeinsamen Zeit bei der Großmutter wie Geschwister auf. Brandenburg entwickelte sich während der Nazidiktatur zu einem Industriezentrum am Rand von Berlin. So gab es damals bereits die Krupp-Stahlwerke und ganz in der Nähe der Wohnung seiner Großeltern standen die ARADO-Flugzeugwerke, ein weiträumiges Gelände mit eigener Start- und Landebahn für Testflüge. So wurde Brandenburg mit der Schwerindustrie, besonders in den letzten Kriegsjahren, ein häufig angeflogenes Ziel der alliierten Bomberverbände. Seine Großmutter musste Michael immer wieder aus den Kriegsjahren, und über die schweren Anfänge der Nachkriegszeit im zerstörten Deutschland erzählen. Die Traumatisierungen der Elterngenerationen hatten sich zumeist in abgewandelter Form auf die Kinder der Nachkriegsgeneration übertragen. Die Sorgen und Nöte der Kriegsjahre, und der Kampf ums nackte Überleben waren noch immer gegenwärtig. Im Westen war die Angst vor der kommunistischen Diktatur in der Sowjetunion eines der beherrschenden Themen. Ein späterer, guter Freund von ihm, der im Westteil Deutschlands aufwuchs, erzählte einmal, dass der erste Bundeskanzler Konrad Adenauer zum damaligen Verhältnis der jungen Bundesrepublik zur UdSSR in breitem Kölsch folgende Sätze zum Besten gab: „Der jröste Feind der Menschheit ist d'r Sowjetrusse", oder „wenn mer nit aachjevve, steht dachsdrop d'r Russe für d'r Döör".

Den Freund hatten derartige Aussagen so verunsichert, dass er als kleiner Junge an so manchem Abend heimlich die Wohnungstür öffnete und in die Dunkelheit sah, aber es stand nie ein Russe vor der Tür. 1962 bekamen Michaels Eltern eine Neubauwohnung zugewiesen, im Stadtteil Brandenburg-Nord. Das Haus war das letzte einer Reihe von Wohnblöcken. Auf der anderen Straßenseite waren eine Kinderkrippe und ein Kindergarten. Der Blick aus dem Kinderzimmerfenster im zweiten Stock ging über das Gelände der Kinderkrippe hinweg. Unmittelbar daran grenzte eine Kleingartensparte mit Obstbäumen und kleinen Gartenhäuschen. An die Gärten schloss sich ein unbefestigter Fußweg an, dessen Verlauf parallel zur Havel zum Spazieren einlud. Auf dem Fluss herrschte ein reger Schiffsverkehr von Frachtkähnen, Segelbooten und Ausflugsschiffen der „Weißen Flotte". Da ausschließlich junge Familien hierherzogen, hatte er schnell Spielkameraden im selben Alter. Der Wohnblock bildete den Abschluss des Neubauviertels und grenzte an die Brandenburger Altstadt. Michael brauchte nur wenige Meter zu laufen, um eine ganze Reihe von „Tante-Emma-Läden" zu erreichen. Zu jener Zeit gab es noch Milchgeschäfte, in denen aus großen Kannen der Molkereien in die mitgebrachte Milchkanne geschöpft wurde. Bei „Bukowski" an der Ecke wurden die Dinge des täglichen Bedarfs verkauft, und beim Bäcker schräg gegenüber gab es die besten Pfannkuchen der Stadt. Das Interieur des Friseurs stammte noch aus der Kaiserzeit und dementsprechend wurden den Kindern auch die Haare geschnitten. Viele Häuser der Altstadt, an denen schon bedenklich der Zahn der Zeit nagte, hatten Toreinfahrten zu den Innenhöfen. Auf einem dieser Hinterhöfe hatte der Kohlenhändler Plaschke sein Lager und die Stallungen für seine beiden Mähren. Am Abend saß er dann mit seinem Helfer in der Eckkneipe „Zum Sportsfreund" und versoff das Trinkgeld des Tages. Die Leute erzählten sich, dass er schon mal im Suff einem seiner Pferde die Mistgabel ins Hinterteil gerammt hatte. Auch wenn es wahrscheinlich nur ein Gerücht war, hielt es sich bei uns Kindern hartnäckig, und fortan umgab den schweigsamen Kohlenhändler die Aura des Unheimlichen. Die Schuhe wurden zum Besohlen zum Schustermeister gebracht, der für die Kinder immer ein paar Süßigkeiten zur Hand hatte.

[3] *In der Sowjetunion wird Präsident Chruschtschow 1964 überraschend abgesetzt. In den USA unterzeichnet Präsident Johnson ein Gesetz gegen die Rassentrennung. Damit erhalten schwarze Bürger dieselben Rechte wie weiße. Im Golf von Tonkin kommt es zu einem folgenschweren Zwischenfall. Nach US-Angaben werden zwei US-Zerstörer von nordvietnamesischen Kriegsschiffen angegriffen. Die USA kündigen als Vergeltung Bombardements an.*

Der deutsche Alltag wird von der Berliner Mauer geprägt. Die DDR-Führung erleichtert den gegenseitigen Besuch von Bürgern aus Ost und West. Doch immer wieder versuchen DDR-Bürger, für immer zu fliehen. Aus Portugal kommt der millionste ausländische Arbeiter in die Bundesrepublik.

Frühe Kindheit

An die frühen Jahre der Kindheit erinnert sich Michael mit gemischten Gefühlen. Brandenburg, das war nicht nur die Schwerindustrie mit dem Ruß, den die Schlote wie eine Decke über die angrenzenden Arbeitersiedlungen und die Landschaft legten. Die Havel, von Potsdam kommend, durchfließt die Stadt Richtung Westen und mündet zunächst in den Breitlingsee. Durch den

Plauer See sucht sie sich dann ihren Weg Richtung Norden. An einigen Stellen ist sie kilometerbreit und verzweigt sich in ihrem Verlauf in mehrere Nebenarme. Der Beetzsee lag fast vor seiner Haustür und bildete die Grenze zwischen Ober- und Unterhavel, die durch eine Schleuse verbunden war. Der Silokanal, eine künstlich erschaffene Verbindung in Richtung Quenzsee erleichterte den Weg der Binnenschiffe in Richtung Westen und führte direkt am Stahlwerk vorbei. Durch die enge Fahrrinne des Kanals war es den Schiffen nicht möglich mit hoher Geschwindigkeit zu fahren. Kähne, die aus Westberlin kommend in Richtung Hamburg fuhren, wurden dann von Kindern angeschwommen, die bei den Schiffern nach Süßigkeiten bettelten. Die Havel mit den umliegenden Seen, den Wiesen und märkischen Wäldern boten einen natürlichen Ausgleich zum industriellen Herzen der Stadt. Als Kinder des geteilten Deutschlands wuchsen Michael und seine Freunde auf. Die Unterschiede zwischen der DDR und der Bundesrepublik waren für sie in den sechziger Jahren im täglichen Alltag zu spüren. Das begann mit dem abendlichen Westfernsehen und der Werbung für grellbunte Produkte. Familien mit Westverwandtschaft bekamen die gelben Pakete mit diesen Produkten zugesandt.

Der Geruch eines Paketes von „drüben" war unverwechselbar und bildete Geruchssynapsen für das weitere Leben. Die Eltern seines Vaters lebten auf einem Dorf nordöstlich von Berlin, nahe der polnischen Grenze. Wenn sie mit ihm nach Pinnow zu Besuch fuhren, brannte er vor Freude und fieberte dem Tag der Reise entgegen. In den ersten Jahren wurde mit dem Zug gereist, und das Abenteuer begann bereits mit der Taxifahrt zum Bahnhof. Michael hatte als Kind eine besondere Affinität zu Dampfloks. Diese funkensprühenden, in Wasserdampfwolken schnaubenden Gefährte, mit den riesigen, roten Rädern, faszinierten ihn. Die Zugfahrt führte über Berlin-Lichtenberg, weiter nach Eberswalde, Angermünde bis nach Pinnow, dem nächstgelegenen Dorf mit Bahnanschluss. Je mehr sich der Zug von Berlin entfernte, umso schöner wurde die Landschaft. Felder und Ackerlandschaften zogen am Fenster vorbei, und wechselten sich mit großen Waldflächen ab. Der Zug hielt in Casekow, der nächstgelegenen Bahnstation, ehe er weiter in Richtung Küste fuhr. Von hier aus ging es mit dem Bus weiter bis nach Pinnow, dem Wohnort seiner Großeltern. Fernab der Industriestädte, schien hier die Zeit stehen geblieben zu sein. Die Häuser reihten sich entlang der wenig befahrenden Dorfstraße wie an einer Perlenkette auf und es nahm einige Zeit in Anspruch, von einem Ende des Dorfes zum anderen zu gelangen. Jeder Hof hatte Scheunen und Stallungen und die Hunde steckten sich gegenseitig mit ihrem Bellen an, wenn jemand vorbeikam. Die Landbevölkerung hielt sich Hühner, Enten, Gänse und Schweine für den Eigenbedarf oder um sie gegen einen festgelegten Preis an die staatlichen Aufkaufstellen abzugeben. An der Straße zum Nachbardorf lag die Pferdekoppel, an die unmittelbar ein kleiner Tümpel grenzte. Dieser war im Sommer eine beliebte Badestelle der Dorfkinder. Auf dem Ententeich, gleich vor dem Haus der Großeltern, wurde im Winter Schlittschuh gelaufen. Die Winter waren streng, besonders wenn der Ostwind die kalte Luft über die Oder blies.

Einer der ersten Besuche, an den er sich noch schemenhaft erinnern kann, war Weihnachten 1964. Draußen war es bitterkalt und es lag viel Schnee. Doch im Haus war es warm und gemütlich. Es waren alle Geschwister von Michaels Vater mit ihren Kindern zu Besuch. Für ihn als Einzelkind, war es eine besondere Freude, mit so vielen Cousins und Cousinen spielen zu können. Es kam nie Langeweile auf. Jeder Raum des Hauses wirkte mit seiner eigenen warmen Atmosphäre. In der Küche bollerte ständig ein Feuer unter dem Herd. Im Wohnzimmer saßen am Vormittag die Männer zusammen und diskutierten über tagespolitische Ereignisse. Oft waren aber auch die Auswirkungen des noch nicht allzu fernen Krieges Thema. Dabei rauchten sie und schwängerten die Luft mit Qualm. Die Kinder interessierte das nur wenig. Michaels Großvater, der unbestrittene Kopf der Familie, und seine Söhne führten die Gespräche auf Polnisch. Diese Atmosphäre erzeugte in ihm ein Glücksgefühl mit tiefer, durchdringender Wirkung. Am

Abend wurden die Kinder gemeinsam zu Bett gebracht und sie konnten aus dem Nebenzimmer hören, wie die Erwachsenen ausgelassen feierten. Vor dem Beginn des Krieges lebten seine Großeltern mit ihren Kindern in einem ostpreußischen Dorf, unweit der heutigen russischen Grenze. Nach Erzählungen des Vaters war es trotz der ärmlichen Verhältnisse eine glückliche Zeit. Bis der Krieg begann. Michaels Großvater wurde eingezogen. 1942 geriet er in britische Kriegsgefangenschaft. Nachdem der Ostfeldzug der deutschen Wehrmacht ins Stocken kam und die russische Armee ihre Gegenoffensive startete, begann die entbehrungsreiche Flucht der Zivilbevölkerung aus den deutschen Ostgebieten. So machte sich Michaels Großmutter mit den zu dieser Zeit noch sechs Kindern (eines sollte auf der Flucht sterben) von der weiterrückenden Front getrieben, auf den Weg in Richtung Westen. Der ältere Bruder von Michaels Vater übernahm die Rolle des fehlenden Vaters. Der Weg führte die Familie Richtung Danziger Bucht. Von dort sollten viele der Flüchtlinge mit der Wilhelm Gustloff aus Gotenhafen nach Kiel gebracht werden. So auch die Großmutter mit ihren Kindern.

Aber sie weigerte sich beharrlich aufs Schiff zu gehen. Und sie sollte Recht behalten. Denn kurz nach dem Auslaufen des Schiffes, am 30. Januar 1945, wurde es von drei Torpedos eines russischen U-Bootes getroffen und sank. 9343 Menschen starben, sechsmal mehr als beim Untergang der Titanic. Nur 1239 Menschen überlebten in dem eiskalten Wasser der Ostsee. Unter den Opfern waren viele Kinder. Der Weg der Familie führte weiter in Richtung Westen. Die Front rückte immer näher. Dadurch wurde zehntausenden ostpreußischen Flüchtlingen der Landweg abgeschnitten. Es blieb nur der Weg über das zugefrorene Frische Haff, unter sowjetischen Maschinengewehrbeschuss und Bombardierungen aus der Luft. Die Flüchtlingstrecks wurden von der heranrückenden sowjetischen Armee und der sich in Auflösung befindlichen deutschen Wehrmacht einfach überrollt. Nach schier endlosen, entbehrungsreichen Wochen mit Hunger und Kälte, erreichte die Familie den Großraum Berlin. Inzwischen war der Krieg zu Ende, und es gab ein unüberschaubares Heer von gestrandeten Kriegsflüchtlingen aus den ehemaligen deutschen Ostgebieten. Da sein Großvater noch nicht aus der Kriegsgefangenschaft entlassen war und seine Frau kein Lebenszeichen von ihm hatte, wollte sie mit ihren Kindern auf keinen Fall weiter in den westlichen Teil Deutschlands. Ihr und den Kindern wurde eine Flüchtlingsunterkunft in der Uckermark in Pinnow zugewiesen, die sie sich mit weiteren Flüchtlingsfamilien teilen mussten. Erst etwa zwei Jahre später bekam die Familie ein Haus mit heruntergekommenen Stallungen und einem kleinen Hof zugewiesen. Durch die Kriegswirren war der Kontakt von Michaels Großmutter zu ihrem Mann völlig abgerissen.

Als er, wie er später erzählte, 1946 aus britischer Kriegsgefangenschaft entlassen wurde, nahm er Kontakt zum Heimatort im ehemaligen Ostpreußen auf, das nach dem Krieg zu Polen gehörte. Von dort erhielt er die Information, dass seine Familie noch immer dort wohne, worauf er sich voll freudiger Erwartung auf den Weg machte. In seinem Heimatort angekommen, erfolgte seine sofortige Verhaftung. Ihm wurde der Prozess als Kriegsverbrecher gemacht und am Ende des Prozesses zu zehn Jahren Zwangsarbeit verurteilt. Bis 1956 musste er im Bergbau unter Tage schuften, ehe er entlassen wurde. Er war durch die unmenschlichen Bedingungen während der Jahre der Zwangsarbeit unter Tage und der schlechten Ernährung physisch sehr angeschlagen. Auch wenn sein Großvater, den er immer als eher schweigsamen Menschen kannte, nie viele Worte mit ihm wechselte, mochte Michael ihn sehr. Das Leben Anfang der sechziger Jahre in der DDR war von Einfachheit bestimmt. Keiner aus der Verwandtschaft besaß ein Auto, und von wachsendem Wohlstand, wie im westlichen Teil Deutschlands, konnte keine Rede sein. Doch gerade diese Einfachheit, verbunden mit der menschlichen Wärme der Großeltern und dem Willen aus dem Wenigen etwas zu machen, hinterließen bei Michael unvergessliche Eindrücke. Wieder zu Hause angekommen, fühlte er sich allein. Die unbeschwerten Tage mit seinen Cousins und Cousinen hinterließen bei ihm ein

Gefühl des Glücks. In solchen Situationen wünschte er sich, er hätte noch einen Bruder oder eine Schwester. Das Verhältnis zu seinen Eltern war bereits in den frühen Jahren der Kindheit ambivalent. Seine Mutter war zwanzig, als sie Michael ungewollt bekam. Ihre älteren Geschwister Helga und Hubert waren in den Westen geflüchtet, und sie blieb mit der jüngeren Schwester Ruth in Brandenburg zurück. Sie verstanden sich nie und stritten oft bis aufs Messer, ein Verhalten, das sich bis in die heutige Zeit fortsetzt. Michaels Vater war ein sturer Mann und hatte zum partnerschaftlichen Verhältnis zwischen Eheleuten eine eher mittelalterliche Vorstellung. Oft saß seine Mutter weinend auf dem Hocker in der schmalen Küche vor dem Fenster, und fragte ihn, ob er bei einer Trennung bei ihr bleiben würde.

Dies wiederholte sich in unregelmäßigen Abständen, eine Situation die ihn jedes Mal verstörend zurückließ. Sein Vater hatte durch seine Schichtarbeit nur an den Wochenenden Zeit für ihn. In den Sommermonaten fuhren sie gemeinsam mit den Fahrrädern über die angrenzenden Dörfer. Sie gingen ins Heimatmuseum oder besuchten den Brandenburger Dom. Am Abend, vor dem Zubettgehen, spielte er manchmal Lieder auf der Mundharmonika. In den umliegenden Kleingartenvereinen gab es in den Sommermonaten sogenannte „Laubenpieperfeste“ mit allerlei organisierten Spielen für die Kinder. Diese Tage taten ihm gut. Doch die andere Seite seines Vaters zeigte sich in seinen teils brutalen Erziehungsmethoden. Diese waren geprägt von übermäßiger Strenge und überzogenen Gewaltausbrüchen. Michael musste früh lernen, mit den täglichen Routinen selbst zurecht zu kommen. Am Morgen und Abend kümmerte sich weder seine Mutter noch sein Vater um das Zähneputzen. Bei seiner Großmutter bekam er am Abend noch ein Stück Schokolade für die Nacht. Dementsprechend sahen seine Milchzähne aus. Zum Zahnarzt begleitete ihn in den ersten Jahren sein Vater. Der Arzt und er vertieften sich in Gespräche über Modelleisenbahnen, denn der Zahnarzt war ein passionierter Modellbauer. Als Michael dann das erste Mal allein zum Zahnarzt ging, machte dieser kurzen Prozess und zog ihm fast alle Milchzähne auf einmal. Wenn er heute, mit dem Abstand von mehreren Jahrzehnten auf diese Zeit zurückblickt, bestärkt es seinen Eindruck, dass seine Eltern mehr mit sich und ihren teilweise unterschiedlichen Lebensvorstellungen zu tun hatten, als einen liebevollen Umgang mit gegenseitigem Respekt zu pflegen. Die grenzenlosen Freiheiten bei seinen Großeltern hingegen genoss er in vollen Zügen. Am spannendsten waren die Erzählungen seiner Großmutter aus ihren Kinder- und Jugendtagen, aber auch die schaurigen Erzählungen vom Krieg. Nebenbei nähte die Großmutter viel für die Leute aus der Nachbarschaft. Das sprach sich schnell herum und unbewusst besetzte sie so eine Marktlücke der sozialistischen Mangelwirtschaft. Mitte der sechziger Jahre gab es auch in der DDR die ersten stolzen Besitzer von Fernsehgeräten. Bei Filmen von Francis Durbridge wie „Das Messer", „Melissa" oder dem Mehrteiler „Salto Mortale", sogenannten Straßenfegern, versammelte sich die Nachbarschaft. Das Wohnzimmer wurde zu einem kleinen Heimkino. Jeder brachte etwas zum Essen oder zum Trinken mit, und so wurde der Fernsehabend zu einem gemeinsamen Erlebnis.

Über dieses neue Unterhaltungsmedium sahen auch die DDR-Bürger Sendungen wie „Beat Club" und es schwappten die neuesten, verrückten Modetrends aus dem Westen in die DDR. Wieder war seine Großmutter gefragt. Am Anfang kamen die Jugendlichen aus der Nachbarschaft, später aus der ganzen Stadt, und klingelten an der Tür. Sie sollte ihnen „Schlaghosen" nähen, bis zu den Knien eng und dann weit nach unten auslaufend. Auch bunte Hemden mit Blumenmustern und riesigen Kragen waren angesagt. Die alte Singer Nähmaschine der Großmutter ratterte unaufhörlich. In den „HO-Warenhäusern" gab es solch flippige Mode nicht zu kaufen. Sie galt auch als pro westlich. Michael profitierte von den Nähkünsten seiner Großmutter und lief als kleiner „Steppke", stolz wie Oskar, mit Schlaghosen und Blumenmusterhemden mit Riesenkragen durch Brandenburgs Straßen. Wenig später stieß die Großmutter in die nächste Marktlücke, das Nähen von Anoraks. Sie waren zweckmäßig und für die damaligen Verhältnisse hochmodisch. Sie entwickelte solch eine Fertigkeit, dass sie von im Westen hergestellten Anoraks kaum zu unterscheiden waren. Als Füllstoff wurde „Watteline" verwendet, natürlich in der DDR ein Mangelartikel. Die Großmutter war mittlerweile in den einschlägigen Kaufhäusern bekannt, denn sie kaufte nicht Meterware, sondern in Ballen. Oft war er mit ihr in der Stadt und half dabei, die Stoffballen nach Hause zu schleppen. Im Vorraum des Konsum-Kaufhauses standen in Reih und Glied Kinderwagen mit Babys, die sich mit ihrem Geschrei gegenseitig ansteckten. Aber die Frauen konnten ungestört einkaufen. Bald war seine Großmutter von der Flut der Aufträge schlichtweg überfordert. Doch die Leute standen unaufhörlich vor der Tür. Sie wusste sich jedoch mit herzzerreißenden Ausreden immer zu helfen, um sich so ein paar Tage mehr Zeit zu verschaffen. Michael hatte bereits als Kind eine rege Fantasie. Er lag am Abend im Bett und in seinem Kopf spulten sich Geschichten ab, die er im Schlaf in Alpträumen verarbeitete. Das ging so weit, dass er nachts schlaftrunken durch die Wohnung oder durchs Treppenhaus lief, wenn seine Eltern bei den Nachbarn waren. Da dieses „Fantasieren" nicht aufhörte, ging sein Vater mit ihm zum Arzt. Fortan musste er am Abend vor dem Einschlafen Medikamente nehmen. Es dauerte noch viele Monate, ehe das Schlafwandeln allmählich nachließ. Rückblickend aus heutiger Sicht betrachtet, war der Mix aus überaus strenger Erziehung, zu wenig entgegengebrachter Liebe und ständigen Spannungen zwischen seinen Eltern, die sich auch auf ihn übertrugen, ursächlich für diese Phase seines Lebens.

[4] *In West-Berlin wird 1967 die sogenannte Kommune 1 gegründet. Aus dem Sozialistischen Deutschen Studentenbund (SDS) entstanden, versteht sich die Kommune 1 als eine in das Alltagsleben umgesetzte Form der Außerparlamentarischen Opposition.*
In New York demonstrieren unter der Führung des Bürgerrechtlers Martin Luther King mehr als 125.000 Menschen gegen den Krieg in Vietnam.

In West-Berlin kommt es zu Ausschreitungen bei einer Demonstration gegen den Besuch des Schahs von Persien. Auf den Befehl des Berliner Polizeipräsidenten „Knüppel frei, räumen" schlagen Polizisten wahllos auf Demonstranten und
Schaulustige vor der Deutschen Oper ein. In dem Tumult wird der 26-jährige Student Benno Ohnesorg von einem Polizisten erschossen.
Eintracht Braunschweig wird Deutscher Fußballmeister.

„Chef,Tui Durak!"

Der Wechsel vom Kindergarten in die Schule bereitete ihm keine größeren Probleme. Das methodische Lernen machte ihm Freude. Doch die Schulzeit verlangte von ihm bereits viel selbständiges Handeln ab. Durch die Schichtarbeit seines Vaters und die Interessenlosigkeit seiner Mutter in Bezug auf seine Entwicklung, war er früh auf sich gestellt. So musste er bereits in der ersten Klasse allein aufstehen, und sich auf den Schultag vorbereiten. Seine Mutter, die bereits auf der Arbeit war, hatte ihm Schwarzbrot mit Honig in die Küche gestellt. Dieses war mittlerweile so hart geworden, dass es sich wie eine alte Schuhsohle in alle Richtungen verbog. Der Honig hatte sich auf der Butter zusammengezogen, oder lief auf den Teller. Oftmals landete das Brot gleich im Müll. Nach Unterrichtsschluss wurden die Kinder der berufstätigen Eltern in einem „Hort" weiterbetreut. Nach der Schulspeisung wurden unter Aufsicht einer Hortnerin die Hausaufgaben gemacht. Bereits im ersten Schuljahr zählte Michael zu den besten Schülern seiner Klasse. Er hatte eine schnelle Auffassungsgabe, die ihn fortan vor dem „Einpauken" des Unterrichtsstoffes bewahrte. Um seine schulischen Leistungen brauchten sich seine Eltern nie Sorgen machen. Auch wenn er nicht der Fleißigste war und all die Jahre nie mehr als nötig tat, hatte er doch einen inneren Seismografen, der ihm anzeigte in welchem Fach er zukünftig etwas mehr tun müsste. In diesen Lebensphasen fühlte er sich nicht wohl. Bei allem, was er auch in der Freizeit tat, hatte er ein bedrückendes Gefühl. Hatte er sich wieder auf Kurs gebracht, konnten auch triste

Novembertage wieder schön sein. Die Schulbücher waren einseitig auf die Erziehung der Kinder zu sozialistischen Persönlichkeiten ausgerichtet. Es gab aber auch Lehrer, die versuchten in ihrer Unterrichtsmethodik den Kindern ein weltoffenes Gedankengut zu vermitteln. Im zweiten Schuljahr wurde er und seine Mitschüler Mitglied der Pionierorganisation. Als „Jungpioniere", waren sie an ihrem blauen Halstuch zu erkennen, dass fortan bei offiziellen Schulveranstaltungen getragen werden musste. Es gab Eltern, die ihre Kinder mit einer „Jungpionier-Komplettausrüstung" ausstatteten, Hemd mit Pionieremblem, blaue Hose und Käppi. Waren die Farben der Hitlerjugend während der Nazizeit andere, so wurden die Strukturen und Rituale in vielen Teilen einfach übernommen. Jeden Monat, oder vor der Zeugnisvergabe versammelten sich alle Klassen der Schule auf dem Pausenhof zum Fahnenappell. Die Durchführung folgte einem militärischen Zeremoniell. Mit dem Befehl „hisst Flagge" wurde die Fahne der DDR am Fahnenmast aufgezogen. Was dann folgte war stets, einstudierte Propaganda gegen den Westen und besonders gegen die Bundesrepublik. Die Fronten des kalten Krieges hatten sich verhärtet und der Vietnamkrieg war allgegenwärtig. Die frostige Atmosphäre zwischen den Machtblöcken, war für sie als Kinder deutlich spürbar. Im wöchentlichen Wechsel wurde ein Schüler jeder Klasse bestimmt, der vor dem Unterrichtsbeginn die Schüler zur Ordnung aufrufen musste, wenn der Lehrer die Klasse betrat. Das lief in etwa folgendermaßen ab: „Klasse 1b stillgestanden!"

„Frau Lehrerin ich melde die Klasse 1b ist vollständig angetreten und zum Unterricht bereit!" Darauf antwortete die Lehrerin: „Für Frieden und Sozialismus seid bereit!", und die Schüler antworteten: „Immer bereit!"

Einmal wurde ein besonderer Pioniernachmittag veranstaltet. Die besten Schüler der zweiten Klassen durften daran teilnehmen, so auch Michael. In Brandenburg waren seit Ende des 2. Weltkriegs starke russische Einheiten stationiert, und in ehemaligen Wehrmachtskasernen untergebracht. Von der Schulleitung waren ein russischer Offizier und zwei junge Soldaten eingeladen. Sie erzählten von ihrem Alltag, und die Kinder konnten Fragen stellen. Die Atmosphäre der Veranstaltung war steif und gezwungen. Die Soldaten waren verschüchtert, fast ängstlich. Den Schulkindern waren sie ebenso fremd, wie ihnen das Land, in dem sie zwei Jahre ihren Wehrdienst ableisten mussten. Dieses zwanghafte Zusammentreffen mit russischen Soldaten ließ die Schüler eher ratlos zurück. Seine Großmutter erzählte, dass unmittelbar nach Kriegsende russische Offiziere in der Wohnung über ihnen einquartiert waren. Die Russen verstanden zu feiern, und es floss reichlich Wodka. An einem dieser Abende verabschiedeten sich einige der Offiziere und gingen laut polternd die Treppe hinunter. Im Suff und Übermut zog einer der Offiziere seine Pistole aus dem Halfter und schoss mehrmalig in die Decke des Treppenhauses. Die Einschusslöcher wurden ausgebessert, waren aber auch zwanzig Jahre nach Kriegsende noch gut zu erkennen. Eine weitere Begebenheit trug sich folgendermaßen zu: Ein junger russischer Soldat klingelte an der Wohnungstür seiner Großeltern. Wahrscheinlich wollte er etwas verkaufen, um dann für sich und seine Kameraden Schnaps zu beschaffen. Die Klingel schnarrte unaufhörlich, doch Michaels Großeltern und die Kinder verhielten sich ruhig, denn es gab viele dramatische Zwischenfälle mit den Russen, unmittelbar nach Kriegsende. Nach etlichem Klingeln zog der Russe verärgert ab, mit den Worten „Chef, tui durak!", was so viel heißt wie „Chef, du Dummkopf!" Sein Großvater dachte nun, es sei ihm ein Geschäft durch die Lappen gegangen, denn er raunte der Großmutter zu: „Elli, der wollte ein Rad kaufen!"

Für die Kinder gehörten die russischen Kasernen, die Soldaten und die korpulenten Offiziersfrauen mit ihren grell geschminkten Lippen und ihrem blumig süßen Parfüm, zum Stadtbild. Die Mädchen hatten übergroße Schleifen im Haar, und sahen dem Bug von Propellerflugzeugen ähnlich, während die Jungen sehr kurz geschnittene Haare hatten. Die deutschen Kinder nannten den Schnitt „Glatze mit Fasson".

Russische Militärfahrzeuge im Straßenverkehr waren stets mit Vorsicht zu genießen. Ein Arbeitskollege seines Vaters hatte einmal seinen Motorroller am Straßenrand einer vielbefahrenen Straße, mitten in der Innenstadt von Brandenburg abgestellt. Als er von seinen Einkäufen zurückkam, war sein Roller von einer Menschentraube umringt. Er stellte sich dazu, und blickte über die Köpfe der Neugierigen. Sein Motorroller war zu einem komprimierten, verbogenen Schrotthaufen geschrumpft.

Er fragte die Passanten: „Was ist denn hier passiert?"

Darauf antwortete einer der Umstehenden: „Hier ist gerade ein russischer ZIL-LKW mit diesen mannshohen Reifen vorbeigefahren, und hatte die Kurve zu eng genommen. Dann kam der Motorroller unter seine Reifen und wurde zerdrückt. Der mitfahrende Offizier hatte daraufhin nur kurz das Fenster heruntergekurbelt, zurückgeschaut, und dann hat der LKW seine Fahrt unbeirrt fortgesetzt."

Die Bevölkerung der DDR hatte aber auch Vorteile von der Anwesenheit der russischen Truppen. Die Geschäfte im Bereich der russischen Kasernen, im Volksmund Russenmagazine genannt, waren extra eingerichtet für den Einkauf der sowjetischen Offiziere und deren Familien. Auch die DDR-Bürger konnten darin einkaufen. Es sprach sich dann schnell herum wie ein Lauffeuer, wenn es mal wieder einen typischen Mangelartikel im Russenmagazin zu kaufen gab. Binnen weniger Minuten bildeten sich lange Schlangen.

Michael hatte viele Spielkameraden in seinem Alter. Recht schnell hatten sich feste Gruppen gebildet, in denen eine gewisse Hierarchie herrschte. Durch besondere Fähigkeiten, wie gutes Klettern auf Bäume, oder im Kampf Mann gegen Mann, bestand die Möglichkeit, seine Position innerhalb der Gruppe zu festigen, oder gar zu verbessen. Die Anführer waren ein paar Jahre älter, und gaben den Ton an. Manche von ihnen hatten bereits sportliche Erfahrungen im Boxen oder Judo gesammelt, und nutzten jede Gelegenheit ihre Kenntnisse in der Gruppe anzuwenden. Es gab auch Außenseiter, die eher eine untergeordnete Rolle spielten. Sie wurden beim Fußball immer als Letzte gewählt und standen gelangweilt im Tor. Bei den Versteckspielen wurden sie oft als erste entdeckt, und beim Angeln in der nahen Havel zeigten sie keine Ausdauer und aßen lieber den Teig auf, der als Köder dienen sollte. Die nähere Umgebung bot den Freiraum für Spiele, die sich an den Wochenenden oft über den ganzen Tag hinzogen. Die Kinder erkundeten die Nebenarme der Havel, oder spielten „Räuber und Gendarm“ im großzügig angelegten Gelände des angrenzenden Kindergartens. Dabei kam es vor, dass verfeindete Gruppen aus der Nachbarschaft aufeinanderstießen. Sofort gab es heftige Scharmützel mit Lehmklumpen. War gerade mal nichts Geeignetes bei der Hand, flogen schon mal ausgewachsene Steine in die „feindlichen“ Reihen. Solch eine Fehde konnte sich über einige Tage hinziehen. Es wurde aufgerüstet. Zum Waffenarsenal zählten dann Pfeil und Bogen, Erbsenpistolen und Gewehre. Es war ratsam, nicht allein in „feindliches“ Gebiet zu geraten. Selbst das banale Milcheinkaufen barg ungeahnte Gefahren. Doch nach einigen Tagen entspannte sich die Situation wieder, und am nächsten Tag wurde wieder gegeneinander Fußball gespielt. In den Wintermonaten froren die Havel und die angrenzenden Seen oft zu. Dann trafen sich die Kinder zum Schlittschuhlaufen oder Eishockey spielen. Michael lernte auf diese Weise, sich in einer Gruppe zu behaupten und durchzusetzen.

In den eigenen vier Wänden bekam er oft die übermäßige Strenge seines Vaters zu spüren. Vor allem die körperlichen Gewaltanwendungen setzten ihm zu. So gab es „Kopfnüsse“ und er wurde bereits wegen kleinster Verfehlungen an den Ohren gezogen. Das war aber alles nichts, gegen die Prügel mit einem alten Ledergürtel, der hinter einem Vorhang im Flur hing. Wenn Michael nach einer Verfehlung das Geräusch des Vorhangs hörte, geriet er in panische Angst. Wie ein Hund, der in die Enge getrieben wurde, versuchte er ihm zu entwischen, aber vergebens. Die körperliche Gewalt ließ ihn mit der Zeit abstumpfen. Er war froh, wenn sein Vater Spätschicht hatte, dann waren die Nachmittage frei von Repressalien. Eigentlich gab es zwischen ihm und seinen Eltern selten Perioden der Unbeschwertheit. Er war kein Wunschkind, eher das Ergebnis von Unachtsamkeit. Trotz seiner Strenge hatte sein Vater Phasen, in denen er verändert wirkte und sich intensiv mit Michael beschäftige. Seine Mutter hingegen konnte nie so recht etwas mit ihm anfangen. Wenn er sich heute Bilder aus der Kindheit ansieht, fällt auf, dass immer eine körperliche Distanz zwischen ihm und seiner Mutter zu erkennen war. Einmal im Jahr ging es gemeinsam in den Urlaub. Die Menschen blieben dabei in der DDR unter sich. Ferienunterkünfte gab es im Thüringer Wald, der sächsischen Schweiz im Harz oder an der Ostsee. Da seine Eltern berufstätig waren und in großen, volkseigenen Betrieben arbeiteten, konnten sie sich über den FDGB (Freier Deutscher Gewerkschaftsbund) auf einen Urlaubplatz bewerben. Die Ferienheime waren recht einfach ausgestattet und oftmals war die Familie privat untergebracht. Die Menschen in den Urlaubsregionen der DDR machten aus der Not eine Tugend, und bauten Einliegerwohnungen, freie Zimmer oder Anbauten zu Ferienwohnungen aus, um sich somit einen Nebenverdienst zu sichern. Bei einem dieser Urlaube waren sie an der Ostsee bei einer Fischerfamilie untergebracht. Der Fischer nahm Michael einmal mit auf seinen Kutter zum Fischfang. Für den Fischer war dies nicht ungefährlich, denn die Ostsee gehörte zum „Grenzgebiet Nord", und es durften nur angemeldete Personen auf der Ostsee unterwegs sein. Michael konnte am Horizont die in geordneter Staffelung patrouillierenden Schiffe der Volksmarine gut ausmachen. Die raue Ostsee, und der Blick in die Weite, das Auswerfen der Netze und das anschließende Einholen mit den zahllosen zappelnden Fischen im Netz, waren für Michael unvergessliche Erlebnisse. Am Abend gab es dann in der Küche der Fischerfamilie fangfrische Scholle zum Abendessen.

Ende der sechziger Jahre wurden die ersten, für DDR-Verhältnisse recht komfortablen Ferienhotels gebaut. Doch die Chance, einen dieser begehrten Plätze zu ergattern, war fast unmöglich. Nur wer „Beziehungen" hatte, oder das richtige Abzeichen am Revers, konnte darauf hoffen. Die zweite Ferienhälfte, die großen Ferien in der DDR erstreckten sich über die Monate Juli und August, verbrachte Michael bei seinen Großeltern auf dem Dorf. Eine

Schwester seines Vaters war als einzige in Pinnow geblieben. Ihre Tochter Brigitte war zwei Jahre älter als er. Sie konnte es immer kaum erwarten, ihm den neuesten Dorfklatsch zu berichten. Am Abend, sie schliefen in einem Zimmer, erzählte sie unaufhörlich von diesem und jenem und es reichte ihr, wenn Michael mit einem „mmh" zustimmte, ohne einen Kommentar abzugeben. Michaels Großvater war ein guter Handwerker. Marode Stallungen wurden abgerissen und neue gebaut. Er verstand sich auf Sattlerarbeiten und reparierte Schuhe. Körperpflege erfolgte mit kaltem Wasser in einer Waschschüssel wie zur Jahrhundertwende. Als Toilette diente ein Plumpsklo hinter der Scheune. An manchen Vormittagen spielte er gegen ihn Schach. Das hatte ihm sein Vater beigebracht, doch verbessert hatte er sich beim Spiel mit seinem Großvater. Jeden Tag warteten neue Abenteuer.

Durch die häufigen Besuche kannte er auch die Kinder von den Nachbarhöfen. Schlechtes Wetter gab es nicht. Bei Regen wurde in den Scheunen gespielt. Es war ein Vergnügen, aus mehreren Metern Höhe nach unten in das weiche Heu zu springen. Unmittelbar hinter den Scheunen begannen die Felder. Wenn das Getreide vor der Mahd stand, boten sich für die Kinder gute Bedingungen zum Versteck spielen. Der Vater von Michaels Cousine arbeitete in der LPG. Nebenher schlachtete er im Schlachthaus auf dem Hof der Großeltern. Hinter dem Schlachthaus gab es einen leerstehenden Fleischerladen. Die Vorbesitzer waren vor dem Mauerbau in den Westen gegangen. Wenn ein Schwein geschlachtet wurde, war das für die Kinder ein ganz besonderes Erlebnis. Das Schwein wurde vom LKW getrieben und trottete dann die letzten Meter zum Schlachthaus. Es schien zu spüren, dass etwas Schlimmes passieren würde, und quiekte wie am Spieß. Dann ging alles schnell. Sein Onkel Walter setzt das Bolzenschussgerät an den Kopf des Schweines und es gab einen dumpfen Knall. Es kippte zur Seite, und wurde mit einem scharfen Messer aufgeschlitzt. Im Todeskampf trat es mit einem der Hinterbeine in die Luft, und das Blut floss in Strömen aus dem Körper, in eine Gosse auf dem Hof. Sofort waren die Hühner zur Stelle, und nippten hektisch in dem roten Rinnsal. Dann wurde es mit einem Kettenzug hochgezogen, auseinandergetrennt, und fachgerecht zerlegt. Am Abend gab es dann frisches, gebratenes Schweinemett. So waren die Ferien für Michael auf dem Dorf der Großeltern immer mit spannenden Erlebnissen erfüllt. Während des zweiten Schuljahres lief er zweimal von zu Hause weg. Beim ersten Mal stand er morgens auf, es schien ein herrlicher Sommertag zu werden, und er beschloss, nicht zur Schule zu gehen. Er schnappte sich seinen Fußball und überquerte den Silokanal in Richtung Beetzsee. Er lief bis ins nächste Dorf. Dort legte er sich in einer Apfelplantage in die Sonne. Anschließend stromerte er am Ufer des Beetzsees ziellos wieder in Richtung Stadt. Die Zeit verging und der Abend nahte. Wieder am Silokanal angekommen traf er Kinder aus seinem Wohnblock, die gerade angelten. Er gesellte sich dazu. Plötzlich kam sein Vater gemeinsam mit seinem Onkel, auf der Brielower Brücke vorbeigefahren. Sie waren den ganzen Nachmittag in der Stadt unterwegs, auf der Suche nach ihm. So endete seine erste „Flucht“ unspektakulär.

Beim zweiten Mal, nur wenige Wochen später, überredete er zunächst seinen guten Freund Jörg Penzer, den Hort nach der Schule zu schwänzen. Zuerst gingen sie gemeinsam nach Hause, sein Freund wohnte ganz in der Nähe. Michael packte ein paar Sachen in seine kleine Reisetasche und nahm sein Geld aus dem Sparschwein. Seine Mutter war einkaufen und sein Vater zur Spätschicht. Er nahm die Tasche und fuhr mit Bus und Straßenbahn zum Hauptbahnhof. Sein Ziel war es, mit dem Zug zu seinen Großeltern nach Pinnow zu fahren. Der Bahnhof von Brandenburg wurde um die Jahrhundertwende errichtet. Die Hauptbahnlinie verlief von Berlin über Potsdam, Brandenburg und Magdeburg. In Marienborn war die letzte Station für DDR-Bürger, wobei bereits in den Abteilen Kontrollen durchgeführt wurden. Für Westberliner, Bundesbürger und DDR-Rentner mit entsprechender Genehmigung fuhren Züge Richtung Grenzübergang Helmstedt-Marienborn und von dort weiter bis nach Köln. Einige Züge fuhren aus Westberlin bis nach Paris. Durch Brandenburg fuhren auch die sogenannten „Interzonenzüge“ ein Begriff, der sich im Sprachgebrauch noch bis zum Mauerfall hielt. Bisher starteten die Reisen gemeinsam mit den Eltern zumeist mitten in der Nacht. Auf dem Bahnhof, mit den feuerspeienden Dampfloks, die Funken aus dem Kessel in den tiefblauen Nachthimmel sprühten, den Mastleuchten, die gelbliches Licht auf die Bahnsteige warfen, lag dann ein geheimnisvoller Zauber. Doch am Tage war der Bahnhof eher schmuddelig. Viele Pendler wurden aus den Zügen gespuckt, oder stiegen in die Anschlusszüge nach Werder, Belzig, Genthin oder Burg. In der Bahnhofshalle ging er an einen der Fahrkartenschalter. Vor ihm standen bereits mehrere Reisende und warteten darauf an die Reihe zu kommen. Michael stellte sich in die Schlange und wartete geduldig, bis er dran war. „Eine Fahrkarte zweiter Klasse nach Berlin-Lichtenberg“, sagte er zum Reichsbahnmitarbeiter hinter der Glasscheibe. Dieser schaute skeptisch auf ihn herunter. „Soso, eine Fahrkarte nach Berlin – Lichtenberg“, wiederholte er.

„Was möchtest du denn in Berlin?“, fragte er und setzte einen skeptischen Blick auf.

„Meine Tante besuchen.“, log er den Mitarbeiter an.

Dieser ließ jedoch nicht locker, und bohrte weiter: „Wo wohnt denn deine Tante in Berlin?“

„Michael hatte mit seiner Großmutter tatsächlich mal den Bruder seines Großvaters in Berlin besucht, und wusste sogar noch, dass seine Frau Gerda hieß. „Im Baumschulenweg“, erwiderte er auf die Frage. Der Mann verließ seinen Platz und ging in den hinteren Teil des Raumes und telefonierte, wobei er des Öfteren zu ihm herübersah. Anschließend kam er zurück und fragte ihn erneut: „Wie alt bist du denn?“

„Ich bin zehn Jahre alt.“, log er wieder.

„Na junger Mann, wo soll die Reise denn hingehen?“

Michael erschrak und blickte sich um. Hinter ihm standen zwei Mitarbeiter der Transportpolizei.

„Am besten wird es sein, wenn du mal mit uns kommst, denn wir möchten dir ein paar Fragen stellen.“, sagte einer der Transportpolizisten in einem freundlichen Tonfall. Sie gingen in Richtung des hinteren Teils vom Bahnhofsgebäudes. Dort gab es eine Art Büro. Von diesem ging ein Flur mit mehreren Türen auf beiden Seiten ab. Der freundliche Mann fragte ihn: „Wie heißt du denn?"

„Michael Tenner", gab er zur Antwort.

Und wo wohnst du?"

„In der Jahn-Straße-20."

„Wohin wolltest du denn mit dem Zug fahren?"

„Zu meinen Großeltern nach Pinnow.", antwortete er jetzt wahrheitsgemäß.

„Wissen deine Eltern, von deiner geplanten Reise?", wurden die Fragen des Mannes konkreter.

„Nein.", druckste Michael die Antwort heraus.

„Du bist also von zu Hause weggelaufen?"

„Ja", kam seine Antwort, und blickte dabei niedergeschlagen den Transportpolizisten an.

„Sind deine Eltern zu Hause?"

„Ja, meine Mutter schon, mein Vater ist zur Arbeit."

„Pass auf, ich rufe jetzt die Volkspolizei an, und die bringt dich wieder nach Hause", sagte der Transportpolizist.

Ihn beschlich ein ungutes Gefühl. Mit der Polizei nach Hause gebracht zu werden, das wird den Leuten aus ihrem Wohnblock nicht verborgen bleiben. Er fürchtete auch die Reaktion seines Vaters.

Es dauerte nicht lange und ein Polizist betrat den Raum, um Michael abzuholen. Dieser redete kurz mit dem Mann von der Transportpolizei und wendete sich dann an ihn: „Dann komm mal mit, junger Mann!"

Am Bahnhofsvorplatz wartete bereits das grünweiße Polizeiauto. Als der Fahrer die beiden kommen sah, startete er den Wagen. Michael setzte sich auf die Rücksitzbank und die Fahrt ging in Richtung Innenstadt. Kurze Zeit später

hielten sie vor dem Wohnblock und er wurde von dem Polizisten zur Haustür begleitet. Aus den Augenwinkeln erblickte er seine Mutter wie sie aus dem Fenster sah, mit ihren typischen hängenden Mundwinkeln. Der Polizist brachte ihn bis nach oben an die Wohnungstür, wo seine Mutter sie bereits erwartete.

„Frau Tenner?"

„Ja", antwortete sie, und wandte sich an Michael: „Was hast du denn gemacht?"

„Er hat nichts angestellt, wollte lediglich eine Reise unternehmen.", spielte der Polizist das Geschehene herunter.

„Er wurde am Bahnhof aufgegriffen, als er eine Fahrkarte nach Berlin lösen wollte. Ich denke das wars für uns, alles weitere sollten sie intern in der Familie klären", sagte der Polizist und verabschiedete sich.

Michaels Mutter schien mit der Situation überfordert zu sein. „Was machst du denn dauernd für Sachen?", fragte sie ihn, worauf er keine Antwort gab.

Er zog sich ein sein Zimmer zurück und sah ängstlich der Reaktion seines Vaters entgegen. Diese fand nicht statt. Am nächsten Morgen ging er mit ihm gemeinsam zur Schule. Dort sprach er mit seiner Klassenlehrerin. Die Unterrichtsstunde begann mit einer Ansprache der Lehrerin an die Klasse: „Der Michael war vor zwei Wochen einen Tag nicht zur Schule gekommen. Gestern waren er und Jörg dem Hort ferngeblieben. Ich denke es ist am besten, wenn er euch erzählt, was er an diesen Tagen tatsächlich gemacht hat."

Michael stand auf und stellte sich vor die Klasse. „Ich habe die Schule geschwänzt und bin zweimal von zu Hause weggelaufen.", sagte er voller Scham.

Einige der Mädchen gaben ein Raunen von sich. In der Pause nach der Stunde erntete er von den Jungen in seiner Klasse eher Anerkennung und ein Stück weit Bewunderung. Sein Vater ging daraufhin mit ihm zum Arzt. Dieser fragte ihn über alles Mögliche aus. Besonders interessant schienen für ihn die Einlassungen über Dampfloks und der damit verbundene Aufenthalt auf dem Bahnhof. Michael war sich sicher, dass die wahren Ursachen für seine Fluchten aus dem Elternhaus nicht erkannt wurden, und von seinen Eltern nicht wahrgenommen werden wollten. Er war bereits als Kind zu viel Zeit des Tages auf sich allein gestellt. Durch die Strenge seines Vaters, ging er zusehend auf Distanz zu ihm. Er gab despotisch den Ton an und seine Mutter fügte sich. Dabei war sie jedoch mit ihrer Rolle in der Ehe keineswegs zufrieden. Des Öfteren saß sie heulend in der Küche: „Michael, wenn ich mich scheiden lasse, bleibst du dann bei mir?", fragte sie ihn dann jedes Mal. Michael war mit diesen wiederkehrenden Hilferufen von ihr überfordert. Sein Vater ging zu dieser Zeit des Öfteren mit seinen Arbeitskollegen einen „Trinken", und kam am Ende dieser Zechtouren mitten in der Nacht nach Hause. Die Tage darauf herrschte zwischen seinen Eltern stets Funkstille. Seine Mutter hatte ein toxisches Verlangen Zwietracht zu säen. Dabei ging sie stets perfide vor, und redete auf ihr jeweiliges Opfer ein, bis das Gift wirkte. Wenn als Ergebnis die Situation eskalierte, spielte sie wieder die Mitfühlende mit den Worten: „Du tust mir ja so leid."

Dies geschah in der Verwandtschaft, insbesondere bei ihrer Jüngeren Schwester, im Bekanntenkreis, aber auch bei Michael. Sie hatte den Drang, immer im Mittelpunkt zu stehen. Wenn sie aber merkte, dass ihr nicht die gewünschte Aufmerksamkeit entgegengebracht wurde, verfiel sie in ihr intrigantes Verhaltensmuster, das sie im Laufe der Jahre verfeinerte. Zu dieser Zeit besuchte er zweimal in der Woche die Musikschule, um das Violinspiel zu erlernen. Die Anregung hierzu kam aus der Schule. Da er ein passabler Sänger war, wurde er Mitglied im Schulchor. Bei einer Probe kamen einmal Vertreter der städtischen Musikschule und fragten die Kinder, ob sie Lust hätten, ein Musikinstrument zu erlernen. Michael hätte gerne das Gitarrenspiel erlernt, aber das Instrument wurde von vielen weiteren Schülern favorisiert, und stand demzufolge nicht mehr zur Auswahl. Der Musiklehrer ratterte diverse weitere, mögliche Instrumente herunter und er tippte wie auf einer Glücksradscheibe dazwischen und das Rad stoppte bei Geige. Der Weg zur Musikschule führte bis ans andere Ende der Stadt, war lang und beschwerlich. Der Geigenlehrer war ein sehr konservativer, älterer Herr, steif in seinem Benehmen und streng im Unterricht. Michael hatte Talent, und so erlernte er das Violinspiel ohne große Begeisterung und viel Fleiß. Nach etwa einem Jahr war er so weit, dass für die ersten öffentlichen Auftritte geübt wurde. Er spielte im Duett mit einem Mädchen. Während sie die Grundmelodie spielte, hatte Michael die Aufgabe diese mit anspruchsvollen Passagen zu begleiten. Wenn die Zeit in der Musikschule nicht ausreichte, wurde zusätzlich beim Lehrer zu Hause weitergeübt. Ende der sechziger Jahre kam es in der DDR häufig zu „Stromsperren". Für längere Zeit wurde die Stromversorgung unterbrochen und die Menschen saßen im Dunkeln. Für den Geigenlehrer war dies kein Hindernis. Kurzerhand wurden Kerzen auf die Notenständer gestellt, und weiter ging es. Zu Hause fiel ihm das Üben schwer. Durchs offene Fenster hörte er die anderen Jungen auf dem Wäscheplatz Fußball spielen. Michael ließ sich allerlei Dinge einfallen, um der Fahrt zur Musikschule zu entgehen. Mal schnitt er sich in einen Finger, um so nicht die Seiten greifen zu können. Ein anderes Mal brachte er seine Mutter dazu, ihm einen Entschuldigungsbrief zu schreiben. Nach etwa zwei Jahren wollte er nicht mehr, und es kam zu einem Disput mit seinem Vater. Nach einer emotionalen Diskussion gab sein Vater schließlich nach, nicht ohne zu prophezeien, dass Michael diese Entscheidung später mal bereuen würde.

Es gab nie große Übereinstimmungen in den Ausrichtungen der Lebensziele zwischen Michael und seinem Vater. Doch in dem Punkt hatte er Recht. Kurze Zeit später meldete sich Michael beim Fußballverein BSG Motor Süd Brandenburg an, einem Arbeitersportverein mit Tradition. Der Zusatz „BSG" wurde den Vereinen in der DDR vorangestellt und stand für „Betriebssportgemeinschaft". Es gab einige Vereine mit skurrilen Namen wie „Rotes Banner Trinwillershagen", „BSG Aktivist Schwarze Pumpe" oder „BSG Aufbau DKK Krumhermersdorf". Jeder Verein hatte einen sogenannten „Trägerbetrieb". Dieser bezuschusste die klammen Vereinskassen, stellte einen Bus für die Auswärtsfahrten und parkte die Spieler der 1. Männermannschaft in Alibitätigkeiten, damit drei bis viermal die Woche bereits ab Mittag trainiert werden konnte. Der Verein war nur wenige Meter vom Elternhaus entfernt. Fußball wurde Michaels Leidenschaft, die er beim Violinspiel vermissen ließ. Fortan verpasste er kein Training. An trainingsfreien Tagen wurde mit den anderen Jungen, viele spielten auch im Verein, auf dem Wäscheplatz gebolzt. War das Wetter mal schlechter, oder es regnete, fehlten die Mitspieler. Das war jedoch kein Problem für ihn. Der Ball wurde dann stundenlang gegen die Wand der Moped Garage geschossen. In seinem Zimmer jonglierte er mit einem Tennisball und verbesserte so seine Technik. Der Erfolg stellte sich recht bald ein und er spielte in der ersten Mannschaft seiner Altersklasse. Wenn die erste Männermannschaft am Samstag ein Heimspiel hatte, kamen schon mal mehrere tausend Zuschauer. Der Hauptplatz entstand aus einer ehemaligen Naturwiese, und die Zuschauer standen hinter den Barrieren direkt am Spielfeldrand. So hatte man die Möglichkeit, verbal ins Spielgeschehen einzugreifen.

Michael und seine Mitspieler hatten als Zuschauer einige Male erlebt, wie der Schiedsrichter unter Polizeischutz vom Platz in die Kabine geführt werden musste, und das Sportgelände erst Stunden später verlassen konnte. Nach dem Spiel kehrten noch viele Zuschauer in der Sportlerklause ein und zischten ein paar „Mollen". Die Luft war durch Tabakdunst geschwängert. Es wurden die Spiele der anderen Mannschaften in der Liga diskutiert und für die meisten ging es dann nach Hause, um pünktlich um 18.00 Uhr die Sportschau im ersten Programm des Westfernsehens, unter Moderation von Hans Huberty zu sehen. Das Heimspiel am Wochenende gehörte für viele Fußballbegeisterte einfach dazu. Hier konnten die Emotionen heraus, die sich zuvor in der Arbeitswoche aufgestaut hatten. Für ein paar Stunden konnte der triste DDR-Alltag mit all seinen Problemen hinter sich gelassen werden. Von Brandenburg nach Berlin wäre es eine überschaubare Fahrstecke. Doch durch die Teilung der Stadt musste ein großer Bogen gefahren werden, wenn man in den Ostteil wollte. Durch die Nähe zu Westberlin war der andere Teil Deutschlands, mit all seinen Einflüssen ständig präsent. Sehr deutlich traten diese bei der allabendlichen, visuellen ostdeutschen Emigration hervor.

Der Westen kam über den Fernsehapparat in die Wohnzimmer der DDR-Familien. Bald konnte das Zweite Deutsche Fernsehen ebenfalls über einen Konverter und eine Zusatzantenne empfangen werden. Diese stand bei vielen Familien hinter einem Vorhang im Schlafzimmer, oder getarnt in der Bodenkammer. Von offizieller Seite war Westfernsehen verboten, eine Tatsache, an die sich die wenigsten hielten. Doch wenn es an der Tür klingelte, wurde erst einmal schnell auf das DDR-Fernsehprogramm umgeschaltet. Die Kinder wurden angehalten, über den Westfernsehkonsum Stillschweigen zu wahren. Doch auf dem Pausenhof unterhielten sich Michael und seine Klassenkameraden täglich über die Vorabendserien. Bekamen die Lehrer etwas mit, kam es vor, dass die Eltern an den Elternabenden zur Rede gestellt wurden. Noch deutlicher wurden die Unterschiede bei den Familien mit Westverwandtschaft. Wenn diese zu Besuch kam, wurden Zigaretten geraucht, ohne „gleich in die Luft zu gehen" und es gab Kaugummis, die sich nicht nach wenigen Minuten im Mund auflösten. Auch Michael machte seine direkten Erfahrungen mit dem Westen, denn der Bruder und eine Schwester seiner Mutter sowie der Bruder seines Vaters, waren bereits Ende der fünfziger Jahre in den Westen geflüchtet. Immer, wenn sich Besuch von drüben ansagte, wurde herangeschafft was unter den Ladentischen zur Verfügung stand. Über gutes Bier, Spirituosen und Fleisch, es kam alles auf den Tisch, was über Beziehungen und Beharrlichkeit in der DDR-Mangelwirtschaft besorgt werden konnte.

Stolz wurde der Besuch im Bekanntenkreis präsentiert. Michael war ständig mit sich im Zwiespalt über die Situation der zwei getrennten deutschen Staaten. Er hörte vom Aufstand der DDR-Werktätigen am 17. Juni 1953, aber für die genauen Zusammenhänge fehlte ihm noch das Verständnis. In der Schule wurde der Aufstand als ein aus dem Westen und vor allem vom amerikanischen Geheimdienst gesteuerter Putschversuch erklärt. In einem Arbeiter- und Bauernstaat, in dem das Volk die Macht hat, warum gibt es dann eine Rebellion des Volkes? In der „Berliner Abendschau" im Westfernsehen wurde oft von Fluchtversuchen berichtet. Manchmal waren sie erfolgreich, aber oft scheiterten diese und nicht selten wurden die Flüchtenden von DDR-Grenzern erschossen, wobei die Kugeln in den Giebelwänden der grenznahen Westberliner Wohnhäuser einschlugen.

[5] *1968 ist ein Jahr des Aufbruchs und der Proteste. Die internationale Jugend lehnt sich gegen die herrschenden Verhältnisse auf. Attentate auf Martin Luther King, Robert F. Kennedy und Rudi Dutschke erschüttern die Menschen. Der „Prager Frühling" wird niedergeschlagen, der Atomwaffensperrvertrag unterzeichnet.*

Prager Frühling

Geprägt durch den Einfluss der Westmedien, war Michael nicht bereit, kritiklos das in der Schule einseitige, vermittelte Weltbild hinzunehmen. Gefühle der Angst kamen 1968 beim Einmarsch der sowjetischen Truppen in die CSSR, und der damit verbundenen Niederschlagung des Prager Frühlings auf. Die Berichte und Fernsehbilder im Westfernsehen taten ihre Wirkung. Die demonstrierenden Menschenmassen in den Prager Straßen mit Sprechchören „Dubcek, Svoboda" und das brutale Vorgehen der sowjetischen Truppen mit Panzern gegen die Demonstranten erzeugten bei ihm tiefe Gefühle der Verunsicherung. Angst vor Krieg war in Michaels Kindheit allgegenwärtig. Das Bildungswesen der DDR war ausschließlich auf die Erziehung der Kinder und Jugendlichen zu sozialistischen Persönlichkeiten ausgerichtet. Die Feinde des Sozialismus waren die westlichen Staaten und das Militärbündnis NATO. Die atomare Aufrüstung tat ein Übriges. Er war schon als Kind politisch interessiert und las viele Bücher über die Weltgeschichte. Die Atombombenabwürfe der Amerikaner über Hiroshima und Nagasaki, mit dem Ergebnis einer großflächigen Vernichtung der städtischen Infrastruktur und den unbeschreiblich vielen Toten, verbunden mit den Langzeitfolgen bis in die heutige Zeit, prägten bereits als Kind sein politisches Weltbild. Die Angst war für ihn diffus und nicht greifbar. Brandenburg, seine Heimatstadt liegt unweit von Berlin. Sollte es zu einer offenen Eskalation der Machtblöcke kommen, wäre Berlin nicht einer der Kriegsschauplätze? Und jetzt die Geschehnisse in Prag. Bestätigten diese nicht seine Befürchtungen? In der Schule wurde von „revanchistischen Kräften" gesprochen und der Niederschlagung eines Aufstands von „konterrevolutionären Elementen". Die Menschen auf dem Prager Wenzelsplatz versprühten Enthusiasmus und Lebensfreude. Das Wort „Elemente" wollte so gar nicht zu ihnen passen. Doch dem Prager Frühling wurde ein gewaltsames Ende bereitet. Den jungen Blüten der Reformen wurde der Nährboden entzogen. Die Proteste eskalierten in mit den Selbstverbrennungen von Prager Studenten. Dass Menschen zu diesen verzweifelten Mitteln greifen, war für ihn unfassbar.

[6] *Negative Schlagzeilen dominieren das Jahr 1970. Politische Krisen, Bürgerkriege und Naturkatastrophen halten die Welt in Atem. Die Zahl der bewaffneten Konflikte nimmt zu, der Krieg in Vietnam dehnt sich auf die Nachbarstaaten Laos und Kambodscha aus. In erschreckendem Ausmaß hat die von Menschenhand verursachte Umweltverschmutzung zugenommen. Willy Brandts Ostpolitik bestimmt die innenpolitische Debatte.*

Ungeordnete Unterlagen

Im dritten Schuljahr wechselte die Klasse in eine andere Schule. Diese lag in einer Parkanlage gegenüber der St. Gotthard Kirche, einer der ältesten und gleichzeitig größten Kirchen von Brandenburg. Das Schulgebäude wurde Anfang des 20. Jahrhunderts errichtet. Michaels Schulweg führte durch die Altstadt, und mündete in einem schmalen Weg direkt an der historischen Stadtmauer entlang. Auf der linken Seite wurde dieser von Gärten und den sich anschließenden Pfarrhäusern eingegrenzt. Sowohl einer der späteren Pfarrer als auch die Kirche sollten für ihn und sein weiteres Leben noch eine gewichtige Rolle spielen. Einige der Klassenräume waren noch mit historischen Pulten ausgestattet. Die

Schreibflächen angeschrägt und mit Vertiefungen für Tintenfass und Schreibutensilien versehen. In der vierten Klasse wechselten die Schüler in eine andere Pionierorganisation. Bei den „Jungpionieren" verabschiedet, gingen Michael und seine Mitschüler nahtlos zu den „Thälmannpionieren" über. Es änderte sich nicht viel. Aus dem blauen Halstuch wurde ein rotes und die regelmäßigen Pioniernachmittage blieben fester Bestandteil des Schulalltags. Die Organisation der Klasse wurde jedoch mehr gestrafft. Es gab jetzt einen Gruppenrat. Dieser setzte sich aus dem Vorsitzenden, dem Stellvertreter und einem Kassierer zusammen. Weiterhin wurde ein „Wandzeitungsredakteur" berufen. Es wurde ein innerschulischer Wettbewerb „schönste Wandzeitung des Monats" ausgerufen. Die Themen waren die aktuellen, weltpolitischen Ereignisse, selbstverständlich unter Betrachtung durch die sozialistische Brille. Wiederkehrende Themen waren der Vietnamkrieg, die sowjetische Raumfahrt oder die Herausstellung der Vorzüge der DDR gegenüber der BRD. Einmal in jedem Schuljahr wurde der Gruppenrat neu gewählt. Die neue Schule in dem historischen Gemäuer empfand die Klasse recht bald als angenehm. Doch kaum hatten sich Michael und die Klassenkameraden an diese und das Lehrerkollegium gewöhnt, erfolgte ein weiterer Schulwechsel.

Diesmal in ein komplett neu erbautes Schulgebäude sozialistischer Plattenbauweise. So neu wie die Schule, so jung waren auch die Lehrer. Viele kamen direkt von der Hochschule und übernahmen das erste Mal eine Klasse. So auch ihre neue Klassenlehrerin. Sie war erst Anfang zwanzig und sah sehr hübsch aus. Nach dem üblichen Eröffnungsfahnenappell zu Beginn des neuen Schuljahres kam es für zwei Jungen der Klasse gleich zu einer peinlichen Situation. Sie waren der neuen Klassenlehrerin am Vortag im Park begegnet und hatten, ahnungslos wie sie waren, ihr hinterhergepfiffen. Am nächsten Tag war es ihnen peinlich zu erkennen, wer die hübsche junge Frau war. Diese neue Generation Lehrer hatte ein differenzierteres Weltbild. Zur neuen Klassenlehrerin entwickelte sich schnell ein gutes Verhältnis. Einmal stellte sie für eine

Faschingsfeier ihre Zweizimmerwohnung zur Verfügung, da kein Klassenraum genutzt werden konnte. So feierten dreißig Kinder mit Konfetti, Papierschlangen und allem, was noch dazu gehörte in ihrer Wohnung. Michael war weiterhin ein sehr guter Schüler. Seine Leistungen erbrachte er ohne viel Fleiß. Für anstehende Klassenarbeiten wurde am Vorabend, kurz vor dem Einschlafen im Bett gelernt. Hausaufgaben wurden mit Musikbegleitung vom Sender Freies Berlin erledigt, oder gar kurz vor Unterrichtsbeginn. Seine Ordnung in den Schulheften ließ sehr zu wünschen übrig. So waren die ersten Seiten eines Hefts aus der Deutschstunde, die nächsten aus dem Englischunterricht, gefolgt von ein paar Seiten Russisch und Geschichte. Eine Episode stellt dieses organisierte Chaos heraus. Zu Beginn einer Deutschstunde bei der Klassenlehrerin, sollte für einen geschriebenen Aufsatz die Berichtigung und die Unterschrift der Eltern vorgelegt werden. Einige aus der Klasse, so auch Michael, gaben vor, das Heft zu Hause vergessen zu haben. „Dann geht ihr jetzt sofort nach Hause und holt eure Hefte.", sagte die Lehrerin, die ahnte, dass die Ausreden geflunkert waren.

Er und noch drei Jungen liefen nach Hause. Zuvor hatte die Lehrerin jedoch Michael zu einer Leistungskontrolle ausgewählt. Er sollte eine schriftliche Zusammenfassung einer zuvor gelesenen Erzählung wiedergeben. Da die Lehrerin zügig mit dem Schulstoff vorankommen wollte, sollte einer aus der Klasse während seiner Abwesenheit, die Zusammenfassung aus seinem Heft vortragen. „Hans-Peter", sagte sie zu einem Mitschüler, „nimm das Heft von Michael, und lese bitte die Zusammenfassung vor, wir wollen keine Zeit verlieren."

Hans-Peter nahm das Heft, stellte sich vor die Klasse und begann darin zu blättern. Er blätterte vor und zurück, doch er fand nicht die schriftlichen Aufzeichnungen für den Deutschunterricht.

„Tut mir leid, Frau Herzog, aber ich finde hier alles Mögliche, nur nicht die Zusammenfassung der Erzählung", sagte Hans-Peter verzweifelt.

„Dann müssen wir uns gedulden, bis Michael wieder zurück ist.", sagte die Lehrerin.

Zu Hause angekommen, erledigte Michael die Berichtigung des Aufsatzes auf der Treppe, und sein Vater, diesmal welch Glück, war gerade von seinem Schlaf nach der Nachtschicht aufgestanden. Ihn bat er kurzerhand um die Unterschrift. Schließlich kam er schweißgebadet wieder in der Schule an.

„Michael, während deiner Abwesenheit sollte Hans-Peter deine Zusammenfassung der Buchlesung vortragen, aber es war ihm unmöglich diese in deinem Heft zu finden. Hast du dich auf die Stunde vorbereitet?"

Er nahm das Heft und trat vor die Klasse, blätterte zweimal und begann zu lesen. Darauf ertönte schallendes Gelächter.

Da seine Eltern in der Produktion arbeiteten, hatte er als Arbeiterkind die Möglichkeit, aufgrund seiner sehr guten schulischen Leistungen einen Platz an der EOS zu ergattern. In die EOS konnte ab der achten Klasse gewechselt werden. Bis zur zwölften war es so möglich, direkt das Abitur zu erlangen, vergleichbar mit dem Gymnasium im Westen. Michael fehlte es an der notwendigen Orientierung. Seine Eltern konnten ihm diese nicht geben. Sie hatten für sich das finanzielle Vorankommen in den Focus gestellt. Etwas Druck und Überzeugungskraft hätten genügt, um ihm den Weg und die zukünftigen Möglichkeiten für seine spätere berufliche Entwicklung aufzuzeigen. Er wäre in ein anderes Umfeld gekommen, mit ebenso leistungsstarken Mitschülern, und es hätten sich auch in sportlicher als auch künstlerischer Hinsicht ganz andere Möglichkeiten aufgetan. Stattdessen fragte Michaels Vater ihn mit vierzehn Jahren: „Wärest du damit einverstanden, wenn Mutti und ich zusammen Schicht arbeiten?"

Michael überlegte kurz, was das für ihn bedeuten würde. Bei Spätschicht wäre er den ganzen Nachmittag und bei Nachtschicht die Nacht allein. Einerseits hätte er dann nicht mehr viel mit seinen Eltern zu tun, und könnte diese Tagesabschnitte nach seinen Interessen ausrichten. Andererseits dachte er noch immer als Kind, und war in einem Abhängigkeitsverhältnis gefangen.

„Ja sicher, könnt ihr machen.", willigte Michael ein.

So war Michael ab diesem Zeitpunkt noch mehr auf sich gestellt. Viel Zeit verbrachte er mit seinem besten Schulfreund, Jörg Penzer. Sie hatten viele Gemeinsamkeiten, unter anderem spielten sie im selben Verein Fußball, hatten denselben Humor und ähnliche Schwierigkeiten im Elternhaus. Seine Eltern ließen sich gerade scheiden. Bei Michaels Eltern hingegen, waren häufige Spannungen weiterhin die Regel. In den Sommerferien fuhren sie oftmals gemeinsam ins Ferienlager, denn Jörgs Vater arbeitete im selben Betrieb wie Michaels Mutter. Fast jeder größere Betrieb veranstaltete für die Kinder der Mitarbeiter ein solches Lager. Gegen einen geringen finanziellen Aufwand fuhren die Kinder in die schönsten Regionen der DDR. Die Kinder waren altermäßig in Gruppen aufgeteilt und hatten je Gruppe einen Betreuer. Dieser war entweder ein Lehrling oder ein „Jungfacharbeiter" aus dem Betrieb. Selbst in den Ferienlagern gab es einen offiziellen Rahmen. Der Tag begann nach dem gemeinsamen Frühstück mit einem Morgenappell, zu dem alle Gruppen antreten mussten. Es wurde die „Losung des Tages" herausgegeben. Anschließend war jedoch Freizeit angesagt. Sie gingen dann zum Baden an den See, ins Kino, oder es wurde mit dem werkseigenen Bus zu Sehenswürdigkeiten in der Nähe gefahren. Nach dem dreiwöchigen Ferienlager ging es für ihn wieder zu seinen Großeltern aufs Land. Mit seinen dreizehn Jahren fuhr er endlich allein mit dem Zug, was er als aufregend und spannend empfand. Der Facettenwechsel vom hektischen Großstadttreiben in Berlin, bis zur immer beschaulicheren Fahrt durch die Tabakanbaugebiete nord-östlich von Berlin, wirkten beruhigend und entschleunigend. Die Erwachsenen und auch die Jugendlichen auf dem Lande waren gelassener. Es schien so, als liefen die Uhren langsamer. Bei seinen Großeltern angekommen, war er mitten im Dorfgeschehen. Da er mehrmalig im Jahr zu Besuch war, wurde er von den Gleichaltrigen als einer von ihnen betrachtet. Er fuhr mit dem Trecker, durfte reiten oder mit dem Moped über die Feldwege fahren, obwohl er noch keinen Führerschein besaß.

[7] *Am 6. Mai 1974 erklärt Bundeskanzler Willy Brandt in Zusammenhang mit der Agentenaffäre Guillaume seinen Rücktritt. Am 9. August des Jahres nimmt US-Präsident Richard Nixon im Zuge der „Watergate-Affäre" seinen Hut. Die europäische Wirtschaft kämpft mit Währungsschwierigkeiten und hoher Inflationsrate. DDR und BRD feiern den 25. Jahrestag ihrer Staatsgründung. Die Bundesrepublik Deutschland wird Fußball-Weltmeister.*

Schwierige Zeit

Zu dieser Zeit hatte Michaels Mutter einen Liebhaber. Sie war schon immer von sich eingenommen und ließ auch im Beisein seines Vaters keine Gelegenheit aus, zu betonen: „Ich hätte ganz andere haben können".

Sein Vater wurde seit mehreren Jahren von einer Wirbelsäulenerkrankung heimgesucht, die mit einer zunehmenden Versteifung einherging. Die Folge waren ständige Arztbesuche, Kur- und Krankenhausaufenthalte. Daher war Michael viele Wochen des Jahres mit seiner Mutter allein. Die Abwesenheit nutzte sie aus. Das Prozedere war immer dasselbe. Wenn Michael im Wohnzimmer oder seinem Zimmer war, kam sie zu ihm und sagte: „Du, ich bin müde und lege mich ein bisschen hin."

So stellte sie sicher, dass er nicht zufällig auf ihren „Freund" traf, der sich derweil ins Schlafzimmer schlich. Hinterher kam seine Mutter wieder zu Michael, und begann ein belangloses Gespräch. Diese Zeit nutzte ihr „Freund", um sich wieder aus der Wohnung zu stehlen. Oft verschwand Michael lieber aus der elterlichen Wohnung, und vertrieb sich die Zeit mit seinem Freund. Die Affäre seiner Mutter ging über Monate. Aber auch andere wussten von dem Verhältnis. So erzählte Ruth, die jüngere Schwester seiner Mutter davon Michaels Großmutter, und die wiederum stellte seine Mutter zur Rede. Es stand offensichtlich nicht gut um die Ehe seiner Eltern, denn irgendwann offenbarte seine Mutter Michael diese Beziehung, und fragte: „Hast du etwas dagegen, wenn Karl, so hieß ihr Liebhaber, mal zum Fußball gucken kommt?"

Er fühlte sich unwohl und überrumpelt. Nicht nur, dass er sein junges Leben bereits in weitestgehender Eigenverantwortung gestalten musste, wurde er durch seine Mutter in eine Beziehungskrise hineingezogen. Es lief gerade die Fußballweltmeisterschaft und der Freund kam zum Spiel Brasilien gegen Holland. Für Michael war es eine unangenehme Situation. Es fühlte sich falsch an, mit dem Liebhaber seiner Mutter in der elterlichen Wohnung gemeinsam Fußball zu schauen. Wenig später fragte ihn seine Mutter: „Michael, wenn ich mich von Vati trenne, würdest du dann mit mir zu Karl ziehen?"

Er hatte kein gutes Verhältnis zu seinem Vater. Seine Strenge und Sturheit verbunden mit seinen konservativen Ansichten, machten ihm gerade in dieser pubertären Zeit sehr zu schaffen. Eigentlich war er froh, wenn sie sich so wenig wie möglich begegneten. Aber als Entscheider in der Beziehungskrise seiner Eltern herangezogen zu werden, das wollte er auf keinen Fall. Das machte er seiner Mutter deutlich: „Ich möchte nicht, dass ihr euch scheiden lasst.", sagte er zu ihr, obwohl diese Reaktion für ihn fortan mit mehr Ablehnung verbunden war.

Die Besuche von diesem Karl blieben aus, ob die Verabredungen an anderen Ort stattfanden, konnte er nicht sagen und verdrängte diese Gedanken. Diese negativen Episoden, in der Orientierungsphase eines jungen Menschen, setzten ihm derartig zu, dass er zeitweise zum Bettnässer wurde. Es war die Ohnmacht eines Kindes, das noch nicht erwachsen war und somit nicht die Konsequenzen ziehen konnte, um aus dem Elternhaus auszubrechen. Er war sich sicher, dass seine Eltern über die Verfehlungen gesprochen hatten, und sein Vater seiner Mutter ihre Alternativen aufgezeigt hatte. Es schien, als hatten sie eine Art Agreement getroffen. Sein Vater wusste nach ihrer Aussprache mit hoher Wahrscheinlichkeit um Michaels zwangsweise Mitwisserschaft, und das ließ er ihn fortan spüren. Ab der achten Klasse wurde der Übergang von der Pionierorganisation zur FDJ vorbereitet. Dieser zog sich über das gesamte Schuljahr hin. In sogenannten „Jugendstunden" wurden die Jugendlichen auf das Leben als FDJler vorbereitet.

Dies geschah unter einer „zwanghaften Freiwilligkeit", denn es war ein offenes Geheimnis, dass eine Verweigerung der Mitgliedschaft sich in der weiteren schulischen und beruflichen Entwicklung als nachteilig auswirken würde. In seiner Klasse war ein Mädchen, das im Elternhaus eine christliche, katholische Erziehung genoss. Dies ging mit der Konsequenz einher, dass sie nicht an den Jugendstunden teilnahm, und demzufolge auch nicht Mitglied der FDJ wurde. Ihre schulischen Leistungen waren überdurchschnittlich gut. Als dann, am Ende der achten Klasse ein Wechsel auf die EOS möglich war, wurde von staatlicher Seite geblockt. Erst ein massives Intervenieren der Ost CDU brachte den Erfolg. Die Jugendstunden wurden auch mal während der regulären Schulzeit abgehalten, und das empfanden alle als äußerst angenehm. An einem dieser Vormittage sollte eine Schrottsammelaktion durchgeführt werden, nach dem Motto „Martin braucht Schrott". Mit dem Synonym waren die Siemens-Martin-Öfen des alten Stahlwerks gemeint. Es gab an der Schule eine Lehrerin, die in Teilzeit als FDJ-Sekretärin der Schule fungierte. Als Ausgleich brauchte sie entsprechend weniger Unterrichtsstunden abhalten, was wiederum für sie ganz angenehm war. Diese Aktion wurde recht lustlos umgesetzt, denn keiner hatte großartiges Interesse daran sich mit scharfkantigen Stahlteilen herumzuplagen. Die Teilzeit FDJ-Sekretärin war ganz locker und nahm die Schüler bereits am Vormittag mit zu sich nach Hause.

„Wollt ihr Rauchen?", fragte sie in die Runde. Die Jungen und Mädchen der Klasse staunten nicht schlecht.

Unter seinen Mitschülern waren bereits einige Raucher und so öffnete sie einen Küchenschrank, in dem mehrere Stangen Westzigaretten lagerten.

„Hier, ich denke die werden für euch reichen", gab sie mehrere Schachteln heraus.

Für die Nichtraucher gab es Marsriegel und Kaugummis ebenfalls aus dem Westen. „Ach wisst ihr, meine Mutter ist Invalidenrentnerin, und fährt jedes Jahr mehrmals zu ihrer Schwester nach Westberlin", erzählte sie ohne Umschweife.

Für Michael wieder mal ein Beispiel dafür, wie viele Menschen sich in der DDR mit den politischen Verhältnissen arrangierten, und es sich im privaten angenehm zurechtrückten. Im Rahmen der Vorbereitung zur Aufnahme in der FDJ unternahm die Klasse zwei Fahrten. Diese waren Standardprogramm für alle Jugendlichen, die auf die Aufnahme in die FDJ vorbereitet wurden. Einmal ging es zum ehemaligen Konzentrationslager nach Oranienburg. Das eigentliche Lager mit den Baracken existierte nicht mehr. Doch es wurde ihnen ein Film gezeigt, der unmittelbar nach der Befreiung des Lagers durch ein russisches Filmteam gedreht wurde. Inhaftiertes, ehemaliges Wachpersonal musste die perfiden Mordmethoden erläutern, bis hin zur Verbrennung der Leichen im Krematorium. Für einige aus der Klasse waren die schwarzweißen Aufnahmen mit dieser Wucht der Authentizität einfach zu viel. Nur wenige Zeit nach dem Besuch der Gedenkstätte, wurde diese Dokumentation nicht mehr gezeigt.

Bei einer zweiten Fahrt besuchte die Klasse Weimar, die Stadt der Dichter und Denker. Unweit von Weimar, am Ettersberg, wurde zunächst die Gedenkstätte des Konzentrationslagers Buchenwald besucht. Am Haupteingang des Lagers mit Wachgebäude stand der sarkastische Spruch „Jedem das Seine". Die Arrestzellen im Eingangstrakt, eine Originalbaracke sowie das Krematorium konnten besichtigt werden. Wie kaltblütig und einfallsreich bei der Ermordung der Häftlinge vorgegangen wurde, zeigt das Beispiel einer getarnten Genickschussanlage. Die Häftlinge wurden unter dem Vorwand einer ärztlichen Untersuchung in ein Nebengebäude gebracht. Nachdem sie sich entkleidet hatten, wurden sie einzeln in einen Raum geführt, der als Untersuchungszimmer eingerichtet war. Der Boden jedoch war rot gestrichen, um Blutspuren zu kaschieren. Anschließend wurde das Opfer zwecks „Vermessung" vor einer Wand mit Messlatte platziert und sodann durch einen Schlitz in der Messlatte von seinem Mörder, der in einem Nebenraum wartete, per Genickschuss erschossen. Die Ausstellung, mit vielen Bildern von abgemagerten Häftlingen und Leichenbergen, die kurz nach der Befreiung durch die Amerikaner aufgenommen wurden, dokumentierten in eindrucksvoller Weise die Grausamkeit des Nationalsozialismus. Am Nachmittag wurden die kulturhistorischen Stätten von Weimar besucht, das Goethe- und Schillerdenkmal vor dem Deutschen Nationaltheater, das Goethe-Nationalmuseum in seinem ehemaligen Wohnhaus und das Schillermuseum. Diese kulturellen Eindrücke standen im krassen Gegensatz zum zuvor Erlebten. Der Abend stand zur freien Verfügung, den die Jungs der Klasse im Gasthaus „Zum weißen Schwan", mit mehreren Bieren ausklingen ließen. Der Tag der Jugendweihefeier rückte näher. Bereits zu Jahresanfang richteten das Konsum Warenhaus und das HO-Kaufhaus das Sortiment auf dementsprechende Modeartikel aus. Die Jungen zwängten sich das erste Mal in Anzug und Krawatte, die Mädchen in Hosenanzug oder Kostüm. Die Feier fand an einem Sonntagtag im Stadttheater statt. Höhepunkt war die Festrede eines Repräsentanten vom „Rat der Stadt". In seiner Rede betonte er die Bedeutung des Schrittes vom Jugendlichen ins Erwachsenendasein, und der damit verbundenen besonderen Verantwortung in der sozialistischen Gesellschaft. Kaum war der offizielle Teil vorbei, wurde im Kreise der Familien gefeiert.

Viele kamen dabei das erste Mal mit Alkohol in Berührung. Am Montag nach der Feier schwänzte ein Großteil der Klasse die Schule. Die fußballerische Entwicklung von Michael machte große Fortschritte. Für jeden Bezirk der DDR gab es übergeordnete Bezirkstrainer. Diese fuhren zu den Vereinen und führten Sichtungstests durch, um die besonders talentierten Nachwuchsspieler herauszufiltern. Aus diesen Spielern wurde eine Bezirksauswahl zusammengestellt. Die Besten dieser Auswahl wurden von einem Oberligaclub zu Eignungstests eingeladen. Da der Bezirk Potsdam keine Oberligamannschaft hatte, fanden diese Tests beim Armeesportclub Frankfurt/Oder statt. Michael hatte ein klares Ziel vor Augen. Er wollte über die Auswahl und die Tests beim Oberligaverein in der höchsten Spielklasse der DDR spielen. Sollte es dann zu einer Qualifikation in einem internationalen Wettbewerb kommen und die Mannschaft hätte ein Auswärtsspiel im

„nichtsozialistischen Ausland", würde er die Gelegenheit nutzen und sich absetzen. Sein großes Ziel war es, in der Bundesliga zu spielen. Er schaffte es als Stammspieler in die Bezirksauswahl Potsdam und wurde dort zu einem Leistungsträger. Der Trainer der Auswahl förderte Michael in einer liebevollen, väterlichen Art. Anfang des Jahres 1974 wurden einige Spieler zu den Leistungstests zum ASK Vorwärts Frankfurt/ Oder eingeladen. Wer die Tests erfolgreich abschließen konnte, durfte auf die Kreis-Kinder und Jungendsportschule. Die hervorragenden Bedingungen in Frankfurt ließen Michael staunen. Es gab Hallen, die so groß waren, dass mehrere Spielfelder hintereinander reinpassten. Die Verpflegung mit Obst und Südfrüchten in großer Auswahl kannte er in dieser Form nicht. Er war bei den Tests souverän und es sollte alles darauf hinauslaufen, dass er ab dem neuen Schuljahr auf die Sportschule nach Frankfurt wechselt. In den Sommerferien fuhr die Bezirksauswahl für zwei Wochen zur Kreis-Kinder und Jugendspartakiade nach Limbach-Oberfrohna. Zuvor ging es für zwei Wochen in ein Trainingslager in die Nähe von Rathenow, mit diversen Testspielen und Konditionstraining. Während der Spartakiade traf Michaels Mannschaft auf Auswahlmannschaften, die mit den besten Spielern aus Spitzenclubs der DDR antraten. Sie kamen von namenhaften Vereinen wie dem BFC Dynamo Berlin, Dynamo Dresden oder Hansa Rostock.

Doch die Auswahl des Bezirkes Potsdam, mit Michael als Stammspieler, konnte überzeugen, und schaffte es bis ins Halbfinale. Die Weichen für den Wechsel auf die Sportschule waren gestellt. Doch nach den sportlichen Tests wurde von Seiten der Staatssicherheit noch einmal geschaut, wie es denn mit Westverwandtschaft der jungen Spieler aussah. Michael hatte zahlreiche Verwandtschaft in der Bundesrepublik. Bereits im Vorfeld, lange bevor Michael in die Auswahl kam, fragten die Heimtrainer in Brandenburg, in einem lockeren Gespräch, nach etwaiger Westverwandtschaft. Diese Tatsache gab den Ausschlag, dass der Traum vom Wechsel auf die Sportschule platzte wie eine Seifenblase. Ein Klassenkamerad von ihm war ein sehr guter Ruderer und war jahrelang im Leistungskader beim ASK Vorwärts Potsdam. Er fuhr im Achter und stand kurz vor der Teilnahme an einem internationalen Wettkampf in England. An einem Wochenende kurz vor dem Wettkampf hatte seine Familie Besuch aus der Bundesrepublik. Da Potsdam nur wenige Kilometer von Brandenburg entfernt ist, holte ihn sein Onkel aus dem Westen mit seinem BMW ab. Das sah ein offizieller Vertreter der Sportschule. In der darauffolgenden Woche wurde er gemeinsam mit seinen Eltern zu einem Gespräch gebeten, mit dem Ergebnis, dass er die Sportschule mit sofortiger Wirkung verlassen musste. Michaels Enttäuschung war groß. Die sportlichen Normen für die Aufnahme zu schaffen, dann aber wegen Verwandten im anderen Teil von Deutschland keine Berücksichtigung zu finden, der Stachel saß tief. Wieder zu Hause angekommen, ging es sofort nach einem Wäschewechsel zu seinen Großeltern nach Pinnow. Seine Cousine Brigitte wartete bereits sehnsüchtig auf ihn, um wieder den aktuellen Dorfklatsch sowie die Neuigkeiten in der Verwandtschaft zum Besten zu geben. Sie interessierte sich bereits für Jungs und hatte einen älteren Freund.

Am Abend zog Michael mit ihr los in Richtung Park, den die Jugendlichen in Eigeninitiative selbst angelegt hatten. Die anderen waren einige Jahre älter als er. Jeden Sommer kam ein älterer Herr mit seinem Kettenkarussell und machte für eine Woche Station im Dorf. Für die Jugend eine willkommene Abwechslung. Sie fuhren zu mehreren hintereinander, Michael saß ganz vorne. Hatte das Karussell seine Höchstgeschwindigkeit erreicht, wurde untereinander eine Verbindung hergestellt, indem sich gegenseitig die Hände gereicht wurden. Dann wurde der Vordermann so weit wie möglich nach außen geschleudert. Das machte bei den ersten Fahrten großen Spaß, doch es dauerte nicht lange und Michael kotzte die Karusselltreppe voll. Noch Jahre später konnte der Schausteller sich an Michael erinnern, und sprach ihn auf sein Missgeschick von damals an. „Na Junge, dich kenne ich, du hattest mir mal die Treppe vollgekotzt“, sagte er dann jedoch in einem versöhnlichen Ton. Die Freundin von Michaels Cousine hatte ein Moped, eine Schwalbe. Michael war zu Hause in Brandenburg gerade dabei, den Mopedführerschein zu machen. Da auf dem Land die Polizeistationen der Volkspolizei in der Regel nur mit wenigen Polizisten besetzt waren, war das Risiko in eine Kontrolle zu geraten, eher gering. Also durfte Michael schon mal kurze Wege mit dem Moped fahren. Der Schalthebel der Schwalbe funktionierte etwas anders als bei den herkömmlichen Maschinen. Das Schalten in die oberen Gänge musste mit der linken Ferse und das Herunterschalten mit der Fußspitze erfolgen. Damit hatte Michael noch so seine Schwierigkeiten. Einmal überließ Melitta, die Freundin seiner Cousine ihm das Moped, und er sollte in der nahegelegenen Kreisstadt vor dem Stadt Café warten.

Als Michael dort ankam, saßen die Jugendlichen aus dem Dorf bei schönstem Wetter vor dem Café, tranken etwas oder aßen Eis. Michael machte eine wunderbare Kehre und stoppte professionell vor dem Café. Er traute sich aber nicht mehr, das Moped zu starten, und wieder zu fahren. Zu groß war die Angst vor der Blamage, das Ding abzuwürgen, oder sich zu verschalten, zumal einige der Jugendlichen verwegene Fahrer waren, die mit Kunststücken brillierten. Eines davon war, während höchster Geschwindigkeit, einen Fahrerwechsel von hinten nach vorn und umgekehrt zu vollziehen. Dabei ging der Fahrer auf der rechten Seite nach hinten, und der Sozius auf der linken Seite nach vorne. Das vollzogen sie einmal bei einem Dorffest auf dem Sportplatz. Die Jungs auf dem Moped wollten vor den Mädchen auf dicke Hosen machen. Es hatte auch alles wunderbar funktioniert, nur fuhren sie dabei durch eine Pfütze direkt an Michaels älteren Cousinen aus dem Westen vorbei. Diese hatten rosa Kleidchen und weiße Kniestrümpfe an, die umgehend in die Wäsche mussten. Zum Anfang des neuen Schuljahres wunderten sich die Mitschüler und Lehrer, dass er wieder auf der Schulbank saß. Fortan hatte er Schwierigkeiten, seinem Leben eine neue Orientierung zu geben. Den Wechsel auf die Sportschule hatte er für sich auch als Chance gesehen, dem Elternhaus und den Beziehungsproblemen seiner Eltern zu entfliehen. Was sich für andere als problematisch darstellte, einen

Tagesablauf in einem engen Korsett aus Schule und Leistungssport zu bewältigen, hätte ihm zum Vorteil gereicht, da war er sich sicher. Aber leider machte ihm der Staat mit seinen Präventionen einen Strich durch die Rechnung. Die Chance auf die EOS zu gehen, und direkt das Abitur zu machen, hatte er ausgeschlagen. Mit der sportlichen Karriere schien es, zumindest im Spitzensport auch vorbei zu sein. Das kommende Schuljahr wurde jedoch richtungweisend. Es mussten Bewerbungen geschrieben werden. Es gab in der DDR noch die Möglichkeit, eine Berufsausbildung mit dem Abitur zu koppeln. Diese Option wurde ihm jedoch von seinem Vater ausgeredet. Der war der Meinung, lieber einen „anständigen" Beruf erlernen, als mit Abitur und Null-Bock auf Studium als zweiter Schmelzer im Stahlwerk im Schichtbetrieb zu verschleißen. Also bewarb sich Michael völlig unspektakulär auf eine Ausbildung zum Elektromonteur im Stahlwerk. Ab der 9. Klasse gab es eine weitere Reglementierung der Jugend von staatlicher Seite, die „vormilitärische Ausbildung". Diese wurde in Michaels Klasse noch als Nachmittagsveranstaltung durchgeführt, ab 1978 jedoch als reguläres Unterrichtsfach eingeführt. Unterteilt wurde diese Ausbildung in einen theoretischen und einen praktischen Teil.

Eine Verweigerung, beispielsweise aus religiösen Gründen, war fast nicht möglich. Wenn doch, dann hatten die Eltern mit Repressalien von Seiten der Staatssicherheit zu rechnen. Die Jungen der Klasse wurden zu diesen Veranstaltungen in eine Art Uniform gesteckt. Die Ausbildung übernahmen dickbäuchige, unsportliche „Genossen der Kampfgruppen". Diese waren genauso wenig motiviert wie die Jugendlichen. Im theoretischen Teil stotterten sie die altbekannten Phrasen. Im praktischen Teil wurde exerzieren geübt. Das geriet zumeist zur Lachnummer. Für Michael und seine Klassenkameraden war das eher eine Art Spaßveranstaltung, und er blieb dieser zukünftig, unter Angabe von fadenscheinigen Gründen, oft fern. Mit fünfzehn Jahren hatte er endlich seinen Moped-Führerschein und kaufte sich von dem Geld, das er zur Jugendweihe erhalten hatte, ein Moped. Es bildeten sich Moped Cliquen in den Wohnvierteln des Neubaugebietes. Oft wurden Rennen ausgefahren. Es gab keine Helmpflicht, obwohl die Zweiräder mit ein bisschen Frisieren, eine Geschwindigkeit von siebzig Stundenkilometer erreichten. Seine Eltern kamen durch den Mehrverdienst aufgrund der Schichtarbeit zu einem DDR-typischen Wohlstand. Aus dem Trabant wurde ein Lada, und sie schafften sich einen Wohnwagen an. Campingplätze gab es in der Umgebung von Brandenburg und den umliegenden Havelseen viele. Der Campingplatz seiner Eltern lag etwa fünfzehn Kilometer außerhalb von Brandenburg. Diese Art der Freizeitgestaltung hat eine Tradition bis weit in das vergangene Jahrhundert, denn bereits um 1920 war das Gebiet ein beliebtes Ausflugziel der Berliner.

Die Dauercamper kamen an den Wochenenden aus verschiedensten Regionen der Republik angereist. Eine dieser Familien kam aus Staßfurt. Der Mann arbeitete im Fernsehgerätewerk. Er schraubte auch in der Freizeit an der Technik, und betrieb an den Wochenenden seinen eigenen Rundfunksender, der sich mit seiner Reichweite über den gesamten Campingplatz ersteckte. Es wurde ausschließlich Westmusik gespielt und mit Klatsch und Tratsch vom Geschehen auf den Platz zwischenmoderiert. Er ging stolz über den Platz und wehe einer hatte seinen Sender nicht eingestellt. In der zweiten Saison kauften sich Michaels Eltern noch ein Segelboot. So gestalteten sie sich das Nischenleben in der DDR kommod. Da Michael an den Wochenenden Fußball spielte, war er recht selten auf dem Campingplatz. Er war froh darüber, so hatte er die Wochenenden bei „sturmfreier Bude“ zur freien Gestaltung. Die Besuche seiner Großeltern in Pinnow unternahm er jetzt immer mit dem Moped, immerhin eine Strecke von zweihundert Kilometern, und ein Teil davon auf der Autobahn. Bei einem dieser Besuche lernte er den neuen Freund seiner Cousine kennen. Manfred war sechs Jahre älter als er, in diesen jungen Jahren ein gigantischer Altersunterschied. Er war groß, sportlich und hatte lange Haare. Seinen Berufsabschluss mit Abitur hatte er gerade geschafft. Er war unter mehreren Geschwistern ein Nachkömmling. Seine Mutter war kurz nach der Geburt gestorben. Sein Vater war bereits Rentner und in den Westen gezogen. Teilweise hatte er seine Jugend bei seinem älteren Bruder in der Nähe von Leipzig verbracht. Trotz des Altersunterschieds verstanden sich beide sofort. Michael schaute zu Manfred auf. Es herrschte zwischen ihnen schnell eine Vertrautheit, die er in der Vergangenheit nie kennengelernt hatte. Manfred bewohnte eine eigene Wohnung in der nahegelegenen Kreisstadt, eigentlich nur ein großes Zimmer unterm Dach in einem mehrstöckigen Haus. An den Wänden hingen selbstgemalte Bilder von Che Guevara, Jimmy Hendrix und Emerson, Lake & Palmer. In der Ecke des Raumes stand ein 1000 Watt Verstärker und davor auf einem Ständer, eine von ihm selbst nachgebaute Fender Stratocaster. Michael war fasziniert und beeindruckt. Zusammen gingen sie schonmal gemeinsam ein Bier trinken, oder besuchten zu dritt Discotheken in den umliegenden Dörfern.

Einmal war die Dorfdisco direkt in Pinnow, im großen Saal, neben der Kneipe, in der die Bauern nach getaner Feldarbeit ihr Bier tranken. An diesem Abend trank Michael ein Bier zu viel. Zu fortgeschrittener Stunde gesellten sich zwei Dorfschönheiten an ihren Tisch und machten Michael schöne Augen. Manfred bedeutete ihm mit einem Kopfnicken, dass er ruhig rangehen sollte. Michael war aber nicht mehr Herr seiner Sinne. Ihm war schlecht. Er verließ die Disco und ging zurück zum Haus der Großeltern, kletterte durchs halbgeöffnete Fenster in sein Zimmer, ohne dass jemand etwas mitbekam. Wieder zurück in Brandenburg, richtete sich er neu aus. Hörten seine Klassenkameraden die derzeitig angesagten Bands wie „The Sweet“ oder „Slade“, ging sein Musikgeschmack jetzt in Richtung „Deep Purple“ oder „Pink Floyd“. Auch sein politisches Meinungsbild wurde kritischer. Fortan wandte er sich gegen alles „Spießige“ in der DDR-Gesellschaft. Seine Entwicklung stieß auf Unverständnis bei seinen Eltern, wie sollte es auch anders sein. Sein Vater erkannte den Einfluss, den Manfred ausübte, aber seine Mittel dagegen vorzugehen, waren nun beschränkt. Michael war in der pubertären Entwicklung hinter den meisten Jungen der Klasse zurück. Diese hatten bereits Bartansatz und Schambehaarung. Er hingegen sah zu dieser Zeit eher wie ein Mädchen aus, worunter er sehr litt. Seine längeren Haare und die weichen Gesichtszüge taten ein Übriges. Ging es darum Zigaretten zu kaufen oder vor einem Discobesuch mal ein Bier zu trinken, wurde Michael, im Gegensatz zu seinen Freunden vom Bedienungspersonal immer nach dem Ausweis gefragt. Um dieser Peinlichkeit aus dem Weg zu gehen, bestellte er lieber gleich Cola. Das letzte Schuljahr entwickelte sich als das entspannteste der gesamten Schulzeit. Im ersten Halbjahr wurde das Nötigste getan, um den Notenstand zu halten. Im zweiten Halbjahr begannen die Prüfungsvorbereitungen. Michaels Leistungen waren wieder sehr stabil, und am Ende schloss er die zehnte Klasse mit dem Prädikat „ausgezeichnet" ab.

Die Schulzeit lag hinter ihm und es begann ein neuer Lebensabschnitt mit der Berufsausbildung. Doch zuvor waren das letzte Mal große Ferien. In den ersten drei Wochen hatte Michael einen Ferienjob bei seiner Mutter im Getriebewerk. In dieser Zeit verdiente er vierhundert DDR-Mark. Anschließend ging es wieder mit dem Moped zu seinen Großeltern aufs Land. Manfred hatte sich musikalisch wieder weiterentwickelt. Jeden Tag zogen sie los und unternahmen etwas. So fuhren sie über die Dörfer in Richtung des Flusses Oder mit ihren Nebenarmen. Dort gab es eine wunderschöne Freiluft Badeanstalt, mit angrenzender Gaststätte. Am Abend kamen sie abgekämpft, aber zufrieden zurück. Seine Großmutter stellte dann die dampfenden Schüsseln mit Fleisch, Kartoffeln und Gemüse auf den Tisch. Seine Cousine geriet während Michaels Besuchen ins Hintertreffen, denn die „Männer" verbrachten viel Zeit miteinander. Michaels Tante schaffte sich jedes Jahr eine Schar junger Enten an. In diesem Jahr hatte sie wohl den richtigen Zeitpunkt verpasst, die Enten auf den Dorfteich zu lassen. So wurden sie eines Tages zum Teich getrieben, und hatten solch großen Gefallen daran gefunden, dass sie am Abend nicht mehr zurückzukommen wollten. Nach einigen Tagen machten sich Manfred und Michael daran, die Enten vom Teich zu holen.

Doch dies war einfacher gesagt als getan. „Wir nehmen das Seil aus dem Schuppen, du gehst auf die andere Seite vom Teich und dann treiben wir sie aus dem Wasser.“, gab Manfred seine Anweisungen an Michael.

„Gute Idee, wenn es funktioniert.“, meinte Michael, und ging mit dem einen Ende des Seiles auf die Seite des Teiches, an der die Dorfstraße vorbeiführte.

Der Teich war etwa dreißig Meter breit. Eine Weile ließen die jungen Enten sich treiben, doch dann wurde es ihnen zu bunt und es sprangen eine nach der anderen über das Seil und wieder in Richtung Teichmitte. Das Spiel begann von vorne, brachte jedoch keinen Erfolg. Also mussten sie sich etwas anderes einfallen lassen. Manfred hatte begonnen hinter der Scheune Weiden anzupflanzen, um dann später im Herbst Weidenkörbe zu flechten. „Heute Nachmittag schneide ich ein paar Weiden ab und flechte eine Art Basketballkorb. Dann verknoten wir zwei Seile und so holen wir eine nach der anderen aus dem Wasser.“, sagte Manfred voller Überzeugung.

„Das könnte funktionieren. Ist zwar aufwendig, aber so bekommen wir sie sicher aus dem Teich.“, sagte Michael.

Doch der Erfolg wollte sich auch diesmal nicht einstellen. Die kleinen Enten waren geschickter, und wichen dem Korb immer wieder aus. Vorbeifahrende Autofahrer hielten an und gaben gut gemeinte Ratschläge. Am Abend saßen die beiden frustriert bei einem Bier auf dem Hof vor dem Haus und hatten die Aktion „Entenfang“ als Misserfolg abgehakt. Auf einmal hörten sie Geschnatter auf der Nebenstraße, das langsam lauter wurde. Die Enten hatten genug vom Schwimmen und gingen mit Getöse in ihren Stall.

[8] *Das Jahr 1978 ist eine Zeit der revolutionären Entwicklungen und Geschehnisse. Das erste Retortenbaby erblickt das Licht der Welt. Ägypten und Israel unterzeichnen in Camp David Verträge für einen Frieden im Nahen Osten. In der Bundesrepublik erleidet die FDP mit ihrer Wahlstrategie Schiffbruch. Die Partei dient sich sowohl der SPD als auch der CDU als Koalitionspartner an und scheitert schließlich an der*

5-Prozent-Hürde. Arbeitskämpfe bestimmen den Alltag in deutschen Unternehmen. Die Annäherung an die DDR kommt mit den deutsch-deutschen Verkehrsabkommen einen Schritt voran. In den Schulen der DDR wird in den Klassen 9 und 10 der Wehrunterricht eingeführt. Der polnische Kardinal Karol Wojtyla wird zum neuen Papst gewählt.

Erste Liebe

Die letzten großen Ferien gingen zu Ende und die Ausbildungszeit begann. Die Klasse setzte sich fast ausschließlich aus Jungen zusammen. Nur drei Mädchen, wagten den Schritt in eine männerdominierte Berufswelt. Elektromonteur im Stahlwerk zu lernen, befeuerte nun nicht gerade Michaels Visionen für die Zukunft. Er konnte sich nicht vorstellen, die nächsten fünfzig Jahre in diesem Job zu arbeiten. Er musste sich zwingen, die Sache pragmatisch anzugehen. Mit einem Beruf als Basis werden sich schon Chancen in der Zukunft auftun. Das war fortan sein Credo. Die Ausbildungszeit des ersten Lehrjahres teilte sich in drei Tage Schule und zwei Tage praktische Arbeit auf. War die theoretische Ausbildung eher langweilig und trocken, vergingen die Tage im Lehrkabinett schnell, denn die praktischen Tätigkeiten waren wider Erwarten interessant. Die Ausbildungsvergütung im ersten Lehrjahr betrug fünfundneunzig DDR-Mark. Damit konnten keine großen Sprünge gemacht werden. Aus der Klasse kristallisierte sich eine Gruppe von vier Freunden heraus, die nicht nur in der Ausbildungszeit die Köpfe zusammensteckten, sondern auch die Wochenenden gemeinsam verbrachten. So gingen sie in Gartenspartenkneipen Bier trinken, da es dort am billigsten war. Am Samstagvormittag trafen sie sich im Winterhalbjahr im Hallenbad zum Schwimmen und im Sommer im Freibad oder am Beetzsee. Am Abend ging es dann in die Disco. Eine dieser Diskotheken war unter der Woche die Schülerspeisung Michaels ehemaliger Schule. Am Samstag wurde dieser recht große Saal umfunktioniert. Es gab einen „Jugendclub", der für die Organisation verantwortlich war. Michael war bereits während seiner Schulzeit einige

Male dort hatte sich aber nicht getraut ein Mädchen aufzufordern. Inzwischen hatte er in seiner Entwicklung gegenüber den gleichaltrigen Jungen aufgeholt. Er war noch ein ganzes Stück gewachsen und wirkte männlicher, das gab ihm ein neues Selbstbewusstsein. Parallel zum Fußball ging Michael mehrmals die Woche zur Sektion Kraftsport, einer in der Betriebssportgemeinschaft des Stahlwerks eingegliederten Randsportart. Der Weg dorthin war lang, denn es musste mit dem Bus und der Straßenbahn bis an das andere Ende der Stadt gefahren werden. Aber er nahm die Beschwerlichkeiten in Kauf. Im Westen wäre es ein Bodybuilding-Studio gewesen. Von staatlicher Seite wurden diese sportlichen Auswüchse eher argwöhnisch beobachtet. Durch das kontinuierliche Training mit Gewichten veränderte sich Michaels Erscheinungsbild. Der Körper wurde muskulöser und der aufrechte Cowboygang wurde beim Vorbeilaufen in den Schaufenstern kontrolliert. Bei den Discothekenbesuchen an den Wochenenden war ihm ein besonders hübsches, blondes Mädchen aufgefallen. Sie hatte ein strahlendes, offenes Lächeln und sah einfach großartig aus. Jeden Freitagnachmittag gab es von den Lehrmeistern eine fachliche Unterweisung in Verbindung mit einer Arbeitsschutzbelehrung. Hierzu kam die Klasse, die ansonsten in zwei Gruppen aufgeteilt war, in einem Lehrkabinett zusammen. Für Michael und seine Freunde war das schon Entspannung kurz vor dem anstehenden Wochenende. Jedes Mal nahm er sich vor, Ines das hatte er bereits in Erfahrung gebracht, am Samstag zum Tanzen aufzufordern. Doch immer wieder überwogen die Hemmungen vor der Schmach, einen Korb zu erhalten. So vergingen einige qualvolle Wochen, ehe er sich dann doch ein Herz fasste. Der Abend begann wie die anderen zuvor. Die Jungen saßen in einer Ecke, diskutierten den Bundesligaspieltag aus, oder redeten über die neueste Musik. Michael hatte diesen Abend kein Gehör dafür, denn er sah Ines auf der gegenüberliegenden Seite der Tanzfläche mit ihrer Freundin tanzen. Er hatte mit ihr zuvor bereits mal diesen oder jenen Blickkontakt gehabt, doch er war sich nicht sicher, wie er diesen deuten sollte. Die Mädchen hörten auf zu tanzen, und ein Spieler aus Michaels Mannschaft setzte sich selbstsicher zu ihnen und begann locker drauflos zu reden. Das war Michael zu viel. Er ging hinüber. Sie spielten gerade einen Titel von „Hot Chocolate", der gut zu tanzen war. Als Michael Ines dann aufforderte konnte er in ihren Augen lesen, „na endlich traut er sich." Er tanzte mit ihr den ganzen Abend. Das Eis war gebrochen. Es galt als ungeschriebenes Gesetz, tanzt ein Mädchen mit einem Jungen mehr als zwei, drei Tänze, steht es einer näheren Beziehung nicht abgeneigt gegenüber. Michael konnte witzig sein. Da Ines über seine Späße herzhaft lachen musste, ließ ihn das zu humoristischen Höchstleistungen auflaufen. Am Ende des Abends brachte er Ines zum Bus. Sie gaben sich den ersten Kuss und er fragte: „Können wir uns am Sonntag wieder treffen, so um 14.00 Uhr?"

„Ja, wegen meiner gerne", sagte sie, „was wollen wir dann machen?"

„Wir können ein Eis essen, und vielleicht noch ein bisschen an der Havel spazieren, und küssen", gab er ihr zurück.

„Du bist ganz schön frech für dein Alter", entgegnete sie und stieg in den Bus, der gerade vorfuhr. „Na dann bis Sonntag!" rief sie ihm noch zu, bevor sich die Tür schloss und der Bus um die Ecke bog.

Michael schlenderte überglücklich durch den Park, der früher mal sein Schulweg war. Vor dem Date am Sonntag war die Aufregung wieder groß, es fehlte die Erfahrung wie der Faden weitergesponnen werden sollte, aber das würde die Zeit bringen, dachte er bei sich. Er schwebte förmlich durch die Woche. Seine Eltern waren am Wochenende auf dem Campingplatz und hatten unter der Woche mit ihrer Schichtarbeit zu tun. Einfluss auf seine Entwicklung nahmen sie schon lange nicht mehr. Seit frühester Kindheit war er gewohnt, Entscheidungen selbst zu treffen. Am Sonntag wartete er wie verabredet an der Bushaltestelle auf Ines und freute sich, als sie dem Bus entstieg. Sie trug Levis-Jeans und eine figurbetonte, weiße Bluse. Ihre blonden Haare hatte sie zu einem offenen Zopf gebunden. Sie gingen in eine neu eröffnete Eisdiele ganz in der Nähe, die ein beliebter Treffpunkt von jungen Leuten war. Sie saßen draußen, denn es war ein warmer Herbsttag. Sie fragten sich gegenseitig aus. Ines war sechzehn und ging noch zur Schule. Später stellte sich heraus, dass sie sich ein Jahr älter geschummelt hatte. „Wir könnten anschließend noch zu mir nach Hause gehen, meine Eltern sind nicht da, und ich zeige dir mein Zimmer und die Briefmarkensammlung.", wurde Michael mutig.

„Okay, wo sind denn deine Eltern?", fragte Ines, wobei sie den Witz mit der Briefmarkensammlung geflissentlich überhörte.

„Die sind am Wochenende immer auf ihrem Campingplatz, haben dort einen Wohnwagen zu stehen.", sagte Michael.

„Das ist für mich gut, so habe ich am Wochenende im Sommer meist sturmfreie Bude."

Michaels Zimmer war ein klassisches Kinderzimmer der DDR. Aus Platzgründen hatte er ein Wandklappbett und eine spießige Jugendzimmer-Schrankwand mit Schreibtisch. Ungestört konnten sie sich zärtlich näherkommen. Er hatte schon mal mit einem Mädchen geschlafen, aber dabei war er nicht mehr ganz nüchtern gewesen. Daher war diese Erfahrung eher unerotisch in Erinnerung geblieben. Ines war noch sehr jung und Michael drängte nicht. Sie ließen sich Zeit, beließen es bei Küssen und gegenseitigen Berührungen. Dabei gingen sie sehr zärtlich und liebevoll miteinander um. Sie waren dabei, sich ineinander zu verlieben. Die Wochen vergingen wie im Flug. Michael musste die Ausbildung, den Fußball, den Kraftsport und die Freundin unter einen Hut bekommen, da blieb keine Zeit für Müßiggang. Er ging gerne zum Kraftsport. Das Bodybuilding hatte seine Wurzeln in den USA und spätestens als Arnold Schwarzenegger „Mister Universum" wurde, schwappte dieser Körperkult auch nach Europa und machte auch nicht vor Mauer und Stacheldraht halt. Immer, wenn er den Trainingsraum betrat, fühlte er sich wie in einer anderen Welt. Es wurden prowestliche Ansichten vertreten und der Lebensstil dementsprechend ausgerichtet. Er sah seine Zukunft nicht in der DDR. Für ihn war es jedoch erst einmal wichtig, die Ausbildung erfolgreich zu beenden. Zum Abschluss des ersten Ausbildungsjahres ging die Klasse für drei Wochen in den Sommerurlaub. Michael fuhr diesmal wieder mit dem Zug nach Pinnow. Zu diesem Besuch kam die ganze Familie zusammen, denn es wurde ein runder Geburtstag seiner Großmutter gefeiert. Er war den Abend zuvor auf der Freilichtbühne auf dem Marienberg bei einem Konzert der DDR-Band „Transit" gewesen. Die Konzerte dieser Band liefen immer nach dem gleichen Muster. Erst zwei, drei eigene Titel, dann ausschließlich Songs von Udo Lindenberg. Gerade die Texte trafen den Nerv vieler Jugendlicher in der DDR. Sie spiegelten ein Lebensgefühl wider, das in der DDR von staatlicher Seite unterdrückt wurde. Die Jugendlichen suchten sich ihre Freiräume ohne Reglementierung selbst, und waren dabei sehr kreativ. Wie bereits in der Kindheit und später in den ersten Jugendjahren, empfand er es entspannend mit dem Zug zu reisen, den Gedanken freien Lauf zu lassen, und die Menschen auf den Bahnsteigen und im Abteil zu beobachten. Zugreisende waren eher mitteilsam und es entspannen sich mitunter interessante Gespräche. Es gab immer wieder nette Begebenheiten. So hielt einmal der Zug am Hauptbahnhof Potsdam. Die Abteile waren gut gefüllt, der Platz neben Michael war aber noch frei. Dies sah von draußen ein Reisender und fragte ihn: „Kannst du meine Tasche schon mal auf den Platz stellen?"

„Na klar", antwortet Michael. Daraufhin reichte der Mann reichte ihm diese durchs Fenster.

Der Reisende öffnete anschließend seine Tasche, und schenkte Michael eine Flasche Berliner Pilsner. Ein anderes Mal, der Zug fuhr bereits außerhalb von Berlin in Richtung Eberswalde sah er ein hübsches Mädchen im Gang zwischen zwei Waggons stehen. Der Zug war voll und die Reisenden standen dicht gedrängt. Zwischen dem Mädchen und ihm war der Abstand etwa zwei Meter, aber durch andere Reisende blockiert. Beide sahen sich immer wieder an, und lächelten sich freundlich zu. Das ging so eine ganze Weile, doch leider kam es zu keiner verbalen Kontaktaufnahme und an der nächsten Station stieg sie aus. Die Fahrt durch Berlin war für ihn immer wieder faszinierend. Von Schönefeld ging es weiter mit der S-Bahn nach Lichtenberg oder Schöneweide. Erst später fuhr der Fernzug direkt von Schönefeld ab. Die S-Bahn fuhr einen Teil der Strecke direkt am meterhohen Zaun der Grenzanlagen entlang und die Mauer war in Sichtweite. Die Mitreisenden im Abteil warfen verstohlene Blicke Richtung Westberlin. Es war in der Vergangenheit vorgekommen, dass fluchtwillige Reisende die Notbremse betätigten und dann über den Grenzzaun flüchten wollten. Doch sie wurden von Mitreisenden wieder zurückgezogen. Wenige Kilometer außerhalb von Berlin hielt der Zug in Angermünde. Michael war wieder in der tiefsten Provinz. Er steckte den Kopf aus dem Zugfenster, und atmete die Luft der Wiesen und Felder tief in sich ein. Zu dieser Zeit trampte er oft die restliche Strecke. Das ging fast immer schnell und problemlos. In der DDR hatte man das Gefühl, die Menschen würden sich alle kennen. Die Rockbands trafen sich immer wieder mal an einer der Raststätten der Transitstrecken. Die eine Gruppe kam von der Küste und hatte einen Auftritt in Sachsen. Die andere Band kam von dort und fuhr zu Konzerten in Richtung Küste. Zu diesem Besuch kam die gesamte Familie zusammen, auch der Bruder seines Vaters mit Frau und vier Töchtern, zweimal Zwillinge. Eine der älteren Mädchen hatte ihren Freund dabei. Manfred war jetzt auch DJ und tingelte über die Dörfer. So hatte er auch am Abend eine „Mucke" in der Kreisstadt Garz. Michaels Cousine Brigitte, die Mädchen und Dieter, der Freund einer der älteren Zwillinge fuhren mit. Doch die Diskothek war eher ein Tanzabend für polnische Erntehelfer. Die polnischen Jugendlichen blieben eher unter sich und hatten ein anderes Verständnis vom Tanzen. Michaels warf einen Blick auf seine jüngeren Cousinen, denn sie sahen sehr hübsch aus. Sie waren schlank, hatten mittellange Haare und gute Proportionen. Am Ende der Veranstaltung halfen alle Manfred, seine Utensilien in seine Wohnung zu bringen. Anschließend wollten sie gemeinsam noch ein Bier trinken gehen. Doch Dieter, der Freund einer seiner älteren Cousinen zog es mit ihr vor wieder Richtung Pinnow zu fahren, denn er wollte es sich nicht mit seinem zukünftigen Schwiegervater verscherzen. Die anderen dagegen gingen noch ins „Deutsche Haus", eine Gaststätte an der

Hauptstraße der Kleinstadt. Im Gastraum saßen einige Bauern mit ihren Heimkehrer Mützen und Gummistiefeln und waren am Diskutieren. Es wurde recht gemütlich. Manfred und Michael tauschten die aktuellen Neuigkeiten aus. Die Zeit verging im nu, und es wurde spät. Der letzte Bus war bereits lange weg. Also blieb nichts weiter übrig, als bei Manfred im Zimmer zu übernachten. Den Mädchen bekam offensichtlich die Kombination von Bier und frischer Luft nicht, denn sie hatten Koordinationsprobleme beim Laufen. Eine von ihnen, Stefanie, hing an seinem Hals und wurde schwer wie ein Kartoffelsack. Am Ende musste er sie noch die Treppe hochtragen. Bei einer späteren Gelegenheit erzählte sie ihm, dass schon etwas Kalkül dabei war. Sie mussten notgedrungen zu fünft in einem Doppelbett schlafen. Der Belegungsplan sah vor, dass er zwischen den beiden Mädels lag. Es gab eindeutig schlimmere Situationen. Als er seinen Kopf leicht nach links drehte, spürte er den Atem von Stefanie an seinem Gesicht. Es bedurfte kaum noch einer Bewegung und ihre Lippen würden sich berühren. Es vergingen einige knisternde Sekunden der Zurückhaltung, ehe sich ihre Lippen aufeinanderpressten. Sie küssten sich die halbe Nacht. Nicht wild, sondern eher sinnlich und zärtlich. Es sollte schließlich auch nicht auffallen. Ans Schlafen war nicht zu denken. Am nächsten Morgen fuhren sie gemeinsam zurück nach Pinnow. Im Bus sahen sie sich immer wieder verstohlen an. Beide konnten diese Situation für sich nicht so richtig einordnen. Wichtig war es auch, diese Schwingungen zwischen ihnen vor den anderen zu verbergen. Aber seine Bedenken waren unbegründet, denn schließlich war es ein großes Familientreffen, alle waren irgendwie beschäftigt, die Frauen in der Küche und die Männer beim Diskutieren im rauchgeschwängerten Wohnzimmer, da fiel ihr Verhalten keinem auf. Die Geburtstagsfeier seiner Großmutter verlief wie immer, Onkel Walter spielte zu fortgeschrittener Stunde Schunkellieder auf seinem Akkordeon und alle liefen in Polonäse um den Dorfteich. Michael hatte seine Augen sowieso woanders. Am übernächsten Tag musste er eigentlich wieder nach Hause fahren, denn er war mit Ines verabredet. Am Vorabend der

Abfahrt saß er mit seinen jüngeren Cousinen auf dem Dachboden. Dort schliefen zu Besuchen bei den Großeltern immer die Mädchen. Sie hatten zwei Flaschen Wein abgezweigt und machten es sich schön. Sabine, die Schwester von Stefanie ließ sie nicht eine Sekunde allein. Sie saßen bis in die Nacht zusammen. Michaels Zug fuhr vom Nachbarort bereits um 06.00 Uhr. Er fragte Stefanie noch: „Würdest du dich darüber freuen, wenn ich morgen wieder komme?".

„Ja", sagte sie erwartungsvoll, „das wäre super."

Total verkatert machte er sich am Morgen auf den Weg. In Berlin wachte er im Zug auf, der bereits eine halbe Stunde auf dem Abstellgleis im Bahnhof stand. Zu Hause angekommen, war er müde und entkräftet. Als er seinen Eltern erklärte, dass er am darauffolgenden Tag wieder nach Pinnow fahren wolle, reagierten sie verständnislos, aber ließen ihn gewähren. Schwieriger wurde es da schon mit Ines. Sie trafen sich am Puschkin-Platz im Zentrum der Stadt. Michael sagte zu ihr: „Ich muss morgen wieder zu meinen Großeltern, denn ich mache am Abend eine Diskothek mit dem Freund meiner Cousine.", log er Ines an.

„Wir sind verabredet und du kommst hierher, um zu sagen, dass du wieder wegfährst, das verstehe ich nicht.", sagte sie darauf und bat ihn inständig unter Tränen doch zu bleiben. Michael war gefühlsmäßig hin und hergerissen. Auf der einen Seite tat es ihm leid. Aber er war jung und neugierig aufs Leben, in dem es noch so vieles zu entdecken gab. Außerdem war Stefanie aus dem Westen. Wer weiß, welche Optionen sich noch auftaten? Nachdem Ines mit dem Bus davongefahren war, verflogen seine Bedenken, und er freute sich darauf, am nächsten Tag wieder Richtung Pinnow zu fahren. Am Abend wollten Manfred und er eine kleine Feier organisieren. Ende der siebziger Jahre gab es im Konsum für kurze Zeit Nordhäuser Essenz zu kaufen. Der Inhalt einer kleinen Flasche musste in einem festgelegten Mischungsverhältnis mit anderen Zutaten in Wasser gemischt werden. Am Ende sollte dieser Trunk wie Nordhäuser Doppelkorn schmecken. Der West-Dieter war äußerst skeptisch und nippte nur kurz. Manfred und Michael dagegen hatten Vertrauen in ihr Tun, obwohl auch sie feststellen mussten, dass dieses Gebräu nicht viel mit dem Original gemein hatte. Da die älteren Verwandten im Haus der Großeltern schliefen, nutzte Dieter die Gelegenheit und zog mit seiner Conny in eines der kleinen Zimmer. Die anderen saßen noch gemütlich in der Küche beisammen, als Stefanie in den Raum warf: „Ich schlafe heute unten."

Es herrschte kurz Schweigen, denn das war eine klare Ansage. Stefanie und Michael zogen die Doppelbettcouch aus und kuschelten sich in die Betten. Diesmal waren sie ungestört. Michael durfte gewisse Grenzen nicht überschreiten, dennoch war es unheimlich schön. Beide ließen die Gefahr völlig außer Acht, was passieren würde, wenn jemand von der Verwandtschaft die Wohnzimmertür öffnete. Der Morgen graute bereits, als Michael erwachte. Er weckte Stefanie und schlug ihr vor, doch lieber nach oben zu den anderen Mädels zu gehen. Kaum war sie verschwunden, stand sein Onkel in der Tür. Er suchte wohl nur seinen Zündschlüssel, doch wie hätte er reagiert, wenn er ein paar Minuten zuvor eingetreten wäre. Michael stellte sich schlafend und beobachtete ihn aus den Augenwinkeln. Beim Frühstück stellte sich zu seiner Erleichterung heraus, dass er keinen Verdacht geschöpft hatte. Brigitte sprang noch hilfestellend bei, indem sie behauptete: „Manfred und Michael haben gestern wieder kein Ende gefunden, und am Ende auf der Doppelbettcouch geschlafen."

Die Erklärung klang für alle plausibel, da sie eigentlich immer die letzten waren. Der Urlaub war so schnell vorbei, wie er begonnen hatte. Der Alltag hatte Michael wieder im Griff. Ihn erfasste eine seltsame Melancholie, die nicht enden wollte. Im zweiten Jahr wurden die Auszubildenen auf „Kollektive" im Werk aufgeteilt. Diese bestanden jeweilig aus sechs bis acht Mitarbeitern und hatten fest abgesteckte Arbeitsbereiche. Mit Stefanie hatte er sich abgesprochen, dass sie ihn im kommenden Jahr zu Pfingsten besuchen würde. Noch eine endlose Zeit. Ines bemerkte sofort, dass etwas nicht stimmte und stellte Michael zur Rede: „Sei doch ehrlich, du hast eine andere."

„Nein, das ist nicht so wie du denkst" druckste Michael herum. Er gab sich alle Mühe ihre Zweifel zu zerstreuen, aber was sollte er sagen, alles andere als eine Bestätigung ihrer Mutmaßung wäre gelogen. Sie trafen sich in den nächsten Wochen nicht mehr, liefen sich jedoch auf Discotheken immer wieder über den Weg und er musste beobachten, wie andere Jungen sich an Ines heranmachten. Das tat weh. Die Ausbildung und seine sportlichen Aktivitäten sorgten dafür, dass er wieder in seinen alten Rhythmus zurückfand. Er hatte sich fest vorgenommen, bis zu seinem achtzehnten Geburtstag zu Hause auszuziehen. Sein Vater sah sein Vorhaben mit Skepsis und Gelassenheit, denn bei dem permanenten Wohnungsmangel in der DDR war es fast unmöglich als junger Mensch eine Wohnung zu bekommen. Er wollte sich jedoch unbedingt aus dem Elternhaus lösen, denn das angespannte Verhältnis sorgte für permanenten Zündstoff. Im Fußball sollte es für ihn noch einmal spannend werden. Die erste Mannschaft war gerade in die zweite Liga aufgestiegen und der Trainer plante den siebzehnjährigen Michael fest in den neuen Kader ein. Michaels Trainer war der Vater von Lutz Eigendorf. Dieser spielte erfolgreich bei Mielkes Stasiverein BFC Dynamo Berlin und schaffte es bis in die DDR-Nationalmannschaft. Während der Spielzeit von Michael in der ersten Mannschaft sollte es im Leben von Lutz Eigendorf zu einer Wendung mit späteren, dramatischen Folgen kommen. Michael wurde bereits in der Jugendmannschaft von Herrn Eigendorf trainiert und kam sehr gut mit ihm klar. Teilweise herrschte zwischen ihnen eine Herzlichkeit wie zwischen Vater und Sohn. Eines Tages, Michael kam von seiner Ausbildung nach Hause, saß Herr Eigendorf mit einem Herrn aus der Sektionsleitung des Vereins im Wohnzimmer und sie sprachen mit seinen Eltern. Eigendorf erläuterte, dass er für die neue Saison in der zweiten Liga fest mit Michael plane. Zu diesem Zeitpunkt hatte der Fußball für Michael nicht mehr die erste Priorität. Er schlug vor, dass Michael nach erfolgreicher Ausbildung in den „Trägerbetrieb" des Vereins, in das Getriebewerk, die Arbeitsstelle seiner Mutter, wechseln sollte. So wäre die Möglichkeit gegeben, ihm eine Halbtagsstelle von 07.00

Uhr bis 12.00 Uhr bei voller Bezahlung einzurichten, um somit das anschließende tägliche Training zu ermöglichen. Von Seiten des Betriebes sollte Michael bei der Suche nach einer eigenen Wohnung unterstützt werden, für ihn eine sehr bedeutsame Maßnahme. Als noch siebzehnjähriger in der zweiten Liga zu spielen, mit diesen Vergünstigungen und Aussichten für die Zukunft, da gab es für ihn nicht mehr viel zu überlegen. Er hatte wieder ein Ziel vor Augen und das motivierte ihn ungemein. Bereits während der Ausbildungszeit konnte er an den Schultagen mit der ersten Mannschaft trainieren. Die Reisen zu den Auswärtsspielen gingen durch die ganze Republik. Die gegnerischen Mannschaften hatten teilweise renommierte Spieler in ihren Reihen. Auf diesem Niveau mitzuhalten, weckte wieder seinen Ehrgeiz. Er fügte sich gut ein und wurde von den älteren Spielern schnell als Teil der Mannschaft akzeptiert. Irgendwie kamen sie nicht voneinander los. Das Verhältnis zu Ines wurde wieder inniger. Sie tanzten mal wieder zusammen und der Funke sprang sofort wieder über. Fortan besuchten sie an den Wochenenden gemeinsam die Discotheken der Stadt, fuhren mit Moped oder Fahrrad zum Baden, oder trafen sich bei Michael zu Hause, wenn seine Eltern auf dem Campingplatz waren. „Du Michael", begann Ines bei einem ihrer Treffen, „ich bin noch ein Jahr jünger als ich es dir bei unserer ersten Begegnung erzählt hatte."

„Das macht nichts", entgegnete Michael, „du bist doch mittlerweile um das gemogelte Jahr älter geworden."

Es war Spätsommer, und die beiden verbrachten eine Woche allein im Wohnwagen von Michaels Eltern. Unter der Woche war der Campingplatz jetzt wenig besucht. Das Wetter war herrlich, das Wasser war noch warm und Michael und Ines waren unbeschwert. Sie hatten jetzt Zeit sich aufeinander einzulassen, und in langen Gesprächen noch besser kennenzulernen. Sie schlossen am ersten Tag den Wohnwagen schon früh ab und schliefen miteinander. Es war gleich beim ersten Mal für beide sehr schön, und intensiv. Danach kuschelten sie sich eng aneinander, ohne ein Wort zu sagen, und hingen ihren Gedanken nach. Die Woche wurde für beide zu seinem besonderen Erlebnis. Sie schliefen immer wieder miteinander, gingen baden, oder saßen bei einem Wein in der Abendsonne und führten lange Gespräche. Jugendliebe kann einfach schön sein. Die kommenden Monate waren für sie sehr intensiv und nachhaltig. Doch Michaels Vertrauensbruch sowie seine innere Zerrissenheit belasteten immer wieder die Beziehung. Am Ende des Jahres war es aus zwischen ihnen. Einen Großteil gab sich Michael die Schuld an dem Scheitern. Sie ergänzten sich in vielen Dingen, ohne viele Worte sagen zu müssen, gingen vertraut und liebevoll miteinander um, trotzdem trennten sich ihre Wege für einige Jahre.

[9] *Die DDR-Regierung verschärft die Arbeitsbedingungen für westliche Korrespondenten in der DDR. Unter anderem werden die geplanten Interviews genehmigungspflichtig. Zwei Familien gelingt in einem selbstgebastelten Heißluftballon die Flucht aus der DDR in die Bundesrepublik. Die abenteuerliche Fahrt der beiden Familien sorgt weltweit für Schlagzeilen.Der frühere Anführer der Studentenbewegung Rudi Dutschke stirbt in Aarhus/ Dänemark an den Spätfolgen des im Jahr 1968 auf ihn verübten Attentats.*

Ein entscheidendes Jahr

Das Jahr 1979 begann, und sollte für Michael zu einem der bedeutsamsten in seinem Leben werden. Zu Pfingsten, so der Plan, wollte seine Cousine ihn besuchen kommen. Schon frühzeitig machte er sich daran, die umständlichen Einreisemodalitäten zu erledigen. Die Einreise musste bei der Abteilung Pass- und Meldewesen der deutschen Volkspolizei beantragt werden. Diese Behörde unterstand dem Ministerium des Innern der DDR. Die ausgefüllten Formulare gingen dann nach Berlin, und konnten, wenn nichts gegen eine Einreise vorlag, nach Wochen an gleicher Stelle wieder abgeholt werden. Beim Fußball hatte sich Michael durch gute Leistungen in die Stammelf der Männermannschaft gespielt. Am Tag der Anreise von Stefanie hatte er ein wichtiges

Auswärtsspiel gegen Chemie Leipzig. Stefanie kam früh mit dem Zug in Brandenburg an, und beide hatten nur wenig Zeit sich zu begrüßen, denn er musste zum Treffpunkt der Mannschaft, um mit dem Bus nach Leipzig zu fahren. Daher blieb Stefanie nichts weiter übrig, als den Tag mit seinen Eltern zu verbringen. Es wurde ein schöner Frühlingstag, und Michael konnte zu diesem Zeitpunkt noch nicht wissen, dass es vorerst sein letztes Fußballspiel sein sollte. Es stand alles zum Besten. Die Vorfreude auf die gemeinsame Zeit mit Stefanie beflügelte ihn. Das Fußballstadion war im englischen Stil gebaut, die Ränge gingen bis unmittelbar ans Spielfeld. Das Stadion war mit fünfzehntausend Zuschauern gut gefüllt. Michael machte ein sehr gutes Spiel, und hatte einige Chancen, ein Tor zu schießen. Das Spiel wurde zwar verloren, aber er war mit seiner Leistung zufrieden. Trotz der Niederlage standen im Bus für die Rückfahrt ein paar Kisten Bier bereit, und es wurde eine recht vergnügliche Heimfahrt. Am frühen Abend kam er wieder zu Hause an. Stefanie war bereits ungeduldig, denn sie war nicht seiner Eltern zuliebe nach Brandenburg gereist. Um ungestört zu sein, gingen sie in ein Restaurant. Sie tranken Wein und redeten über alle Dinge, die sich in der Zwischenzeit ereignet hatten. Durch die vielen Monate der Trennung herrschte zunächst eine gewisse Distanz. Auf dem Rückweg ergriff Stefanie die Initiative und küsste Michael innig und voller Sehnsucht. Offiziell schlief Michael im Wohnzimmer auf der Couch und Stefanie in seinem Zimmer. Doch sobald seine Eltern sich schlafen gelegt hatten, ging er zu ihr hinüber. Am Morgen legte er sich wieder ins Wohnzimmer zurück. Am Tage bummelten beide durch die Stadt, und genossen die Zweisamkeit. Sie setzen sich auf einen Bootssteg an der Havel, oder auf eine Bank innerhalb der vielen Parks von Brandenburg, und nutzen jede Gelegenheit für den Austausch von Zärtlichkeiten. Schnell war die Woche um und Michael stand wieder auf dem Bahnhof, und sie verabschiedeten sich mit dem gegenseitigen Versprechen, sich im Sommer wiederzusehen. In ihm reifte der Gedanke, irgendwann in naher Zukunft die DDR in Richtung Westen zu verlassen. Wenn er sein junges Leben reflektierte, musste er sich eingestehen, dass es ihm einfach nicht möglich war, sich mit diesem Staat zu identifizieren. Das Wissen darum, sein Vorhaben irgendwann in die Tat umzusetzen, gab ihm innere Ruhe und Gelassenheit. Viele seiner gleichaltrigen Freunde hatten bereits feste Pläne für die Zukunft. Geld verdienen, Heirat, Kind(er), Auto. Das war so gar nicht sein Ding. Er war nicht bereit, sich in ein staatlich verordnetes Korsett pressen zu lassen. Es nahte das Ende der Ausbildungszeit mit den obligatorischen Abschlussprüfungen. Die vier Freunde, neben Michael noch Thomas, Kai und Andreas trafen sich noch immer regelmäßig zu Skatspielen oder dem Besuch von Konzerten von Ost-Rockbands. Michael hatte sich zum Abschluss der Ausbildungszeit noch etwas Besonderes einfallen lassen. Eine Fahrt mit dem Zug nach Krakau in Polen, um dem Besuch des neugewählten Papstes Wojtyla beizuwohnen.

[10] *Die Reise Johannes Pauls II. Anfang Juni 1979 nach Polen war der erste Besuch eines katholischen Kirchenoberhauptes im damals noch von der Sowjetunion kontrollierten Ostblock. Als der polnische Papst zu seiner «Apostolischen Reise» aufbrach, bestimmte noch der Kalte Krieg die weltpolitische Ordnung. Mit dem vormaligen Krakauer Kardinal kam der erste Papst ins Amt, der das innere Gefüge des atheistisch geprägten kommunistischen Systems aus eigener Anschauung kannte. «Johannes Paul II. setzte darauf, dass der Kommunismus keine lange Lebensdauer mehr haben werde», sagt Karl-Joseph Hummel, der frühere Direktor der Forschungsstelle der Kommission für Zeitgeschichte in Bonn.*

Michael wurde atheistisch erzogen, wie die meisten Kinder in der DDR. Aber er empfand es mehr als ein Abenteuer, diese Reise zu unternehmen, und seine Freunde stimmten kurzentschlossen zu. Sie fuhren zunächst nach Berlin Ostbahnhof und von dort mit dem Zug über Katowice nach Krakau. Um 03:00 Uhr morgens passierten sie die polnische Grenze und es kündigte sich ein trüber, verregneter Maitag an. Die Fahrt führte ins Landesinnere, vorbei an großen, endlosen Feldern und vereinzelt stehenden, tristen, teilweise heruntergekommenen Gehöften. Manchmal sahen sie in der Ferne Gutshöfe, die noch vor dem Krieg von Deutschen bewohnt waren. Der Regen tropfte von reparaturbedürftigen Dächern. Bereits am Vormittag torkelten Männer angetrunken aus den Gaststätten der Bahnstationen, an denen der Zug hielt. Das Gesamtbild brachte die Stimmung der vier Freunde auf den Nullpunkt. Thomas war fest entschlossen, in der nächsten großen Stadt auszusteigen, und den nächstbesten Zug wieder Richtung Berlin zu nehmen. Michael, Kai und Andreas mussten regelrecht auf ihn einreden, um ihn von seinem Vorhaben abzuhalten. Je näher sie jedoch dem Ziel kamen, desto besser wurde das Wetter. Passend zum blauen Himmel, hellte sich auch die Stimmung der Vier auf. Bei der Ankunft in Krakau schien die Sonne. Sie hatten zwar ein Zelt dabei, aber keiner hatte sich im Vorfeld um die Buchung eines Campingplatzes gekümmert. Nach zwölf Stunden strapaziöser Zugfahrt hatten sie ein wenig Schlaf bitter nötig. Das Problem löste sich jedoch schnell. An einer Touristenzentrale in der Bahnhofshalle erhielten sie die nötigen Informationen. Der Campingplatz lag außerhalb der Stadt, und war gut mit dem Bus zu erreichen. Dort angekommen ging der Zeltaufbau schnell und problemlos. Im Gegensatz zu den eher ernüchternden Eindrücken der Zugfahrt machte der Campingplatz einen hervorragenden Eindruck. Er war sauber und gepflegt. Es gab Kochstellen, Freizeiträume, saubere sanitäre Einrichtungen inklusive Duschen sowie Shops und Gastronomie. Am darauffolgenden Tag machten sich die Vier auf, die Stadt kennenzulernen. Insbesondere die Altstadt hatte ein besonderes Flair. All die vielen jungen herumflanierenden Menschen, die Künstler, die ihre Bilder an der Stadtmauer zum Verkauf anboten und die vielen Restaurants, zogen Michael und seine Freunde sofort in ihren Bann. Ganz nebenbei bemerkten sie auf den Plakaten und kirchlichen Bannern, dass der Papst erst zwei Wochen später Krakau besuchen sollte. Aber das tat der guten Laune keinen Abbruch. Das Straßenbild war bereits geprägt von Geistlichen, die den Besuch vorbereiteten. Die Touristen wurden mit Pferdekutschen durch die engen Gassen der Altstadt gefahren. Am frühen Abend kamen die Bewohner aus den Häusern, um ihre Straßen zu säubern. Die Hinterlassenschaften des Tages verschwanden und die Altstadt putzte sich für den Abend heraus. Sie besuchten das Wawel-Schloss in unmittelbarer Nähe der Weichsel. Die Burganlage war früher Residenz der polnischen Könige und zählt seit 1978 gemeinsam mit der Altstadt zum Weltkulturerbe der UNESCO. Allabendlich fuhren die Freunde mit einem der letzten Busse wieder in Richtung Campingplatz. Einmal verpassten sie ihn. Daher gingen sie in eine Kneipe, in die sich kein Tourist verirren würde. Im Inneren des Gastraumes war es düster und dunkel. An den Tischen saßen dort einige in Qualm eingehüllte, verwegene Gestalten. Doch wider Erwarten wurden sie gastfreundschaftlich aufgenommen. Schnell waren sie umringt von Polen, die sie zum Essen und Trinken einluden und es entwickelte sich trotz der Sprachbarrieren, ein lebhaftes Gespräch. Bei vielen Gesprächen mit der freundlichen polnischen Bevölkerung wurde eines deutlich, der regelrechte Hass auf alles Russische. Die Wunden des Krieges und insbesondere die des Massakers von Katyn, waren noch lange nicht verheilt.

[11] *In den Kriegsgefangenenlagern des NKWD der UDSSR und in den Gefängnissen der Westukraine und des westlichen Weißrusslands befand sich zu dieser Zeit eine große Anzahl ehemaliger Offiziere der polnischen Armee, ehemaliger Mitarbeiter der polnischen Polizei und der Geheimdienste, Mitglieder polnischer nationalistischer konterrevolutionärer Parteien und konterrevolutionärer Widerstandsorganisationen, Verräter und andere. Sie alle sind eingeschworene Feinde der Sowjetmacht, hasserfüllt gegen das sowjetische System. Die kriegsgefangenen Offiziere und Polizisten in den Lagern versuchen, ihre konterrevolutionären Aktivitäten fortzusetzen und antisowjetische Agitation zu betreiben. Sie alle warteten nur darauf freizukommen, um sich aktiv am Kampf gegen die Sowjetunion zu beteiligen.*
Damit war das Todesurteil gesprochen über 25.700 polnische Offiziere und Kriegsgefangene, die im Wald von Katyn in der Region Smolensk per Genickschuss ermordet wurden.

Wieder von der Reise nach Krakau zurück in Brandenburg, wurden die letzten schriftlichen Prüfungen geschrieben. Die Ausbildungszeit neigte sich dem Ende entgegen. Michael hatte im letzten Ausbildungsjahr noch eine Woche Resturlaub. Diese nutzte er, um allein eine Woche in Prag zu verbringen. Es sollte für ihn eine Art Generalprobe für sein späteres großes Vorhaben werden. Mit einem großen Campingrucksack und dem Zelt der Krakau Reise machte er sich auf den Weg. Übernächtigt auf dem Prager Hauptbahnhof angekommen, überkam ihn ein kurzes Gefühl der Hilflosigkeit. Die fremde Sprache, die anderen Gerüche, die momentane Orientierungslosigkeit, mussten gedanklich erst einmal in Einklang gebracht werden. Michael informierte sich noch am Bahnhof über die diversen Campingplätze rings um Prag. Er suchte sich einen günstigen aus, der mit Bus und Straßenbahn aus dem Stadtzentrum gut zu erreichen war. Der Campingplatz lag direkt an der Moldau. Nachdem er das Zelt aufgebaut hatte, kam er sich darin ziemlich verloren vor, denn vor ein paar Wochen schliefen sie noch zu viert darin. Doch dieses Gefühl verflog schnell. Er machte sich auf und durchstreifte die Stadt mit all ihren touristischen Sehenswürdigkeiten. Er gewöhnte sich an die Einsamkeit, genoss sie sogar. Jetzt stand er auf dem Wenzelsplatz, von dem vor mehr als zehn Jahren der „Prager Frühling" seinen Ausgang genommen hatte. In den zahllosen Kneipen der Altstadt trank er das süffige tschechische Bier und kam mit alten Pragern ins Gespräch. Es gefiel ihm in Prag so gut, dass er sich entschloss, noch einen Tag länger zu bleiben, wohlwissend, die feierliche Überreichung der Facharbeiterurkunde zu verpassen. Nach dem erfolgreichen Abschluss der Ausbildung zum Elektromonteur bekam er eine Arbeitsstelle auf einer der vier Schichten im Stahlwerk. Es wurde umschichtig rund um die Uhr gearbeitet. Nach sechs Arbeitstagen folgten zwei freie Tage. Einmal alle sechs Wochen gab es eine Zusatzruhe von weiteren zwei Tagen. Das bedeutete gerade für jungen Menschen, auch an den Wochenenden oder Feiertagen ging es zur Spätschicht oder Nachtschicht, während die Freunde sich zur Disco oder privaten Feiern aufmachten. Das

Verhältnis zu den älteren Kollegen war rau, aber herzlich. Zu einer Schicht gehörten die Schmelzer an den Öfen, die Ofenmaurer, Gießer, Kranfahrer und Nebengewerke wie Schlosser und Elektriker zum Instandhalten und Reparieren der technischen Anlagen. Eine Schicht war wie ein Dorf, jeder kannte jeden. Nach kurzer Zeit gehörte Michael dazu. Die Elektrowache hatte ihre Werkstatt zwischen den Öfen. Viele der älteren Kollegen waren geschieden, denn die Schichtarbeit und Familie ließen sich schwer vereinbaren. Michael hatte Gefallen an den Spät- und Nachtschichten. Die Ingenieure und Tagesmeister waren zu Hause und das Stammpersonal der Schicht war unter sich. Es gab auch einige schräge Vögel besonders auf den Schrottplätzen. Der Stahlschrott wurde per Schiff auf dem Silokanal oder per Bahn angeliefert. Dann wurde er in wuchtigen Pressen in Pakete verpresst und in Mulden geladen. Einer dieser schrägen Typen hieß „Bomber". Sein richtiger Name war Klaus Werner. Sein Spitzname stammte aus seiner aktiven Zeit als Boxer. Er bewegte sich noch immer mit einem etwas geduckten, tänzelnden Gang, hatte einen durchtrainierten Körper und einen sportlichen Bürstenhaarschnitt. Die Kollegen meinten, er habe während seiner Zeit als Boxer zu viele Schläge an die Birne bekommen und sei daher nicht mehr ganz richtig im Kopf. Unter ihnen hieß es, er habe einen Jagdschein. Daher konnte er Dinge sagen, die andere ohne Weiteres hinter Gitter gebracht hätten. Auf den Schrottplätzen wurden in regelmäßige Abständen Begehungen durchgeführt, um die Arbeits-Brandschutz und Sicherheitsbestimmungen zu überprüfen. In der Regel lief es so ab, dass der jeweilige Schrottplatzmeister mit dem Parteisekretär und weiteren Funktionären über den Schrottplatz lief. Bomber sah die Gruppe und ging gezielt auf den Parteisekretär zu, legte diesem die Hand auf die Schulter und sagte: „Na du rote Socke, macht ihr wieder Begehung?"

Es war nicht einfach, das Vertrauen von Bomber zu gewinnen. Er merkte durchaus, wenn jemand versuchte, ihn hochzunehmen. Michael und Bomber hatten immer einen guten Draht zueinander. Immer wenn er zu einer Reparatur auf dem Schrottplatz erschien, dauerte es nicht lange und Bomber stand neben ihm. Während Michael dann seine Arbeit erledigte, unterhielten sie sich einen Schlag. Noch nach Jahren, Michael war schon lange nicht mehr auf der Schicht, grüßte er ihn lauthals von der anderen Straßenseite, wenn sie sich in der Stadt trafen. Obwohl er nicht lesen und schreiben konnte, wusste er sich doch zu behelfen. Auf der Lohnliste stand er immer als Vorletzter. Dort setzte er seine Unterschrift immer mit den Worten: „Großes W wie Werner, kleine Erna." Die Lohnabrechnung wurde jedoch bald auf EDV umgestellt und er stand auf einem Mal in einer anderen Reihe. Damit kam er nicht klar. Verantwortlich für die Misere machte er seinen Meister, mit dem er mehrere Monate kein Wort wechselte. Aber auch unter den Kollegen der Elektrowache gab es viele lustige Begebenheiten. So hatte Manfred, alle nannten ihn nur „Schnurri", gerade seine Scheidung hinter sich. Michael kannte ihn schon aus Kindertagen, denn er wohnte mit seiner Frau und Sohn im selben Haus wie er mit seinen Eltern. Er haderte mit seinem Schicksal und kam des Öfteren zu spät, meist auch nicht mehr ganz nüchtern. So geschah es auch eines Abends. Michael und seine Kollegen zogen sich gerade zur Nachtschicht um, da öffnete sich die Tür und Schnurri kam herein. Seine glasigen Augen verrieten, dass er wieder getrunken hatte. Michael und die anderen waren bereits geraume Zeit auf der Elektrowache, doch von Schnurri noch keine Spur. Sein Meister kam in den Aufenthaltsraum und wendete sich an Michael: „Geh doch nochmal runter in die Garderobe und sehe nach, was mit ihm ist."

Als er die Tür aufschloss, stand Schnurri mit einem Bein in der Unterhose, guckte Michael verdutzt an und sagte in gelalltem Tonfall: „Oi, is schon Feierabend?"

Michael führte ihn dann unterhalb der Öfen in Richtung Werkstatt, um nicht so aufzufallen. Dort waren die Ofenmaurer beschäftigt. Als sie Schnurris kurvenreichen Gang bemerkten, riefen sie ihm hinterher: „Na Schnurri, fehlt' ne Phase?"

Darauf gab er lallend zurück: „Alle drei!"

Er hatte auf der Schicht ein eine neue Freundin. Sie war

Kranfahrerin. Schnurri war von Statur eher klein und zierlich, war sie hingegen groß, hatte pralle Brüste und ein ausladendes Becken. Daher musste er sich ständig Sprüche gefallen lassen, die darauf zielten, dass er sich, um ihren sexuellen Ansprüchen zu genügen, unter der Dusche immer seinen Penis langzog. Die Arbeit im Stahlwerk war interessant und vielseitig. Oft kam man sich eher wie ein Alpinist vor, denn auf einem fünfundzwanzigmeterhohen Kran ohne Sicherung zu arbeiten, war schon waghalsig. Nach getaner Arbeit, in der Nacht von oben auf die schlafende Stadt zu blicken, waren besondere Momente. Für einen jungen Menschen war die Verantwortung groß. Es mussten ständig Entscheidungen getroffen werden, die bei einer Fehleinschätzung fatale Konsequenzen nach sich zogen. Wenn ein riesiger Antrieb von einem Kran überprüft wurde und das Ergebnis ein irreparabler Schaden war, der einen Austausch erforderlich machte, setze das eine Welle in Gang. Die dicken Kabel mussten abgeklemmt werden. Die Kranschlosser demontierten im Anschluss den Antrieb und brachten diesen mittels eines weiteren Krans der extra als Reparaturkran noch eine Etage höher stationiert war, nach unten. In der Werkstatt musste nach einem neuen Antrieb gesucht werden. Meist passte die Kupplung zum Getriebe nicht. Dann wurde eine neue Kupplung aufgezogen und die Montage begann dann wieder in umgekehrter Reihenfolge. Am Tage war dies noch einigermaßen händelbar, da überall in den Werkstätten das Personal der Normalschicht arbeitete. Aber in der Nachtschicht war man auf sich gestellt. Wenn sich nach all der Mühe herausstellte, der Antrieb war nicht defekt, war die Arbeit einer ganzen Schicht umsonst. Nach ein paar Wochen fragte Michaels Schichtmeister, ob er nicht Lust hätte, an den freien Tagen ein paar Mark dazu zu verdienen. Da er keine Verpflichtungen hatte und einem Zusatzverdienst nicht abgeneigt war, sagte er zu. Sie fuhren mit dem Auto nach Potsdam zur Bezirksparteischule der SED am Brauhausberg. Auch Schnurri war bereits seit vielen Jahren dabei. In den Kellergewölben der Parteischule war die Werkstatt. Das Materiallager stand dem in ihrer Werkstatt im Stahlwerk an nichts nach. Das

Material wurde aus dem Stahlwerk nach Potsdam geschafft, dort verarbeitet und anschließend in Rechnung gestellt. Beim Mittagessen in der Kantine der Parteischule kam Michael aus dem Staunen nicht heraus. Das Essen schmeckte hervorragend. Es gab Südfrüchte, edle Süßigkeiten und sogar Radeberger Pilsner. So viele Parteibonzen hatte er noch nie in einem Raum gesehen. Zusätzlich zur Parteischule hatten sie auch das Gästehaus zu betreuen. Was Michael dort zu sehen bekam, übertraf seine Erwartungen. Während der Nazizeit war das Gebäude eines der Domizile von Hermann Göring. Jetzt diente es der Bezirksregierung zur Beherbergung von ausländischen Gästen oder zu ausschweifenden Feiern lokaler politischer Größen. Die Türen waren messingbeschlagen und mit altchinesischen Ornamenten verziert. Es gab ein großes Speisezimmer, ein Klavierzimmer, eine Bibliothek, einen Wintergarten und einen Weinkeller. Alles war vom Feinsten. Die besten Köche waren hier beschäftigt und das weibliche Bedienungspersonal wurde offensichtlich neben den fachlichen Fähigkeiten auch nach optischen Gesichtspunkten ausgesucht, denn es bestand aus ausnahmslos hübschen jungen Frauen. An Bier und alkoholischen Getränken gab es alles, was der internationale Markt hergab. Das ist also mit real existierendem Sozialismus gemeint, dachte Michael bei sich. Mit dieser verborgenen Dekadenz der Parteieliten kam kaum einer der Werktätigen in Berührung. Wie sollte eine Umgestaltung der sozialistischen Gesellschaft von innen heraus betrieben werden, wenn bereits auf unteren Ebenen diese Ungleichheit herrschte. Mit Stefanie hatte er vereinbart, dass sie ihn im August zu seinem neunzehnten Geburtstag besuchen würde. Dieses Mal erledigte Michael die Einreiseformalitäten hinter dem Rücken seiner Eltern. Als sie die Vorbereitungen mitbekamen, fühlten sie sich von ihm hintergangen. So stand der Besuch unter keinem guten Stern. Daher waren die beiden am Tage zu Ausflügen unterwegs und kamen erst am späten Abend zurück. Kurz entschlossen flüchteten sie dann mit dem Zug zu den Großeltern, wo sie ein paar herrlich entspannte Tage verbringen konnten. Michael hatte einen Entschluss gefasst. Er wollte die DDR noch in diesem Jahr verlassen. Beim Abschied auf dem Bahnhof machte er Stefanie eine Andeutung in diese Richtung, ohne jedoch konkret zu werden. Nach diesem Abschied verfiel Michael über Wochen in eine tiefe Melancholie. Einige Male fuhr er mit dem Bus zum Bahnhof, um das Gefühl der verlorenen Zweisamkeit wieder einzufangen.

Fluchtvorbereitungen

Nach Wochen der Traurigkeit, folgte die Entschlossenheit zum Handeln. Er ordnete jetzt alles seinem Ziel unter und war fortan fokussiert. Er überlegte lange, welchen Ort er für die Flucht wählen sollte. Die DDR-Grenze klammerte er von vorherein aus. Die Grenzanlagen wurden ständig verbessert. Daher war die Chance auf Erfolg war sehr gering. Außerdem war bekannt, dass die Grenzer rücksichtlos von der Waffe Gebrauch machten. Nach reiflicher Überlegung, schließlich war es für ihn nicht möglich, sich mit jemandem darüber auszutauschen, konzentrierte er sich auf die ungarisch-österreichische Grenze. Sein Plan sah wie folgt aus: Von Berlin sollte es mit dem Flugzeug nach Budapest gehen. Dort würde er sich eine Unterkunft organisieren und für ein, zwei Tage in der ungarischen Hauptstadt bleiben. So hätte er etwas Zeit, um sich an das Land und die Menschen zu gewöhnen. Dann sollte es mit dem Zug weiter in Richtung Westen gehen. Der Zielort war Szombathely, eine Kleinstadt unmittelbar vor der Grenze zu Österreich. Ein paar Bahnstationen vor dem Zielort wollte er den Zug verlassen und dann zu Fuß weitermarschieren, vornehmlich in der Nacht. Er wusste, dass in Zügen Richtung Grenze von den Grenzsicherungseinheiten Kontrollen durchgeführt wurden. Als erste konkrete Maßnahme beantragte er bei der Pass- und Meldestelle der Polizei ein Visum für eine Reise nach Ungarn. Der Termin für den Flug von Schönefeld nach Budapest war der 02.10.1979. Diesen musste er zuvor im Reisebüro klarmachen. Bei der Visumbeantragung saß ihm eine mürrische, unfreundliche Beamtin gegenüber. „Was wollen sie denn im Oktober in Ungarn, zum Baden im Balaton ist es wohl zu kalt?“, fragte sie ihn unverblümt.

Er war auf eine derartige Frage nicht vorbereitet und stotterte: „Ich möchte Museen besuchen und den historischen Stadtkern von Budapest ansehen.“

Mehr fiel ihm auf die Schnelle nicht ein. Sie sah ihn mit einem skeptischen Blick an, ehe sie sich wieder an ihre Arbeit machte. Es kam öfter vor, dass Visaanträge ohne Angabe von Gründen abgelehnt wurden.

„Sie können sich ihre Visa in vier Wochen abholen“, sagte sie ihm dann in einem unfreundlichen Ton. Die Reiseformalitäten waren somit geklärt. Aus seinem Freundeskreis zog er sich fast vollständig zurück. Seine Gedanken kreisten jetzt nur noch um die bevorstehende Flucht. Seit Jahren schon unternahm Michael, trotz seiner vielen sportlichen Aktivitäten täglich Läufe durch die Altstadt bis zur Schleuse. Dieses Ritual brachte ihn immer wieder in ein seelisches Gleichgewicht. In diesen Momenten genoss er die Einsamkeit. Er sah den westdeutschen Schiffen aus Duisburg, Minden oder Hamburg bei der Schleusung von der Ober in die Unterhavel zu. Was hätte er dafür gegeben mit einem der Bootsmänner zu tauschen, und an dessen Stelle die Reise fortzusetzen. Seine Eltern wunderten sich darüber, dass er im Oktober allein nach Ungarn reisen wollte. Sein Vater schien auch etwas zu ahnen. Aber was sollten sie schon tun, schließlich war er gerade volljährig geworden. Die Tage vergingen und der Termin rückte immer näher. Sein Visum lag zur Abholung bereit und der Reise stand nichts mehr im Weg. Michael kaufte sich einen Rucksack, eine Campingtrinkflasche sowie robuste Wanderschuhe. Aus einem Shell-Autoatlas schnitt er die Detailkarte des österreichisch-ungarischen Grenzverlaufs heraus und verstaute diese, zusammen mit seinem Facharbeiterbrief und dem letzten Schulzeugnis im Zwischenfutter des Rucksacks. Die letzten Briefe von Stefanie packte er ebenfalls mit ein. Doch dann schien es, als sollte ihm der Staat noch einen Strich durch die Rechnung machen. Eines Morgens, Mitte September, Michael hatte Spätschicht, holte er die Zeitung aus dem Briefkasten. Neben der Zeitung fand er noch eine Karte von der Musterungskommission der NVA zur Vorstellung beim Wehrkreiskommando. Es war ihm sofort klar, was das bedeutete. Sie wollten ihn im November zur Armee einziehen. Der Schock wirkte nur kurz, denn nach Michaels Plan war er dann schon im Westen. Also ging er gelassen zum Musterungstermin. Dort saßen hinter einem langen Tisch einige Offiziere. Sie unterrichteten ihn, dass er Anfang November zum aktiven Wehrdienst eingezogen werde. Es folgten noch die üblichen Belehrungen, von wegen, kein Alkohol am Tag der Einberufung. Michael hörte kaum noch zu. Er fuhr nach Hause, packte seinen Rucksack. Er nahm seine Levis-Jeans und die Jacke mit, warme Sachen, denn er ging davon aus, einige Nächte im Freien verbringen zu müssen. Zwei Tage vor der Reise ging Michael ein letztes Mal in den Ratskeller, um sich mit einem Abendessen von seiner Heimatstadt zu verabschieden. Denn eines war klar, sollte die Flucht gelingen, wäre ein Besuch der DDR für die kommenden Jahre unmöglich. Kurz vor der Reise begann im Westfernsehen der Mehrteiler „Die große Flatter", mit Richy Müller und Jochen Schroeder in den Hauptrollen. Dieser Film war für Michael so einprägsam, dass er noch nach Jahrzehnten seine Ungarnreise mit dem Film in Verbindung brachte. Am Abend vor der Abreise verabschiedete sich Michael noch von seinen Eltern. Sein Vater sagte, „Hoffentlich sehen wir uns am Ende der Reise alle gesund wieder."

Budapest

Michael packte seine letzten Sachen in den Rucksack und legte sich schlafen, denn der Zug nach Berlin ging um 04.50 Uhr. Am Morgen machte er sich auf den Weg zum Bahnhof. Er ging zu Fuß durch die altbekannten Straßen von Brandenburg, die ihm so vertraut waren. Bereits um 08.00 Uhr war er am Flughafen. Sein Flug ging am späten Vormittag. So nutzte er die Zeit, sich etwas umzusehen. An einem Stehimbiss nahm er ein kleines Frühstück und schlenderte anschließend zum seinem Abflugschalter. Dort erkundigte er sich nach dem Zeitpunkt des Eincheckens. Die freundliche Mitarbeiterin sagte ihm: „In fünfundvierzig Minuten geht auch eine Maschine Richtung Budapest und es sind noch freie Plätze. Ich könnte Sie umbuchen, wenn Sie möchten."

Also entschloss sich Michael, diese Maschine zu nehmen. Den Sicherheitsbeamten war er wohl suspekt, denn einer der Typen schnarrte ihn in einem äußerst unfreundlichen Ton an: „Öffnen Sie mal ihre Tasche und packen Sie ihre Sachen auf den Tisch!"

Michael wurde nervös und legte umständlich seine Sachen auf den Tisch. Sie untersuchten seine Sachen äußerst akribisch. Sie nahmen sich Zeit, denn die anderen Passagiere waren bereits durch. Der Rucksack musste vollständig entleert werden. Die Sicherheitsbeamten blickten in jeden Winkel, ohne jedoch die Karte, die Briefe und Dokumente im Zwischenfutter zu entdecken. Nun konzentrierten sich die Sicherheitsbeamten auf Michael. „Gehen Sie in die Kabine!", schnarrte der Typ die nächste Anweisung.

„Gesicht zur Wand, die Hände nach oben, die Beine spreizen!"

Michael kam sich vor wie ein Verbrecher. Er wurde von oben nach unten abgetastet. Schließlich ließen sie von ihm ab und wünschten noch einen guten Flug. Nach knapp zwei Stunden landete Michael bei schönstem Herbstwetter in Budapest. Er fuhr mit einem Shuttlebus ins Stadtzentrum. Die Stadt begeisterte ihn sofort. So etwas Farbenfrohes, Pulsierendes, hatte er noch nicht gesehen. Die Geschäfte, die großen Werbeplakate, aber auch die Architektur vieler Gebäude beeindruckten ihn. Budapest war zu der Zeit eine der westlichsten Städte des Ostblocks. Im Zentrum angekommen, fand er schnell eine Touristenagentur. Hier arbeiteten sehr modisch gekleidete, hübsche und freundliche junge Frauen. Michael buchte ein Zimmer für zwei Tage. Er bekam noch einen Stadtplan, in den eines der freundlichen jungen Mädchen ihm den Weg einzeichnete. Er aß eine Kleinigkeit und machte sich mit dem Bus auf in die angegebene Richtung. Ihm kam zugute, dass er erst vor kurzer Zeit ein paar Tage allein in Prag verbracht hatte. Der Beschreibung nach lag die Unterkunft etwas weiter vor der Stadt. Die Suche gestaltete sich recht schwierig. Michael sah sich gezwungen, mehrmals nach dem Weg zu fragen. Dabei fiel ihm auf, wie hilfsbereit die Menschen waren. Wusste mal einer nicht weiter, holte dieser einen Passanten hinzu, der dann den Weg erklärte. Das letzte Stück des Weges ging es einen Berg hinauf. Links und rechts standen kleine Häuser mit Obstgärten. Er kam an einem schönen Grundstück vorbei, in dem ein älterer Herr dabei war, das heruntergefallende Laub zusammen zu harken. „Guten Tag, entschuldigen sie", sprach Michael den Mann an. „Können Sie mir vielleicht sagen, wo sich diese Adresse befindet", und zeigte ihm den Stadtplan mit dem eingezeichneten Weg. „Sie kommen sicher aus Deutschland, kommen Sie doch kurz mit rein", antwortete der Mann in gutem Deutsch mit ungarischem Akzent.

Michael folgte ihm ins Haus, wo seine Frau hinzukam. Auch sie war sehr offen und gastfreundlich. „Möchten Sie etwas trinken, vielleicht einen Apfelsprudel?", fragte sie ihn.

„Danke, ja sehr gerne", nahm Michael die Einladung an.

Es entspann sich ein Gespräch in dem sich herausstellte, dass der Herr Kunstprofessor an der Budapester Kunsthochschule war. „Wir sind gerade von einem Besuch aus Schweden zurückgekehrt", erzählte er beiläufig.

„Ich mache ihnen einen Vorschlag, wenn Sie mit der Unterkunft nicht zufrieden sind, dann kommen Sie Morgen zurück. Wir haben ein großes Gästezimmer und sie können sich als unser Gast betrachten."

Michael war überwältigt von der Gastfreundschaft. Nachdem er den Weg erklärt bekommen hatte, verabschiedete er sich und erreichte nach wenigen hundert Metern die angegebene Adresse. Das Grundstück machte auf ihn einen heruntergekommenen Eindruck. Das Haus glich eher einer Hütte. Der Besitzer war ein älterer, ungepflegter Mann um die siebzig. Er sprach kein Wort Deutsch oder Englisch, zeigte Michael sein Zimmer und verschwand gleich wieder. Das Zimmer war kitschig eingerichtet. An den Wänden hingen Geweihe als Jagdtrophäen. Die Bilder und spärlichen, abgewohnten Möbel passten zu dem trostlosen Gesamtensemble. Wenn Michael als Tourist dort gewesen wäre, hätte er am nächsten Tag die Einladung des Kunstprofessors angenommen. Aber sein Plan sah anders aus. Er verstaute seine Sachen, machte sich wieder auf den Weg in die Stadt. Am Bahnhof kaufte er eine Zugfahrkarte nach Szombathely und in einem Werkzeugladen einen kleinen Bolzenschneider. In einem Geschäft für Wanderartikel erwarb er einen Kompass und eine Taschenlampe. Diese Utensilien sollten ihm am Tag der Flucht nützlich sein. Anschließend schlenderte er noch ziellos durch die Stadt. Am Abend ging es wieder raus zu seinem „Jagdzimmer". Der Alte ließ ihm eine Wanne voll warmes Wasser. Nach dem Bad fühlte sich Michael wieder frisch. Er genoss noch den nächsten Tag bei schönstem Wetter in Budapest, durchstreifte die Stadt. Er nahm sich vor, später einmal, unter anderen Begleitumständen wiederzukommen.

Es geht los

Am Morgen der Abreise machte er sich früh auf in Richtung Bahnhof. Seine Sachen verstaute er in einem Schließfach, denn bis zur Abfahrt des Zuges hatte er noch etwas Zeit. Er kaufte sich Marschverpflegung sowie einige Flaschen Wasser. Auf dem Streckenplan suchte er sich eine Bahnstation heraus, die noch recht weit vor dem eigentlichen Zielbahnhof lag. Hier wollte er den Zug verlassen in der Hoffnung, sich damit den Vorkontrollen im Grenzhinterland zu entziehen. Der Zug startete pünktlich am frühen Nachmittag aus Budapest in Richtung Westen. Nach Wochen der Vorbereitung ging es endlich los. Die Fahrt zog sich hin. Michaels Anspannung steigerte sich mit Fortdauer der Reise. Zwischendurch kam der Schaffner zur Fahrkartenkontrolle. Bisher lief alles nach Plan. Michael fiel auf, dass in den Abteilen einige ungarische Soldaten saßen. Es war nicht auszuschließen, dass diese vom Heimaturlaub wieder zurück zu ihrem Dienst an der Grenze fuhren. Die vorbeiziehende Landschaft war zunächst karg und ging im Laufe der Fahrt in saftige grüne Abschnitte über. Nach fast drei Stunden Zugfahrt stieg Michael an einer kleinen Bahnstation im Örtchen namens Vep aus. Die größere Stadt Szombathely war noch zirka fünfzehn Kilometer entfernt. Er verließ den Ort in westlicher Richtung. Seine Sinne waren geschärft, schließlich befand er sich im grenznahen Raum. Er versteckte sich in einem Maisfeld, das an die Landstraße grenzte und wartete die Dunkelheit ab. Er wollte nicht unnötig Aufmerksamkeit erregen. Sein Plan sah vor, sich im Schutz der Dunkelheit weiter Richtung Westen zu bewegen, und Szombathely links liegenzulassen. Das Ziel war, bis in die unmittelbare Nähe der Grenzanlagen zu gelangen, um dort die nächste Nacht abzuwarten. Er zwang sich etwas zu essen. Die Nacht brach herein und mit ihr einher kam die herbstlich, feuchte Kälte. War es am Tage noch angenehm warm, so wurde es mit zunehmender Dunkelheit immer unangenehmer. Er zog sich die warmen, dunklen Sachen an und begann vorsichtig auf Feldwegen in Richtung Grenze zu marschieren. Jetzt gab es kein Zurück mehr. Michael war konzentriert bis unter die Haarspitzen. Er sah vor sich die ersten Lichter von Szombathely. Wie geplant, machte er einen weiten Bogen. Nach weiteren zwei Stunden in der dunklen Nacht, wähnte sich Michael in Nähe der Grenze. Noch konnte er in einer Senke, die mit Sträuchern bewachsen war, Schutz suchen. Er entschied sich, den anbrechenden Tag hier abzuwarten und in der darauffolgenden Nacht den Grenzübertritt zu wagen. Zu Hause an seinem Zimmerfenster, oder nachts im Stahlwerk, allein auf einem der Kräne, hatte er oft genug in den Nachthimmel geschaut und sich in Gedanken ausgemalt, wie seine Flucht wohl verlaufen würde.

[12] *Bis 1965 war die ungarische Grenze nach Österreich vermint. Anschließend entschied sich die Regierung, nicht zuletzt aufgrund der anhaltenden diplomatischen Interventionen Österreichs, das Minenfeld zu räumen. Stattdessen installierte man ein modernes, aus der Sowjetunion stammendes System mit der Bezeichnung SZ-100.18 Der Eiserne Vorhang erhielt ein neues Gesicht: Waldflächen entlang der Grenze wurden weiträumig gerodet, Wildzäune aufgestellt. Auf Betonpfeilern verlief eine Schwachstromleitung. Der Zaun bestand abwechselnd aus norma-*

len Kontaktdrähten und Stacheldraht und war mit einer Meldezentrale und etlichen Lautsprechern gekoppelt. Unmittelbar nach der Drahtlinie befand sich ein 8 bis 12 m breiter Spurstreifen, in welchem man die Fußabdrücke erkennen konnte, davor und dahinter gab es eine Straße. An den Zaun schloss sich eine 2 km tiefe Meldezone und eine 15 km breite Sperrzone. Die (im Ungarischen auch „technische Abriegelung" genannte) elektronische Anlage löste mittels eines Niederspannungskabels aus Kupfer bei jeder Bewegung sofort Alarm für den nächstgelegenen Grenzposten aus. Die Grenzsoldaten riegelten dann die Grenze beiderseitig ab. Flüchtlinge hatten allerdings auch deswegen kaum eine Chance, weil der Eiserne Vorhang in Ungarn mehrere hundert Meter von der eigentlichen Grenze entfernt im Landesinnern verlief.

Von all diesen Maßnahmen konnte Michael nichts wissen. Er war erschöpft. Ein letztes Mal aß er etwas und trank einen Schluck. Im Sitzen zusammengekauert versuchte er ein wenig zu schlafen. Der neue Tag brach an. Mit aufsteigender Sonne und ihren wärmenden Strahlen, besserte sich auch wieder seine Stimmung. Er marschierte vorsichtig unter Ausnutzung von natürlichen Hindernissen. Dabei beobachtete ständig das vor ihm liegende Gelände. Tatsächlich sah er bald darauf in einiger Entfernung einen Wachturm. Das bedeutete für ihn, sich ab sofort noch vorsichtiger zu verhalten. Er erkannte auf dem Turm einen Grenzsoldaten, der ab und zu mit dem Fernglas die Umgebung absuchte, sich aber ansonsten zu langweilen schien. Die Wachtürme an der deutsch-deutschen Grenze waren aus Beton und sahen sehr martialisch aus. Dieser hier war eher ein massiver Hochstand., was jedoch nichts bedeuten sollte, denn auch von dort oben konnte mit einer Kalaschnikow geschossen werden. Der Tag zog sich endlos hin und die Anspannung stieg wieder mit hereinbrechender Dunkelheit. Michael wusste, der kleinste Fehler entschied zwischen Erfolg und Niederlage, zwischen Ankunft im Westen oder Knast. Es wurde dunkler und er konnte beobachten, dass in diesem Abschnitt der Grenzanlage die Aktivitäten zunahmen. Es herrschte rege Betriebsamkeit. Einige Jeeps fuhren hinter dem Zaun Patrouillenfahrten. Es waren auch Grenzsoldaten zu Fuß unterwegs. Michael wagte es nicht, sich zu bewegen. Durch das Verharren bemächtigte sich ihm die aufkommende Kälte. Nach zwei Stunden wurde es merklich ruhiger. Einer der Jeeps machte nochmal eine Kontrollfahrt und verschwand anschließend im Hinterland. Es herrschte trügerische Stille. Jetzt war der Zeitpunkt gekommen, auf den er die letzten Monate hingearbeitet hatte. Er hörte sein Herz schlagen. Seine Taktik war, die Grenzanlagen so schnell wie möglich zu überlaufen und sich durch keinen ausgelösten Alarm, ob akustisch oder optisch, ablenken zu lassen. Er erreichte den ersten Grenzzaun. Zügig durchtrennte Michael einige Drähte mit seinem Bolzenschneider. Dann öffnete er hastig das entstandene Loch so groß, dass er hindurchschlüpfen konnte. Er lief so schnell er konnte. Plötzlich heulte eine Alarmsirene und die Beleuchtung wurde zugeschaltet. Michael zögerte nicht und lief weiter.

[13]*Selbst wer es geschafft hatte, den Stacheldrahtzaun und die Sperranlage hinter sich zu lassen, wurde von den Grenzsoldaten, die durch spezielle Tore auf die andere Seite der Befestigungsanlage gelangten, noch auf ungarischem Gebiet gefasst und zurückgeführt. Die ungarisch-österreichische Grenze zeichnete sich durch zahlreiche Biegungen und Unregelmäßigkeiten aus, sodass sich Flüchtlinge, die schon österreichisches Gebiet erreicht hatten, manchmal unversehens wieder in Ungarn befanden, wo sie von den Grenztruppen erwartet und aufgegriffen wurden.*

Es mochten nach seiner Schätzung mehr als zweihundert Meter sein, die er bereits zurückgelegt hatte. In der Nähe hörte er Motorengeräusche, die lauter wurden. Hektische Befehle hallten durch die Nacht. Hatte Michael die Orientierung verloren? Er konnte die Richtung nur erahnen, denn um den Kompass herauszuholen, fehlte ihm die Zeit. Das Motorengeräusch kam näher. Michael warf sich flach auf den Boden. Das Gelände wurde mit den am Fahrzeug angebrachten Suchscheinwerfern abgeleuchtet. Der Lichtkegel ging über Michael hinweg und das Fahrzeug entfernte sich wieder. Vorsichtig richtete er sich auf und versuchte in geduckter Haltung voranzukommen. Ihm schwirrten tausend Dinge durch den Kopf. Es war ihm schier unmöglich, einen klaren Gedanken zu fassen. Er hoffte inständig, seine Verfolger bereits hinter sich gelassen zu haben. Doch plötzlich kamen, wie aus dem Nichts, mehrere ungarische Grenzsoldaten und Michale sah in die Läufe von Maschinenpistolen. Einer der Soldaten schrie ihn auf Englisch an: „Stand still, Hands up!"

Es war aus, der Traum von der Flucht in den Westen war vorbei.

[14] *Die beim Grenzübertritt gefassten ostdeutschen Staatsangehörigen wurden aufgrund eines seit 1957 bestehenden Rechtshilfeabkommens und Rahmenvereinbarungen der Staatssicherheitsdienste nach einer 30-tägigen Untersuchungshaft vom ungarischen Staatssicherheitsdienst Vertretern der DDR-Staatssicherheit, der sog. Operativgruppe des MfS, in Ungarn übergeben.*

Gescheitert

Michael musste in einen Jeep steigen, flankiert von zwei Grenzsoldaten. Der Jeep fuhr auf einer asphaltierten Straße und man brachte ihn in eine nahegelegene Kaserne. Dort wurde er in einen Raum geführt, in dem mehrere Soldaten herumsaßen. Seine Sachen wurden sofort untersucht. Der Inhalt aus dem Rucksack wurde auf einem Tisch ausgebreitet. Besonderen Gefallen fanden die Soldaten an den Levis Klamotten. Ein Offizier untersuchte den Inhalt des Rucksacks methodischer. Schließlich entdeckte er auch den Zwischenraum im Futter. Den Ausschnitt der Landkarte hatte Michael zuvor bereits vernichtet, aber der Facharbeiterbrief, sein Schulzeugnis und die Briefe kamen zum Vorschein. Zu seinen weiteren Utensilien gehörte auch ein Stielkamm, wobei der Stiel aus verchromtem Metall war. Der Offizier deutete damit eine Stichbewegung an, hob seine Hand und zählte laut in gebrochenem Deutsch: „eins, zwei, drei Jahre du!"

Michael kannte den Republikfluchtparagrafen 213 und wusste, welche Strafe ihn erwartete. Er stand noch unter Schock. Er war doch kurz vor dem Ziel, und jetzt sollte alles vorbei sein? Der Offizier kam kurze Zeit später wieder ins Zimmer und nahm hinter einem Schreibtisch Platz. Michael hatte das Gefühl, als ob er auf etwas wartete. So war es auch. Nach etwa einer halben Stunde betrat ein Mann in Zivil, gefolgt von einem Soldaten den Raum. Die Tür wurde verschlossen. Was nun folgte, war das erste Verhör in seinem Leben. In der Zwischenzeit hatte er sich wieder einigermaßen gefangen und versuchte sich so gut wie möglich auf die neue Situation einzustellen. Der Zivile begann jetzt Fragen zu stellen. Dabei nahm er die gefundenen Unterlagen sowie die Briefe in die Hände. Seine Fragen stellte er auf Ungarisch und der junge Soldat übersetzte diese in sehr gutem Deutsch. Die angenehme und freundliche Art des Soldaten, machten Michael Mut. Er gab jetzt alles zu Protokoll, vom Start in Berlin, dem Zwischenaufenthalt in Budapest, der Zugfahrt bis kurz vor die Grenze und den anschließenden Fußmarsch. Der Offizier brachte die Aussagen auf einer Schreibmaschine zu Papier. Die Vernehmung näherte sich dem Ende und er steckte sich wieder eine Zigarette an. Diesmal bot er sogar Michael eine an. Eine Frage hatte der Offizier noch: „Kennen Sie einen Mann aus Berlin, der ebenfalls heute Nacht an der ungarischen Grenze flüchten wollte?“

„Nein“, antwortete Michael und wunderte sich über die Frage.

„Sie müssen die nächsten Stunden in einer Zelle verbringen“, erklärte ihm dann der junge Soldat.

In seiner Stimme lag ein Ton des Bedauerns. Er begleitete ihn zu einer Arrestzelle die normalerweise für Armeeangehörige, die eine Disziplinarstrafe absitzen mussten, gedacht war. Die Tür wurde geschlossen und von außen verriegelt. Michael, der so gut in der Schule war und in seinem Leben noch große Pläne hatte, war jetzt hinter Gittern. Noch dazu in einem fremden Land. Wenig später kam der junge Soldat mit einer großen Schüssel mit Essen. Doch Michael verspürte wenig Hunger und rührte lustlos in der Schüssel herum. Der Soldat sagte zu ihm: „Ich kann nicht verstehen, wie Sie so ein hohes Risiko auf sich nehmen, nur um in den Westen zu kommen. Ich spare während meiner Armeezeit Geld, um anschließend mit einem Freund eine Reise nach Brasilien zu unternehmen."

Dann wurde die Tür wieder verschlossen und er war das erstmals nach dem gescheiterten Fluchtversuch wieder allein. Die Ereignisse der letzten Stunden hatten ihn innerlich so aufgewühlt, dass an Schlafen nicht zu denken war. Vor seinem geistigen Auge liefen noch einmal die Ereignisse der letzten Stunden ab. Schließlich fiel er doch noch in einen kurzen, unruhigen Schlaf mit wilden Träumen. Am nächsten Morgen öffnete wieder der junge Soldat die Zelle und brachte ihm eine Tasse Kaffee sowie zwei Scheiben Weißbrot. Kurz darauf wurde die Zelle wieder geöffnet. Michael wurde von einem anderen Mann in Zivil, bekleidet mit einem Trenchcoat und Anzug, in einen Raum am Ende des Ganges geführt. Er legte ihm ein Blatt Papier und einen Kugelschreiber auf einen Tisch und sagte in gebrochenem Deutsch: „Schreiben Sie Gründe für Flucht hier auf Papier!"

Er wirkte abweisend und sehr unterkühlt. Michael hatte sich bereits in der Nacht auf die politische und wirtschaftliche Unzufriedenheit in der DDR, verbunden mit mangelnder Reisefreiheit berufen. In diesem Tenor setzte er auch dieses Schreiben auf. Nach etwa einer Viertelstunde, kam der Typ zurück und las sich seine Erläuterungen durch. Michael sah, wie ihm die Gesichtszüge entgleisten. Dann wurde er laut und sagte: „Das Geschreibsel entbehrt jeder Grundlage!"

Kurz darauf wurde er von ihm aus dem Gebäude geführt. Vor der Tür stand ein roter Lada. Im vorderen Teil des Wagens saßen zwei Offiziere in Uniformen. Michael wurden hinten von zwei weiteren Offizieren in die Mitte genommen. Die Fahrt ging Richtung Szombathely. An einer Ampelkreuzung musste der Wagen halten. Michael sah auf dem Wegweiser, dass es nach rechts in Richtung Graz in Österreich ging. Er hatte kurz die subtile Hoffnung, dass sie ihn vielleicht bis zur Grenze bringen würden und dann den österreichischen Grenzbeamten übergeben. Die Hoffnung stirbt zuletzt. Der Wagen hielt vielmehr vor einem großen, schweren Eisentor, das sich nach der Einfahrt des Lada wieder schloss. Michael war, so vermutete er, in einer Justizvollzugsanstalt oder einer Untersuchungshaftanstalt. Er stieg aus und wurde in einen großen Raum geführt, der hinter ihm wieder verschlossen wurde. Die Zeit verging, ohne das etwas passierte. Nach etwa zwei Stunden kam ein dicker mürrischer Justizbeamter herein und brachte dunkle, schwere Anziehsachen. Es waren eine Hose und eine Jacke aus dunkelblauem, filzigem Stoff. Michael musste seine zivilen Sachen gegen die Häftlingskleidung tauschen. Seinen dicken, warmen Rollkragenpullover durfte er behalten.

„Sima", sagte der Wärter, was auf Russisch Winter heißt. Auch sein privates Schuhwerk musste er ausziehen. Anschließend erhielt er Badelatschen in Schuhgröße sechsunddreißig. Als er in seiner Häftlingskleidung dastand, rutschte ihm die Hose runter. Der Wärter brachte ihm dann ein Schnürband, das er durch die Schlaufen zog und über der Taille zuband. Nun, als Häftling eingekleidet, brachte ihn der mürrische Schließer einen Zellengang entlang und schloss die letzte Zelle auf der linken Seite auf. Diese war groß. An der Wand befanden sich mit Stahlfüßen auf dem Boden verschraubte dicke Holzbohlen, die an den Enden etwas nach oben geneigt waren. Michael vermutete, dass die Verhörprozeduren erst einmal abgeschlossen waren. Die Stunden vergingen und nichts geschah. Am Abend wurde die Klappe in der Zellentür geöffnet und eine Schüssel mit Abendessen hereingereicht. Das Essen schmeckte nicht, denn es war auf ungarische Art scharf gewürzt und lieblos zubereitet. Am späteren Abend wurde er aus der Zelle geführt und in einen Waschraum mit Toilette gebracht. Der Wärter blieb immer in Sichtweite. Michael nutzte die Zeit, wusch sich gründlich und putzte sich die Zähne mit der Zahnbürste aus seinem Waschzeug. Anschließend bot der Schließer ihm an, eine von seinen eigenen Zigaretten zu rauchen. Da Michael eher ein Genussraucher, und ihm nicht nach Rauchen zumute war, verneinte er. An den darauffolgenden Tagen merkte er jedoch, dass sich die Wärter an seinen Zigaretten gütlich taten. Den Gefallen wollte er ihnen nicht mehr tun und rauchte sie nun lieber selbst. Nach der Körperpflege musste er sich eine Matratze aus einem

Lagerraum holen. Der Wärter warf ihm das Bettzeug obendrauf. Anschließend wurde er wieder in seiner Zelle eingeschlossen. Bereits nach wenigen Minuten wurde das Licht gelöscht. Schräg über seinem „Bett“ war ein Luftschacht. Dahinter hatten die Wärter ihren Aufenthaltsraum und Michael hörte ihre Gespräche. Die Nächte waren fortan Stunden, die er nutzte, um zu innerer Ruhe zu kommen. Daher sehnte er die Abende herbei. Er hatte intensive Träume, an die er sich nach dem Wecken auch gut erinnern konnte. Wie konnte es anders sein, war er dabei oft an einem Bahnhof. Einige seiner ehemaligen Klassenkameraden waren auch dabei. Er fuhr dann mit dem Zug, der von einer Dampflok gezogen wurde. Die Tage vergingen monoton, immer nach demselben Schema. Morgens Wecken dann das Bettzeug wegbringen. Anschließend gab es Frühstück, das bereits vorbereit war. Es bestand aus einer Scheibe Weißbrot mit Marmelade, sowie einer Tasse Kaffee. Nach dem Frühstück wurde ein Reisigbesen zum Säubern der Zelle hineingestellt. Am späten Vormittag folgte eine Viertelstunde Hofgang. Hierzu wurden die Schuhe gewechselt. Von den Badelatschen Größe sechsunddreißig auf Arbeitsschuhe ohne Schnürsenkel in gefühlter Größe siebzig. Mit diesen Ungetümen hatte Michael seine Probleme die Richtung zu halten und musste aufpassen, nicht zu fallen. Vor jedem Hofgang sollte er sich neben die Zellentür stellen, mit dem Gesicht zur Wand, Beine und Arme gespreizt. Der Wärter durchsuchte ihn von oben bis unten. Er hätte sich schließlich, mit scharfen Fingernägeln aus dem Reisigbesen eine Holzpistole schnitzen können. Es waren bereits drei Tage vergangen und Michael machte sich so langsam Gedanken über seine Verdauung. Seit dem Fluchtversuch konnte er noch nicht richtig auf Toilette. Wenn das so weitergehen sollte, hätte er ein ernsthaftes Problem. Er kam jedoch langsam in eine Tagesroutine. Er teilte die Wärter bereits in „gute“ und „weniger gute“ ein. Am Abend des siebten Tages sagte ein Wärter zu ihm, als er gerade mit seiner Abendtoilette beschäftigt war: „Morgen du Budapest!“

Grüne Minna

So geschah es auch. Noch vor dem allgemeinen Wecken musste er aufstehen und das letzte Mal seine Zelle reinigen. Nach dem Frühstück konnte er wieder seine Privatsachen anziehen und erhielt einen Beutel mit Marschverpflegung. Zu seinem Erstaunen bestieg noch ein weiterer junger Mann die „grüne Minna." Nach Michaels Schätzung war dieser etwas älter als er. Der Wagen ähnelte einem VW Golf mit Kofferaufbau. Die beiden konnten sich nur gebückt darin bewegen. Im Fond des Wagens stiegen zwei Justizbeamte ein und ab ging die Fahrt. Michael war froh, sich endlich mit einem „Landsmann" austauschen zu können. „Na, wo haben sie dich geschnappt?", erkundigte er sich bei seinem gegenüber.

„An der österreichischen Grenze hinter Györ", antwortete dieser. „Und dich", wollte er von Michael wissen.

„In der Nähe von Szomathely. Wie heißt du eigentlich?"

„Thomas, und du."

„Michael", sagte er." „Erzähl doch mal, wie es bei Dir war?", fragte Michael neugierig.

Thomas schien seine gegenwärtige Situation äußerlich gelassen hinzunehmen. Er lehnte sich zurück, und begann seine Geschichte zu erzählen: „Also, ich bin dreiundzwanzig und komme aus Berlin. Beruflich bin ich Landvermesser. Deswegen habe ich meinen Eltern und meiner Freundin erzählt, dass ich nach Ungarn auf Geschäftsreise muss. Ich hatte eigentlich vor, am siebten Oktober bei meinem Onkel in München mit Sekt auf Honecker anzustoßen. Aber leider muss ich das wohl auf einen späteren Zeitpunkt verschieben."

Wann war denn dein Fluchtversuch?", wollte Michael von ihm wissen.

„Na in der Nacht zum siebten Oktober."

„Okay, dann hatten wir uns denselben Tag ausgesucht", sagte Michael zu ihm.

„Die hatten mich in der Grenzkaserne nämlich gefragt, ob ich noch einen Freund habe, der es in der Nähe von Györ versucht hat."

Daraufhin erzählte Michael ihm seinen Fluchthergang bis zum

Scheitern kurz vor der österreichischen Grenze.

Sie hatten sich so viel zu berichten, dass die Fahrzeit wie im Flug verging. Bald rollte die „Minna“ schon auf den Vorortstraßen von Budapest. So hatte sich Michael das Wiedersehen mit dieser schönen Stadt nicht vorgestellt. Durch die schmale Scheibe zum Fahrerhaus war es den beiden möglich, die Fahrt durch die Stadt zu beobachten. Das Wetter hatte sich seit seinem Eintreffen in Ungarn nicht verändert. Nach wie vor schien die Sonne von einem wolkenlosen Himmel. Nur die Temperaturen hatten sich der Jahreszeit angepasst. Der Wagen fuhr an einem monumentalen Gebäude vorbei, bog in eine Seitenstraße ein und kam schließlich vor einem großen Eisentor zum Stehen. „So Alter, jetzt geht es ab in den Knast von Budapest“, sagte Thomas, und schielte durch die Scheibe.

Das Tor wurde geöffnet, der Wagen fuhr vor ein zweites Tor und stand jetzt in einer Schleuse. Das äußere Tor wurde wieder geschlossen, es öffnete sich das innere und gab den Blick auf einen großen Innenhof frei. „Nun sieh dir das mal an, wandte sich Michael an Thomas!“

Zum Erstaunen von den beiden war der Innenhof vollgestellt mit PKW. Alle DDR-Automarken wie Wartburg, Trabant, Skoda oder Lada waren vertreten. Aber dazwischen standen auch Autos mit westdeutschen Nummernschildern. „Das sind alles Autos, die zu Fluchtversuchen genutzt wurden. Die Westkarren sind von welchen, die ihre Partner rüberbringen wollten, garantiert“, sinnierte Thomas. Ihre Taschen mussten die beiden in einer Art Effektenkammer abgeben. In dieser befanden sich ebenfalls bis unter die Decke gestapelte Campingutensilien wie Zelte, Reisetaschen und Koffer. Michael und Thomas wurden dann in separaten kleinen Holzverschlägen eingesperrt, die Michael an Herzchen-Häuschen erinnerten. Durch die Holzwände konnten sie sich noch unterhalten, doch nach kurzer Zeit wurde Thomas abgeholt. Ihre Wege trennten sich wieder. „War schön dich kennenzulernen“, hörte Michael noch die Stimme von Thomas vor dem Verschlag.

„Same to you", erwiderte Michael, „vielleicht sehen wir uns nochmal, du weißt die Welt ist klein."

Abschiebehaft in Budapest

Wie vermutet trennten sich ihre Wege wieder, denn Michael wurde von einem Wärter abgeholt und mit einem Fahrstuhl in eine der oberen Etagen gebracht. Dort führte er ihn über einen langen, etwa zehn Meter breiten Gang, an dessen Giebelwand ein überdimensionales Fenster den Flur mit Licht durchflutete. Trotz der Tatsache, wieder in einem Gefängnis zu sein, wirkte dieses auf ihn recht angenehm. Seine Zelle war die letzte im Gang mit einem Fenster aus Glasbausteinen, dass zusätzlich von außen vergittert war. Sie war lang wie ein Schlauch, auf beiden Wandseiten stand je ein Bett. An den Fußenden der Betten stand je ein kleiner Tisch. Im Unterschied zur Zelle in Szombathely lagen dicke Schaumgummi Matratzen auf den Betten, ein Kopfkissen, zwei Decken und Bettbezüge. Kurze Zeit später wurde das Mittagessen gebracht. Dieses war um vieles besser und appetitlicher. Es gab sogar Vorsuppe. Die restliche Zeit des Tages plätscherte vor sich hin. Michael war mit seiner derzeitigen Situation nicht unzufrieden. Er trug noch seine private Kleidung, und die Zelle war weitaus angenehmer. Am nächsten Tag wurde er abgeholt und mit dem Fahrstuhl in die obere Etage gebracht. Hier fiel ihm das erste Mal die Beschaltung der Flure mit roten Lampen auf. Wenn ein Wärter mit einem Häftling unterwegs war, betätigte er stets einen Schalter. Die roten Lampen entlang der Wand gingen an, und signalisierten einem anderen Wärter mit Häftling, dass er ihnen entgegenkommt. Dieses System sollte er später in der Stasi-U-Haft wiederfinden. So wurde sichergestellt, dass kein Häftling einen anderen Mithäftling zu Gesicht bekam. Im Obergeschoss angekommen, sah es aus wie in einem Verwaltungstrakt. Zu beiden Seiten des Ganges gingen Büroräume ab. Einige Türen standen offen und Michael hörte Schreibmaschinengeklapper. Der Wärter bedeutet ihm mit dem Gesicht zur Wand vor einer Tür zu warten. Er klopfte, trat ein und sagte etwas auf Ungarisch. Kurze Zeit später bedeutete er Michael, ebenfalls einzutreten. Dieser Raum war bedeutend größer, als jene in die er zuvor einen Blick werfen konnte. Hinter einem monströsen Schreibtisch saß ein Mann mittleren Alters. Er hatte dunkles, volles Haar und blickte Michael aus ebenso dunklen Augen an. „Bitte nehmen Sie Platz", sagte er freundlich.

Rechts von Michael saß eine Frau in etwa demselben Alter wie der Mann. Sie hatte ihre Haare modisch geschnitten, war unauffällig, aber wirkungsvoll geschminkt. Sie trug ein Strickkostüm, das ihre Figur betonte. Sie dolmetschte die Fragen des Mannes, der seine Fragen an Michael auf Ungarisch richtete.

„Das ist der Anstaltsleiter", sagte die Frau, nachdem dieser auf Ungarisch das Gespräch eröffnet hatte.

Seine Fragen ähnelten denen der ersten Nacht nach seiner Flucht, doch die Gesprächsatmosphäre war sachlich, aber freundlich.

„Sie müssen verstehen junger Mann", wandte er sich wieder an Michael, „es gibt Verträge der ungarischen Regierung mit der DDR und diese müssen von unserer Seite eingehalten werden."

Die Mitarbeiterin wartete jedes Mal bis der Anstaltsleiter geendet hatte. Anschließend übersetzte sie dann für Michael auf Deutsch.

„Verbringen Sie die Zeit hier so angenehm wie möglich", wendete sie sich wieder an ihn, „Sie haben doch noch Forint, wir könnten veranlassen, dass für Sie bestimmte Dinge eingekauft werden."

Michael war zunächst etwas verdutzt, doch der Anstaltsleiter begann bereits aufzuzählen: „Was möchten Sie haben, Salami, Obst, Weintrauben, Bananen, Schokolade, westdeutsche Zigaretten?" Michael war ob der Vielfalt etwas verwirrt und bejahte jedes Mal. „Ich wünsche Ihnen auf ihrem weiteren Weg Glück! Behalten Sie den Kopf oben, auch für Sie kommen wieder bessere Zeiten", übersetzte die Dolmetscherin die Verabschiedung durch den Anstaltsleiter.

Wieder zurück auf der Zelle dauerte es nicht lange, und die Lebensmittel und Zigaretten wurden gebracht. So ließ es sich erst einmal aushalten, dachte Michael bei sich. Nach dem Abendessen öffnete sich noch einmal die Zellentür und es trat ein junger Mann ein. Zuerst dachte Michael, es geht zu einer Vernehmung, aber die Zellentür wurde hinter ihm verschlossen. Der Neuankömmling war etwas kleiner als er, ein schlanker südländischer Typ, mit dunklen, lockigen Haaren und einem Vollbart. Er plapperte sofort auf Michael ein, ohne dass dieser ein Wort verstand. Nach einer Weile des Gestikulierens, stellte er auf Englisch um. Jetzt funktionierte die Kommunikation viel besser. „I'm from Rumania", sagte er, „they caught me by trying to escape from Hungary to Austria."

„Alles klar", sagte Michael zu sich, „auch so ein armes Schwein wie ich."

Das Einzige, was er mit in die Zelle brachte, war ein Rumänisch-Französisch Wörterbuch. Sofort wollte er Michael französisch beibringen, doch er merkte bald, dass es bei seinen Kenntnissen, nicht über die Wochentage hinausging. Seine einzigen deutschen Wörter, die er kannte, drehten sich um die Liebe. Er hieß Iwan Kirschner und stammte aus Oradea, einer Stadt im Nordwesten von Rumänien. Trotz seiner ständigen Plapperei war Michael froh, so nette Gesellschaft zu haben. Iwan und Michael erzählten sich von den bisherigen Stationen ihrer Lebenswege und den Plänen für die Zukunft. Er schien ein lebenslustiger Typ zu sein, mit einem Faible fürs weibliche Geschlecht. Wie er stolz erzählte, führte er ein Album mit Bildern seiner Eroberungen inklusive ihrer besonderen Qualitäten. Michael teilte mit ihm seine eingekauften Lebensmittel und Zigaretten. Die Gesprächsthemen gingen nicht aus. Von Musik über Sport, Autos und Politik, es wurde nichts ausgespart. Am Abend hörten sie vom Innenhof Gesprächsfetzen, auch Frauenstimmen waren darunter. „The voices are from Prisoners of Hungary", war sich Iwan sicher.

Nach Meinung von Iwan waren die anderen Zellenblöcke für abgeurteilte Straftäter. Oftmals schallten auch die aktuellen internationalen Musikhits zu ihnen herüber. Alle paar Tage konnten sie duschen und bekamen frische Unterwäsche. Iwan hatte schreckliche Angst vor der Abschiebung nach Rumänien. Zwar wurden die Abgeschobenen nach ein paar Tagen wieder entlassen, doch diese kurze Zeit dazwischen hatte es wohl in sich. Von Bekannten wusste er, dass abtrünnige Rumänen schwer misshandelt wurden. Aus diesem Grund ließ er sich vom Anstaltsfriseur, der in regelmäßigen Abständen durch die Zellen kam, seinen Bart abnehmen. Nach seiner Aussage hatte die Securitate einem seiner Freunde die Barthaare mit einer Zange rausgezogen. Zu damaliger Zeit hörte er sich die Erzählungen mit einiger Skepsis an, doch spätestens nach dem Volksaufstand in Rumänien, und der Aufdeckung von Gräueltaten des Geheimdienstes, war das Abrasieren seines Bartes eine gute Entscheidung. Iwan war ein Enfant Terrible. Er unterhielt sich an der geöffneten Zellentür in so lockerer Atmosphäre mit den Wärtern und schnorrte dabei noch Zigaretten für sie, dass Michael anschließend zu ihm sagte: „Iwan, wenn du im Westen bist, dann fange doch erst einmal als Staubsaugervertreter an, du machst bestimmt gute Umsätze."

Von ihm lernte Michael einige Sätze auf Ungarisch. Nach zwei Wochen war es mit der netten Zwangsgemeinschaft vorbei. Iwan wurde wahrscheinlich abgeschoben. Michael kam zu einem anderen Rumänen auf die Zelle. Dieser hatte Frau und zwei kleine Kinder zurückgelassen. Er wollte, wie er sagte, erst einmal allein in den Westen. Ständig war er am Jammern. Marian war Deutschrumäne aus Hermannstadt in Siebenbürgen. Wenn er vom Leben der deutschen Minderheit unter der Ceausescu Diktatur redete, vergaß er für ein paar Minuten seine Jammerei. Michael hatte seine Lebensmittel und Zigaretten mit Iwan längst aufgebraucht. Marian hatte seine gebunkert. Er aß immer nur dann, wenn er dachte, dass Michael schlief. Ihm fehlten die Gespräche mit Iwan. Unter anderen Umständen wären sie bestimmt gute Freunde geworden.

Rückführung

Nach vier Wochen in Budapest wurde er eines Morgens auf die Rückführung nach Berlin vorbereitet. Noch im Zellentrakt traf er Thomas den Landvermesser wieder. „Grüß dich Thomas, na gehen wir wieder gemeinsam auf Reisen", begrüßte Michael ihn.

„Hallo Michael, nun geht es wieder zurück in den Osten, da müssen wir jetzt durch", entgegnete er.

Aus dem Frauentrakt wurde noch ein hübsches Mädchen gebracht. Die drei mussten sich mit dem Gesicht zur Wand aufstellen. „Was ist mit dir passiert?", flüsterte Michael, denn das Unterhalten war untersagt.

„Mein Freund aus Westberlin wollte mich mit seinem Auto rüberbringen. Bei der Kontrolle an der Grenze ist die Sache aufgeflogen und wir wurden beide festgenommen", konnte sie noch schnell antworten.

Kurze Zeit später wurden die drei mit dem Fahrstuhl ins Erdgeschoss gebracht und in die Fahrzeugschleuse geführt, in der sie vor vier Wochen eingeliefert wurden. Sie stiegen in einen normalen Kleinbus mit großen Fenstern. Lediglich die Ketten, die um die Hüften gelegt und verschlossen wurden, sowie das Begleitpersonal machten den Unterschied zu einer normalen Reisegruppe. Die Fahrt ging das letzte Mal durch Budapest in Richtung Flughafen. Es war ein trüber Herbsttag. Die Wolken hingen tief und es regnete unaufhörlich. So trübe wie das Wetter war auch ihre Stimmung. Auf der Fahrt wechselte Michael mit Thomas einige Worte, ohne dass sie daran gehindert wurden. Am Flughafen fuhr der Bus am Gebäude der Flughafensicherung vorbei direkt auf das Vorfeld. Einer der Begleiter bedeutete, sie sollten sich noch ein wenig gedulden. Michael und den anderen war das eigentlich egal. Keiner hatte Sehnsucht auf Rückkehr in die DDR. Unmittelbar vor ihnen standen Maschinen aus aller Herren Länder. Auf den Gangways drängten sich Touristen und Geschäftsleute. Sehnsüchtig sah Michael zu einer Swissair Maschine hinüber, die gerade für ihren Abflug vorbereitet wurde. Er hätte alles gegeben, um mit dieser Maschine mitzufliegen zu können. Dann setzte sich der Bus in Bewegung, und fuhr an den anderen Maschinen vorbei in Richtung einer TU-134-I der Interflug. Diese stand etwas abseits des normalen Flugbetriebs. Die Gangway hinunter kamen zwei Männer und eine Frau, vom Zuführungskommando der Staatssicherheit. Ab sofort wehte ein anderer Wind. Michael hatte es mit einem kupferblonden Sachsen zu tun, der ihm als erste Amtshandlung Handschellen anlegte und mit festem Griff am Oberarm ins Flugzeug führte. Im Gegensatz zu einer Standardmaschine dieses Typs war im vorderen Teil die Sitzaufteilung eine andere. Dort saßen Stasimitarbeiter, Frauen und Männer an Tischen. Es sah eher aus wie in einem Bordrestaurant. Dieser Teil der Maschine war mit einer Zwischenwand vom mittleren getrennt. Durch eine Zwischentür wurde Michael in den anderen Teil gebracht. Hier saßen bereits unfreiwillige Passagiere, jeder mit einem persönlichen Reiseleiter. Nach weiteren etwa zehn Metern gab es wieder eine Zwischenwand. Dahinter waren die weiblichen Häftlinge untergebracht, denn das junge Mädchen verschwand dort mit ihrer Begleitung. Michael wurde ein freier Platz am Fenster auf der rechten Seite zugewiesen. Neben ihm nahm der kupferblonde Sachse Platz. Thomas saß in derselben Sitzreihe auf der linken Seite, als sein Begleiter ihn unvermittelt anschrie: „Nehmens ne Gaugämmi raus!"

Doch Thomas grinste den Stasimann nur an und ließ den Kaugummi noch geschwinder zwischen seinen Zähnen hin und her wandern. Das brachte den jungen Stasischnösel erst recht in Wallung. Er baute sich vor ihm auf und schrie erneut: „Hörnse uuf zu gnetschen, und nehmse gefälligst ne Gaugämmi raus!" Wobei sich seine Stimme schon leicht überschlug.

Nun kam Thomas seiner Bitte nach, aber so provokant langsam, dass Michael dachte der Stasimann dreht gleich durch. Ein paar Sitzreihen vor Michael drehte sich ein weiterer Häftling um und sie hatten für ein paar Sekunden Blickkontakt. Er hob die Hände mit den Handschellen, als Zeichen der Solidarität. Nach kurzer Wartezeit rollte die Maschine in Startposition. Es regnete noch immer. Bald nach dem Start verschwand sie in der tiefhängenden Wolkendecke. Da Michael seine Klamotten wochenlang getragen hatte, roch er seinen eigenen Schweiß. Das wäre ihm in anderer Situation peinlich gewesen. Doch jetzt konnte er damit leben, für seinen Nachbarn war es bestimmt unangenehmer. Die Handschellen waren sehr eng verschlossen und die Handgelenke fingen an zu schmerzen. Das Wetter wurde, je näher die Maschine Berlin kam, immer besser. Schließlich landeten sie bei schönstem Sonnenschein. Die Maschine rollte raus und fuhr in Richtung der geparkten Regierungsflieger, fernab des normalen Flugbetriebs. Kurz darauf sah er einen geschlossenen Kleinbus heranfahren, der neben der Maschine anhielt. Es war ein Robur und hatte Ähnlichkeit mit einem Entstörfahrzeug der Post. Nacheinander verließen alle den Flieger und einer nach dem anderen verschwand in dem Fahrzeug. Es war kaum zu glauben, wie viele Menschen dort rein gequetscht werden konnten. Im Innenraum war es sehr eng. Trotzdem wurde jeder Häftling separiert in einen Kabuff gesperrt. Michael musste seine Schultern schräg stellen, um überhaupt Platz zu finden. Das Kabuff hatte Ähnlichkeit mit einem Spind, in dem Arbeitssachen verstaut werden. Zwei Stasimitarbeiterinnen äugten von außen durch die Spione. Anhand der Wortfetzen, die Michael aufschnappen konnte, gefielen sie sich in ihrer Rolle. Nach einer halbstündigen Fahrt hieß es wieder: „Aussteigen!"

Aus Gesprächen mit Thomas dem Landvermesser vermutete Michael, dass sie sich in der Untersuchungshaftanstalt Rummelsburg befanden. Michael wurde in einen Raum geführt, in dem bereits zwei Leute auf ihn warteten. „Ausziehen!", hallte der erste Befehl.

Michael begann sich vollständig zu entkleiden. „Nach vorne beugen und Pobacken auseinander!", ging das Gebrülle weiter.

Er beugte sich nach vorne und zog mit seinen Händen die Pobacken auseinander. Einer der Männer äugte ihm in die Analöffnung. „Anziehen und mitkommen!"

Er zog sich wieder an und wurde in einen Barkas Transporter verfrachtet, der ein neues Modell zu sein schien. Die Fahrer der anderen Transporte kamen, um ihn in Augenschein zu nehmen, und den Fahrer mit neugierigen Fragen zu löchern. „Na Horst", sagte einer der Fahrer, „das ist also das neue Modell."

Sie lugten in das Wageninnere und gaben vermeintlich fachmännische Kommentare. „Da passen zwei Leute mehr rein als in eure Wagen“, sagte der Fahrer von Michael voller Stolz.

Er saß derweil in einer der kleinen Zellen. Für ihn war es ein seltsames Gefühl wieder in der DDR zu sein und die unterschiedlichen Dialekte zu vernehmen. Der Fahrer öffnete die Tür und fragte Michael: „Wann haben Sie das letzte Mal etwas gegessen?“

Jetzt erst wurde ihm bewusst, dass sich sein Magen bereits seit geraumer Zeit meldete. „Heute Morgen, noch in Budapest“, antwortete Michael dem Fahrer.

„Hier, dann greif mal zu“, sagte der Fahrer und gab ihm aus einer Metallbox eine Doppelstulle mit Salami und ein Glas Wasser.

In der Zwischenzeit waren die Transporte zusammengestellt und die Rückgeführten wurden in die U-Haftanstalten der jeweiligen Bezirke gebracht. Da die Klappe des Spions etwas schief vor dem Guckloch saß, hatte Michael die Möglichkeit die Fahrt zu verfolgen. Sie fuhren quer durch Berlin. Da er sich durch seine zahlreichen Berlinbesuche recht gut auskannte, kam ihm vieles bekannt vor. Es dauerte jedoch nicht lange und der zweite Begleiter äugte von der anderen Seite durch den Spion. Beide blickten sich wie beim Augenarzt gegenseitig auf die Pupillen. Schnell wurde die Klappe richtig verschlossen. Jetzt nahm er akustisch nur den Wechsel des Fahrbahnbelags, sowie die höhere Geschwindigkeit außerhalb von Berlin war. Michael wusste aus Insiderkreisen, dass sich die Stasi-U-Haft in Potsdam, der Landeshauptstadt seines Bezirkes befand. Die kurze Fahrzeit bestätigte seine Vermutung, denn es dauerte nicht lange und der Wagen fuhr in die Anstalt ein.

Stasi U-Haft

Zunächst musste er sich die Privatsachen ausziehen, bekam einen Satz Unterwäsche sowie einen Trainingsanzug aus alten Armeebeständen. Als Hausschuhe erhielt er braune Filzschuhe mit dunkelbraunen gekreuzten Streifen, die er aus Kindertagen kannte. Dann wurde er auf seine Zelle geführt. Der Zellentrakt bestand aus mehreren Stockwerken. Auf beiden Seiten waren Gänge mit dahinterliegenden Zellentüren aus Stahl. Zwischen den Gängen war Maschengeflecht gespannt, um eventuellen Suizidversuchen vorzubeugen. Auch hier erfolgte, wie in Ungarn über die Beschaltung roter Lampen die Freischaltung der Laufwege. Ständig hieß es: „Stehenbleiben, Gesicht zur Wand!"

In der Zelle erklärte ein Mann des Wachpersonals in Stasiuniform den Bettenbau: „So, jetzt zeige ich Ihnen wie sie das Bett zu machen haben. Sie beziehen die Decke und das Kopfkissen mit den Bezügen. Am Tage legen sie das Bettzeug auf die übereinandergestapelten Matratzen. Hier haben Sie noch Waschzeug sowie Zahnbürste und Zahncreme."

Darauf ging er aus der Zelle und die Tür wurde mit riesigen Schlüsseln geräuschvoll zugesperrt. Michael sah sich zunächst um. Die Zelle war eng, links und rechts standen Holzpritschen. An den Enden der Pritschen waren zweigeteilte Matratzen mit Decken und Kopfkissen gestapelt. Zwischen den Pritschen war ein kleiner Tisch fest an die Wand montiert. Er zog die blauweiß karierte Bettwäsche auf und baute sein Bett wie zuvor gezeigt. Die Toilette war gleich rechts neben der Tür. Der Spülkasten befand sich außerhalb der Zelle. Auf der gegenüberliegenden Seite war ein Waschbecken mit einem darüber in die Wand eingelassen Spiegel. Über dem Tisch war ein Fenster aus versetzt angeordneten Glasbausteinen. Dazwischen diente ein Brett zur Einstellung der Lüftung. An den Fußenden der Betten stand jeweilig eine kleine Holzbank. Darauf mussten während der Nachtruhe die Hausschuhe abgestellt werden. Kurze Zeit später kam der Wachmann nochmal, öffnete die Klappe und gab Michael drei Bücher in die Zelle. Er wunderte sich zunächst darüber, stellte aber recht schnell fest, dass ein wöchentlicher Büchertausch staatsnaher Belletristik etwas Abwechslung in den Gefängnisalltag bringen sollte. Der anstrengende Tag ging vorüber und es wurde das Abendessen hineingereicht. Es bestand aus zwei Scheiben Brot, etwas Wurst und Käse sowie Margarine. Zu trinken gab es Tee. Kurz vor der Nachtruhe kam wieder ein Schließer in die Zelle. „Zukünftig sind Sie, solange sie hier sind die Nummer neunzehn."

„Wenn es heißt, Nummer neunzehn mitkommen, dann folgen

Sie dem Personal!"

„Haben Sie das verstanden?", sah ihn der Schließer fragend an.

„Ich denke schon, dass ich mir das merken kann.", antwortete Michael mit einem schnippischen Unterton.

Er dachte bei sich, das passt ja, neunzehn Jahre alt und hier die Nummer „neunzehn". Kurz vor 22.00 Uhr hieß es Bettenbau. Die Matratzen wurden ausbreitet und das Bettzeug zurechtgelegt. Wenig später wurde bereits das Licht ausgeschaltet. In den Nachbarzellen begann das Klopfen an die Wände der Nachbarzellen. Es war eine simple Methode untereinander zu kommunizieren. Jeder Buchstabe im Alphabet wurde einem Klopfer zugeordnet. „D" bedeutet viermal klopfen. Zweimal kurz klopfen von der Gegenseite hieß so viel wie: „verstanden". Michael hatte dieses System am ersten Abend bereits „entschlüsselt". Eine der ersten Botschaften, die er verstand, war: „Wenn ich im Westen, dann Puff."

Während der Nachtruhe wurde vom Wachpersonal ständig das Licht angeschaltet. Einige taten es nur kurz. Andere wiederum schienen sich erst zufrieden zu geben, wenn sie alle Karos auf dem Bettzeug gezählt hatten. Am nächsten Morgen kam um 06.00 Uhr das Signal zum Wecken. Die Matratzen wurden wieder am Fußende gestapelt und darauf das Bettzeug. Michael hörte, wie einer der Schließer den Gang entlangkam, die Essenluke aufschloss, und eine Meldung abfragte. Michael wusste damit nichts anzufangen, daher erklärte der Schließer ihm das „wie und warum". Meldung machen hieß so viel wie, „Ich möchte den Vernehmer sprechen."

Danach stand jedoch Michael nicht der Sinn. Er hatte sich seit der Nacht des erfolglosen Fluchtversuchs wieder gut im Griff. Die anfängliche Unsicherheit war der Gewissheit gewichen, jetzt eben den beschwerlicheren Weg über den Knast gehen zu müssen. Er versuchte sich selbst zu reflektieren, stark zu bleiben, egal was da komme! Er beschwor sich, konzentriert in die Verhöre zu gehen, und keine Schwächen zu zeigen. Das sollte sein Karma für die nächsten Wochen sein. Doch zunächst passierte, außer der täglichen Routinen nichts. Am vierten Tag wurde die Zellentür geöffnet und Nummer „neunzehn" wurde befohlen, herauszutreten.

„Gesicht zur Wand, gäähnse weiter!“, waren die nächsten Befehle in breitem sächsisch. Kam ein Zuführer mit einem Häftling entgegen, wurden die roten Lampen im Flur beschaltet. Dann hieß es wieder „Stähn bleiben'e, Gesicht zur Wand!“

Der Weg führte an vielen Zellen vorbei, manchmal wurden Zwischentrakte aufgeschlossen und es ging wieder durch einen separaten Flur mit weiteren Zellen. Michael vermutete, dass diese für Schleuser aus dem Westen vorbehalten waren. Schließlich gelangten sie in den Vernehmungs- und Verwaltungstrakt. Die Flure waren eng, und es roch nach verbrauchter Luft und Zigarettendunst. Michael musste mit dem Gesicht zur Wand, vor einem der Büros warten, während der Zuführer das Zimmer betrat und Meldung machte. Kurz darauf musste Michael das Büro betreten. In der Mitte des Raumes waren zwei Bürotische zusammengestellt. Am hinteren Ende saß sein Vernehmer. Michael sollte auf der gegenüberliegenden Seite der Tische Platz nehmen. Das Büro wirkte nüchtern und schmucklos. Ein paar Pflanzen standen im blickdichten Fenster. Auf der lin-ken Seite neben der Tür war ein Aquarium, an das sich auf ganzer Länge der Wand eine Schrankwand anschloss. Diese war vollgestellt mit allerlei roter Fachliteratur sowie diversen Strafgesetzbüchern. Der Vernehmer war jünger als Michael ihn sich vorgestellt hatte, vielleicht um die dreißig. Seine Haare waren dunkel, fast schwarz, sodass sich seine Geheimratsecken besonders gut abzeichneten. Er hatte Kotletten bis zu den Ohrläppchen, was eigentlich seit Jahren aus der Mode war. Er trug ein Jackett aus Malimo Silastic, eine in der DDR chemisch erzeugte Kunstfaser, um den teuren Einkauf von Baumwolle zu reduzieren. Die schwarzweiße Musterung war damals in der DDR weit verbreitet. Einige von Michaels Klassenkameraden trugen solche Anzugkombinationen bereits zur Jugendweihe. Etwas Pfiff gaben dem Jackett an den Ellenbogen oval aufgesetzte Lederstücke. Der Vernehmer schrieb und Michael wartete. So verging geraume Zeit, ehe er die erste Frage stellte. „Wissen Sie, warum Sie hier sind?“, hob er seinen Kopf von der Akte und sah ihn fragend an.

„Ja schon, wegen versuchter Republikflucht“, antwortete Michael ihm.

„Welche Gründe hatten Sie zu diesem Schritt bewogen?“

„Ich habe ein Liebesverhältnis zu meiner Cousine. Wir haben uns in der letzten Zeit öfter getroffen und ich wollte halt zu ihr.“, erläuterte ihm Michael.

Wie auf ein Stichwort holte der Vernehmer die Briefe von Stefanie hervor, und legte sie vor sich auf den Tisch. Im weiteren Verlauf der Vernehmung musste Michael erneut eine detaillierte Beschreibung der Fluchtvorbereitung und Durchführung geben, wobei vom Vernehmer alles handschriftlich festgehalten wurde. Am Ende bekam Michael die Aufzeichnungen zu lesen, und musste diese jedes Mal gegenzeichnen. Im Laufe der vielen Vernehmungen mussten so viele Unterschriften geleistet werden, dass daraus seine professionelle Unterschrift für das spätere Unterzeichnen von Dokumenten und Schriftstücken wurde. In den folgenden Jahren gab es immer wieder Mal bewundernde Worte, wenn er etwas abzeichnen musste, wie: „Das ist ja Mal eine Unterschrift!“

Die Vernehmungen dauerten in der Regel bis Mittag, wobei er meist nicht mehr als zwei, drei Fragen zu beantworten hatte. Michael hatte für sich einen Tagesrhythmus gefunden. Die drei Bücher, die jeder Untersuchungshäftling in der Woche bekam, hatte er bereits nach drei, vier Tagen ausgelesen. Nach dem täglichen Freigang gönnte er sich am Tag zwei Zigaretten. Ansonsten versuchte er zu schlafen. Dies war am Tage nicht erlaubt, wurde aber von einigen Wachleuten geduldet. Es kam darauf an, welches Wachpersonal gerade Schicht hatte. Nach einer Woche fand ein allgemeiner Zellenwechsel statt. Die Häftlinge, die zu zweit auf einer Zelle waren, sollten sich nicht zu sehr aneinander gewöhnen. Außerdem wurden gerne auch Spitzel eingesetzt. Michael wurde eine Zelle gleich neben dem Duschraum zugewiesen. Dort traf er auf einen Zellengenossen. Dieser machte auf ihn einen tumben und einfältigen Eindruck. Er hieß Georg und bediente sich einer Proletensprache, die Michael zuvor noch nicht gehört hatte. Viele Sätze musste er sich erst von ihm übersetzen lassen. „Weswegen bist du denn hier?", fragte ihn Michael.

„Mit meinen Keulen haben wir in einer Kneipe ein paar russische Offizier aufgemoppt", kam seine Antwort, was übersetzt heißen sollte, dass er mit seinen Brüdern ein paar russische Offiziere verdroschen hatte. Von der Schule war er schon nach der sechsten Klasse abgegangen. Es war nicht möglich, mit Georg ein sinnvolles Gespräch zu führen. Michael brachte ihm Schach bei, denn sie bekamen wöchentlich zusätzlich zu den drei Büchern ein Gesellschaftsspiel auf die Zelle. Wenn mal die Farben der Figuren getauscht werden sollten, er aber lieber die weißen wollte und nicht bekam, schmollte er wie ein kleines Kind. In einer der folgenden Nächte, sie schliefen schon seit Stunden, wurden sie durch panische Schreie aus einer anderen Zelle geweckt. Zuerst konnten sie sich keinen Reim drauf machen. Doch dann vernahmen sie Schreie in Todesangst von einer weiblichen Inhaftierten. Zur Unterstützung schlug sie mit dem Mülleimer verzweifelt gegen die Tür und rief immer wieder: „Feuer, Feuer, ich verbrenne!"

Wahrscheinlich hatte sie noch eine geraucht und war dabei eingeschlafen. Dann muss das Bettzeug Feuer gefangen haben. Das Poltern und das Schreien um Hilfe hielten unvermindert an, ohne dass sich etwas tat. Erst nach einigen Minuten hörten sie eilige Schritte auf der Treppe und dem Gang. Die Zellentür wurde aufgeschlossen und die Person aus ihrer misslichen Situation befreit. Man brachte sie in den Duschraum direkt neben Michaels Zelle. So konnten sie jedes gesprochene Wort deutlich verstehen. „Jetzt beruhigen Sie sich doch mal.", redete einer vom Wachpersonal auf sie ein, jedoch ohne Erfolg.

Die Frau stand offensichtlich unter Schock, weinte bitterlich und wimmerte immer wieder: „Ich will nach Hause."

„Nach Hause ist nicht", erwiderte eine andere Stimme.

Bei einem sich im Zellentrakt ausbreitendem Feuer bleiben einem nicht viel Optionen in einer verschlossenen Zelle, dachte Michael. Es dauerte einige Zeit, ehe sich wieder Ruhe einstellte, und die Frau auf eine andere Zelle gebracht wurde. An den folgenden Tagen gingen die Vernehmungen weiter und brachten für Michael wenigstens etwas Abwechslung. „Am kommenden Freitag kommen Ihre Eltern Sie besuchen", teilte sein Vernehmer ihm am Ende einer Sitzung mit. Er ging im Anschluss immer seine Aussagen gedanklich noch einmal durch und war mit sich bisher zufrieden. Zwischenzeitlich wurde der einfältige Typ aus seiner Zelle genommen. Michael war nicht traurig darum. Am Vortag des Besuches wurde er belehrt, über welche Dinge er mit seinen Eltern sprechen könne. Eigentlich über fast nichts. Am Besuchstag ging es für ihn in eine Art „Besuchsvorbereitungszelle". Dort wurde der abgetragene Trainingsanzug gegen einen recht neu wirkenden, blauen getauscht. Anschließend brachte man ihn durch eine Schleuse zu den Besuchszimmern. Dann stand Michael nach sechs Wochen wieder seinen Eltern gegenüber. Seine Mutter war sofort in Tränen aufgelöst. Sie hatte immer einen Hang zur Theatralik und konnte auf Kommando losheulen. Sein Vernehmer saß auf der anderen Seite des Tisches und es wurde versucht, so etwas wie ein Gespräch aufzubauen. Bei vielen Fragen war Michael sich unsicher, in welchem Umfang er antworten konnte. Der Vernehmer sprang sofort ein und antwortete für ihn. Seine Mutter redete im Flüsterton, jedoch für den Vernehmer verständlich, auf Michael ein: „Junge lass das doch sein, was willst du denn da drüben. Du bekommst Bewährung."

Als er weiterhin in stoischer Ruhe dasaß, war sie nahe daran hysterisch zu werden. Für ihn war klar, dass seine Eltern auf diesen Kurs zuvor eingeschworen wurden. Wahrscheinlich war auch, dass sie vor staatlicher Seite nicht ihr Gesicht verlieren wollten, denn sie hatten sich in der DDR eingerichtet. Schließlich fügte sein Vater hinzu: „Michael, irgendwann in seiner Jugend baut jeder Mal Bockmist. Aber man muss es sich auch eingestehen und rechtzeitig seinen Fehler erkennen."

Die Worte seines Vaters mussten dem Vernehmer wie Öl runtergegangen sein. Michael sagte keinen Ton. Dann kam wieder seine Mutter ins Spiel: „Junge, die denkt doch gar nicht mehr an dich, das war für sie doch nur ein Strohfeuer.", zischte sie.

Die Besuchszeit war zu Ende. Er wurde wieder auf seine Zelle gebracht und war angeschlagen. Am nächsten Tag musste er wieder zu seinem Vernehmer. Dieser wiederholte nochmal in Ruhe, dass Michael überlegen und dann entscheiden solle, welchen Weg er wählt. Denn in Anbetracht der Umstände könne es durchaus sein, dass er mit einer Bewährungsstrafe davonkomme. Bei einer der Vernehmungen vor dem Besuchstermin, hatte der Vernehmer ihm noch lang und breit erläutert, welches Prozedere im Westen abläuft: Übergangslager Gießen, Durchlauf sämtlicher Geheimdienste, jahrelange Trennung von seinen Eltern. Bei mehr Lebenserfahrung hätte er sein bisheriges Leben wahrscheinlich auch besser einordnen können. Er konnte wegen Westverwandtschaft nicht zur Sportschule. Seine Eltern arbeiteten gemeinsam in Schichtarbeit und er war bereits seit seinem vierzehnten Lebensjahr auf sich gestellt. Er hatte klare Ziele, die wollte er aber nicht mehr weiter in der DDR verfolgen. Wieso ließ er sich so von seinen Eltern beeinflussen? Eine Frage, die ihn sein Leben lang beschäftigen sollte. Zwei Tage vergingen. Dann bat Michael bei der morgendlichen Meldung um einen Termin beim Vernehmer. Er gab zu Protokoll, dass er von seinem Vorhaben die DDR zu verlassen, Abstand nehme. Wieder zurück in seiner Zelle, fühlte er sich wie ein Versager. Er war umgekippt wie ein morscher Baum im Wind. Einige Tage darauf musste er wieder zu seinem Vernehmer. Mit im Zimmer war ein ranghöherer Stasimitarbeiter, der sich wohl ein eigenes Bild von Michael machen wollte. Zum Abschluss sagte er zu ihm: „Na meinse nicht, dass es unter den siebzehn Millionen DDR-Bürgern genug Mädchen gibt, die man heiraten kann.“

Michael fühlte sich elend, er hatte seine Ziele verraten. Es kam wieder zu einem Zellentausch. Diesmal kam er in eine Zelle am Ende des Gangs. Dies hatte den Vorteil, dass kein Durchgangsverkehr herrschte und die Schließer nur von einer Seite kommen konnten. Er bekam wieder Gesellschaft. Sein Name war Karsten. Durch die vielen Tätowierungen, die bereits auf den Unterarmen zu erkennen waren, schloss Michael, dass sein neuer Zellennachbar bereits Knasterfahrung hatte. Er schleppte seine Decke mit sich, die er wie einen Sack trug. Darin befanden sich außer ein paar

Naturalien, Unmengen von Tabakwaren. Auf Michael machte er einen aufgeschlossenen, positiven Eindruck. Er war etwas älter, hatte glatte blonde Haare und trug eine Brille. Dadurch wirkte er eher wie ein Typ „guter Schüler". Karsten war in Karl-Marx-Stadt aufgewachsen, dem heutigen Chemnitz, was man unschwer an seinem sächsischen Gebabbel erkannte. Michael erzählte ihm die Zusammenfassung seiner Flucht. So oder so ähnlich kannte Karsten die Geschichten. Er wusste viele Details besser als er. Dann begann er aus seinem Leben zu erzählen. Er wuchs in einem schwierigen Elternhaus auf, in dem ihm kaum Liebe und Geborgenheit entgegengebracht wurde. Seine Eltern ließen sich früh scheiden und die Mutter war mit der Erziehung von Karsten und seinen zwei jüngeren Brüdern überfordert. Es folgten viele Jahre, die er in Kinderheimen verbracht hatte. Doch eigenartigerweise empfand er diese Zeit als die beste seiner Kindheit. Als er vierzehn wurde, nahm ihn die Mutter wieder zu sich nach Hause, wo er bis zu seiner Straftat auch blieb. Seine schulischen Leistungen waren aufgrund der schwierigen häuslichen Situation eher mäßig, wobei er unter anderen Voraussetzungen mit seiner unbestreitbaren Intelligenz, eine bessere Perspektive gehabt hätte. Er hatte einen Freund, mit dem er viel Zeit verbrachte. Ronny und Karsten sahen gerne Kriminalfilme, um anschließend die Fehler der Verbrecher zu analysieren. Nach der Ausbildung zum Gleisbauer bei der Deutschen Reichsbahn, die er lustlos und ohne großes Interesse nach zwei Jahren mit Abschluss beendete, kamen die Freunde überein, ab sofort die Flucht in den Westen zu planen. Sie befassten sich jedoch nicht mit den üblichen Fluchtoptionen, nein es sollte spektakulär werden. Ihr Plan sah vor, in einem Mietshaus in Karl-Marx-Stadt mit zehn Wohnungen, sämtliche Bewohner als Geiseln zu nehmen. Anschließend sollte, als Ergebnis der Verhandlungen mit der Polizei ein Fluchtwagen zur Verfügung gestellt werden, der sie zu einem Hubschrauber bringt. Mit diesem wollten sie dann direkt in den Westen. Sie begannen Monate vor dem geplanten Termin mit den umfangreichen Vorbereitungen. Dabei zeigte sich sein Freund Ronny bei der technischen Tüftelei sehr kreativ. Laut Karstens Erzählung häuften die beiden im Laufe der Zeit ein Waffenlager an, das reichte, um eine kleine Privatarmee auszurüsten. Unter anderem entwickelte er ein Maschinengewehr mit zwanzig Läufen, wobei die Zündung der Geschosse jeweilig durch Glühfäden von Fahrradglühbirnen erfolgte. Weiterhin konstruierte er Geschosse, die ähnlich wie Panzerbüchsen funktionierten. In der späteren Gerichtsverhandlung wurde ein Film gezeigt, der auf einem Schießplatz der Bereitschaftspolizei gedreht wurde. Das Geschoss wurde auf eine im Boden verankerte, massive Stahlplatte abgefeuert. Die Platte wurde dabei aus den Verankerungen gerissen und flog durch die Luft. Damit nicht genug konstruierte sein Partner eine Zeitbombe, die dann kurz vor der Tat noch in einem Schließfach im Karl-Marx-Städter Hauptbahnhof deponierte werden sollte, um somit den Forderungen zusätzlichen Nachdruck zu verleihen. Ein entscheidendes Problem hatten sie außer Acht gelassen. Wer sollte das Arsenal an Waffen bedienen. Also zogen sie mehrere Gleichgesinnte, die sich ebenfalls mit dem Gedanken der Flucht in den Westen auseinandergesetzt hatten, ins Vertrauen. Doch kurz vor dem vereinbarten Termin bekam einer nach dem anderen von ihnen kalte Füße und sprang ab. So zogen die beiden Ende April 1977, dem Tag ihrer geplanten Flucht mit einem Handwagen voller Waffen in Richtung des Wohnhauses, das sie sich zuvor für die Geiselnahme ausgesucht hatten. Das Waffenarsenal war nur mit einer Wolldecke abgedeckt. Sie saßen sich in ihrer Zelle im Schneidersitz auf den Betten gegenüber, rauchten eine Zigarette nach der anderen. Karsten erzählte den Tathergang so fesselnd, dass Michael das Gefühl hatte, er wäre dabei gewesen. Die Aktion begann, und sollte in einem Desaster enden. Sie deponierten zunächst den Leiterwagen im Erdgeschoss und schafften die schweren Waffen auf den Dachboden. Beim zweiten Gang nach oben, schloss in einem der oberen Stockwerke eine Wohnungstür. Sie hörten Fußgetrappel. Kurze Zeit später stand ihnen ein junges Pärchen gegenüber. Karsten hatte das Maschinengewehr in den Händen, Ronny weitere Waffen sowie eine Pistole, mit der er die beiden sofort bedrohte. Die junge Frau fing vor Angst und Panik an zu schreien. Darauf öffnete sich eine weitere Tür in einem der oberen Stockwerke. Von oben kam eine ältere Dame die Treppe hinunter und fragte mit schriller Stimme „Was ist denn hier los?“

Als sie der Situation gewahr wurde, fing auch sie an hysterisch zu schreien und sackte vor ihrer Wohnungstür zusammen. Nun öffneten sich mehrere Türen und die Situation geriet mehr und mehr außer Kontrolle. Verzweifelt versuchten die beiden noch ihren geplanten Ablauf umzusetzen. Sie brüllten hektische Kommandos: „Alle die Hände hoch und nacheinander nach oben gehen, aber schnell!“

Es war nicht möglich die Übersicht zu behalten, wer steht im Flur und wer ist noch in den Wohnungen. Die ganze Situation wurde zu einem nicht mehr kontrollierbaren Durcheinander. Beim zufälligen Blick aus dem Fenster sah Karsten den ersten Funkstreifenwagen vorfahren. „Ronny, sieh mal aus dem Fenster“, machte er seinen Freund aufmerksam.

Dieser sah die Polizei und schrie einen der Mieter an: „Gib mir einen Haustürschlüssel!“

Als dieser zitternd in seine Wohnung wollte, um den Schlüssel zu holen, packte ihn Ronny grob am Arm und zerrte ihn in die Wohnung. Er riss das Schlüsselbund vom Brett und sprang in großen Sätzen die Treppen hinunter. Doch da stand bereits der erste Polizist im Treppenhaus. Dessen Blick fiel zuerst auf die Pistole in Ronnys Händen. „Was geht denn hier ab?“, fragte er.

„Ich kann dir sagen was hier abgeht, das ist eine Geiselnahme!“, entgegnete Ronny.

Der Polizist versuchte ruhig und besonnen auf ihn einzureden da rief Karsten von oben: „Draußen ist alles voller Bullen, die haben schon das Gelände abgesperrt!“

Der Polizist redete wieder auf Ronny ein: „Das macht doch keinen Sinn, hier weiter zu eskalieren.“, dabei ging er ein paar Schritte auf Ronny zu und sagte: „Komm macht es doch nicht noch schlimmer, gib mir die Pistole.“

Da verlor Ronny die Nerven und schoss auf den Polizisten. Der Schuss verletzte diesen an der Schulter. Später im Rahmen der

Gerichtsverhandlung wurde der Polizist als Zeuge befragt. Laut Karsten hatten sie in ihm den einzigen Fürsprecher, denn er sagte zugunsten der beiden aus. In seiner Aussage tat die Aktion als „dummen Jungenstreich" ab. Das Gelände um das Haus war jetzt weiträumig abgesperrt. Auf der gegenüberliegenden Seite der Straße war ein Kino. Der Filmtitel war Programm, denn es lief gerade „Zwölf Uhr mittags". Die Besucher mussten mitbekommen haben, dass etwas Außergewöhnliches passiert und strömten aus dem Kino. Ronny hatte die Eingangstür verschlossen und Karsten sah von oben zu ihm hinunter. Von draußen hörten sie eine Stimme über Megafon: „Das Haus ist umstellt, kommen Sie unbewaffnet und mit erhobenen Händen raus!"

Die Mieter im Treppenhaus wurden unruhig. Beide sahen sich an, „das macht jetzt keinen Sinn mehr, sagte Karsten zu Ronny."

Darauf legten sie die Waffen auf den Boden, öffneten die Hauseingangstür und traten mit erhobenen Händen ins Freie. Sein Freund wurde zu lebenslanger Haft verurteilt und Karsten bekam fünfzehn Jahre. Beide kamen in eines der größten und übelsten Gefängnisse ins Zuchthaus Brandenburg, in dem auch zur Nazizeit von 1937 bis 1945 Erich Honecker gesessen hatte. Karsten hatte bereits fast drei Jahre abgesessen, um dann mit einer Flugblattaktion auf sich aufmerksam zu machen. An diesem Abend erzählten beide bis tief in die Nacht und rauchten dabei Unmengen von Zigaretten. Michael wusste schon um die Existenz eines Anwalts Dr. Vogel, und um die der Praxis der Häftlingsfreikäufe. Von Karsten erfuhr er aus erster Hand viel neues über diese Abläufe. Auch die darauffolgenden Tage ging der Gesprächsstoff nicht aus. Zwischendurch bekam er wieder einmal Besuch von seinen Eltern. Doch die Spannung war raus. Es konnte eh nicht viel gesagt werden, und das, was gesagt wurde war banal. Kurz vor Weihnachten starb Michaels Großvater in Pinnow an den Folgen einer Lungenentzündung. Ein Mann, der für ihn eine bedeutsame Bezugsperson war, und der, obwohl er nie viel redete ihn in vielen positiven Dingen geprägt hatte. Der Heilige Abend kam heran. Es gab sogar etwas besseres Essen. Sie erzählten sich gegenseitig von ihren schönsten Weihnachtsfesten der Vergangenheit, wobei Karstens die aus längst vergangenen Tagen im Kinderheim waren. Nach Silvester wurden sie getrennt und Michael verbrachte die Monate bis zu seiner Verhandlung allein in einer Zelle. Die Vernehmungen waren abgeschlossen und die Tage krochen vor sich hin. Er war ständig müde. Am Verhandlungstag wurde er in die Effektenkammer gebracht. Seine Eltern hatte einen schwarzen Anzug und ein weißes Hemd hinterlegt. Er musste feststellen, dass er durch die mangelnde Bewegung zugenommen hatte. Man brachte ihn mit einer „grünen Minna" zum Kreisgericht nach Brandenburg. Dort wurde er mit Handschellen in den Gerichtssaal geführt. Im Gerichtssaal saßen bereits, als einzige Zuschauer seine Eltern. Die Verhandlung war eine Farce. Der Staatsanwalt versuchte sich dabei besonders in Szene zu setzen. Er hatte einen Thomas Münzer Haarschnitt, eine dunkle Hornbrille und wirkte rein äußerlich schon unsympathisch. Sein Plädoyer geriet zu einer wahren Lobpreisung der sozialistischen Gesellschaftsordnung in der DDR. Michael wurde die Rolle des Abtrünnigen zugedacht, des von der westlichen Konsumgesellschaft Verblendeten. Schließlich wurde er zu einer Strafe von zwei Jahren auf Bewährung unter Androhung einer Haftstrafe von einem Jahr verurteilt. Er erhielt für die Zeit der Bewährung eine PM 12, eine Personalmarke, die verbunden war mit dem Verbot bestimmte Orte zu besuchen und ohne Bekanntgabe den Arbeitsplatz zu wechseln. Seinen Personalausweis musste er abgeben. Dadurch wurde sein zukünftiger Bewegungsradius erheblich eingeschränkt. Ihm wurde erläutert, dass er bei einer Kontrolle während eines Aufenthalts in Berlin, im Anschluss sofort wieder nach Brandenburg gebracht würde. Ihn störte das nicht weiter, schließlich waren in der Zwischenzeit selbst Reisen nach Polen nicht mehr visafrei. Der kurzen Freude wieder raus zu sein, von Freiheit konnte keine Rede sein, folgte die Ernüchterung. Die jüngere Schwester seiner Mutter gab sich Mühe ihn positiv zu stimmen. Er solle doch das Abitur nachholen und dann studieren. Doch alles leichter gesagt als getan. Während der Bewährungszeit hatte er Arbeitsplatzbindung. Daher fing er wieder auf seiner alten Schicht im Stahlwerk an. Schnell musste er sich eingestehen, dass seine Entscheidung falsch war. Fortan hatte er mit den Konsequenzen zu leben. Dies gelang ihm nicht besonders gut. Von seinen Eltern konnte er kein Verständnis erwarten. Für sie war das Problem vom Tisch. Die Briefe von Stephanie, die ihm immer noch schrieb, wurden von seiner Mutter abgefangen, um, wie sie später sagte, ihn nicht auf dumme Gedanken kommen zu lassen. Sie durchsuchte seine Schubladen und las auch den Briefwechsel mit seiner Cousine Brigitte. Seinen Verdruss ertränkte Michael in Alkohol. Im benebelten Zustand sah er sich ständig von Stasi-Mitarbeitern verfolgt. Oft torkelte er durch die nächtlichen Straßen seiner Heimatstadt. Seine ehemaligen Klassenkameraden steckten mitten in ihren beruflichen Karrieren als Lehrer, Ingenieure oder als Offiziere bei der NVA. Er dagegen war antriebslos. Auf der einen Seite zeigte er seit frühester Kindheit Interesse am Zeitgeschehen. Dadurch schaffte er sich eine Basis, sich kritisch und differenziert mit komplexen politischen Fragen auseinanderzusetzen. Doch jetzt wieder sein Leben im real existierenden Sozialismus fortzusetzen, damit kam er nicht zurecht. Anfang der achtziger Jahre nahm die Zahl der Menschen in der DDR zu, die von ihrer anfangs positiven Einstellung zum Staat abrückten, sich offensiv dagegen auflehnten, einen Ausreiseantrag stellten, oder aber sich aus dem gesellschaftlichen Leben weitestgehend zurückzogen.

[15]*Die sozialliberale Koalition in der Bundesrepublik bricht 1982 nach 13 Jahren auseinander. Neuer Bundeskanzler wird Helmut Kohl. Kurzarbeit und Massenentlassungen führen zu zwei Millionen Arbeitslosen. Argentinien und Großbritannien ziehen in den Krieg um die Falkland-Inseln. Im Mai eroberten die Briten die von Argentinien besetzten Inseln zurück. Im Nahen Osten verschärft sich der Konflikt zwischen Juden und Arabern. Israel marschiert in den Libanon ein und zwingt die Palästinenser zum Abzug. In Polen wird Lech Walesa nach einem Jahr freigelassen. Obwohl das Kriegsrecht aufgehoben wird, bleibt die Gewerkschaft „Solidarität" verboten. Im Land herrschen Resignation und Entbehrung*

Ambivalenz

Michael versuchte mit seinem Alltagstrott zurecht zu kommen. Er fing wieder in seinem alten Verein mit dem Fußballspielen an. In irgendeiner Diskothek liefen sich Michael und Ines erneut er über den Weg und es funkte wieder. Beide kamen nicht voreinander los. Ines stellte ihn nach ein paar Wochen als ihren neuen, alten Freund ihren Eltern vor. An den folgenden Wochenenden blieb Michael oft bei ihr. Es gab des Öfteren mal Streit zwischen den beiden, denn Ines war selbstbewusst und vertrat ihre Meinung vehement, aber die anschließende Versöhnung war umso schöner. Trotz ihrer weiblichen Reize war sie in vielen Dingen burschikos. Michael kaufte sich ein Motorrad, eine MZ TS-250. Diese wurde in ihrem Design durch Handarbeit derart verändert, dass sie westlichen Motorradmarken optisch ähnlicher wurde. Die Originallampe wurde gegen eine alte Trecker Lampe getauscht. Die Blinker wurden an verchromten Winkeln tiefer gesetzt und die Sitzbank bei einem Sattlermeister aufgepolstert. All diese Dinge mussten in der DDR erst einmal organisiert werden. Zum Verchromen der Bauteile fuhr er vor der Spätschicht mit der Straßenbahn in einen Vorort, der zwanzig Kilometer entfernt war. Die Sattlerei sprach sich dank Mund-zu-Mund-Propaganda unter den Motorradfahrern herum. In der DDR lief eben vieles nur durch Tauschgeschäfte und Beziehungen. Ines fand Gefallen am Motorradfahren und machte kurze Zeit später ihren Führerschein. In den folgenden Monaten unternahmen sie viele gemeinsame Reisen. Einmal fuhren sie für eine Woche in den Thüringer Wald. In Lauscha wurde traditionell das Handwerk der Glasbläserei betrieben. Im Handel der DDR waren diese schönen Dinge so gut wie nicht erhältlich, vielmehr wurden sie gegen Devisen in den Westen exportiert. Es gab jedoch einen Verkaufsladen unmittelbar neben den Werkstätten, in dem Glasprodukte die fehlerbehaftetet waren, verkauft wurden. Dort bildeten sich jeden Vormittag Menschentrauben. Jeder durfte nur ein Stück kaufen. Für die beiden wurde die Fahrt dorthin jeden Tag zur Routine. Die Vasen und Etageren sollten später mal in der eigenen Wohnung stehen. Im darauffolgenden Sommer ging es mit dem Motorrad zum Zelten an die Ostsee. Der gebuchte Campingplatz lag in einem Fichtenwald im Hinterland und die Ostsee war ein ganzes Stück entfernt. Durch den hohen Baumbestand hatte die Sonne keine Chance durch die Wipfel zu dringen. Das gesamte Areal war immer verschattet und dunkel. Also entschlossen sie sich, einfach weiterzuziehen. Das war in der DDR einfacher gesagt als getan. Die Campingplätze speziell an der Ostsee unterlagen einer strengen Organisation und Reglementierung. Schließlich handelte es sich um das „Grenzgebiet Nord". Außerdem war der Urlaub an der Ostsee für DDR-Bürger das Nonplusultra und in der Saison alle Plätze ausgebucht. Unter vorgehaltener Hand wurde jedoch weitergegeben, wer beharrlich mit den Campingplatzleitern verhandelt, kann unter Umständen für zwei, drei Tage bleiben. So war es auch. Ab diesem Zeitpunkt ging es für die beiden von Zeltplatz zu Zeltplatz. Ihr Weg an der Ostseeküste entlang führte sie auch nach Baabe. Dort war Michael in der Kindheit öfter mal in den Sommerferien in einem FDGB-Ferienheim mit seinen Eltern. Es war später Nachmittag als sie bei der Campingplatzverwaltung ankamen und dort bereits einige Gleichgesinnte warteten. Nach gemeinschaftlicher Diskussion mit dem Verwalter ließ dieser sich schließlich erweichen und erlaubte das Aufschlagen der Zelte für eine Nacht. Ein jeder musste seinen Ausweis zur Feststellung der Personalien abgeben. Michael hatte diesmal ein komisches Gefühl, schließlich hatte er nur die PM 12. Nach kurzer Zeit bekamen alle ihre Ausweise zurück, bis auf Michael. Der Campingplatzleiter duzte ihn: „Komm mal mit in mein Büro!"

Er folgte ihm. In einer Ecke des Raumes saß bereits ein Mann. Michael erkannte sofort, dass sein gegenüber bei der „Firma" tätig sein musste. Er hatte das typische Aussehen eines Stasimitarbeiters. Seine dunklen Haare waren militärisch korrekt geschnitten und gescheitelt. Seine Augen verbarg er hinter einer besonders dunklen, eckigen Sonnenbrille. Sein Trenchcoat im Sommer, komplettierte die Gesamterscheinung.

„Setzt dich mal dorthin!“

Der Campingplatzchef wies auf einen, dem Stasimann gegenüberstehenden Stuhl.

Der Stasimann begann Michael sofort in Verhörform zu befragen, und in ihm wurden Erinnerungen wach: „Wann sind Sie angereist und wo waren Sie zuvor?“

Er war so aufgeregt, dass er nichts auf die Reihe bekam. Ihm trat der Schweiß aus den Poren und sein Herz machte heftige Sprünge. Sein Gedächtnis war wie ausgelöscht. Er stotterte vor sich hin. Die Befragung entwickelte sich zu einem Ratespiel, in dem der Stasimann und der Campingplatzverwalter im Wechsel die Campingplätze der näheren Umgebung aufzählten: „War es Göhren?“, begann der Stasimann, „oder Binz“, kam es vom Campingplatzchef, bis endlich einer darunter war, an den sich Michael wieder erinnern konnte.

„Ja genau, in Alt Reddewitz, da waren wir zuvor für drei Tage!“, kam seine erlösende Antwort.

Der Campingplatzwart sagte nur noch zum Stasimann: „Entscheide du, was mit ihm geschehen soll“.

Nach einigem Überlegen entschied dieser, das Michael bleiben durfte. Der Schreck saß tief, und er war froh, wieder draußen zu sein. Die Wochen an der Ostsee waren abenteuerlich und unvergesslich schön. Die beiden waren mittlerweile in vielen Belangen ein eingespieltes Team. Die Kontrollen des Zeltplatzpersonals waren penetrant und unerbittlich. Sie zelteten in Baabe bereits einen Tag länger als erlaubt, als Michael in der Frühe von scharfen Ansagen geweckt wurde. Als er den Reißverschluss des Zeltes öffnete und herauslugte, sah er wie die Zeltplatzaufsicht ein paar Zelte vor ihnen die Genehmigungen kontrollierte. Sofort weckte er Ines im Flüsterton: „Ines, wach auf, draußen läuft eine Kontrolle, wir müssten hier ganz schnell verschwinden. Ich gehe raus, löse die Heringe und ziehe das Zelt über die Dünen in Richtung Strand. Dann sind wir sicher!“

Ines war sofort wach und erkannte die Situation. „Ich packe

schnell unseren Sachen zusammen, dann komme hinter dir her!"

Das Zeltplatzpersonal war noch außer Sichtweite, aber sie hörten die Stimmen immer näherkommen. Michael löste in Windeseile die Heringe, während Ines ihre Reisetaschen nahm. Schließlich schleifte Michael das Zelt über die Dünung auf den Strand. „Das wäre geschafft, sagte er, „ich gehe jetzt einfach mal den Weg hoch und beobachte was sich da tut."

Er ging den Strandweg zwischen den Dünen entlang. Aus den Augenwinkeln sah er, wie die Zeltplatzverwaltung einige der Camper mitnahm. Nach Beendigung der Kontrollaktion trafen sich alle irgendwann am Strand wieder. Diejenigen, die erwischt wurden, bekamen ein Verbot für das Zelten an allen Ostsee-Campingplätzen. Sie hatten viele aufregende und schöne Erlebnisse, die immer wieder durch Trennungen und erneutes Zusammenfinden geprägt waren. Doch wenn die erste Zeit der Verliebtseins, in der das Zusammensein eher wie ein Rausch empfunden wird, vorbei ist, wechselt diese in den Versuch der konkreten Gestaltung einer gemeinsamen Zukunft. Wenn diese Vorstellungen immer weiter auseinandergehen, bekommt das Fundament Risse und ist am Ende nicht mehr tragfähig. Michael sah für sich mit seinem missglückten Fluchtversuch und den damit verbundenen Restriktionen, keine Zukunft mehr für ein Fortkommen im Osten. Als Elektromonteur im Stahlwerk arbeiten, das war ihm zu wenig. Er sprach immer wieder mit Ines, und versuchte sie zu überzeugen, gemeinsam in den Westen zu gehen, doch sie hatte da andere Vorstellungen. Ihr Leben und ihre Zukunft sah sie in der DDR. Diese Umstände führten zu einer schleichenden Entfremdung und endeten schließlich in einer Trennung für immer. Bei einem Familientreffen in Pinnow, Michael war diesmal nicht dabei, war auch die Schwester seines Vaters zu Besuch. Sie war aufgrund einer schweren Erkrankung Invalidenrentnerin und hatte somit die Möglichkeit weit vor Erreichen des regulären Rentenalters, in den Westen zu reisen. Nach der Rückkehr von einem der Verwandtenbesuche, erzählte sie meiner Mutter, dass Stefanie kein Interesse an anderen Jungen zeige, da sie noch immer auf Michael warte.

Zu Hause angekommen, hatte sie nichts anderes zu tun, als diese Information an Michael weiter zu tratschen. Sie hatte einen toxischen Hang dazu, Zwietracht zu säen. War ihr Ziel erreicht, verschaffte es ihr einen kurzen Moment Genugtuung. So wurde er ständig beeinflusst, in der U-Haft war es noch ein „Strohfeuer" und „sie denkt doch gar nicht mehr an dich". Jetzt schoss sie ihre Giftpfeile wieder in eine andere Richtung. Zu dieser Zeit wurde am Stadtrand von Brandenburg ein neues Elektrostahlwerk gebaut. Mit dem Bau waren ausschließlich Firmen aus dem westlichen Ausland beauftragt. So waren zu Hochzeiten Spezialisten mit ihren Arbeitskolonnen aus Italien, Frankreich, Schweden, Dänemark und aus der Bundesrepublik auf der Großbaustelle beschäftigt. Die Mitarbeiter lebten zunächst in abgeschotteten Camps. Führte Brandenburg, was das Nachtleben betraf bis dato eher einen Dornröschenschlaf, änderte sich das in rasanter Geschwindigkeit. Viele Restaurants änderten das Ambiente und verschoben die Öffnungszeiten. Es entstanden neue Clubs nach westlichem Muster, unter offensichtlicher Duldung von staatlicher Seite. Einige Pächter gingen dabei zu weit und bauten die zu den Gastronomieräumen angrenzenden Büros zu Separees für gewisse Stunden um, die sich großer Beliebtheit erfreuten. Plötzlich wehte ein Hauch von internationalem Flair durch die verstaubten Straßen. Durch die Präsenz von so vielen, meist jungen Männern aus dem westlichen Ausland, erkannten viele Mädchen und Frauen in der Stadt ihre Chance legal in den Westen zu gelangen. Es dauerte nicht lange, und vor den Wohnblöcken standen Autos mit internationalen Nummernschildern. In dieser Zeit stieg die an sich bereits hohe Scheidungsrate, sprunghaft an. Durch eine Heirat war es den Frauen recht unkompliziert möglich, in den Westen auszureisen. Da der mit dem Bau beauftragte Hauptkonzern in Italien ansässig war, gab es einen besonders hohen Anteil an italienischen „Gastarbeitern". Viele von ihnen stammten aus Süditalien, und oft erlebten die frisch getrauten, deutschen Frauen, was es heißt, mit einem Süditaliener verheiratet zu sein. Das Wort Familie, bekam eine ganz neue Bedeutung. Michael kannte einige und hatte auch noch Jahre später Verbindung zu ihnen. War für die Frauen in der DDR das Arbeiten eine Selbstverständlichkeit, so war dies in Süditalien schwierig. Sie mussten auch feststellen, dass die Mama die erste Stelle im Leben ihrer Männer innehatte. Einige von ihnen hielten es dort nicht lange aus, zogen in die Bundesrepublik, oder kamen wieder zurück nach Brandenburg. In Anlehnung an Manfreds Freizeitaktivitäten in Pinnow, belegte Michael ein Seminar zum staatlich geprüften „Schallplattenunterhalter", die offizielle Bezeichnung für einen DJ in der DDR. Das Seminar fand über mehrere Monate immer an den Wochenenden statt. Die Ausbildung war sehr gründlich und umspannte alle Themen der Musik. Über die historische Entwicklung in den diversen kulturellen Regionen der Welt, die unterschiedlichen Tanzstile, Dramaturgie, Sprecherziehung, bis hin zum Moderieren zwischen den Titeln, wurde umfänglich geschult. Zum Abschluss eines Seminars musste jeder angehende Schallplattenunterhalter eine sogenannte „Einstufungs-Diskothek" absolvieren. Wurde diese erfolgreich gestaltet, bekam man die ersehnte „Pappe", die Lizenz um als DJ tätig zu werden. Die Einstufung war maßgeblich entscheidend, wieviel Geld später verlangt werden konnte. Es gab die Kategorien A-C. Kategorie A bedeutete 6 DDR-Mark die Stunde, und Kategorie C 8,50 DDR-Mark. Hinzu kam eine Pauschale für den Einsatz der eigenen Technik. Michael hatte ein Problem. Mit einer PM12-Ausweismarke war es unmöglich die „Pappe" zu erhalten. Er hatte einen guten Draht zu seinem ehemaligen Seminarleiter. Dieser wohnte in einem der Nachbardörfer. Also fuhr er an einem Wochenende zu ihm hinaus. Kurz zuvor hatte ihn eine weitere schlechte Nachricht ereilt. Ein erneuter Einberufungsbefehl flatterte ins Haus. Diesmal wurde es ernst. Sein ehemaliger Seminarleiter hörte sich seine Erläuterungen an. Er riet ihm, die Armeezeit zu Ende zu bringen, anschließend würde er sich dafür einsetzen, die restlichen Formalitäten schnell abzuschließen. Sein bester Freund, Jörg Penzer studierte währenddessen an der pädagogischen Hochschule in Potsdam. Michael besuchte ihn häufig an seinen freien Tagen. Die PH war eingebettet mitten im Park

Sanssouci in der Nähe des Neuen Palais. Dort herrschte ein ungezwungenes Studentenleben, und es gab viele hübsche Studentinnen. Das Organisieren von Feiern nahm neben dem Studium einen breiten Raum ein. Michael war so oft dabei, dass andere Studenten ihn für einen ihrer Kommilitonen hielten. Irgendwo war immer ein Bett frei, und die zwischenmenschlichen Beziehungen wurden ungezwungen und leidenschaftlich gepflegt. Er genoss jeden Tag, den er nicht zu Hause verbringen musste. Doch die Zeit verstrich und wieder saß er vor der Musterungskommission. Er wurde für die Luftstreitkräfte vorgesehen. Sein Standort sollte Müncheberg werden, ein Kaff östlich von Berlin, direkt an der Fernverkehrsstraße 1. Michael nahm seinen Resturlaub und feierte einige Abschiedspartys von seinen Arbeitskollegen und Freunden. In den letzten Monaten hatte er hartnäckig versucht, eine eigene Wohnung zu bekommen. Doch das war fast unmöglich. Als Junggeselle war die Situation noch aussichtloser. In seiner freien Zeit streifte er durch die Altstadt auf der Suche nach Leerstand. Viele Häuser wurden bewusst von staatlicher Seite dem Verfall preisgegeben. Stattdessen entstanden an den Stadtgrenzen neue Plattenbausiedlungen. Wenn er eine vermeintlich freie Wohnung ausfindig gemacht hatte, erkundigte er sich bei den Mietern im Haus. Wenn diese ihm den Leerstand bestätigten, ging er hoffnungsfroh zur KWV, der Kommunalen Wohnungsverwaltung. Von den Mitarbeitern bekam er eigentlich immer dieselben Standardantworten. Diese Wohnung sei im Grundsanierungsplan für das vierte Quartal im Jahr 1984 vorgesehen. Ein anderes Mal hieß es, die Immobile kann nicht mehr saniert werden und ist bereits in der Abrissplanung berücksichtigt. Alles Floskeln, um die Wohnungssuchenden loszuwerden. Brandenburgs Altstadt sowie viele weitere Altstädte in der DDR wurden staatlich legitimiert dem Verfall preisgegeben. Michaels sehnlichster Wunsch war es, aus dem Elternhaus rauszukommen. Aber es war ohne Kreativität

und unter dem Radar der staatlichen Behörden fast nicht möglich.
[16] *Die am 12. Dezember 1983 verhafteten Vertreterinnen der inoffiziellen Friedensbewegung der DDR., Bärbel Bohley und Ulrike Poppe, treten mit Jahresbeginn in den Hungerstreik. Sie demonstrieren damit ihre feste Absicht, sich in den Westen abschieben zu lassen, Menschen aus der DDR, die in die Ständige Vertretung der Bundesrepublik in Ost-Berlin geflüchtet waren, dürfen ausreisen.*

Einberufung

Es kam der 3. Mai, der Tag der Einberufung. Michael hatte ein letztes Mal ausgeschlafen Der Blick aus dem Fenster ließ erahnen, es wird ein sonniger Frühsommertag. Er machte sich auf den Weg zum Bahnhof. Dort wurden alle Einberufenen in einen Sonderzug gesteckt und nach Berlin verfrachtet. Viele im Zug hatten Alkohol dabei und gaben sich ein vorerst letztes Mal die Kante. Ihm war nicht danach. Von Freunden wusste er, dass der erste Tag sehr anstrengend wird. Von Berlin aus wurden die Jungsoldaten in die verschiedenen Militärobjekte verteilt. Überall standen Uniformierte mit Schildern der jeweiligen Einheiten und deren Zielorten. Ihn beschlich mehr und mehr das Gefühl der Unfreiheit in einem unfreien Land. Müncheberg war ein Städtchen mit einem Bahnhof, einer Kneipe im Stadtzentrum und einem Sportlerheim. Die Kaserne war ein Wohnblock in Plattenbauweise, ähnlich wie die Arbeiterschlafstätten in den Städten. Mit den angrenzenden Kraftfahrzeughallen, den Werkstätten und Kleiderkammern, war das Kasernengelände recht weitläufig. Gleich hinter dem eingezäunten Gelände standen zwei weitere Wohnblocks im selben Baustil. Hier wohnten die Offiziere mit ihren Familien. Unmittelbar nach dem Einmarsch des ungeordneten Haufens, verschärfte sich der Ton. Unteroffiziere brüllten Befehle und ließen die „Neuen“ in Dreierreihe antreten. Anschließend erfolgte die Aufteilung auf die Stuben. Doch zunächst ging es zur Ankleidung. Jeder bekam eine Sommer- und Winteruniform, Stahlhelm, eine Feldtasche mit Kochgeschirr sowie eine Gasmaske. Der Zufall wollte es so, dass Michael mit einem jungen Mann aus Brandenburg auf die Stube kam. Sie sollten auch nach der Grundausbildung für die gesamte Armeezeit in einer Kompanie bleiben. Die nächsten sechs Wochen ging es zur Grundausbildung in der sogenannten „A-Kompanie". Der Kompaniechef, hatte seine beste Zeit hinter sich und wurde von übergeordneter Stelle dorthin abgeschoben, um dort seine restlichen Monate bis zum Ausscheiden aus dem Wehrdienst zu verbringen. Michael und seine Kameraden merkten schnell, dass er häufig und viel trank. Anschließend war er nicht mehr „Herr der Lage". Es hatte sich herumgesprochen, dass er im vorangegangen Diensthalbjahr den Morgenappell sturzbetrunken und nur mit Unterhose bekleidet abgehalten hatte. Eines konnte er aber, laut brüllen. Mit dem Respekt ihm gegenüber war es dann auch schnell vorbei. Er wurde nach Michaels Grundausbildung nur noch einmal mit der Ausbildung der A-Kompanie betraut. Nach der Vereidigung hatte er sich so betrunken, dass er mit dem Dienstwagen des Bataillonskommandeurs in die Kaserne gefahren werden musste. Seinen Mageninhalt ließ er im Wagen zurück und wurde von zwei Unteroffizieren vor den Augen der im Stab anwesenden Soldaten in die Kaserne geschleift. Die ersten Tage vergingen schnell. Michael konnte seine sportliche Fitness ausspielen. Das Hauptaugenmerk wurde auf das Exerzieren gelegt, denn bei der bevorstehenden Vereidigung sollte alles wie am Schnürchen funktionieren. Es wurde hoch und runter marschiert, mal mit und mal ohne Lied. Eines Tages musste er sich mit zwei anderen Kameraden im Dienstzimmer eines Hauptmanns melden, den sie zuvor noch nie gesehen hatten. Einer von ihnen, spielte in der zweiten Liga Fußball. Der andere, Ralf Kunde, war über zwei Meter groß und aktiver Volleyballer in der DDR-Oberliga. Da die drei durch gute sportliche Leistungen während der Grundausbildung aufgefallen waren, teilte er ihnen mit, dass der Rundfunk der DDR mit ihnen ein Interview plane. Da im Osten nichts dem Zufall überlassen wurde und schon gar nicht bei der NVA, hatte der Offizier die Aufgabe, die drei ideologisch darauf einzustimmen. So mussten sie an den folgenden Tagen zu ihm ins

Dienstzimmer. In den nun folgenden Monologen zeichnete er ihnen ein düsteres Bild des Schreckens und der Gefahren an der Peripherie der Blocksysteme. Nach diesen Sitzungen unterhielten sich Andreas, Ralf und Michael und werteten das zuvor Gesagte aus. Keiner wollte an diesem Interview teilnehmen. Die drei waren sich auch darüber einig, dass mit diesem Offizier etwas nicht stimmte. Sie fanden es schizophren, dass er an sein ideologisches Geschwafel auch noch glaubte. Er machte auf sie einen depressiven Eindruck. Sie waren sich einig, sollte es zu diesem Interview kommen, lehnen sie die Teilnahme geschlossen ab. Gott sei Dank, verlief dann alles im Sande. Wie sie herausfanden, war dieser Offizier Chef einer anderen Kompanie der Luftraumüberwachung. Diese war direkt an der Westgrenze stationiert. Ein paar Monate später kündigte sich in seiner Kompanie eine übergeordnete Kontrolle der inneren Ordnung an. Dies war ein routinemäßiger Vorgang. Die Kompanie wurde von einer unabhängigen Kommission, bestehend aus einer Gruppe von Offizieren anderer Dienststellen überprüft und anschließend bewertet. Kurz vor dem Eintreffen der Abordnung, erschoss sich der Hauptmann mit seiner Dienstpistole und hinterließ Frau und zwei Kinder. Der Tag der Vereidigung wurde mit viel Pomp begangen. Die Familienangehörigen, Frauen und Freundinnen konnten an der Veranstaltung als Zuschauer teilnehmen. Nach dem offiziellen Teil hatten sie anschließend den Tag zur freien Verfügung, wie es von militärischer Seite offiziell hieß. Auch seine Eltern kamen nach Müncheberg. Bereits während der Ausbildungswochen schälte sich eine Gruppe heraus, die innerhalb der Kompanie ihren Einfluss geltend machte. Wie durch Zufall blieben einige von ihnen auch für die restliche Armeezeit zusammen. Zu ihnen gehörte auch Michael Jeckel, ein Provinz Kabarettist aus Thüringen. An den ersten Heimaturlaub war noch lange nicht zu denken, und der erste genehmigte Ausgang war ungewiss. Also wurde von vielen die Chance genutzt, um mit viel Alkohol ihren Frust runterzuspülen. Nach der Verabschiedung und dem Rücktransport in die Kaserne bekam Michael vom restlichen Geschehen nichts mehr mit. Er verteilte noch großzügig die, von seiner Mutter gebratenen Bouletten unter den Zimmergenossen und war vom Alkohol so übermannt, dass er sich schlafen legte. Dadurch verpasste er die Auswüchse im weiteren Verlauf des Abends. Viele seiner Kameraden waren betäubt und frustriert durch den Alkohol und den kurzen Besuch der Verwandten, Frauen und Kinder. Einige von ihnen heulten ungehemmt. Andere wiederum schmissen den Offizieren ihre Wehrpässe vor die Füße und wollten nach Hause. Am darauffolgenden Tag wurden die Soldaten in Ruhe gelassen, bis sich die Katerstimmung wieder gelegt hatte. Nach dem Ende der Grundausbildung begann die Verteilung der jungen Genossen auf die vier Kompanien. Eine von ihnen lag in Wusterwitz, und damit ganz in der Nähe von Michaels Heimatstadt. Doch so viel Glück hatte er nicht. Michael blieb in Müncheberg und wurde zum Planzeichner ausgebildet. Die Aufgabe bestand im Wesentlichen darin, den Luftraum der Bundesrepublik zu überwachen. Dazu gehörten auch die drei alliierten Luftkorridore von und nach Berlin. Michaels Kompanie gehörte zum Funktechnischen Bataillon 61 mit Standort in Cottbus. Zu ihren neuen Arbeitsplätzen mussten die Soldaten an Feldern vorbei auf eine Anhöhe marschieren, die etwa einen Kilometer vom Stab entfernt war. Dort standen auf mehrere Hügel verteilt Radargeräte, die von Funkortern bedient wurden. Diese dienten zur Richtungs- und Höhenerkennung aller Flugzeuge im gesamtdeutschen Luftraum. Der Arbeitsplatz für Michael und seine Kameraden war in einem atombombensicheren Schutzbauwerk. Es bestand aus zwei Geschossen, die sich unter der Erdoberfläche befanden. Der größte Raum in diesem Bunker, wie er fortan genannt wurde, war der zweigeschossige Führungssaal, der mittig im Schutzbauwerk angeordnet war. Aus diesem Führungssaal erfolgte die Auswertung der übermittelten Luftlagedaten. Zusätzlich arbeitete im Schutzbauwerk die diensthabende Besatzung des Jagdfliegergeschwaders, das in Marxwalde stationiert war. Das Geschwader, die Funkorter-Station sowie der Schutzbunker waren Bestandteil des diensthabenden Systems, kurz DHS genannt. Dieses diente der

Luftverteidigung der DDR und war ein Alarm- und Bereitschaftssystem im Verbund des Militärbündnisses des Warschauer Paktes. In Marxwalde stand Tag und Nacht eine Alarmrotte bestehend aus drei Jagdflugzeugen bereit, die je nach aktueller politischer und militärischer Sicherheitslage in zehn oder fünf Minuten in der Luft waren. Grundsätzlich wurden über dem Luftraum der Bundesrepublik in den Sommermonaten Manöver der NATO-Mitgliedsstaaten abgehalten. Dann waren die Planchette voll mit sogenannten Luftgegnern. Für diesen Zeitraum standen die Maschinen bereits startbereit auf der Rollbahn, sodass die Piloten im Alarmfall hin sprinteten, und sofort in der Luft waren. Die jungen Soldaten wurden durch den Bunker geführt und sahen das erste Mal ihren neuen Arbeitsplatz. Der Führungssaal hatte Ähnlichkeit mit einer Kommandozentrale der NASA, wie Michael diese aus Berichten des Westfernsehens kannte, nur in kleinerer Ausgabe. Auf zwei Ebenen waren Planchette zur Lagedarstellung aufgebaut. Diese waren durchsichtige Kunststoffplatten, hinter denen die Planzeichner in Spiegelschrift die kodierten Zahlen im Minutentakt auf die Karte von Zentraleuropa schrieben. Auf der gegenüberliegenden Kommandobrücke saßen die diensthabenden Offiziere und werteten die Luftlage aus. Anschließend wurden den Neuen noch die Schlafräume, der Fernseh- und Freizeitraum sowie die sanitären Einrichtungen gezeigt. Außer dem Umstand, dass ein aufrechtes Gehen möglich war, hatte die räumliche Situation im Bunker etwas von einem U-Boot. Doch bevor es zum Dienst in den Bunker ging, musste eine Spezialausbildung absolviert werden. Sämtliche Koordinaten, Geschwindigkeits- und Höhenangaben, Grenzüberflüge und Kennungen von Flugzeugen waren zahlencodiert. Diese mussten gedanklich blitzschnell decodiert und an die Planchette gezeichnet werden. Einer ihrer Truppe, Manfred Winter hatte überhaupt kein Zahlenverständnis. Er war nicht in der Lage, auch nur eine Koordinate ans Planchette zu bringen. Manfred war ein hoffnungsloser Fall und nicht im Diensthabenden System einsetzbar. Manfred wurde für den Rest der Dienstzeit „Schleusenwart". Der direkte Zugang zum Bunker wurde an jedem Abend mit zwei großen Stahltüren, die mit mehreren Stahlbolzen versehen waren, verschlossen. Diese Türen bildeten die Trennung vom unterirdischen Teil zu den äußeren Baracken mit Küche, Kantine und weiteren Sanitärräumen. Um dorthin zu gelangen, musste ein etwa dreißig Meter langer Gang durchlaufen werden. Wer in den Bunker wollte gab seinen Dienstausweis ab und bekam eine Marke. Manfred saß somit an einer, für die Zukunft wichtigen strategischen Stelle, wenn es um das Reinschmuggeln von Spirituosen ging. Im Bunker wurde die Temperatur Sommers wie Winters konstant auf vierundzwanzig Grad gehalten, sodass die Soldaten mit schwarzen Turnhemden bekleidet ihren Dienst taten. Von nun an waren Michael und seine Kameraden fast ausschließlich im Dienst. Was zu Anfang keiner für möglich hielt, wurde nun Realität. Sie blieben auch an freien Tagen lieber im Schutzbauwerk, als unten im Stab von gelangweilten Offizieren mit irgendwelchen Maßnahmen belästigt zu werden. Für jeden neuen Tag im Schutzbauwerk erfolgte eine Vergatterung, eine Art Schwur seinen Dienst zu tun, um das Volk und sein Vaterland zu verteidigen. Durchschnittlich kam jeder von ihnen auf achtundzwanzig Vergatterungen im Monat. Der Schlafraum maß etwa fünfundzwanzig Quadratmeter. Die Schlafkojen hingen dreifach übereinander, mit starken Federn verbunden und waren an der Decke fixiert. Sie bestanden aus einem mit starkem Leinenstoff umspannten Rohrgestänge. Das letzte Diensthalbjahr, die Entlassungskandidaten, kurz nur „E" genannt hatten das Privileg, eines der Betten an den Wänden für sich in Anspruch zu nehmen, denn mittig waren jeweilig zwei Betten nebeneinander, also gesamt sechs Betten miteinander verbunden. Der oben lag, musste aufpassen, dass er beim Aufstehen nicht mit dem Kopf an die Decke stieß. Wenn sich einer der Schlafenden auf die andere Seite drehte, schwangen sich die weiteren fünf Betten ebenfalls auf. In zwei Regalen hatte jeder Soldat ein Fach von vierzig mal vierzig Zentimetern für die persönlichen Dinge. Die Betten mussten sich, wie in einem U-Boot, mehrere Kameraden teilen. Wenn einer vom

Dienst kam, wurde das Bett geräumt, das Bettzeug wurde entfernt und der nächste Schläfer zog seine Bettwäsche auf. Die Sozialräume waren in einem schlechten Zustand, hier fühlten sich nur die Kakerlaken wohl. Vor den beiden Klos hingen Kunststoffvorhänge als Sichtschutz. Der Aufenthaltsraum bestand aus einem Fernsehgerät ein paar Tischen und Stühlen. Dieser war für die Soldaten im ersten Diensthalbjahr tabu. Sie standen täglich bis zu sechzehn Stunden hinter den Karten und zeichneten, oder gaben die Luftlage über eine Standleitung an den Bataillonsstab nach Cottbus durch, nur unterbrochen von ein paar Stunden Schlaf. Nach wenigen Wochen hatten sie sich in ihrem Aussehen dem der länger dienenden Gefreiten angeglichen. Durch die ständige Arbeit in künstlich geschaffenen Lebensbedingungen ohne Sonnenlicht, wurde die Haut fahl und die Augenringe immer dunkler. Einige der Offiziere hatten Probleme ihre Nerven im Zaum zu halten. Da kam es schon mal vor, dass eine volle Milchflasche gegen die Karte flog, oder einem der Planzeichner an den Haaren gezogen wurde, da diesem ein Fehler unterlaufen war. Michael und seine Kameraden waren gerade ein paar Wochen im Dienst, als ein Manöver abgehalten wurde. Es herrschte erhöhte Gefechtsbereitschaft und der Bunkereingang wurde ständig durch einen bewaffneten Soldaten gesichert. Der Zutritt wurde nur nach Abfrage und richtiger Antwort auf eine Parole genehmigt. Während dieses Manövers kam es zu einem Zwischenfall. Einer der Soldaten aus Michaels Kompanie stand mit einer Kalaschnikow vor dem Bunkereingang, als eine Gruppe von Offizieren aus ihrem Cassino kommend in den Bunker wollte. Die Offiziere nutzten solche Manöver gerne, um ausgiebig zu feiern, mit viel Alkohol und fern ihrer Frauen. Nachdem die Offiziere vor dem Soldaten standen, fragte dieser nach der Parole. Die richtige Parole lautete „Kamenz-Kanone". Der angesprochene, angetrunkene Hauptmann antwortete jedoch mit „Kamenz-Kaserne". Darauf sagte der Gefreite: „Genosse Hauptmann, falsche Parole, ich kann Sie nicht durchlassen!"

Der Hauptmann, ein ehemaliger aktiver Boxer, holte aus, und

streckte den Gefreiten mit einem Schlag nieder. Der Gefreite musste sofort in die Krankenstation gebracht werden. Am kommenden Tag stand eine ganze Armada von Offizieren an seinem Bett, um Schadenbegrenzung zu betreiben. Der Hauptmann fehlte darauf eine lange Zeit. Schließlich kam er, degradiert zum Oberleutnant nach mehreren Wochen wieder zum Dienst zurück. Die Wochen krochen dahin, und es blieb zwischen den Diensten nicht viel Zeit, sich über seine persönliche Situation Gedanken zu machen. Einmal wurde Michael Zeuge eines Ereignisses beim angegliederten Jagdfliegergeschwader. Die stationierten Jagdflugzeuge waren vom Typ MIG-21. Die Flüge wurden aus ihrem Führungssaal überwacht und geführt. Michael war vielleicht zwei Wochen im diensthabenden System, als er Ohrenzeuge eines dramatischen Ereignisses wurde. Er hatte gerade Dienst an einer Luftlagekarte am rechten Rand der unteren Ebene des Führungssaals. Dort stand auch die gesamte Aufzeichnungstechnik für den Bordfunk der Jagdflugzeuge sowie die Koordinatendurchsagen der Funkorter. Er war gerade dabei die Luftlage darzustellen, die ihm der Funkorter aus einer ihrer Schwesterkompanien auf die Kopfhörer plapperte. Plötzlich betraten zwei Offiziere den Führungssaal und gingen auf ein Aufzeichnungsgerät zu, dass direkt neben seinem Arbeitsplatz stand. Einer hatte den Offiziersdienstgrad eines Oberstleutnants und war wie sich herausstellte, der Geschwaderkommandeur des Jagdfliegergeschwaders. Er war ein großer und massiger Typ, und später oft selbst im Führungssaal als leitender diensthabender Offizier tätig. Der andere war etwas kleiner, von schlanker und sportlicher Statur. Beide waren selbst Piloten. Unter den Soldaten hatte sich herumgesprochen, dass es sechs Tage nach ihrer Einberufung zu einem Absturz einer MIG-21 UM aus dem Geschwader gekommen war. Dieser Flugzeugtyp war eine sogenannte Trainingsausführung und daher ein Zweisitzer. Die Aufzeichnungsgeräte waren Mitte der achtziger Jahre so groß wie Wandschränke. Die Aufzeichnung wurde gestartet. Die Offiziere, aber auch Michael konnten deutlich die Stimmen der Piloten hören. Zunächst schien alles normal, einer der Piloten tauschte Koordinaten mit einer der Bodenstationen aus und gab dem zweiten Piloten Anweisungen. Doch plötzlich kam Panik in die Stimmen. Einer schrie zum anderen: „Fahr den Trimmer aus, fahr den Trimmer aus!"

Darauf schrie der zweite zurück: „Lässt sich nicht bedienen, wobei sich seine Stimme zu überschlagen drohte. „Ich übernehme!", schrie jetzt wieder der andere Pilot mit Panik in der Stimme. „Was ist mit der Maschine los, sie lässt sich nicht mehr steuern, wir stürzen ab!"

Darauf riss die Aufzeichnung abrupt ab und es herrschte Stille. Die beiden Offiziere wirkten schwer betroffen. Nach Recherche konnte Michael in Erfahrung bringen, dass einer von ihnen mit seiner MIG unmittelbar neben der Maschine geflogen, und ein guter Freund des Fluglehrers war. Er hatte in der hinteren Kabine einen Blitz gesehen. So entstand der Eindruck, es sei etwas in der explodiert. In Folge dieser Mutmaßung wurde lange Zeit gemunkelt, dass sich eine Kartentasche aus Kunststoff zwischen Kabinenwand und einer Heißluftleitung derart erhitzt hatte, dass die daraus entstandenen Gase eine Explosion hervorgerufen hätten. Nach eingängiger und gründlicher Untersuchung des Absturzes stellte sich jedoch heraus, dass es sich um ein technisches Versagen handelte. Bei den Zweisitzern dieses Flugzeugtyps verläuft die Sauerstoffleitung zur Versorgung der Piloten unterhalb der Sitze. Diese Leitung wurde durch den hinteren Sitz aufgerieben. Es trat Sauerstoff aus und entzündete sich an einer parallel verlaufenden Heizleitung. Als Folge wurde ein Kurzschluss ausgelöst, der den Trimmer der Maschine auf maximal kopflastig fuhr, mit dem Ergebnis, dass die Maschine in einen dichten Kiefernwald stürzte. Der Absturzwinkel muss extrem steil gewesen sein, denn es wurde an der Absturzstelle nur ein Baum geknickt. Später erzählte Michael seinen Kameraden davon und es herrschte auch bei ihnen große Betroffenheit. Ein Stabsfeldwebel war bei den Aufräumarbeiten dabei. Er berichtete anschließend, dass sich die Maschine tief in den Erdboden gebohrt hatte, und von ihr nur noch Fragmente geborgen werden konnten. Michael war froh darüber, dass er während dieser Zeit in keiner festen Beziehung gebunden war. Das machte ihm das Leben unter den recht schwierigen Umständen leichter. Trennungen während des Armeedienstes gab es häufig. Oft waren bereits Kinder im Spiel, die als Folge vom Vater getrennt wurden. Seine Kameraden waren ständig mit dem Schreiben von Briefen beschäftigt, oder warteten sehnsüchtig auf den nächsten Urlaub. Michael schrieb ab und zu mal an seine Eltern, musste sich dabei jedoch große Mühe geben, um dem täglichen monotonen Alltag etwas Mitteilenswertes abzugewinnen. Urlaube wurden in der Kompanie selten genehmigt. Es gab zahlreiche Fälle, dass selbst Familienväter über ein halbes Jahr nicht nach Hause kamen. In seinem ersten Diensthalbjahr bildeten seine Kameraden und er einen verschworenen Haufen. Es wurde oft selbst im Bunker verbotenerweise Alkohol getrunken, Westfernsehen geschaut oder Westradio gehört. Die Bestrafungen folgten. So manches Mal gab es Knast, wobei sich die Kameraden die Zellentür in die Hand gaben. Zum Ende des zweiten Diensthalbjahres wurden die Soldaten in der Regel zu Gefreiten befördert. In seinem Diensthalbjahr blieben viele ohne Beförderung, bis zum Ende der Dienstzeit. So auch Michael. Das erste Diensthalbjahr ging zu Ende und es wurden die Nächsten eingezogen. Das Hamsterrad drehte sich weiter, mit dem Unterschied, dass es für Michael und seine Kameraden ruhiger wurde. Von einem seiner wenigen Urlaube brachte er seine Hantelscheiben und die Hantel mit. Jetzt konnten die sportlich Ambitionierten zwischen den Diensten im Schlafraum Sport treiben. Es dauerte eine Zeit, ehe die neuen Soldaten in das diensthabende System einbezogen werden konnten. Demzufolge wurden die Schichten für einige Wochen mit verminderter Besatzung sichergestellt. Dadurch wurde vieles entspannter. Fast jeder hatte sein eigenes Bett und das lästige Bettwäschewechseln entfiel. Über Manfred den „Schleusenwärter" konnten mühelos Alkoholbestellungen aufgeben werden, die über die Zivilbeschäftigten ins Schutzbauwerk gelangten. Es gab so manche Party im Schlafraum mit kabarettistischen Untermalungen häufig auch von Michael und seinem Namensvetter

Michael Jeckel dem Kabarettisten aus Thüringen. Außerhalb des Bunkers neben dem Küchentrakt hatten sich die Soldaten einen Putzmittelraum als Freizeitraum umgestaltet. Zuvor gab es endlose Diskussionen mit den Offizieren, bis schließlich die Genehmigung erteilt wurde. Hier saßen sie in ihrer Freizeit oft zusammen und erzählten sich Geschichten aus ihrem Leben. Besonders bei den sehr jungen Soldaten ohne sexuelle Erfahrungen, kamen amouröse Frauengeschichten, die mit schlüpfrigen Details ausgeschmückt wurden, gut an. Das Trinken von Alkohol hatte für alle auch den besonderen Reiz des Verbotenen. Denn wer im diensthabenden System dabei erwischt wurde, kam vor den Militärstaatsanwalt. Eine Verurteilung hatte Strafen zur Folge, die im Armeeknast von Schwedt abgesessen werden mussten. Diese Zeit wurde am Ende der Dienstzeit draufgeschlagen. Die ruhigste Zeit brach mit dem letzten Diensthalbjahr an. Über die Erstellung der Dienstpläne hatten sie jetzt uneingeschränkte Hoheit. In den Zeichenraum gingen sie nur noch selten, und wenn, dann zum Auslösen der anderen Soldaten zum Essen. Doch das Nichtstun hatte im wahrsten Sinne des Wortes seine Schattenseiten. Es wurde viel geschlafen. Da der Schlafraum nur künstlich beleuchtet wurde und immer mit gleicher Temperatur klimatisiert, tat diese Atmosphäre sein Übriges. Am Abend wurde bis zum Sendeschluss ferngesehen. Die Tasten des Fernsehers waren so manipuliert, dass die Westsender mit einer Zweifinger Tastenkombination eingeschaltet wurden. Einer von ihnen saß immer vor der Tastatur und schaltete, wenn ein Offizier plötzlich die Tür öffnete, auf einen Ostsender um. Die Offiziere ahnten schon, dass hier etwas nicht stimmte. Daher versuchten sie den Trick herauszubekommen, jedoch ohne Erfolg. Einmal saßen die beiden Michaels oben in der Küchenbaracke zusammen mit dem Küchenbullen. Alle anderen waren bereits im Bunker. Der Küchenbulle war ein Diensthalbjahr unter ihnen, doch strahlte er aufgrund seiner riesigen Statur und seinem bullenähnlichen Schädel eine Aura aus, die Respekt einflößte. Jeden Abend war er der letzte, der nach dem Reinigen der Küche zurück in den Bunker kam. Die drei saßen an diesem

Abend in der Küchenbaracke und tranken einige Schnäpse und erzählten sich Episoden aus ihren Heimatorten. Das Problem war nur, dass die Michaels längst im Bunker sein sollten. Der Gang zur Bunkerschleuse war kameraüberwacht. „Da macht euch keine Sorgen", meinte der Küchenbulle. „Ich laufe vor euch her. Ihr folgt mir im Entengang dicht hinter meinem Rücken. Auf dem Bildschirm sehen die nur mich."

Am Ende des Abends taten sie es so wie er vorgeschlagen hatte und kamen ohne Probleme durch die Schleuse. Bei Filmen wie „Der weiße Hai" war der Bunker wie leergefegt. Der Fernsehraum war bis auf den letzten Platz besetzt. Auch von den Offizieren war nichts zu sehen. Ähnlich war es bei Länderspielen der bundesdeutschen Nationalmannschaft. In der Halbzeit gingen Soldaten und Offiziere einträchtig zum Pinkeln, um anschließend die zweite Halbzeit zu verfolgen. Nach Spielschluss kehrte wieder die übliche Betriebsamkeit ein. Um den sportlich interessierten Soldaten mehr Betätigungsmöglichkeiten einzuräumen, wurden sogenannte Laufkarten ausgeteilt. Diese eröffneten den Soldaten die Möglichkeit, außerhalb des Militärobjektes im angrenzenden Wald einige Runden zu drehen. Unser Schleusenwart Manfred war einer der ersten, der in diesen Genuss kam. Er war von Statur muskulös und durchtrainiert, hatte aber nie aktiv Sport getrieben. Er lief jedoch nur bis zum nächsten Konsum. Dort kaufte er sich eine Flasche billigen Schnaps. Anschließend setzte er sich am Waldrand in eine ruhige Ecke und kippte sich den gesamten Inhalt der Flasche in sich hinein. Als er dann auf dem Rückweg dem Offizier vom Dienst in die Arme lief, oder besser fiel, und seine Antworten auf die Fragen des Offiziers nur noch ein unverständliches Lallen waren, wurde die Aktion mit den Laufkarten ganz schnell wieder gestoppt. Ein Soldat aus dem neuen Diensthalbjahr kam einmal nicht von seinem ersten Ausgang zurück, sondern wurde gebracht. Der Heizer eines nahegelegenen Heizhauses fand ihn am Morgen schlafend auf einer Kohlenhalde. Auf die Fragen des Heizers konnte er keine verständlichen Antworten geben, daher entschloss sich dieser ihn persönlich in die Kaserne zu bringen. Das der Heimatort des Soldaten Nordhausen war, sprach für sich. Die Strafappelle häuften sich. Es gehörte zur strategischen Ausrichtung, dass einmal in der Woche zwei Soldaten die Luftlage aus einer russischen Kaserne lesen mussten. Hierzu wurden sie mit einem Barkas in Richtung des ehemaligen olympischen Dorfes von 1936, nach Elstal gefahren. In der Kaserne sah es noch aus wie nach dem Zweiten Weltkrieg. Im Speisesaal diente die Prawda als Tischdecke und wurde, wie bei einer Litfaßsäule bei Verschmutzung durch eine neue überklebt, bis die „Tischdecke" einige Zentimeter dick war. Der Alltag der russischen Wehrpflichtigen war um einiges härter. Sie mussten zwei Jahre dienen und Heimaturlaub gab es nicht. Die jüngeren Soldaten wurden von den länger dienenden ständig malträtiert. Der Luftlageraum war mit ihrem in Müncheberg nicht zu vergleichen, und sah eher wie ein umgestaltetes Wohnzimmer aus. Etwas erhöht saßen die Offiziere und langweilten sich. Hinter der Planchette saß ein junger Soldat und versuchte die Luftlage zu zeichnen. Hinter ihm beäugte ein älteres Dienstjahr argwöhnisch die Versuche des jungen Soldaten. In der Hand hatte er ein übergroßes Lineal. Immer wenn der vor ihm Sitzende einen Fehler machte, spannte der Dienstältere das Lineal und zog es ihm quer über das Gesicht. Die letzten Wochen wurden zur Qual. Musste einer von ihnen doch in den Stab zum Wäsche waschen, gab es anschließend so gut wie keine Abwechslung. Die Tage schleppten sich dahin. Ein Höhepunkt eines jeden Soldaten des letzten Diensthalbjahres war der Bandmaßanschnitt für die letzten hundertfünfzig Tage. Jeder Zentimeter wurde mit einer speziellen Kodierung versehen. So stand die „133" für den Armeeknast in Schwedt aufgrund der Postleitzahl. Die Fantasie in Bezug auf die Herstellung des Behältnisses kannte keine Grenzen. Ein jeder trug das Bandmaß bereits lange vor dem Termin des Anschnitts. Es wurde bei jeder Gelegenheit ausgeworfen und wieder eingeholt wie eine Angelschnur. Der Entlassungstermin war im Herbst. So saßen sie an jedem Abend im Fernsehraum und lauerten auf Sequenzen, die mit dem Thema Herbst in Verbindung standen. Wurde ein abgeernteter Stoppelacker oder herabfallende Blätter gezeigt, erfolgte ein geschlossener Auswurf der Bandmaße unter großem Gejohle. Erwischen lassen durften sie sich nicht, denn darauf stand auch wieder Knast. Der Anschnitt erfolgte am hundertfünfzigsten Tag vor der Entlassung nach einem von Diensthalbjahr zu Diensthalbjahr weitergegebenen Ritual. In den darauffolgenden Tagen fand das Abschneiden zu festgelegten Zeiten statt. Wer diese nicht einhielt, musste Strafe zahlen. Viele Beziehungen und Ehen waren in der Zwischenzeit in die Brüche gegangen. Der wenige und kurze Urlaub tat sein Übriges und es herrschte oft eine gereizte Stimmung. Der Tag der Entlassung rückte unaufhaltsam näher. Die letzten Heimaturlaube wurden dazu genutzt Zivilkleidung mitzubringen. Die letzte Woche verbrachten sie dann unten im Stab. Dort ging es nochmal hoch her. Am vorletzten Tag wurden alle Soldaten, so auch Michael zu Gefreiten befördert. Einen Tag später ging es früh um 06.00 Uhr Richtung Heimat. Es wurde sich reihum versichert sich in der Zukunft zu treffen, was natürlich Lippenbekenntnisse waren. In Berlin trennten sich die Wege und ein jeder fuhr in seinen Heimatort. Die Armeezeit war endlich vorüber.

[17] *1985 ist das Jahr der großen Namen und der besonderen Ereignisse: Boris Becker gewinnt als erster Deutscher Wimbledon, das Benefizkonzert „Live Aid" engagiert sich für die Afrika-Hilfe, Michael Gorbatschow öffnet die damalige Sowjetunion mit seinem „Perestroika", Günter Wallraff bringt seinen Bestseller „Ganz unten" heraus.*

Alexandra

Die Vorstellung für Michael wieder bei seinen Eltern ins kleine Zimmer zu ziehen, stimmte ihn nicht gerade positiv. Die Armeezeit hatte ihn trotz aller Widrigkeiten doch gefestigt und selbstbewusster werden lassen. Der negative Einfluss seiner Mutter, das Schnüffeln in seinen Briefen und die ständigen Vertrauensbrüche wollte er nicht mehr über sich ergehen lassen. Sein Vater hatte über irgendwelche unergründlichen Kanäle eine Wohnung aufgetan. Diese war zwar heruntergekommen, bot Michael aber die Chance, sich fortan von seinen Eltern zu lösen. Der verantwortliche Typ von der Wohnungsgenossenschaft war ein Schleimer. Aber über ihn lief die Organisation der Sanierungsarbeiten. Schon in der ersten Woche nach der Entlassung waren die Handwerker in der Wohnung tätig. Die elektrischen Installationsarbeiten machte Michael selbst. Nach 18 Monaten hatte sich das Leben in Brandenburg für ihn verändert. Viele aus dem Freundes- und Bekanntenkreis waren verheiratet oder zum Studium in andere Städte gezogen. Michael war mittlerweile fünfundzwanzig. In den Discotheken der Stadt vergnügte sich ein ihm zumeist fremdes, jüngeres Publikum. Er fing wieder an Fußball zu spielen, und zum Kraftsport zu gehen, um sich so ein wenig Abwechslung im DDR-Alltag zu schaffen. Beruflich wechselte er in eine andere Brigade im neu errichteten Elektrostahlwerk. Hier konnte er in Normalschicht arbeiten und hatte an den Wochenenden frei. Seine Kollegen kannte er bereits, denn das Stahlwerk war trotz seiner Größe wie ein Dorf. Es waren zumeist junge Leute unter dreißig. Sie verstanden sich gut und unternahmen auch viel in der Freizeit. Einen seiner Kollegen kannte er bereits aus der Ausbildungszeit. Er wohnte auf einem Dorf in der Nähe des Campingplatzes seiner Eltern. Eckehardt betätigte sich in seiner Freizeit als Autoschrauber, in der DDR-Mangelwirtschaft ein einträgliches Geschäft. Da es an Fahrzeugersatzteilen mangelte, waren wieder Beziehungen gefragt, oder Westgeld. Manchmal auch beides. Eckehardt hatte sich hinter dem Haus eine Werkstatt gebaut, in der er rostige Autos bis auf das Untergestell demontierte. Anschließend wurde das Fahrzeug mit einer Mischung aus Ersatzteilen und Blechklempnerei wieder neu aufgebaut, für ihn sehr profitabel. Mit seiner Frau wohnte er noch im Haus einer alten Dame, einer Frau Giese zur Untermiete. Juristisch war bereits geregelt, dass nach ihrem Ableben, Eckehardt das Vorkaufsrecht auf das Haus hatte. Doch den Gefallen tat sie ihm nicht so schnell. Nein im Gegenteil. Regelmäßig kam sie im Winter zu ihnen in die Küche und blieb dort, bis sie zu Bett gingen. So brauchte sie nicht zu heizen, und hatte gleichzeitig Unterhaltung. Eckehardts Einfallsreichtum war groß, um ihr den Aufenthalt so unangenehm wie möglich zu gestalten. So rauchte er an einem der Abende den sie wieder oben in der Küche verbrachte so viele Zigaretten, dass ihm bereits die Wangen wehtaten. Die Luft in der Küche war zum Schneiden dick. Eckehardt konnte Frau Giese, die ihm gegenübersaß, kaum noch sehen. Er selbst hatte bereits Kopfschmerzen. Am nächsten Tag sagte jedoch Eckehardts Frau: „Weißt du, was Frau Giese heute zu mir gesagt hatte?"

„Nein, was denn?", entgegnetet Eckehardt.

„Wenn der Eckehardt raucht, das finde ich gut, es riecht so herrlich nach Mann."

Es dauerte noch einige, leidvolle Jahre, ehe Frau Giese das Zeitliche segnete, und Eckehardt mit seiner Frau das Haus nach ihren Vorstellungen umbauen konnten. Bei einem Gang durch die Stadt traf Michael ein Mädchen, das er flüchtig kannte. So flüchtig auch wieder nicht, denn sie hatten mal vor einiger Zeit in der Wohnung eines Freundes auf einer Matratze in der Küche zwischen Spüle und Kühlschrank eine gemeinsame Nacht verbracht. Außer einem Kuss vor dem Schlafen war nichts passiert, aber sie hatten sich gut unterhalten und schwebten dabei auf einer Wellenlänge. Es war ein Freundschaftsdienst von Michael, denn sein Kumpel war auf die Freundin scharf, und lag mit dieser im Nebenzimmer. Sie hatten sich während der Armeezeit auch mal eher zufällig im Film Café getroffen, eine der angesagten Discotheken der Stadt. Auch hier unterhielten sie sich angeregt. Michael hatte den Eindruck, dass von ihrer Seite durchaus ein Interesse bestand, die Beziehung weiter zu vertiefen. Sie verabredeten sich zu einem Kaffee in der kommenden Woche. Michael fing wieder als DJ an. Wie vor dem Wehrdienst vereinbart, meldete er sich beim Mitarbeiter der Kulturabteilung der Stadt, um einen Termin für die Einstufungs-Diskothek zu erhalten. Er schloss sich einem ihm bekannten Zweimannteam an, das bereits seit Jahren in der Szene unterwegs war. Sie hatten das komplette Equipment. Einer von ihnen war eher der technische Freak. Daher konnte Michael sich mit seinem Partner die Veranstaltungstermine teilen. Dies war ein Vorteil, denn so brauchte er zunächst nicht in die teure Technik investieren. Am Tag der Einstufung rückte die Kommission an um die Fähigkeiten als „Schallplattenunterhalter" wie ein DJ in der DDR offiziell hieß, zu bewerten. Die Kommission bestand zumeist aus Funktionären und Künstlern. Auch Michaels ehemaliger Seminarleiter nahm daran teil. Michael hatte sich eine besondere Choreografie ausgedacht, für die er zwei Freunde eingewiesen hatte. Sie vollführten mehrere Sportarten wie Bobfahren und Rennrodeln pantomimisch. Das erzeugte Aufmerksamkeit beim Publikum und kam bei der Kommission gut an. Offiziell musste von staatlicher Seite bei den Musiktiteln ein Verhältnis von vierzig zu sechzig eingehalten werden. Gespielt werden durften vierzig Prozent West-Titel und sechzig Prozent Ost-Titel, eine Vorgabe, die so gut wie kein DJ einhielt. Doch im Rahmen der Einstufung musste peinlichst darauf geachtet werden. Das führte dazu, dass die Tanzfläche mal völlig überfüllt und dann wieder wie leergefegt war. Das Publikum kannte Michael bereits von anderen Veranstaltungen und begriff nicht, was hier los war. Nach etwa einer Stunde hatte die Kommission genug gesehen, und verabschiedete sich. Offensichtlich hatte er seine Sache gut gemacht, denn er bekam die B-Einstufung für gehobeneres Niveau der Veranstaltungen. Ab sofort nahmen die Abende als DJ einen breiten Raum ein. Dabei war der finanzielle Aspekt für Michael eher nebensächlich, zumal die Technik nicht ihm gehörte. Als DJ wurde man bekannt und respektiert. Es machte einfach Spaß mit guter Musik und anspruchsvoller Moderation das Publikum zu begeistern. In seiner ersten Wohnung ging es voran. Das Badezimmer war fertig, die neuen Fenster eingesetzt und die Wände verputzt. Mit einem Freund tapezierte er die Zimmer. Die offizielle Übergabe der Wohnung stand unmittelbar bevor. Das Jahr 1985 ging langsam zu Ende. Die Menschen liefen in die Stadt, um Weihnachtseinkäufe zu erledigen. Doch was wollte man kaufen? Die Klamotten aus den „Jugendmode-Geschäften" wollte keiner so richtig tragen. Die Sachen in den „Exquisit-Läden" waren teuer. Die guten Stücke gingen oft unter dem Ladentisch weg.

Das besondere für den Gaumen gab es in den „Delikat-Läden", doch auch hier waren die Waren überteuert. Sicher konnten sich viele DDR-Bürger die Sachen leisten, aber nicht die breite Masse der Bevölkerung. Eine Alternative war, und die ging immer, das Westgeld. Bevor Waren aus dem Westen in den Intershops gekauft werden konnten, musste die Westmark in einer der Filialen der Staatsbank der DDR umgetauscht werden. Der Umtausch war ein, von staatlicher Seite wohl überlegtes Prozedere, damit dem Staat die harte Währung bei permanenter Devisenknappheit schneller zur Verfügung stand. Michael hatte während seiner Zeit der Schichtarbeit im Stahlwerk nebenher mal ein Wochenendhaus elektrifiziert. Da der Auftraggeber eine Mutter im Westen hatte, eröffnete sich für Michael die Möglichkeit, sich den Lohn in harter Währung auszahlen lassen. Mit dem Geld konnte er sich dann im Intershop Levis Jeans kaufen, oder andere Dinge, die es in der DDR nicht gab. Seinem Onkel, dem Bruder seiner Mutter, gab er das restliche Westgeld. Der Onkel bekam von Michael die Order, ihm einen US-Shell Parka zu kaufen. Der Parka war in der Szene ein angesagtes Kleidungsstück. Michael fertigte eine Zeichnung an, wie dieser auszusehen hatte. Der Onkel wohnte in Mainz-Gustavsburg, einer Gegend, in der amerikanische Garnisonen stationiert waren. Es war für ihn unvergesslich, als das Paket mit dem Parka eintraf. Shell-Parka, Thälmann-Jacke und Kletterschuhe waren Kleidungsstücke, über die sich eine Gruppe von Jugendlichen in der DDR definierte. Bei einem Spaziergang durch die Stadt lief ihm Alexandra über den Weg. Sie erzählte, dass sie eine Blinddarmoperation hinter sich hatte und sah sehr mitgenommen aus. Michael fragte sie: „Wollen wir uns vielleicht am Wochenende im Film Café treffen?", denn dort hatte er viele seiner Auftritte als DJ. „Ich muss mal sehen, wie ich es schaffe", gab sie zur Antwort.

Es fing an zu schneien. Die weiße Schicht legte sich über die grauen Fassaden mit ihren teils aus der Jahrhundertwende stammenden Werbeaufschriften. Die sonst so schmutzigen Bürgersteige und die reparaturwürdigen Dächer der Häuser erhielten einen weißen Anstrich. Der Straßenlärm, das Quietschen der Straßenbahnen, jegliche Geräusche drangen wie in Watte gepackt durch den weißen Teppich aus Schnee. Es kam Weihnachtsstimmung auf. Alexandra kam am Samstag ins Film Café und am Ende des Abends brachte Michael sie nach Hause. Sie trafen sich jetzt häufiger. Kurz vor Weihnachten, seine Eltern waren zum Geburtstag seiner Großmutter, brachte sie ihren kleinen Sohn Anton mit. Er war knapp ein Jahr alt. In der Wohnung seiner Eltern krabbelte er von Schranktür zu Schranktür und erfreute sich über die knarzenden Geräusche beim Schließen der Türen. Doch immer, wenn Alexandra und Michael sich küssten, kam er dazwischen und wollte seine Exklusivansprüche gegenüber seiner Mutter geltend machen. Michael, Alexandra und Anton gewöhnten sich schnell aneinander. Bald holte Michael Anton von der Kinderkrippe ab, ohne dass er sich darüber wunderte. Alexandra war ebenfalls auf der Suche nach einer Wohnung, denn obwohl sie vom Vater ihres Sohnes getrennt war, musste sie noch die Wohnung mit ihm teilen. Kurzerhand zogen sie in Michaels gerade fertig gestellte Wohnung ein. Für drei Personen war diese eigentlich zu klein. Aber sie lebten zusammen, und das war für sie wichtig. Alexandra hatte noch einen Bruder. Ihre Eltern hatten sich in Alexandras frühester Kindheit scheiden lassen. Ihre Mutter hatte dann kurz nach der Scheidung wieder geheiratet. Aus dieser Ehe bekam sie nochmal zwei Söhne. Der Stiefvater war ein Tyrann und machte insbesondere den Stiefkindern das Leben zur Hölle. Aus diesem Grund wollte Alexandra, so schnell wie möglich von zu Hause auszuziehen. Daher absolvierte sie eine Ausbildung mit Internatsunterbringung, und zog im Anschluss an die Ausbildung zu einer Freundin nach Brandenburg. Michaels Wohnung lag im Patteren an einer Kopfsteinpflasterstraße, die ins Stadtzentrum führte. Einmal in der Woche rückten die Panzer der nahegelegenen NVA-Kaserne zur Übung aus. Die Panzer fuhren mitten durch die Innenstadt, und somit an den Fenstern vorbei. In der Wohnung hatte man das Gefühl, die Panzer rollen durchs Zimmer.

[18] *Das Ministerium für Staatssicherheit (MfS) der DDR wird für „vor-*

bildliche Pflichterfüllung im Interesse des ganzen werktätigen Volkes" mit dem Karl-Marx-Orden und einem Ehrenbanner des Zentralkomitees (ZK) der SED ausgezeichnet. In dem Kernkraftwerk von Tschernobyl nördlich von Kiew/ UdSSR schmilzt 1986 der Reaktorkern und verursacht die bisher größte Katastrophe in der Geschichte der friedlichen Nutzung von Atomenergie.

Gemeinsame Wohnung

Kaum hatten sie sich an das Leben zu dritt gewöhnt, bekam Alexandra eine Wohnung zugewiesen. Ihr Antrag lag der Wohngenossenschaft bereits fünf Jahre vor. Die Tatsache, dass sie mittlerweile ein Kind hatte, und zumindest offiziell noch mit ihrem Exfreund zusammenleben musste, gab wohl den Ausschlag für diese positive Entscheidung. Trotzdem war es ein äußerst glücklicher Ausgang, denn es gab viele Beispiele, wo junge Familien mit Kind zusammen mit den Eltern in einer achtundfünfzig Quadratmeter großen Wohnung leben mussten. Gleich nach der Arbeit fuhren Michael und Alexandra gemeinsam los, um die Wohnung zu besichtigen. Sie lag am anderen Ende der Stadt, unweit vom Hauptbahnhof. Das Viertel bestand aus vielen Mietskasernen aus der Jahrhundertwende. Die Häuser bildeten ein geschlossenes Quadrat mit runden Torbögen an den Ecken, durch die sie in den Innenhof gelangten. Im Hof gab es einen großen Wäscheplatz und einen umlaufenden Fußweg, der zu den Hauseingängen führte. Auch hier nagte der Zahn der Zeit an den Fassaden. Teilweise fehlte der Putz, und dort wo es ihn noch gab, war er von langen Rissen durchzogen. Die Wohnung befand in der obersten Etage direkt unter dem Dach. Sie bestand aus zwei kleinen Zimmern, einer kleinen Küche und einem kleinen Bad mit einer Badewanne und einem Badeofen. Alles war klein, aber es war immerhin ein Zimmer mehr. Die Fenster des Wohnzimmers, der Küche sowie vom Bad waren in die Dachschräge gebaut, sodass ein direkter Blick hinunter auf den Hof nicht möglich war. Der Flur hatte die gigantischen Ausmaße von einem Quadratmeter. Sie entschlossen sich die Wohnung zu nehmen. Also zog Michael nach ein paar Wochen aus seiner ersten Wohnung wieder aus. Leider hatten seine Eltern noch einen Schlüssel. Als sie davon erfuhren, ertappte er seine Mutter dabei wie sie ihm das als Erstausstattung zur Verfügung gestellte Geschirr, ein Topf-Set sowie Besteck wieder ausräumte. Die gerade erst angeschafften Möbel verkaufte er wieder, denn dafür war in der neuen Wohnung kein Platz. Alexandra war mitten in einer zweiten Ausbildung. Sie arbeitete als Wirtschaftsprüferin beim Konsum, für sie ein interessanter Job. Sie war ständig zu Prüfungen in den Konsumfilialen in der Stadt und im Umland eingesetzt. In wenigen Monaten konnte sie die Ausbildung, wenn alles gut ging, beenden. Michael und Alexandra erzählten sich von ihren Erlebnissen in der Vergangenheit. Es wurden Pläne für die Zukunft geschmiedet. In einem Punkt herrschte zwischen den beiden schnell Einigkeit, sie sahen für ein Leben in der DDR keine Zukunft. Ein erster Schritt sollte die Heirat sein, denn nur so war es möglich gemeinsam auszureisen. Sie gingen zum Standesamt und bekamen einen Termin für den 10. Oktober 1986. Viele ihrer Bekannten hatten sich in der DDR in Nischen zurückgezogen. Sie hatten ein Wochenendhaus, einen Garten oder verbrachten die Wochenenden auf dem Campingplatz. Einen Ausreiseantrag stellen bedeutete gleichzeitig Isolation. Im Frühjahr 1986 stellte Michael zuerst einen Antrag auf Ausreise in die Bundesrepublik Deutschland. Alexandra wollte sich noch etwa ein halbes Jahr Zeit lassen. Die schlechten Erfahrungen der gerade erst gescheiterten Beziehung, sowie das noch nicht vorhandene, uneingeschränkte Vertrauen in Michael, bewogen sie zu dieser Entscheidung. Sie wusste von der früheren Beziehung von ihm und seiner Cousine. Sollte er in den nächsten Monaten tatsächlich die Ausreise bewilligt bekommen, würde sich zeigen, wie standhaft ihre Beziehung wäre. Auf der Arbeitsstelle verständigte Michael umgehend seinen Meister. Dieser fiel aus allen Wolken. Bisher hatte seine Brigade ein recht beschauliches Arbeitsleben und flog eher unter dem Radar. Jetzt befürchtete er, dass es damit vorbei sein könnte. Die Information wurde an die

Abteilungsleitung weitergegeben. Es dauerte nur wenige Tage, bis eine Sitzung einberufen wurde, zu der über die Bereichsleitung, Parteisekretär, FDJ-Sekretär und einem Vertreter der Gewerkschaft alle geladen wurden, die im Bereich der Elektroabteilung Rang und Namen hatten. Der FDJ-Sekretär hatte die Ausbildung zusammen mit Michael gemacht, nur in einer anderen fachlichen Ausrichtung, bei den Schwachstromelektrikern. Er war mit dem Mundwerk schon immer schneller als mit den Händen. So suchte er nach einer Möglichkeit mit wenig Arbeit ein komfortables Leben zu führen. Nach Beendigung der Ausbildung sah er seine Chance, und wurde hauptamtlicher FDJ-Sekretär vom gesamten Stahlwerk. Eine Arbeit am Schreibtisch verbunden mit Sitzungen, Reden halten und Teilnahme an öffentlichen Veranstaltungen. Dieser Mensch beugte sich über den Tisch, sah Michael durch seine Kompottschalen-Brillengläser an und sagte: „Michael, ich glaube du weißt nicht, worauf du dich da einlässt".

Michael platze der Kragen. Er wäre fast über den Tisch gegangen, wäre der Bereichsleiter nicht eingeschritten, um die Sitzung abzubrechen. Es wurde beschlossen auf Abteilungsleiterebene monatliche „Bekehrungsgespräche" mit Michael zu führen.

Nach ein paar Wochen bekam er eine Einladung vom Rat der Stadt – Abteilung Inneres. Diese war am Puschkinplatz in alten Holzbaracken untergebracht, die nach dem Krieg als Provisorium errichtet wurden. In den Gängen roch es muffig und nach Bohnerwachs. Nachdem er sich angemeldet hatte, sollte er zunächst im Flur warten. Nach geraumer Zeit bat ihn eine Mitarbeiterin einzutreten. Vor ihm saß ein hagerer, großer Mann um die vierzig mit schütterem rötlich blondem Haar. „Setzen sie sich", begann er das Gespräch.

Michaels Ausreiseantrag lag vor ihm auf dem Schreibtisch.

„Ihr Antrag ist bei uns eingegangen. Es wird in unbestimmter Zeit darüber entschieden werden."

Er sah Michael emotionslos an, und wartete darauf, dass er das Büro wieder verließ. Als Michael wieder auf der Straße stand, wusste er, dass es kein Zurück mehr gab. Er ging weiterhin zur

Arbeit und hatte wie angekündigt, die monatlichen Bekehrungsgespräche. Den Abteilungsleiter kannte er bereits aus seiner Lehrzeit und der anschließenden Arbeit im Schichtbetrieb. Er war eine fachliche Koryphäe, und stand kurz vor der Rente. Schnell war ihm klar, dass hier nichts mehr zu machen war. So sprach er im Beisein seines Meister stattdessen über seine Enkel und seine Erfolge beim Züchten von Pilzen. Michael beendete seine Arbeit als DJ, denn es wäre nur eine Frage der Zeit gewesen, dass ein Verbot von offizieller Seite ausgesprochen worden wäre. Nach einigen Wochen rief auch prompt der Chef vom Kreiskulturkabinett an. „Guten Tag Herr Tenner, Ihre Lizenz läuft im kommenden Monat aus. Geben Sie uns bitte einen Termin für die Einstufungsveranstaltung bekannt."

Die Lizenz musste in regelmäßigen Abständen erneuert werden. Das war kein Zufall. „Ich will ganz offen zu Ihnen sein. Ich werde zukünftig keine Aufträge mehr annehmen, da ich einen Antrag auf Ausreise gestellt habe", erwiderte Michael.

Die Maschinerie im Hintergrund lief offensichtlich an. Mitte der achtziger Jahre schien es so, dass Ausreiseanträge restriktiv behandelt wurden. Mit anderen Worten, es kam so gut wie keiner raus. Man kannte sich untereinander und tauschte Informationen mit aller gebotenen Vorsicht aus, denn die Spitzel waren überall. Selbst in kritischen Sendungen im Westfernsehen wie „Kennzeichen D" wurden alle möglichen Themen behandelt, nur das Thema Ausreise fand nicht statt. Das spiegelte sich auch im Verhalten der Mitarbeiter bei der Abteilung Inneres wider. Selbstsicher wurde erklärt, „machen Sie sich nicht allzu große Hoffnungen, es kommt eh keiner mehr rüber."

Nach solchen Aussagen waren sie niedergeschlagen. Zeitweise machte sich Hoffnungslosigkeit breit.

Am zehnten Oktober heirateten Alexandra und Michael. Aus heutiger Sicht, und es ist auch nach vielen Jahrzehnten immer wieder Thema bei ihnen, war eine Feier gemeinsam mit Eltern und Schwiegereltern völlig unnötig. Für Alexandra war es unter den Begleitumständen eine Horrorhochzeit. Innerhalb ihrer Verwandtschaft hatte sie nur ein gutes Verhältnis zu ihrer Mutter. Zwischen Michael und seinen Eltern beschränkten sich die Kontakte auf das Notwendigste. Nachdem er den Antrag gestellt hatte, trübte sich das Verhältnis noch mehr ein. Eine Kernaussage seiner Mutter war: „Man muss zusehen, wie man mit dem Arsch an die Wand kommt."

Sein Vater arbeitete im Stahlwerk mittlerweile als Meister in der Walzendreherei im neuen Elektro-Stahlwerk. Sein Büro war unweit von Michaels Arbeitsplatz. Er nahm ihn bei einer Gelegenheit zur Seite und meinte: „Junge, ihr versaut euch die schönsten Jahre des Lebens."

Der Chef seines Vaters riet ihm, nachdem er die beiden öfter mal zusammen sah: „Ich gebe dir einen Rat. Zeige dich mit deinem Sohn nicht so oft in der Öffentlichkeit."

Um die Hochzeitsfeier finanzieren zu können, plünderte Michael sein Erspartes und verkaufte seine teuer erworbene Anlage von Sony zum Aufnehmen von Musiktiteln. Die Verluste waren schmerzhaft. Nach der Feier und der kurzen Hochzeitsreise waren die Ersparnisse aufgebraucht. Die Wochen im Vorfeld waren von Spannungen begleitet. Alexandra wollte auch ihren Vater einladen, aber dann wollte ihre Mutter nicht kommen. Michaels Mutter wollte ihm vorschreiben, wen er einzuladen habe. Die Feier wurde für beide ein bis heute nachwirkender, traumatischer Tag. Anschließend ging es auf „Hochzeitsreise" für ein paar Tage ins Interhotel in Rostock-Warnemünde. Der erste Tag der Ehe fing gleich gut an. Michael war durch die ständigen Spannungen bei der Feier, verbunden mit mehr Alkohol als er vertragen konnte, ziemlich am Ende. Das merkte er jedoch erst, als er sich im Hotelrestaurant Essen mit Vorspeise und Dessert bestellt hatte. Er ging auf die Toilette, denn ihm wurde plötzlich schlecht. Dort überlegte er sich, wenn er jetzt wieder ins Restaurant ginge, müsse er sich am Tisch übergeben. Also ging er geradewegs aufs Zimmer und ließ Alexandra mit dem Tisch voller Essen zurück. Sie war verständlicherweise sauer und der erste Tag der Ehe gelaufen. Im Hotel buchten viele skandinavische Gäste ein, bis auf wenig

Ausnahmen junge Männer, die hier mit ihren Devisen auf dicke Hose machten. Das zog viele hübsche jungen Frauen an, die in der Hotellobby wie Putzerfische um sie herumscharwenzelten. Das Hotelpersonal war überheblich und aufgesetzt, vornehmlich zu den Gästen aus der DDR. Diese wurden von den eigenen Leuten behandelt wie Menschen zweiter Klasse, eine Erfahrung die Alexandra und Michael sich nicht noch einmal antun wollten. Fazit: Die Hochzeit war ein Alptraum und völlig unnötig. Das Geld hätten sie sparen und auf dem steinigen Weg, der vor ihnen lag, sinnvoller einsetzen können. Wieder zu Hause angekommen, stellte Alex sofort ihren Ausreiseantrag. Auf ihrer Arbeitsstelle folgte ein ähnliches Prozedere wie bei Michael. Ihr Chef, die zweite Chefin und die Parteisekretärin bestellten sie ein. Es folgten die üblichen Phrasen. Alex zeigte sich unbeeindruckt und die Dinge nahmen ihren Lauf. Die Wochen vergingen in grauer Eintönigkeit. Die DDR-Mangelwirtschaft zeigte sich mit all ihren Facetten. Am Wochenende bildeten sich lange Schlangen beim Bäcker. Beim Fleischer gab es meist nur Fleisch vom Schwein. Es kam vor, dass Alexandra in der Schlange stand, und plötzlich wurde eine Schale mit Rinderrouladen in die Auslage gestellt. Darauf zählte sie sofort die Schlange vor ihr durch, in der Hoffnung, noch einige Rouladen zu erhaschen. Einige der Antragsteller verloren die Nerven oder provozierten bewusst. So geschah es bei einem jungen Mann, der in der Nachbarwerkstatt von Michael beschäftigt war. Er setzte sich ins Büro der Abteilung Inneres und kündigte an: „Wenn ihr mich nicht in vierzehn Tagen rauslasst, könnt ihr mich an der Grenze erschießen!"

Es dauerte nicht lange, bis ihn die Staatssicherheit abholte. Er wurde zu einem Jahr Freiheitsentzug verurteilt. Nach etwa zwei Dritteln der abgesessenen Zeit wurde er von der Bundesrepublik freigekauft. Andere wiederum ereilte ein ähnliches Schicksal, jedoch wurden sie nach Verbüßen ihrer Strafe wieder zurück in die DDR entlassen. Es gab keine Gewähr für Erfolg am Ende dieser drastischen Schritte. Anton blieb von allen Widrigkeiten weitestgehend verschont. Er ging gerne in den Kindergarten und spielte bei jedem Wetter am Nachmittag mit den anderen Kindern der Nachbarschaft auf dem Hof. Im Viertel wohnten viele junge Familien mit ihren Kindern. So tummelten sich bei schönem Wetter Horden von ihnen auf dem Innenhof. Sie passten untereinander auf sich auf. Als Anton mal mit seiner Freundin durch den Torbogen Richtung Kreuzung an der Hauptverkehrsstraße verschwand, standen sofort andere Kinder bei Alexandra und Michael vor der Haustür und gaben ihnen Bescheid. Im Winter offenbarte die Wohnung ihre Tücken. Durch die schlechte Isolierung musste zweimal täglich geheizt werden. Der Schornstein hatte einen Riss, so dass der Rauch schlecht oder bei Wind gar nicht abzog. Das Schlafzimmer war dann voller Qualm. Wenn die Familie am Wochenende zu Besuch bei Alexandras Mutter in Kleinmachnow war, musste Anton nach der Rückkehr erst einmal seine Wintersachen anbehalten, bis nach dem Heizen der Wohnung wieder annehmbare Temperaturverhältnisse herrschten. An kalten Wintertagen fror die Wasserleitung ein. Ganz in der Nähe ihrer Wohnung war ein großer freier Platz auf dem mehrmalig im Jahr Rummel oder Zirkusveranstaltungen stattfanden. Das war für viele DDR-Bürger immer eine willkommene Abwechslung vom tristen Alltag. Anton hatte dann stets nur ein Ziel, den Hubschrauber vom Kinderkarussell, um dort das Steuerrad zu übernehmen. Natürlich war der Hubschrauber auch von anderen Kindern begehrt, aber Anton war in seiner Beharrlichkeit derart penetrant, dass er größere Kinder so lange malträtierte, bis diese entnervt aufgaben. Eine Fahrt kostete zwanzig Pfennig, die Kinder waren glücklich und die Eltern konnten sich mit anderen Eltern unterhalten, da der Rummel zu einem Treffpunkt von Freunden und Bekannten wurde. Am Ende gab es aber immer Schwierigkeiten Anton nach zehn oder mehr Fahrten wieder aus dem Hubschrauber zu bekommen. Einmal hatte er sich förmlich festgesaugt und hing in der Waagerechten mit den Händen noch an der Tür des Hubschraubers, während Michael an seinen Beinen zog. Als er ihn endlich losbekam, wusste Anton nicht wohin mit seiner Wut. Als Frustabbau zerkratzte er Michael das Gesicht. Wenn einer der drei Staatszirkusse Station machte, war das ein besonderer Höhepunkt. Gemäß Anordnung des Ministers für Kultur wurden die ursprünglich privaten Zirkusse Barley (später Berolina), Busch und Aeros zusammengeschlossen. In einer staatlichen Artistenschule wurden sportlich ambitionierte junge Leute in einer vierjährigen Ausbildung für eine spätere Artistenlaufbahn in einem der Zirkusse ausgebildet. Die Veranstaltungen waren immer gut besucht und die künstlerischen Leistungen aber auch die Tiernummern hatten hohes Niveau.

Alexandra war teilweise im Büro beschäftigt, musste aber auch zu Inventuren in die Konsum Zweigstellen in der Stadt und im Umland. Ihr Chef war ein hochaufgeschossener, hagerer Mann um die fünfzig. Er war fachlich kompetent, sah für sich jedoch keine Möglichkeiten mehr, sich in der Hierarchie der Konsum Genossenschaft weiter hochzuarbeiten. Das schlug sich in seiner Arbeitseinstellung nieder. Eine seine liebsten Nebenbeschäftigungen während der Arbeitszeit war das Lösen von Kreuzworträtseln. Eigens hierzu schnitt er sich aus allen auf dem Markt befindlichen Zeitschriften die Kreuzworträtsel aus, um sie während der Arbeitszeit zu lösen. Dazu öffnete er die Schreibtischschublade und legte sie darin ab. Bei den Kollegen hatte sich das Verhalten herumgesprochen und so machte man sich den Spaß, mit lauten Schritten auf die Bürotür zuzusteuern, und diese zu öffnen. Schnell musste der die Schublade schließen, wobei Ecken von Kreuzworträtseln herauslugten. Auch sein täglicher Gang zur Toilette gestaltete sich zu einem Ritual, das allseits bekannt war. Er verband die Notwendigkeit mit dem Nützlichen und machte anschließend ein Nickerchen. Wenn wichtige Papiere abgezeichnet werden mussten, wurde ein Mitarbeiter zur Toilette beordert. Der schob das Papier durch einen Spalt der Toilettentür und kam mit der Unterschrift wieder zurück. In der Freizeit sang er mehrmalig in der Woche im Post Chor. Bei Firmenfesten wirbelte er die Frauen der Belegschaft voller Leidenschaft über das Parkett, wobei er mit jeder mindestens einmal tanzte. Michaels Eltern hielten sich in Bezug auf den Ausreiseantrag völlig zurück. Sie hatten sich in der DDR eingerichtet und demzufolge passte ihnen die gegenwärtige Situation gar nicht. Sein Vater bekam wenig später die Keule des Staates zu spüren. Sein Bruder im Westen feierte Silberhochzeit. Er lud auch seine Mutter sowie die Geschwister aus dem Osten ein. Der Antrag von Michaels Vater auf Besuchsreise war eingereicht und bereits so gut wie bewilligt. Obwohl er nie in der Partei war, musste der Parteisekretär vom Stahlwerk eine Einschätzung abgeben. Diese fiel mit den Worten: „Der Apfel fällt nicht weit vom Stamm“, recht eindeutig aus. So war er als einziger der Verwandtschaft bei der Feier nicht dabei. Dieser Parteisekretär war sich jedoch nicht zu schade in der Abteilung seines Vaters Materialbestellungen zur privaten Verwendung in Auftrag zu geben, um sie dann mit Schwarzfahrten aus dem Betrieb zu schaffen. Die Wirtschaft der DDR ging zusehends den Bach runter. Die Arbeitsmoral sank und der Schwarzmarkt für sogenannte Bückware blühte. Der Automarkt entwickelte sich als ein Beispiel für freie Marktwirtschaft im Osten. Angebot und Nachfrage diktierten die Preise. Im Jahr 1987 mussten für einen LADA 1.500 schon mal hunderttausend DDR-Mark bezahlt werden. Ein VW Golf II ging nicht unter hundertzwanzigtausend DDR-Mark weg. Selbst Autoanmeldungen für einen Trabant bei einer durchschnittlichen Wartezeit von zwölf Jahren fanden für einen Preis zwischen fünftausend bis achttausend DDR-Mark ihren Abnehmer. Es gab Jobs mit denen ordentlich am Ministerium für Finanzen der DDR vorbei gewirtschaftet werden konnte. Beispielsweise in der Gastronomie oder in der Türsteherszene wurden Unmengen an Schwarzgeld gemacht. An den Türen der Berliner Discotheken standen ausschließlich Leute aus der Bodybuilder Szene. Viele Westberliner kamen an den Wochenenden in den Ostteil der Stadt, um sich hier zu vergnügen. Gegen Westmark öffnete sich jede Tür. Das Geld konnte so wieder auf dem Automarkt investiert und vermehrt werden. So waren selbst in der Provinzstadt Brandenburg die Türen der wenigen Discotheken und Clubhäuser heiß umkämpft und begehrt. Ein recht guter Bekannter von Michael kam auf diese Art zu schnellem Wohlstand. Er hatte sich in der Zwischenzeit ein Haus gekauft und fuhr einen VW Golf, alles Dinge, die für einen normal arbeitenden Bürger der DDR unerreichbar waren. Doch die Staatssicherheit unterwanderte die Szene. Das Wissen über die zwielichtigen Geschäfte machten erpressbar. Dieser Bekannte kam mit dem Druck des ständigen Doppellebens nicht mehr zurecht. Er vertraute sich dem ehemaligen sportlichen Leiter der Kraftsportsektion Uwe Kern an, der auch ein guter Freund von Michael war. Laut seiner Erzählung kamen vor Jahren zwei Mitarbeiter der Staatssicherheit zu ihm nach Hause. Seine Frau war zur Arbeit im Krankenhaus. Die Stasimitarbeiter gaben ihm deutlich zu verstehen, dass sie von seinen Nebeneinkünften wissen. Sie untermauerten dieses mit Zahlen und Fakten. Er wurde vor die Alternative gestellt entweder kooperieren, oder es geht vor den Staatsanwalt. Er entschied sich für das Leben in Luxus und lieferte fortan Informationen an die Staatssicherheit. Wie Michael später in seiner Stasiakte erlesen konnte, wurde er unter dem operativen Vorgang „Bizeps" geführt, ein Synonym, das passender nicht sein konnte. Plötzlich hatte OV „Bizeps" auch einen Ausreiseantrag laufen, und nicht nur das, es dauerte ein halbes Jahr und er bekam die Ausreisepapiere. Es gab bei der Staatssicherheit Wartelisten auf Häuser von Antragstellern. Nach erfolgter Ausreise zog ein Mitarbeiter der Staatssicherheit dort ein, und der nächste rückte in der Warteliste nach oben. Michael war zu dieser Zeit bereits eng mit Uwe Kern befreundet. Er arbeitete in der Abteilung Wägetechnik im Stahlwerk. Es hatte sich in der Zwischenzeit eine Bodybuilder Szene im Untergrund herauskristallisiert, da Antragsteller in Betriebssportgemeinschaften nicht geduldet wurden. Einer von ihnen war Ralf Lamberts. Ihn kannte Michael bereits aus frühester Kindheit, denn seine Großmutter war die Nachbarin von seinen Großeltern. Als Kinder liefen sie sich oft über den Weg. Ralf hatte in seiner Jugend geboxt und es dabei bis in die DDR-Spitze in seiner Gewichtsklasse geschafft. In seiner Jugend prügelte er sich oft auf Discoveranstaltungen. Wo Ralf auftauchte, dauerte es nicht lange, und es flogen die Fäuste. Er war an vielen Stellen seines Körpers

tätowiert. Mit Mädchen hatte er nie Probleme. Wenn zwei zusammen auf der Tanzfläche waren, schubste er ein Mädchen weg, und tanzte mit dem anderen. Offensichtlich kam dieses rüpelhafte Verhalten bei einigen Mädels an. Zwischenzeitlich waren Michael und Ralf sich immer wieder über den Weg gelaufen. Mittlerweile wohnte er zwei Straßen weiter, war verheiratet und hatte einen Sohn. Er hatte eine ehemalige Backstube einer Bäckerei auf dem Hinterhof aufgetan, einen Mietvertrag unterschrieben. Den Raum wurde zu einem Bodybuilding Studio umgestaltet. Darin war er richtig gut. Die Geräte baute er mithilfe einschlägiger Bodybuilding-Westzeitschriften nach. Die Fliesen an den Wänden waren noch weitestgehend unbeschadet. Ralf brachte überall große Spiegel an. Zwischen den Geräten standen Palmen und auf dem Fußboden lagen Läufer. Fast alle die dort trainierten hatten einen Ausreiseantrag laufen. Von den anderen spitzelten einige für die Staatsicherheit, alles in allem ein bunter Haufen, der dort jeden Abend zusammenkam. Das mit der Spitzelei wussten Michael und seine Freunde zu der Zeit noch nicht, aber es war zu einem Grundprinzip geworden, vorsichtig und misstrauisch zu sein. So war es für Michael möglich, an vielen Abenden dort zu trainieren. Wenn er wieder zurückkam, ging Alexandra und trainierte mit den anderen Frauen. Wer in der Backstube dabei sein durfte, entschied Ralf. Es musste ein monatlicher „Mitgliedsbeitrag" an ihn gezahlt werden. Seine cholerischen Anfälle waren gefürchtet. Er setzte so manchen Mitstreiter wegen Kleinigkeiten vor die Tür, um ihm, wenn er sich wieder beruhigt hatte hinterherzulaufen, und zu bitten, doch wieder beim ihm einzusteigen.
Auszüge aus Bericht IM „Günter Schlosser" vom 10.06.1987
„Vor ca. vierzehn Tagen unterhielt ich mich beim Training mit Michael Tenner, wobei er mich fragte wie „Maik S." es mit der Botschaft gemacht hatte. Tenner äußerte sich, dass er einen sucht, der dort mit ihm hinfahren würde, der noch einen PA hat. Aus meiner Unterhaltung mit Tenner schlussfolgere ich, dass er nach Mitteln und Wegen sucht, um seine Ausreise unbedingt zu erreichen. Ich schätze den T. so ein, dass ihm das Aufsuchen der BRD-Botschaft

zuzutrauen wäre."

[19] *1987 ist das Jahr der besonderen Begegnungen und einschneidenden Veränderungen: Mathias Rust landet illegal in Moskau, die Volkszählung findet statt, Steffie Graf übernimmt die Führung der Weltrangliste im Tennis und Erich Honecker besucht die Bundesrepublik.*

Besuche in der Botschaft

Nach einem Jahr des Wartens ohne eine Regung von staatlicher Seite, entschlossen sich Alexandra und Michael aktiver zu werden, und die Möglichkeiten am Rande der Legalität auszuschöpfen. Gemeinsam loteten sie die Optionen aus. Eine davon war der Besuch der Ständigen Vertretung der Bundesrepublik in Ost-Berlin. Doch die Volkspolizei zeigte vor dem Eingang starke Präsenz. Sie hatten auch keinerlei Informationen darüber, was mit ihnen nach Verlassen der Vertretung passiert? Also entschloss sich Michael, zur bundesdeutschen Botschaft nach Prag zu fahren. Da sie kein eigenes Auto hatten blieb als Alternative nur die Fahrt mit dem Zug. An einem Samstag im Frühsommer 1987 machte er sich auf den Weg und kam am Nachmittag in Prag an. Da er zuvor bereits zweimal in der Stadt war, kannte er sich ganz gut aus. Doch wo sich die Deutsche Botschaft befand, wusste er nicht. Schließlich ist galt allein die Frage im Freundeskreis schon als verdächtig. Er ging kurzerhand in ein Buchgeschäft und fragte eine Verkäuferin. Diese gab ihm sehr freundlich und umfänglich Auskunft, indem sie einen Stadtplan zur Hand nahm, und das Objekt einkreiste. Michael kaufte den Stadtplan, und machte sich zielgerichtet auf den Weg. Die Botschaft lag linksseitig der Moldau. Also führte sein Weg erst in Richtung Altstadt, bevor er eine der Moldaubrücken überquerte. Je näher er kam, desto weniger wurde der Verkehr. Er bog in die besagte Straße ein, und es fiel auf, dass kaum Passanten unterwegs waren. Die Straße führte bergauf und mündete auf einem kleinen Platz. Dort sah er auf der linken Seite ein mit Säulen eingefasstes Eingangsportal mit einem zweiflügeligen, massiven Tor. Darüber prangte das Bundeswappen der Bundesrepublik Deutschland. Michael war am Ziel. Auf dem Platz war nichts los, da Samstag war. Er ging auf das Portal zu. In diesem Moment öffnete sich auf der gegenüberliegenden Seite eine Tür und ein tschechischer Milizionär kam auf ihn zu. In der Hand schwang er einen Gummiknüppel den er klatschend in die Innenfläche der anderen Hand fallen ließ. Dabei brabbelte er in seiner Muttersprache für Michael unverständliches Zeug, das sich jedoch bedrohlich anhörte. Michael hatte sofort wieder eine Assoziation zu seinem gescheiterten Fluchtversuch in Ungarn. Er stand jetzt vor dem Portal und klingelte. Der Polizist kam immer näher. Plötzlich öffnete sich eine Tür, die in das große Portal eingearbeitet war. Ein junger Botschaftsmitarbeiter stand vor ihm. Michael nutzte die Gelegenheit, und sprang auf die Innenseite der Tür. Der junge, etwa gleichaltrige Mann blickte ihn verdutzt an. „Guten Tag, womit kann ich Ihnen helfen?“, fragte er Michael leicht irritiert, denn es war schließlich Wochenende.

„Guten Tag“, erwiderte Michael, „ich komme aus der DDR. Meine Frau und ich haben einen Antrag auf Ausreise gestellt, und ich möchte aus diesem Grund mit jemandem aus der Botschaft sprechen.“

Er wurde zusehends nervöser, da der Polizist ungerührt vor der Tür wartete. „Es tut mir leid, aber am Wochenende sind alle Botschaftsmitarbeiter zu Hause“, erklärte der junge Mann. „Kommen Sie doch einfach am Montag wieder.“

„Das war leichter gesagt als getan“, dachte sich Michael.

Der Polizist stand vor der Tür und wartete, wie sich die Sachlage entwickelte. Mit dem Wissen von heute, hätte Michael das Botschaftsgelände nicht mehr verlassen dürfen, denn nach der Wende hatte er einige fundierte Berichte darüber gelesen, dass es immer wieder DDR-Bürger gab, die in der Botschaft Zuflucht suchten, um dann über Rechtsanwalt Vogel freigekauft zu werden. Diese Aktionen verliefen im gegenseitigen Einvernehmen, in einem von beiden deutschen Staaten abgesteckten Rahmen. Michael hätte es auf dem Gelände gut aushalten können, aber was wäre mit Alexandra und Anton zu Hause passiert. Daher ließ er sich überreden und ging wieder vor die Tür. Er rechnete fest damit, dass der Polizist ihn mit auf die Wache nimmt, aber er ließ ihn ziehen. Michael ging wieder Richtung Bahnhof, dachte jedoch die ganze Zeit, dass er verfolgt und doch noch festgenommen werden könnte. Er nahm niedergeschlagen den nächsten Zug Richtung Berlin. Die Reise war mit erheblichen Kosten verbunden, und ließ die Finanzdecke der Familie weiter zusammenschmelzen. Michael war sich jedoch sicher, in Bezug auf die Ausreise nicht das letzte Mal in Prag gewesen zu sein. Wenige Wochen später erhielten sie eine Einladung der Abteilung Inneres zu einem Gesprächstermin. Sofort schossen ihnen alle möglichen Gedanken durch den Kopf. Durch den gedanklichen Austausch mit anderen Ausreisewilligen wussten Alexandra und Michael, dass derzeit viele Anträge abschlägig beschieden wurden. Doch die beiden lebten in der Hoffnung, dass es bei ihnen anders kommen würde. Ihr Ansprechpartner teilte ihnen jedoch lapidar mit, dass der Antrag abgelehnt wurde, und somit als abgeschlossen betrachtet wird. Wieder an der frischen Luft waren sie einmal mehr am Boden zerstört. Bei Alexandra flossen Tränen der Verzweiflung, und es war für den Moment schwer, sie wieder aufzurichten. Es gab kaum Möglichkeiten sich auszusprechen, sie kamen sich vor wie in einem dunklen Tunnel. Das tägliche Leben war ein permanenter Kampf unter widrigsten Umständen. Die folgenden Tage waren geprägt von Beklemmung und Ausweglosigkeit. Es schien keine Hoffnung zu geben. Für kurze Zeit ging ihnen die Zielstrebigkeit verloren. Doch schon in der darauffolgenden Woche kehrte der Optimismus zurück. Es wurde mit noch mehr Eifer auf das Ziel hingearbeitet. Hatte Michael in der Vergangenheit sporadisch alle paar Monate ein Bekräftigungsschreiben verfasst, so tat er dies nun wöchentlich. Dass darauf zumindest offiziell nicht reagiert wurde, war klar. Doch allein der Gedanke, dass die Mitarbeiter der Behörde jede Woche ihre Akte herbeiziehen mussten, um das Schreiben anzuheften, verschaffte ihm Genugtuung. In den Pausen im Stahlwerk ging er jetzt immer zum ehemaligen Leiter der Kraftsportsektion Uwe Kern in die Wägetechnik. Dort tauschten sie sich über die spärlichen Neuigkeiten aus, die wenn überhaupt, über das Westfernsehen kamen. Uwe hatte zu diesem Zeitpunkt noch keinen Antrag gestellt. Da für Michael das Thema, Deutsche Botschaft in Prag, noch nicht abgeschlossen war, ging er ins Risiko. Er weihte Uwe in die Geschehnisse seiner ersten Botschaftsfahrt ein. Uwe meinte darauf hin, es wäre nicht schlecht den Ausreiseantrag mit einem Botschaftsbesuch zu verbinden, damit der Antrag in der Bundesrepublik aktenkundig wird. Michael und Uwe nahmen einen Tag Urlaub, und fuhren an einem der folgenden Tage in aller Frühe los. Sie erreichten Prag bereits am späten Vormittag in. Den Wagen parkten sie direkt an der Einmündung der Zufahrtsstraße zur Botschaft. Da es im Gegensatz zu Michaels erstem Besuch ein normaler Werktag war, herrschte ein reges Treiben. Die vielen kleinen Geschäfte entlang der Straße boten ihre Waren an. Es fiel ihnen auf, dass die Auslagen üppiger waren als in der DDR, und die Menschen nicht Schlange stehen mussten. Der Platz vor der Botschaft war voller Menschen. Allein die Möglichkeit, hier einzutauchen und nicht allein zu sein, gab ihnen ein Gefühl der Sicherheit. Sie traten ein und Michael ging auf einen Mitarbeiter zu, um ihn direkt anzusprechen: „Guten Tag, darf ich Sie etwas fragen?“.

„Um was geht es denn?“, fragte der Mitarbeiter.

„Wir kommen aus der DDR, haben einen Ausreiseantrag in die Bundesrepublik gestellt, und möchten versuchen über diesen Weg unserem Ansinnen mehr Nachdruck verleihen.“

Der Botschaftsmitarbeiter schien kurz zu überlegen. „Nehmen Sie bitte Platz, ich kümmere mich darum jemanden im Haus zu finden, der sich Sache annehmen kann. Sie setzten sich auf eine Bank auf einer Terrasse im rückwärtigen Gartenbereich der Botschaft. Das Gebäude mit dem parkähnlichen Gartengelände war das ehemalige Palais Lobkowitz. Uwe und Michael betrachteten das großzügig bepflanzte Areal. Sie kamen übereinstimmend zu dem Schluss, dass es sich hier einige Zeit gut aushalten ließe. Kurze Zeit später wurden sie zu einem Büro geleitet, in dem hinter einem schweren Schreibtisch ein älterer Mitarbeiter mit graumeliertem Haar saß. Dieser tat sich sehr wichtig, nahm ihre Personalien auf sowie die Details und den Status der Ausreiseanträge.

„Durch Ihren Besuch bei uns und die damit schriftliche Registrierung, haben Sie einen großen Schritt in die richtige Richtung getan“, verkündete er ihnen voller Optimismus.

„Schreiben Sie weiterhin in regelmäßigen Abständen an die Behörden. Pochen sie auf Ihre Ausreisebegehren und alles weitere wird von unserer Seite getan.“

Wenn sie den Aussagen des Botschaftsmitarbeiters Glauben schenken sollten, dann wäre die Übersiedlung nur noch eine Frage von Wochen, oder vielleicht von ein paar Monaten. Voller Zuversicht verließen sie die Botschaft. Trotz der strapaziösen Reise war plötzlich die Niedergeschlagenheit einer optimistischen Freude gewichen. Wieder in Brandenburg steckte Michael auch Alexandra mit seiner Zuversicht an. Für kurze Zeit schien der graue DDR-Alltag ein wenig Farbe zu bekommen. Aber schon nach wenigen Wochen verflüchtigte sich der Optimismus und wich wieder der Ohnmacht. An manchen Tagen lagen die Nerven blank und sie wurden immer gereizter. In ihrem Umfeld glaubten viele Leute nicht daran, dass Michael und Alexandra jemals die DDR in Richtung Westen verlassen könnten. Einige besaßen wenigstens den Takt, ihre Meinung ihnen gegenüber nicht kundzutun. Andere, wie Alexandras Chefin sagte bei einem dieser Rückgewinnungsgespräche schon mal: „Na ja, über Ihre Ausreise können wir uns in drei Jahren wieder unterhalten.“

Die Pausentreffen mit Uwe in der Wägetechnik fanden mittlerweile täglich statt. Die spärlichen Informationen im Westfernsehen versuchten sie zwischen den Zeilen zu interpretieren. Für den 7. Oktober, den Staatsfeiertag der DDR hatten die beiden eine weitere Fahrt zur Botschaft geplant. Michael schrieb weiterhin seine wöchentlichen Bekräftigungsschreiben. Nach Feierabend und den täglichen Einkäufen ging es dann zum Trainieren in die Backstube. Ralf, der Backstuben-Studiobesitzer hatte sich den Kontrollmöglichkeiten des Staates weitestgehend entzogen. Er hatte mit seiner Frau vor längerer Zeit eine Ausreiseantrag gestellt. Sie ging seitdem keiner geregelten Arbeit mehr nach. Somit hatte er viel Zeit. Durch die räumliche Nähe der Wohnungen stand er oftmals, wenn die Frauen in der Backstube waren, bei Michael vor der Tür und wollte ihn mit in die einschlägigen Brandenburger Lokale und Discotheken schleppen. Aber Michael stand nicht der Sinn nach Vergnügen. Ralfs Frau hatte in der Beziehung nicht viel zu sagen. Wenn er eine Diät ansetzte, um seine Muskulosität hervorzuheben, wurden seine Frau und sogar sein Sohn, der im selben Alter wie Anton war, einbezogen. Als sich seine Frau während einer Diätphase im Restaurant Kasseler mit Klößen bestellen wollte, rastete Ralf aus. Er hielt ihr einen langen Vortrag über den Sinn der Diät, obwohl sie gertenschlank war, um ihr minutenspäter großherzig das Kasseler zu bestellen. Ralf hatte ständig skurrile Ideen. Einmal stand er wieder vor ihrer Tür und wedelte mit einem VW-Autoschlüssel herum. Es handelte sich bei dem Schlüssel aber nicht um einen für den Golf, sondern für einen in die Jahre gekommenen VW 1.600. Alexandra wollte gerade zum Milchladen gehen. Doch sie kam nicht umhin von Ralf gefahren zu werden, obwohl das Geschäft gleich um die Ecke war. Die Fahrt dauerte länger als der Fußweg, aber Ralf hatte seine Show. Der Staatssicherheit wurde das Treiben in der „Backstube" zu bunt, und so kam es, dass der Mietvertrag mit fadenscheiniger Begründung kurzfristig gekündigt wurde. Für einen Moment herrschte unter den Trainierenden Wut und Frust. Doch die Stasi hatte die Rechnung ohne Ralf gemacht. Es dauerte nur ein paar Tage und er hatte über einen seiner Kumpel ein Haus aufgetan, für das dieser noch einen Mietvertrag hatte, jedoch nicht darin wohnte. Mit seinem VW fuhren sie gemeinsam zur Besichtigung. Das Haus war nicht mehr bewohnbar. Wie so viele Mietobjekte in der Stadt, stand es auf der Abrissliste. Für die Nutzung als Fitnessstudio eignete es sich jedoch ideal. Im Erdgeschoss befand sich ein großes Wohnzimmer mit zwei angrenzenden kleineren Zimmern. Alle waren mit Parkett ausgestattet. Die WCs waren funktionstüchtig, und hinter dem Haus befand sich ein schöner Garten. Fürs kommende Wochenende wurde ein Umzugstermin vereinbart, Ralf organisierte einen

Kasten-LKW, und fast alle Mitglieder kamen, um zu helfen. So konnte der Trainingsbetrieb nach kurzer Unterbrechung wieder aufgenommen werden. Die neue Trainingsstätte war zwar etwas weiter entfernt, aber Alex und Michael fuhren mit dem Fahrrad. Doch die Freude darüber währte nicht lange. Natürlich wurde die Stasi durch die Spitzel in der Gruppe über die neue Situation ins Bild gesetzt. Es dauerte nicht lange, und der Mietvertrag wurde wegen geplantem Abriss des Hauses mit kurzer Frist beendet. Damit war die Zeit des alternativen Fitnessstudios endgültig vorbei.

Akte OV „Legierer"

Alex und Michael fuhren in regelmäßigen Abständen nach Berlin zum Ministerium des Innern, um dort an höchster Stelle dem Ausreisegesuchen Nachdruck zu verleihen. Sie hatten keine großen Illusionen, waren sich aber sicher, dass die zuständige Behörde in Brandenburg darüber in Kenntnis gesetzt wurde. Der Warteraum des Ministeriums war jedes Mal voller Antragsteller. Für die Gespräche standen mehrere Räume zur Verfügung. Die Besucher wurden im Schnellverfahren professionell abgefertigt. Ein Sachbearbeiter und ein Schreiberling saßen ihnen gegenüber. Das Gesprochene wurde schriftlich festgehalten. Eh sie sich versahen waren sie nach pauschalen Antworten wieder draußen. Michaels Bekräftigungsschreiben wurden zusehends aggressiver und gingen mittlerweile sowohl an das Ministerium in Berlin als auch an die Abteilung Inneres in Brandenburg. Nach Einsicht ihrer Stasiunterlagen nach der Wende zeigte sich, dass der Staat und insbesondere die Staatssicherheit sich zu diesem Zeitpunkt bereits intensiv mit Michael beschäftigte. Es wurde ein operativer Vorgang über sie angelegt.

Im Eröffnungsbericht zum operativen Vorgang „Legierer" standen folgende Passagen:

Seit der Ablehnung seiner Gesuchstellung bei der Aussprache in der Abt. Inneres am 28.04.1987 wird T. zunehmend aggressiver. Seine Schreiben fasst er ironisch ab, und wird teilweise beleidigend.

Im Schreiben vom 18.05,1987 bezeichnet er die DDR als einen „Staat der Perspektivlosigkeit", und stellt die Gesuchsteller als „stille Opposition in der DDR", zu der er sich zugehörig fühlt, dar.
Am 02.06.1987 wendet er sich mit einem erneuten Schreiben an die Abt. Inneres, und äußert hier wörtlich: „…Sie müssen sich doch mit Gewissenskonflikten plagen, denn man kann sich doch der Tatsache nicht verschließen, dass die sozialistische Gesellschaftsordnung in der DDR krankt"
und er wird äußerst ironisch, indem er abschließend schreibt:
„… Man kann sich richtig vorstellen, wie Sie mit einem Lächeln auf den Lippen, Ihr Kantinenbrötchen essend, dieses Schreiben lesen und abheften. Sie sind alle so unwahrscheinlich sympathisch!"
Am 10.06.1987 wendet T. sich dann Beschwerdeführend an das MdI Berlin und schreibt u. a.
‚…"man stellte sich wie gewohnt dumm".
Er bekräftigte seine Absichten weiter, indem er äußerte, dass für ihn jeder Tag, den er in der DDR leben muss. „die größte Strafe ist" und fragt an: „Möchten Sie, dass man politisch strafbar wird, um so wenigstens noch ein finanzielles Geschäft zu machen!"
Im Weiteren steigert er sich in der Behauptung: „Der Staat ist durchsetzt von Parasiten und Bonzen, die über alle Handlungsfreiheiten verfügen und sich so eine Welt nach ihren Vorstellungen auf dem Rücken des Proletariats aufbauen"!
Seine Ehefrau, die er am 10.10.1986 heiratete, stellte bereits am 26.10.1986 für sich und ihren Sohn ebenfalls ein Übersiedlungsgesuch, wobei eingeschätzt werden muss, dass einerseits der T. der dominierende Teil ist, anderseits die T. Alexandra sich mit der Gesuchstellung voll identifiziert. Das kommt besonders deutlich in ihren postalischen Beziehungen zu einer Sandra Schmidt, wohnhaft in Goslar zum Ausdruck, bei der es sich um eine ehemalige DDR-Bürgerin handelt. Ihr gegenüber bringt die T. zum Ausdruck: „Wir werden auch in kurzer Zeit mal was unternehmen!"
Dass es dem T. mit seinen Übersiedlungsabsichten voller Ernst ist, beweist auch die Tatsache, dass er gegenüber dem IMS „Günther Schlosser" zum Ausdruck brachte, dass er jemanden sucht, der mit ihm zur

BRD-Botschaft nach Prag fährt, solange er noch im Besitz seines PA ist. Insgesamt muss eingeschätzt werden, dass T. mit zunehmender Hartnäckigkeit sein ÜSE betreibt und angesichts der vorliegenden politisch-operativ bedeutsamen Erkenntnisse sich gedanklich bereits mit dem Aufsuchen der BRD-Botschaft in Prag befasst hat. Es ist nicht auszuschließen, dass er bei weiterer Ablehnung strafbare Handlungen begeht.
Daraus und aus seinem Versuch, 1979 ungesetzlich die DDR zu verlassen, ergibt sich die Schlussfolgerung, dass T. auch nicht vor der Begehung von Straftaten gemäß § 213 StGB zurückschrecken wird.
Zielstellung der operativen Bearbeitung:
In Auswertung der vorliegenden politisch operativ bedeutsamen Erkenntnisse ergibt sich die Zielstellung der Bearbeitung der Verdächtigen im OV „Legierer" in folgendem:
-Durchführung zielstrebiger offensiver politisch operativer Maßnahmen zur Erarbeitung der Begehung von Straftaten gemäß § 214, 220 StGB
-Verhinderung von Handlungen, die den Interessen und dem Ansehen der DDR schädigende Auswirkungen haben, insbesondere Verhinderung des Aufsuchens der BRD-Botschaft in Prag
-Verhinderung der Begehung von Straftaten gemäß § 213 StGB
-Einsatz aller spezifischen Mittel und Methoden des MfS zur Aufklärung und Verhinderung feindlich negativer, insbesondere öffentlichkeitswirksamer Maßnahmen seitens der Verdächtigen und gegnerischer Kräfte zur Durchsetzung des ÜSE
Einzuleitende operative Maßnahmen
1. Einsatz der IM/GMS „Günter Schlosser", „Carsten", „Roswita", „Hubert", „Thalbach" sowie offizieller Kontaktpersonen mit der Zielstellung der Erarbeitung von Beweisen zur Begehung von Straftaten, der weiteren Aufklärung der Persönlichkeiten, der Kontakte und Beziehungen und deren Charakter sowie der Pläne, Maßnahmen und Absicherung der Verdächtigen.
2. Erarbeitung eines Informationsbedarfsplanes als Grundlage für die Einweisung der einzusetzenden IM/GMS und zur Abschöpfung der offiziellen Kontaktpersonen.
3. Durchführung einer offensiven Gesprächsführung mit dem Verdächtigen durch die Abt. Inneres des Rates der Stadt Brandenburg mit der

Zielstellung der Herausarbeitung der Pläne, Maßnahmen und Absichten der Verdächtigen und Erarbeitung von konkreten und offiziell auswertbaren Beweisen zur Begehung von Straftaten
4. Absprache zur Durchführung der offensiven Gesprächsführung mit dem zuständigen Mitarbeiter der Abt. Inneres und der Abt. IX der BV Potsdam sowie der BKG
5. Einleitung von Zielfahndungsmaßnahmen der Abt. M zu den Verdächtigen und den im Zuge der Bearbeitung bekanntwerdenden Kontaktpersonen
6. Einleitung von Beobachtungsmaßnahmen durch die Abteilung VIII nach der Durchführung des offensiven Gesprächs bei der Abt. Inneres zur Feststellung von Reaktionen, Verhaltensweisen und Anlaufstellen der Verdächtigen
7. Auswertung der erarbeiteten Ergebnisse zu den Verdächtigen und Aktualisierung der Zielstellung der operativen Bearbeitung und des Operativplanes

Was Alex und Michael nicht wussten, jedoch vermuteten, stellte sich später als Gewissheit dar. Die Staatssicherheit hatte sie auf dem Radar. Nach seinem Beschwerdeschreiben vom Juni 1987 waren sie sich sicher, dass die Verhaftung von Michael nur eine Frage der Zeit war. Alex gab ihrem Vater, der sporadisch zu Besuch kam das Schreiben zum Lesen und seine Reaktion mit den Worten: „Dafür geht er in den Knast", gab ihnen eine nochmalige Bestätigung. Jeden Tag stand Michael am Fenster und hielt nach Autos und Personen Ausschau, die nach Staatssicherheit aussahen. Doch zunächst passierte nichts. Nach etwa vierzehn Tagen lag eine Vorladung der Abteilung Inneres im Briefkasten. Den beiden war klar, dass diese mit dem Schreiben im Zusammenhang stehen musste. Sie sahen mit gemischten Gefühlen dem nächsten Tag entgegen, denn oftmals wurden in ähnlichen Fällen die Personen nach dem Gespräch anschließend in die Stasi U-Haft nach Potsdam gebracht. Wieder saß ihnen der rothaarige, hagere Mitarbeiter gegenüber. Zu ihrem Erstaunen schlug er einen überaus moderaten Ton an. Er nahm schnell Bezug auf das Schreiben. „Herr

Tenner, mit Ihren letzten Schreiben bewegen Sie sich am Rande der strafrechtlichen Relevanz. Sie verstoßen gegen die Paragrafen 214 sowie 220 StGB der DDR. Ich warne sie eindringlich, bei einer Wiederholung legen sie die Grundlage zur Einleitung von strafrechtlichen Schritten!"

Michael war verwundert, da er eine andere Reaktion erwartet hatte, und antwortete ihm: „Wir werden weiterhin das tun, was wir für richtig halten. Auch meinen Schreibstil lasse ich mir von niemandem vorschreiben!"

„Ich kann Sie nur noch einmal eindringlich warnen, es nicht zu übertreiben, ansonsten verbringen Sie die nächsten Jahre im Strafvollzug!"

Mit einem seltsamen Gefühl verließen Michael und Alexandra das Gebäude. Beide hatten sich mental auf eine Verhaftung vorbereitet, doch die blieb vorerst aus. In Berlin stand ein Staatsbesuch von Michael Gorbatschow an. Zu diesen Anlässen wurden immer Schulklassen aber auch Mitarbeiter aus den Betrieben verpflichtet. Sie hatten sich zu Beifallsbekundungen für die Staatsgäste am Flughafen und an den Straßen aufzustellen, an denen der Fahrzeugkonvoi vorbeifuhr. Michaels Meister holte ihn während der Mittagspause zu sich ins Büro und unterrichtete ihn darüber, dass sichergestellt werden soll, dass er an diesem Tag auf keinen Fall nach Berlin fährt. Für ihn stand nun fest, er wird bespitzelt. Später stellte sich heraus, im Stahlwerk waren zwei informelle Mitarbeiter auf ihn angesetzt, und verfassten regelmäßige Berichte. Daheim berieten Alex und er, wie weiter verfahren werden sollte. Von einem anderen Antragsteller wusste er, dass dieser vor seiner Ausreise im katholischen St. Marien Krankenhaus als Hilfskrankenpfleger gearbeitet hatte. Michael nahm sich einen Tag frei und bewarb sich direkt vor Ort in der Verwaltungsstelle des Krankenhauses. Das Haus war eingebettet in einem Park unweit vom Puschkinplatz im Stadtzentrum. Das Gelände war weitläufig mit einem schönen, gepflegten Garten. Der Verwaltungschef zeigte ihm auf, wie wenig Geld er im Gegensatz zu seiner jetzigen Tätigkeit im Stahlwerk verdienen würde. Der Anfangslohn belief sich auf 385 DDR-Mark. Im Stahlwerk verdiente Michael fast das Dreifache. Doch er war fest entschlossen. Michael wollte sich mit der Beschäftigung in einem katholischen Krankenhaus der staatlichen Kontrolle entziehen. Er unterschrieb den Arbeitsvertrag.

Ablenkung

Gerade an den Wochenenden in den Sommermonaten versuchte die Familie zu entspannen. Sie fuhren mit dem Bus hinaus an die umliegenden Havelseen zum Baden. Natürlich hätten sie auch zu Michaels Eltern auf den Campingplatz fahren können, aber das wäre eher eine Belastung statt Erholung gewesen. Die Wohnungseinrichtung hatten sie bis auf das Notwendigste verkauft. Michael gestaltete mit Holz ein annehmbares, wohnliches Ambiente. Nur bei Anton wurden keine Einschränkungen gemacht. Er sollte von den Widrigkeiten nach Möglichkeit so wenig wie möglich mitbekommen. An einem Wochenende besuchten sie Michaels Cousine Brigitte und deren Ehemann Manfred in Schwedt an der Oder. Beide waren in der Zwischenzeit verheiratet. Noch am Hochzeitstag hatten sie einen Ausreiseantrag gestellt, und warteten bereits zwei Jahre auf einen positiven Bescheid. Sie hatten sich seit einiger Zeit aus dem gesellschaftlichen Leben der DDR vollkommen zurückgezogen. Brigitte war ausgebildete Floristin. So so wurden in den Herbst und Wintermonaten bis zu Jahresende Gestecke gefertigt, die dann in Schwedt auf dem Markt verkauft wurden. Die Saison begann am Totensonntag und endete, wenn die letzten Adventsgestecke verkauft waren. Als Werkstatt diente das ehemalige Schlachthaus auf dem Hof ihrer Großmutter in Pinnow. Es wurde von Manfred abgedichtet und winterfest gemacht. Ein Kanonenofen sorgte für angenehme Temperaturen. Die natürlichen Arbeitsmaterialien lieferten die umliegenden Wälder. Brigitte sammelte bereits in den Sommermonaten Tannenzapfen. Vom Förster holte sich Manfred gegen etwas Geld die Erlaubnis zum Schlagen von Nadelbäumen. Für den Transport der Gestecke hatte Manfred einen Hänger umgerüstet, und mit mehreren Einschüben ähnlich einem Backofen, versehen. An den Wochenenden machte er sich mit seiner Ware in aller Frühe auf den Weg in Richtung Schwedt. Meist konnte er nach einer Stunde wieder den Heimweg antreten, denn die gute Qualität und die bezahlbaren Preise sprachen sich schnell herum. Ironie der Geschichte war, dass der Sachbearbeiter ihres Ausreiseantrages der Abt. Inneres auch ein Abnehmer der Gestecke war. In ihrem letzten Jahr vor der Ausreise wurde das Angebot in den Sommermonaten mit dem Verkauf von Kunst- und Strohblumen erweitert. Brigitte und Manfred hatten bis zur Ausreise so viel Geld verdient, dass sie zum Schluss nicht mehr wussten, wie sie es ausgeben sollten.

Erneuter Besuch der Prager Botschaft

Am 07. Oktober fuhren Michael und Uwe wie verabredet wieder zur bundesdeutschen Botschaft nach Prag. Die Staatssicherheit ahnte nicht, dass es bereits der dritte Besuch von Michael in der Botschaft werden sollte. Je näher sie der Grenze kamen, desto dichter wurde der Verkehr. Sie beschlich eine böse Vorahnung, denn an Feiertagen wie diesem nutzten viele Bürger der DDR die Gelegenheit zur einer Einkaufsfahrt ins benachbarte Ausland. Es wurde ein herrlicher, milder und wolkenloser Herbsttag. An der Grenze bestätigten sich ihre Befürchtungen, denn bereits weit vor dem Grenzkontrollpunkt bildeten sich kilometerlange Schlangen. Sich in die Schlange einordnen hätte bedeutet, dass sie die Botschaft innerhalb der Geschäftszeiten nicht mehr erreichen würden. Also fuhren sie langsam an den Schlangen vorbei und sahen kurz vor dem Abfertigungsgebäude eine etwa zehn Meter breite Lücke, in die sie sich kurzerhand stellten. Dieselbe Idee hatten wohl auch vier junge Türken mit einem Mercedes aus der Bundesrepublik. Doch die Türken zögerten noch ein wenig, da sie die Proteste der geduldig in der Schlange Wartenden fürchteten. Michael und Uwe gaben ihnen jedoch zu verstehen sich vor ihnen einzureihen, was sie dann auch bereitwillig taten. Kurz darauf hörten die beiden wie bereits hinter ihnen die Autotüren aufgerissen wurden. Im Rückspiegel sahen sie, wie aufgebrachte Fahrer auf sie zukamen. Es folgte eine Protestkanonade von aufgebrachten Sachsen: „Was fällt äusch ein, wir stähn hier ard'sch inner Schlonge, und haben extra frei gelassen für de Transitter!“

Michael und Uwe sahen stur geradeaus, und warteten ab, bis sich die Sachsen wieder beruhigt hatten. Es dauerte nicht lange, und sie konnten die Grenze passieren. Die Fahrt wurde ohne weitere Verzögerungen in Richtung Prag fortsetzt. In der Botschaft hatten sie es diesmal mit einem forschen jungen Mann zu tun, der nach seiner Aussage in der Mitarbeiterhierarchie recht weit oben stand. Er war sehr von sich eingenommen und darum bemüht das Gespräch in einem unverfänglichen Plauderton zu halten. Sie hatten das Gefühl, dass sie als Bittsteller eher lästig waren. Im Gegensatz zum letzten Besuch machte er ihnen keine Hoffnungen. Er verstieg sich am Ende des Gesprächs sogar in die Aussage: „Warum wollen sie eigentlich rüber, ich kenne viele Menschen in der DDR, die happy sind dort zu leben!“

Wischdiplom im Krankenhaus

Im November hatte Michael im Stahlwerk gekündigt. Eine Woche später begann er die Arbeit als Hilfskraft im katholischen St Marien Krankenhaus. Die Arbeitskollegen im Stahlwerk bedauerten den Arbeitsplatzwechsel. Sie waren ein gutes Team, nicht nur im beruflichen Alltag, auch in ihrer Freizeit hatten sie viele Stunden gemeinsam verbracht. Michael war mit seinem Humor und seiner Unbeschwertheit, aber auch mit der fachlichen Kompetenz eine tragende Säule der Truppe. Sie versprachen sich gegenseitig weiterhin Kontakt zu halten, aber letztendlich verfolgten sie unterschiedliche Ziele. So blieb es bei Lippenbekenntnissen. Die ersten Tage im Krankenhaus wurden für Michael zur absoluten Herausforderung. Er wurde sofort in den Tagesablauf eingebunden. Die Schicht begann morgens um fünf. Seine Arbeitsbekleidung bestand aus einer weißen Hose und einem Kittel für den medizinischen Teil der Arbeit, und einem blauweiß karierten Kittel für die Reinigungsarbeiten. Es gab auf der Inneren Abteilung zwei Stationen. Gebrechliche und schwerkranke Patienten mussten gewaschen und anschließend gefüttert werden. Das Waschen geschah teilweise im Bett und war Schwerstarbeit. Es lagen permanent zwischen zehn und zwanzig bettlägerige Patienten auf den Stationen. Einige von ihnen lagen bereits seit mehreren Monaten im Bett und waren wund gelegen. Hinzu kam, dass sie oft unter Stuhl und Harninkontinenz litten. In diesen Fällen mussten erst die Patienten gründlich gereinigt, und anschließend die Betten frisch bezogen werden. Nach der morgendlichen Reinigung wurde das Frühstück aus der Küche geholt und auf die Zimmer gebracht. Anschließend verteilten sich Michael und einige der Schwestern und fütterten die Schwerkranken. Gegen acht waren die Morgenarbeiten erledigt, und die Krankenschwestern und Hilfskräfte frühstückten gemeinsam in der großen Krankenhausküche. Das katholische Mutterhaus hatte den Stammsitz im österreichischen Salzkammergut. Das Haus in Brandenburg erfuhr aus Österreich viel materielle Unterstützung. Die gesamte Küchenausstattung wurde, ebenso wie die Warmhaltewagen für die Essenausgabe aus Edelstahl, aus Österreich geliefert. Ebenso kamen viele der medizinischen Geräte und auch Medikamente entweder aus Österreich oder der Bundesrepublik. Der Mitarbeiterstab setzte sich aus Ordensschwestern und weltlichen Krankenschwestern mit katholischer Glaubensausrichtung zusammen. Die Mutter Oberin stand den Ordensschwestern vor. Jede von ihnen hatte im obersten Stock des Hauses ein kleines Zimmer. Neben einer kleinen Kapelle zum Beten war das Refektorium einer der wichtigsten Räume der Ordensschwestern. Michael war unter den Krankenschwestern und dem Hilfspersonal der einzige männliche Mitarbeiter. Das wurde für ihn in den folgenden fast zwei Jahren zu einer neuen Erfahrung. Es gab eine Oberschwester für das weltliche Schwesternpersonal und eine Oberschwester für die Ordensschwestern. Er saß gerade mit seinen neuen Kolleginnen gemeinsam beim Frühstück, als die Küchentür geöffnet wurde. Hildegard, die Oberschwester der Ordensschwestern, kam hereingeflogen. Angelika, zu der Michael gleich einen guten Draht hatte, stellte ihn als neue Hilfskraft vor. Darauf antwortete Hildegard schnippisch: „Na ja, eh die jungen Männer wissen, wo hier jeder Papierkorb steht, sind sie schon im Westen!"

Das war eine klare Ansage, dachte Michael bei sich. Nach dem Frühstück wurden die weiteren Arbeiten verteilt. Die Fachkräfte gingen ihren Routinen im medizinischen Bereich nach, und die Hilfskräfte säuberten die Zimmer, Toiletten und Flure. Wenn sich zwischendurch ein Patient über die Signalanlage meldete, musste die Arbeit unterbrochen, und dieser versorgt werden. Männliche Patienten waren froh, dass jetzt Michael auf der Station war. Ab sofort verlangten sie nach ihm. Oft hatten sie ins Bett gemacht und mussten wieder gesäubert werden. In einigen Fällen musste anschließend frische Bettwäsche aufgezogen werden. Zur Mittagszeit tauschte man wieder den karierten Kittel gegen den weißen Kittel. Anschließend wurde das Mittagessen in den Warmhaltewagen über den Fahrstuhl aus der Küche geholt. Es gab normales, leichtes und Diätessen. Das Personal hatte im Gegensatz zu den Patienten die freie Auswahl zwischen den drei sehr schmackhaften Gerichten. Nach der Mittagpause wurden die Reinigungsarbeiten fortgesetzt. Viele der Patienten hatten Krebs in unterschiedlichen Formen und Stadien. Sie hatten Schmerzen und man konnte förmlich spüren, wie das Leben nach und nach aus den Körpern wich. Um vierzehn Uhr war die Frühschicht beendet. Es wurde sechs Tage hintereinander gearbeitet. Anschließend hatte man dann zwei Tage frei. Dann erfolgte ein Wechsel in die Spätschicht von vierzehn Uhr bis zweiundzwanzig Uhr. Nach seinem ersten Arbeitstag war Michael völlig platt. Die direkte Konfrontation mit den schwerkranken Patienten und dem direkten Kontakt mit sterbenden Menschen, setzten ihm zu. Er schlief schlecht und wurde von wirren Träumen geplagt. Wenn er ehemalige Mitarbeiter des Stahlwerks mit den Schichtbussen zur Arbeit fahren sah, hätte er am liebsten mit ihnen getauscht. Doch mit der Zeit kam eine gewisse Routine in die Arbeit. Der Umgang mit den schwerkranken Patienten wurde ihm zur Normalität. Die tiefe Dankbarkeit, die den Mitarbeitern entgegengebracht wurde, empfand er als sehr bewegend. Die ersten Wochen vergingen wie im Flug, Michael wurde als Mitarbeiter akzeptiert und fand sich immer besser in seinen Aufgabengebieten im Krankenhausalltag zurecht. Die Arbeit war körperlich sehr anstrengend. Viele ältere, vornehmlich weibliche Patienten hatten Scheu davor ihre Notdurft in einer Bettpfanne zur verrichten. Daher warteten sie so lange, bis Michael seine Schicht antrat. Erst dann drückten sie den Schalter, der im Flur die rote Lampe aufleuchten ließ. Er hob dann die Patientinnen aus dem Bett und setzte sie auf einen Notdurftstuhl. Am Ende des Tages plagten ihn oft Kreuzschmerzen. Er merkte jedoch, dass der Umgang mit pflegebedürftigen und kranken Menschen am Ende eines schweren Arbeitstages in ihm ein tiefes Gefühl von Zufriedenheit erzeugte.

Besuch bei Anwalt Dr. Vogel

In der ersten Dezemberwoche 1987 entschlossen sich Alex und Michael beim Ostberliner Anwalt Dr. Vogel vorzusprechen in der vagen Hoffnung, ein Mandat seiner Kanzlei in Bezug auf die Ausreise zu erhalten. Noch vor dem Besuch trafen sie sich mit dem Vater von Alex. Er lebte in Kleinmachnow in unmittelbarer Nähe zur Grenze. Er hatte sich während des Krieges beim Spielen mit Altmunition schwere Verbrennungen an beiden Unterschenkeln zugezogen. Man brachte ihn mit einem Lazarettzug in die Schweiz, wo er monatelang behandelt wurde. Die Wunden verheilten nie mehr so richtig, was zur Folge hatte, dass in wiederkehrenden Abständen Hautverpflanzungen vorgenommen werden mussten. In seiner aktiven beruflichen Zeit war er Berufsschullehrer für Chemie und Biologie, musste seine Tätigkeit aufgrund seiner gesundheitlichen Beeinträchtigungen, Ende der siebziger Jahre aufgeben. Alexandras Vater wurde Invalidenrentner und erwarb somit das Privileg, in den Westen reisen zu können. Davon machte er reichlich Gebrauch, denn durch seine Berliner Schulzeit hatte er noch viele Kontakte nach Westberlin. Er hatte erneut geheiratet und noch eine Tochter bekommen. Sein bester Freund aus der Schulzeit war ein hoher Beamter im Westberliner Senat. Er lebte mit seiner Frau in einer Villa in Dahlem. Dort bewohnte Alexandras Vater während seiner Aufenthalte ein Zimmer, und übernahm, da er einen grünen Daumen hatte, oft Gärtnerarbeiten bei wohlhabenden Familien. So führte er mit seiner zweiten Familie ein recht privilegiertes Leben. Mehrmals im Jahr erhielt Alex Postkarten von ihm aus allen Teilen der Welt. Wenn er sie mal besuchte, erweckte er den Eindruck den permanenten Sorgen und Nöten denen DDR-Bürger ausgesetzt waren, entrückt zu sein. Seine häufigen Aufenthalte in Westberlin versuchten Michael und Alexandra jedoch, für ihre Zwecke zu nutzen. Daher baten sie ihn ihr Ausreiseersuchen bei der Rechtsanwältin Barbara von der Schulenburg aktenkundig zu machen. Frau von der Schulenburg war Mitarbeiterin in der Kanzlei von Jürgen Stange, dem von der Bundesregierung vertraglich eingebundenen direkten Verhandlungspartner von Dr. Vogel aus Ostberlin. Beide saßen über denselben Akten und waren maßgeblich an den Häftlingsfreikäufen von politisch motivierten Straftaten von DDR-Bürgern beteiligt. Diese Aufgabe übernahm der Vater von Alex ohne Zögern. Er überbrachte ihnen im Laufe der folgenden Monate Briefe aus der Kanzlei in denen versichert wurde, sich in der Angelegenheit mit allen zur Verfügung stehenden Mittel einzubringen. Die zweite Frau des damaligen NATO-Generalsekretärs Manfred Wörner, war eine ehemalige Klassenkameradin von Alex Vater. Auch hier wurde von seiner Seite interveniert. Später fanden Michael und Alex in den Stasiunterlagen einen Brief an Manfred Wörner von Dr. Dorothee Wilms, seiner Zeit Bundesministerin für innerdeutsche Beziehung. Im Wortlaut des Briefes wurde Wörner versichert, dass „das Anliegen der Familie in die Bemühungen ihres Ministeriums einbezogen ist, leider bisher ohne Erfolg."

Jede noch so verwegene Möglichkeit wurde angezapft, denn bei einer weiteren Eskalation im Verlauf des Ausreisegesuchs erhöhten sich die Chancen, nicht in der Versenkung zu verschwinden. An einem nasskalten Dezembertag fuhren Michael, Alex und Anton nach Berlin, um in der Kanzlei von Dr. Vogel vorzusprechen. Der Vater von Alex nahm Anton für die Zeit des Besuchs bei Dr. Vogel in Obhut, und verbrachte diese mit ihm auf dem Berliner Weihnachtsmarkt. Ihn mit zu sich nach Hause zu nehmen, war aufgrund der Widerstände seiner zweiten Frau nicht möglich. Zuvor brachte er sie nach Berlin-Marzahn in die Reilerstraße. In der Gegend gab es viele Eigenheime mit gepflegten Gärten. Vor dem Haus Nummer 4 parkten mehrere Westautos. Sie gehörten zweifellos Dr. Vogel und seinen angestellten Anwälten Gremmel und Wellmann. Sie meldeten sich im Vorzimmer und gaben ihre Personalien an. Jetzt kam der Umstand zum Tragen, dass Michael bereits einen Fluchtversuch unternommen hatte, und vorbestraft war. Nach kurzem Suchen zog die Mitarbeiterin die Akte aus dem Schrank. „Ah, hier haben wir sie", sagte die Mitarbeiterin, „nehmen Sie doch bitte im Wartezimmer Platz.".

Das Wartezimmer war brechend voll. Viele der Besucher hatten eine fahle und ungesunde Gesichtsfarbe, was darauf schließen ließ, dass sie vor kurzem noch hinter Gitter saßen. Die leise geführte Kommunikation zwischen ihnen, bestätigte den Eindruck. Alex und Michael fiel es wie Schuppen von den Augen. Plötzlich wussten sie um die Zusammenhänge. Am 7. Oktober 1987 hatte es von staatlicher Seite eine Generalamnestie gegeben, in deren Folge viele politische Häftlinge zurück in die DDR entlassen wurden. Dies war für die Betroffenen eine große Enttäuschung. Doch im zweiten Schritt wurde ein Großteil der freigelassenen Häftlinge freigekauft und sukzessive in den Westen abgeschoben. Dies war auch der Grund, warum die Abteilung Inneres auf das aggressive Beschwerdeschreiben im Sommer von Michael so äußerst moderat reagiert hatte. Denn bei einer Inhaftierung, von der alle ausgingen, hätte sich für ihn die gleiche Chance aufgetan. Auf den Gesichtern von vielen Besuchern, die von ihrer Unterredung mit dem jeweiligen Anwalt aus den Büros traten, stand Erleichterung. Endlich waren Michael und Alex an der Reihe, und wurden in das Büro von Rechtsanwalt Gremmel geleitet. „Guten Tag, was kann ich für Sie tun?", fragte Gremmel.

Michael erklärte in kurzen Worten ihre aktuelle Situation.

Grammel sah in die Akte, blätterte darin. Er las mal hier, mal dort. „Familie Tenner, es tut mir leid, aber ich kann in Ihrem Fall leider nicht intervenieren", kam seine ernüchternde Antwort. „Sie müssen sich um Ihre Ausreise selbst kümmern."

Die Enttäuschung war groß. Wieder musste eine Hoffnung begraben werden. Sie holten Anton ab, und traten wieder einmal enttäuscht und frustriert die Heimreise an. Nicht dass die derzeitige Situation bereits schwierig war, blieben sie auch von privaten Malheuren nicht verschont. An einem der darauffolgenden Tage flog ein Überdruckventil aus dem Badeofen, und zweihundert Liter Wasser drohten sich in der Wohnung zu ergießen. In Windeseile waren bereits Bad und Flur überschwemmt. Anton, der es ansonsten durch seine Lebhaftigkeit Alex schwer machte, sich für den Arbeitstag zurecht zu machen, stand mit offenem Mund und großen Augen im Wasser. Michael hatte bereits seinen Dienst im Krankenhaus angetreten. Alex reagierte gedankenschnell, und steckte den Lockenstab in die Öffnung. So brachte sie den Wasserfluss zum Stillstand. Es vergingen die Wochen, ohne dass sich für sie in Sachen Ausreise etwas tat.

[20]*Am Rande der traditionellen Demonstration zum Jahrestag der Ermordung von Rosa Luxemburg und Karl Liebknecht verhaftet der DDR-Staatssicherheitsdienst rund 120 Menschen. Davon werden 54 zur Ausreise in die Bundesrepublik genötigt. Eine Bombenexplosion lässt ein US-Flugzeug über dem schottischen Lockerbie abstürzen. Mehrere hundert Menschen sterben.*

Der Widerstand wächst

Im Januar 1988 lag eine Kältewelle über Zentraleuropa, die sich bis in den Folgemonat hineinzog. Die Quecksilbersäule stieg selbst am Tag nicht über minus zehn Grad. Dies hatte zur Folge, dass in vielen Haushalten die Wasserleitungen einfroren. Auch die Wohnung von Alex und Michael war wieder betroffen. Der Beginn des Jahres war geprägt von einer Reihe oppositioneller Aktivitäten, die den Staat in eine Auseinandersetzung zwangen, aus der er noch einmal als Sieger hervorging, jedoch schwer angeschlagen wirkte. Eingeleitet wurden die Aktivitäten im Zusammenhang mit den Geschehnissen rund um den Kampf- und Gedenktag anlässlich des Todes von Rosa Luxemburg und Karl Liebknecht. Dieses starre und traditionelle Ritual wurde in diesem Jahr gestört von einer Gruppe Jugendlicher, die sich vorgenommen hatten, die Demonstration mit kritischen Stimmen und eigenen Transparenten zu begleiten. Natürlich hatte die Stasi bereits im Vorfeld Informationen gesammelt, und verhängte Hausarreste oder inhaftierte potenzielle Gegendemonstranten. Auch wenn die Aktion recht schnell abgewürgt wurde, gelang es einem ARD-Kamerateam Aufnahmen der Proteste zu machen, und so flimmerten die Bilder am Abend in die Wohnstuben vieler DDR-Bürger. Diese Ereignisse waren das Signal für Alex und Michael auch in der Provinz aus der Anonymität herauszutreten, und den Staat mit ähnlichen Aktionen herauszufordern. Da Michael nicht mehr im Stahlwerk arbeitete, fanden die konspirativen Besprechungen nicht mehr in der Wägetechnik, sondern in privaten Räumlichkeiten oder in der Öffentlichkeit statt. Auch wenn noch das Konzept fehlte, und noch nicht klar war, wie groß die Gruppe werden sollte, waren sie doch gewillt, in Zukunft gemeinsam gegen die Willkür des Staates vorzugehen. Aus der Wägetechnik im Stahlwerk gab es in der Zwischenzeit drei Antragsteller, mit denen sich Michael regelmäßig traf. Aus Solidarität zu den Inhaftierten der Liebknecht-Luxemburg Demo wurden in der St. Gotthardt Kirche Fürbitte-Gottesdienste abgehalten, an denen die Gründungsmitglieder teilnahmen. Auch wenn die Gruppe sich nach außen noch nicht als solche positioniert hatte, so hatte sie die Stasi bereits auf dem Zettel. Kaum waren die vier, Horst Wutke, Uwe Kern, Berndt Grievmann und Michael auf dem Kirchenvorplatz versammelt, bog kurze Zeit später ein Wartburg um die Ecke, und die Jungs von der Firma stiegen aus. Sie stellten sich unverhohlen in die Nähe der Gruppe, um die Gespräche zu belauschen. Horst Wutke, ebenfalls Mitarbeiter in der Wägetechnik, und Familienvater zweier Kinder, hatte Kontakt zum Sozialdiakon Hugo Pengel aufgenommen, und ihn um ein Gespräch gebeten. Am darauffolgenden Tag trafen sich die vier in Uwes Junggesellenwohnung, die mittlerweile als Sportstudio umfunktioniert war. Uwe selbst lebte seit längerem zusammen mit seiner Freundin in deren Wohnung. Michael kannte Berndt Grievmann bereits aus seiner Zeit als DJ. Berndt hatte mittlerweile ebenfalls seinen Job im Stahlwerk gekündigt. Er hielt seine Familie jetzt mit Gelegenheitsjobs über Wasser. Hugo, dem Diakon ging es zunächst einmal darum zu erfahren, wie sie sich die weitere Tätigkeit vorstellten, und mit welchen Mitteln sie ihre Ziele erreichen wollten. Wichtig für sie war, aus der Isolation herauszutreten, um zukünftig nach Möglichkeit mit Unterstützung der Kirche in einer Selbsthilfegruppe agieren zu können. Es sollte versucht werden, Kontakte zu anderen oppositionellen Gruppen in Berlin aufzubauen. Sie wollten öffentlich werden und anderen Antragstellern damit Mut machen. Letztendlich sollte durch ein öffentliches, aktives Agieren der Druck auf die staatlichen Institutionen erhöht werden. Hugo versprach, mit dem Gemeindepfarrer der St. Gotthardt Gemeinde darüber zu sprechen. Für die kommende Woche wurde ein weiteres Treffen in der Diakonie verabredet. Das konspirative Arbeiten in der Gruppe beflügelte. Sie trafen sich jetzt fast täglich, auch wenn die Runde nicht immer komplett war. Das nächste Treffen mit Diakon Hugo stand an. Hugo erfüllte rein äußerlich schon das Klischee eines Mannes der kirchlichen Opposition. Er hatte einen langen Bart und war von untersetzter, korpulenter Gestalt. Auch er trug einen amerikanischen Shell-Parka und auf dem Kopf eine selbstgestrickte Wollmütze mit Ringelmuster. Nachdem er sich eine Karo angesteckt hatte, ging er gemeinsam mit der Gruppe durch den nahegelegenen Stadtwall in unmittelbarer Nähe zum Sankt Marienkrankenhaus. Hugo nahm einen kräftigen Zug, blies den Rauch in die kalte Winterluft, und begann zu reden:

„Ich habe mit Pfarrer Gumbel gesprochen. Er ist grundsätzlich damit einverstanden, die Gruppe zukünftig zu betreuen. Er schlägt vor, eine wöchentliche Gesprächsrunde in seinem Arbeitszimmer in der Pfarrwohnung einzurichten. Ich gebe euch die Kontaktdaten eines Mitbegründers der Berliner Oppositionsbewegung „Kirche von Unten", sowie der Zentralen Kirchenleitung von Berlin."

Michael nahm den Zettel entgegen: „Ich lasse ihn vervielfältigen, und bringe die Kopien zur ersten Gesprächsrunde mit", wandte er sich an die anderen.

Auf dem Zettel standen die Telefonnummern der Zentralen Kirchenleitung von Berlin, sowie die des Kontaktmannes und Mitbegründers der „Kirche von Unten", Uwe Kehlig.

„Ihn solltet ihr in den nächsten Tagen in Berlin kontaktieren, um Informationsmaterial für die Erstellung eines Positionspapieres für die Gruppe zu erhalten. Weiterhin fertigen die Familien mit minderjährigen Kindern eine Vollmacht an, mit Kontaktdaten der Pflegeeltern bei denen die Kinder im Falle einer Verhaftung der Eltern betreut werden."

Die Vollmacht sollte in vierfacher Ausführung erstellt werden, um sie dementsprechend zu hinterlegen:

1. Kirche (bei Pfarrer Gumbel oder Hugo)
2. in der eigenen Wohnung
3. am Mann/ Frau tragen
4. bei den Pflegeeltern hinterlegen

Als Pflegeeltern gaben Michael und Alex Uwe Kern aus der Gruppe und seine Lebensgefährtin an. Zu Michals Eltern gab es so gut wie keinen Kontakt. Bei der Mutter von Alex, mit ihrem cholerischen Mann, sollte Anton keinesfalls untergebracht werden.

Fasching im Krankenhaus

Anfang jeden Jahres wurde vom Diakon des St. Marien Krankenhauses eine Faschingsfeier organisiert. An der Feier konnte das gesamte Personal mit ihren jeweiligen Partnern teilnehmen. Diese Veranstaltung hatte eine lange Tradition und wurde im Diakoniehaus der Katholischen Kirche von Brandenburg ausgerichtet. Jeder Mitarbeiter erhielt eine schriftliche Einladung. Wer sich imstande sah konnte auch einen künstlerischen Beitrag beisteuern. Das ist doch eine Sache für mich, dachte sich Michael. Die Liste, in die sich die „Künstler“ eintragen konnten, lag vorn in der Verwaltung aus. Er ließ keine Zeit verstreichen, und setzte sich ebenfalls auf die Liste. In der Vergangenheit hatte er bereits im Rahmen seiner Arbeit als DJ eigene kabarettistische Einlagen in sein Programm integriert, die beim Publikum immer gut ankamen. In der Verwaltung bei Frau Hauk, erkundigte er sich noch nach den anderen Darstellern. Sie stellte ihm diese vor und gab einen kleinen Überblick, in welche Richtung ihre Vorträge bei den Veranstaltungen der letzten Jahre tendierten. Es hatten sich samt und sonders die Männer von Krankenschwestern angemeldet. Wie beim Karneval oder Fasching üblich, ging es fast ausschließlich in Richtung Büttenreden. Michael hatte da eher ein Kontrastprogramm zu bieten, und arbeitete zu Hause fleißig seine Texte aus. Als er wieder mal den Flur vor der Verwaltung wischte, kam Frau Hauk vorbei und sprach Michael an: „Der Diakon war neulich bei uns in der Verwaltung. Er redete belangloses Zeug und ging dabei die „Künstlerliste“ durch. Die Namen der meisten kannte er von den zurückliegenden Faschingsveranstaltungen, bei dir wurde er dann stutzig und fragte, wer du seiest. Darauf habe ich ihm gesagt, dass du unser neuer Hilfskrankenpfleger bist, und einen Ausreiseantrag gestellt hast.“

Der Mann von Frau Hauk war Kinderarzt in der Zentralpolyklinik der Stadt. Sie hatten selbst einen Ausreiseantrag laufen. Daher steckten sie des Öfteren die Köpfe zusammen, um Informationen auszutauschen. Als Michael ein paar Tage später den Krankenhausflur aufwischte, kam rein zufällig der Diakon vorbei. Er entsprach Michaels Vorstellung von einem katholischen Geistlichen. Von Gestalt war er schlank und hochgewachsen, wobei seine Größe durch das lange schwarze Gewand noch unterstrichen wurde. Er trug eine Brille mit Goldrahmen und hatte eine deutlich vernehmbare, sonore Stimme. Es dauerte eine Weile, ehe er sein Gespräch eröffnete.

„Ich habe gehört, Sie sind hier der neue Hilfskrankenpfleger,“

begann er sich heranzutasten.

„Ja“ antwortete Michael, und wischte weiter.

„Wie ich in der ausliegenden Liste erlesen konnte, haben Sie sich für einen künstlerischen Beitrag für unsere Faschingsfeier eingetragen.“

„Ja das stimmt“, antwortete Michael kurz, und berichtete ihm beiläufig von seinen Auftritten bei Tanzveranstaltungen in der jüngeren Vergangenheit.

Das war dem Diakon alles sehr suspekt. Er erhob seine Stimme und sprach: „Ich möchte deutlich zum Ausdruck bringen, dass Sie daran denken mögen, bei Ihrem Vortrag dem Charakter des Hauses gebührenden Respekt zu zollen!“, und entschwebte wieder.

Na gut, dachte sich Michael, und entschärfte seine Texte an einigen Stellen. Kurz vor der Feier holte Schwester Angelika während einer Pause ein streng geheimes Fotoalbum der Ordensschwestern hervor. In diesem Album waren historische Aufnahmen, die bis in die Zeit vor dem Zweiten Weltkrieg zurückgingen, aber auch aktuelle Bilder aus dem Refektorium. Ein paar Fotos waren dabei die zeigten, wie die Ordensschwestern Fasching feierten. Michael fand, dass einige der jungen Ordensschwestern trotz Ordensgewand und Haube, ansprechende Körperformen vermuten ließen. Mit weltlicher, attraktiver Kleidung wären sie im Straßenbild sicher aufgefallen. Er staunte nicht schlecht, mit welchen Verkleidungen einige dieser Schwestern auf den Fotos zu sehen waren. Mit Strumpfband, Netzstrümpfen und viel nackter Haut offerierte es ein Bild, dass nicht mit dem stringenten Glaubensbild der katholischen Kirche in Einklang stand. Der Tag der Faschingsfeier rückte heran. Alex und Michael machten sich auf den Weg zum Diakoniehaus am anderen Ende der Stadt. Beide hatten sich verkleidet und Michael hatte in den letzten Tagen fleißig seine Texte gelernt. Das Diakoniehaus wurde um die Jahrhundertwende errichtet. Durch eine schwere zweiflügelige Tür kamen sie in einen Vorraum mit Garderobe und einer separaten Küche. Nach rechts abgehend betraten sie den großen Saal. An der Decke hing ein massiver aus Stahl gefertigter Kronleuchter mit richtigen Wachskerzen. Es hatte viele Zusagen gegeben, und alle Tische waren besetzt, sogar der Chefarzt mit seiner Frau, die ebenfalls im Krankenhaus als Oberärztin arbeitete, ließen es sich nicht nehmen, an der Feier teilzunehmen. Der Diakon war im Gegensatz zu seinem Auftritt im Krankenhausflur kaum wieder zu erkennen. Er moderierte die Veranstaltung wie ein Profi, mit Witz und Charme, wobei er manchmal durchaus etwas schlüpfrige Sequenzen einbaute, die besonders die älteren Mitarbeiterinnen aus der Küche verzückte. Er hatte Frau Kern, die ebenfalls in der Verwaltung beschäftigt war, als seine Assistentin zur Seite gestellt. Es gab ein warmes Büfett, alle möglichen Getränke, Cocktails sowie Spirituosen an der Bar. Alex und Michael staunten nicht schlecht. Nach dem Essen ging es zum unterhaltsamen Teil des Abends über. Der Diakon kündigte den ersten „Künstler" an. Es war ein älterer Herr mit einer Büttenrede. Die Art des Vortrags war nicht schlecht, aber da dieser in der Vergangenheit bereits des Öfteren aufgetreten war, fehlte dem Vortrag die humoristische Überraschung. Zwischen den Auftritten wurden aktuelle, internationale Musiktitel gespielt, und da sich unter den Gästen viele junge Paare befanden, war die Tanzfläche voll. Es folgten weitere künstlerische Einlagen, die jeweilig gekonnt vom Diakon anmoderiert wurden. Dann endlich kam Michael an die Reihe. Der Diakon verzog sich in die Küche und überließ die Anmoderation seiner Assistentin. Michael ging auf die Bühne, welche eher ein etwas erhöhtes Podest war. Er konnte jedoch sehen, dass der Diakon seinen Auftritt aus der Küche genau in Augenschein nahm. Vor Michael am Tisch auf der linken Seite saßen Schwester Angelika mit ihrem Mann, der Chefarzt mit seiner Frau und noch einige andere Schwestern mit ihren jeweiligen Partnern. Michael hatte sich im letzten Jahr eine Gitarre zugelegt, und sich autodidaktisch einige Akkorde beigebracht. Die Gitarrenbegleitung war so gut, dass er bekannte internationale Songs mit selbst verfassten Texten unterlegen konnte. Die Gesangseinlagen wechselten sich mit Nachahmungen von Sportarten ab. So imitierte er einen Skispringer von der Absprungvorbereitung über den Absprung vom Schanzentisch bis zur Landung, sowie einen

Rennrodler im Eiskanal. Die Aktionen wurden von ihm als Sportreporter parallel selbst moderiert. Das Publikum tobte und der Chefarzt hatte vor Lachen Tränen in den Augen. Michael beendete seine Darbietung unter tosendem Applaus. Jetzt sah sich der Diakon genötigt die Abmoderation zu übernehmen. Er kam aus der Küche auf die Bühne gesprintet mit den Worten: „Und mögen uns solche Nachwuchskünstler noch lange erhalten bleiben!"

Kontakt zur „Kirche von unten"

Wenige Tage nach dem Gespräch mit Hugo fuhren Uwe Kern, Horst Wutke und Michael mit dem Auto Richtung Berlin. Die angegebene Adresse von Uwe Kehlig war im Samariter-Viertel in Friedrichshain. Die Häuser hier waren genauso marode wie so viele in den Städten der DDR. Die Straßen waren kaum beleuchtet. Die Wohnung befand sich im dritten Stock. Rein äußerlich war schon im Treppenhaus zu erkennen, dass hier keine Normalo DDR-Bürger wohnten. Jede Wohnungstür glich eher einer Wandmalerei. Die Motive waren sehr kreativ. Jede Etage hatte ein eigenes Motto gewählt, um so die hier Wohnenden künstlerisch zu charakterisieren. Michael mit seinem Shell-Parka passte in die Szene. Doch Horst Wutke mit seinen dichten, schwarzen Haaren und seinem Vollbart, und Uwe Kern mit seiner körperlichen Präsenz, wirkten bedrohlich. Beide trugen Lederjacken und wirkten eher wie Stasimitarbeiter. Nach dem Klingeln öffnete eine junge Frau die Tür, und blickte einigermaßen erschrocken auf die drei Männer.

„Hallo", sagte Michael, „keine falschen Schlüsse ziehen. Wir kommen aus Brandenburg. Hugo Pengel von der St. Gotthardt Gemeinde müsste uns angemeldet haben", begrüßte er die Frau, wobei er beobachtete wie sich ihre Gesichtszüge sofort entspannten.

„Kommt rein und sucht euch einen Platz, Uwe ist gerade in der Wanne."

So warteten sie in einer Kombination aus Arbeits- und Wohnzimmer auf ihn. An den Wänden standen zusammengezimmerte Regale mit unzähligen Büchern und Schriften. Die Bretter bogen sich aufgrund der Last bedrohlich durch. Nach kurzer Wartezeit kam der frisch gebadete Uwe Kehlig ins Zimmer. Er musterte den Besuch, und steckte sich erstmal eine Zigarette an. Er hatte dicke dunkle Haare, die nach dem Bad wirr nach allen Seiten vom Kopf abstanden.

„Ihr seid also die Mitglieder der Selbsthilfegruppe aus Brandenburg", begrüßte er sie.

„Wir aus Berlin stehen in ständigem Kontakt mit Hugo, aber auch mit anderen oppositionellen Kirchenvertretern im Land."

„Wie sieht es bei euch aus?", wollte er von ihnen wissen.

„Wenn man, so wie wir nach außen in Erscheinung tritt, wird der Druck von staatlicher Seite größer", sagte Horst.

Uwe Kehlig gab ihnen einen kurzen Abriss über die Geschehnisse der letzten Tage und Wochen. Was er berichtete, hörte sich dramatisch an.

„Viele aus unserer Bewegung und zahllose Sympathisanten wurden verhaftet", schilderte er die gegenwärtige Situation in Berlin.

„Weitere Mitglieder, ich muss mich da einschließen, rechnen ständig damit. Der Staat schlägt mit Wucht zurück."

Er übergab ihnen ein Manuskript für die Erstellung eines Positionspapiers, welches sie für ihre Gruppe nutzen und anpassen konnten. Über Hugo wollten sie zukünftig weiter Kontakt halten, um eventuell spätere konzertierte Aktionen zu planen. Es brodelte gewaltig in Berlin, aber auch in Brandenburg tat sich einiges. Die Berliner Oppositionsbewegung hatte den Vorteil, im Blickpunkt der Öffentlichkeit zu stehen. Journalistenteams von ARD und ZDF waren ständig vor Ort, und berichteten von den Aktionen. Da war es in Brandenburg weitaus schwieriger. Aber der Anfang war getan. Der neue Teamgeist tat unheimlich gut. Michael schrieb weiterhin wöchentliche Bekräftigungsschreiben und ließ sich darin über Themen aus, die für sie als Familie ein weiteres Leben in der DDR unmöglich machen. So schrieb er einmal:

„Unsere Kinder sollen frei entscheiden dürfen, ob sie dem Staat mit der Waffe dienen wollen oder nicht. Für mich ist es beunruhigend, wenn Kinder erfolgreich in der Wehrerziehung sind, und demgegenüber es nicht verstehen, ein Lagerfeuer in Gang zu bringen"

Immer wieder fügte er in die Schreiben einen Ausspruch von Voltaire ein:
„In manchen Ländern hat man angestrebt, dass es einem Bürger nicht gestattet ist, die Gegend, in der er zufällig geboren ist, zu verlassen. Dieses Land ist so schlecht und wird so schlecht regiert, dass wir jedem verbieten es zu verlassen, weil es sonst die gesamte Bevölkerung verlassen würde."

Immer wenn ein Schreiben auf den Weg gebracht wurde, fühlte er sich besser. Die erste Gesprächsrunde mit Pfarrer Gumbel stand an. Er machte auf Michael einen äußerst positiven Eindruck. Er war schlank, nicht allzu groß, hatte dichtes, grau meliertes Haar und trug einen Vollbart. Seine klare und durchdringende Stimme unterstützte ihn in seiner Rhetorik. In seinen späteren Erzählungen am Rande ihrer wöchentlichen Treffen erläuterte er ihnen sein Verständnis von Kirche. Viele Pfarrer, so berichtete er einmal, suchten sich Pfarrstellen nach recht weltlichen Gesichtspunkten aus. Nach Möglichkeit sollte eine Hauswirtschaftsfrau zu Diensten sein, das Pfarrhaus recht komfortabel ausgestattet, und ein Auto zur Verfügung stehen. Dieses Denken entsprach nicht dem Glaubensbekenntnis, das durch die Sankt Gotthardt Gemeinde gelebt wurde. Es gab für den Gemeindekirchenrat einschließlich der beiden Pfarrer ein Auto. Für notwendige Fahrten musste sich ein jeder in einer Anmeldeliste eintragen. Der Pfarrer und seine Frau hatten elf Kinder, dementsprechend sah es am Kleiderrechen im Flur eher aus wie in der Umkleidekabine einer Fußballmannschaft. Gumbel vertrat die Meinung, dass ein Pfarrer in seiner aktiven Zeit mindestens dreimal die Pfarrstelle wechseln sollte. Die Geschichte der St. Gotthardt Kirche geht auf das zwölfte Jahrhundert zurück. Zu den Schätzen der Kirche zählt unter anderem ein bronzenes Taufbecken aus dem dreizehnten Jahrhundert, in dem Vicco von Bülow, besser bekannt als Loriot, 1923 getauft wurde. 1985 eröffnete Vicco von Bülow eine Ausstellung im Brandenberger Dom. Zu diesem Anlass, so berichtete Pfarrer Gumbel stellte er ein Sofa zur Verfügung, dass dem legendären Loriot-Sofa sehr ähnlichsah. Während seiner Zeit als Pfarrer in Brandenburg traten mehrmalig der Thomaner und der Kreuzchor in der Kirche auf, aber auch der Liedermacher Stephan Krawczyk konnte seine Lieder mit kritischen Texten vor überfüllter Kirche zum Besten geben. Wie bereits zuvor Hugo, erkundigte sich der Pfarrer nach den Familien, den Arbeitsstellen und den Schwierigkeiten mit den staatlichen Behörden. Im Ergebnis der ersten Besprechung wurde als Ziel ausgegeben, die neu gründete Selbsthilfegruppe öffentlich zu machen. Ein nächster Schritt sollte die Vorbereitung einer öffentlichen Veranstaltung im Gemeindesaal werden, die von der Selbsthilfegruppe geleitet werden sollte. In diesem Zusammenhang erwähnte Gumbel, dass an ihn drei weitere Antragsteller mit der Bitte herangetreten waren, bei den zukünftigen Treffen mitwirken zu können. Michael und seine Freunde standen dem Ansinnen grundsätzlich positiv gegenüber. So wurde beschlossen, dass der Pfarrer die drei zum nächsten Treffen einlud.

Anton ging immer gerne in die Kinderkrippe. Wenn er am Nachmittag abgeholt und gefragt wurde, was er so tagsüber gemacht hatte, kam immer eine Standardantwort: „Majo spielt!“.

Mario war sein bester Freund, mit dem er tatsächlich immer zusammen war. Aber für ihn entwickelte sich der Spruch zu einer Standardantwort, um weiteren, lästigen Fragen aus dem Weg zu gehen. Die Antwort kam auch dann, wenn „Majo“ durch Krankheit oder Urlaub der alleinerziehenden Mutter nicht im Kindergarten war. Mit drei Jahren musste er aus der Krippe in den Kindergarten wechseln. Dieser befand sich gleich neben der Krippe, und hatte einen schönen, großen Garten mit einem Plantschbecken. Doch es gab derzeit keinen freien Platz. Also machte sich Alex daran einen anderen Kindergartenplatz zu organisieren. Nach einigem hin und her hatte sie schließlich Erfolg. Antons neuer Kindergarten war in einem alten Klinkerbau, mit kleineren verwinkelten Räumen untergebracht. Auch der Garten hatte eine überschaubare Fläche. Dafür war aber das Personal sehr nett und liebevoll, wie sich herausstellte. Alex und Michael mussten, je nach Dienstzeit morgens und abends den längeren Weg berücksichtigen.

Patienten auf der Flucht

Die Arbeit im Krankenhaus wurde jeden Tag zu einer neuen Herausforderung. Michael machte sein Putz- und Wischdiplom. Auf allgemeine Sauberkeit wurde peinlichst geachtet. Zum Pensum einer Frühschicht gehörte die Reinigung mehrerer Zimmer, der WCs sowie der Flure und Treppen. Regelmäßig wurde ein Zimmer bei laufendem Betrieb komplett leergeräumt, um dann eine noch gründlichere Reinigung durchzuführen. Währenddessen gingen die fußläufigen Patienten in den Park. Die bettlägerigen Patienten wurden so lange in ihren Betten im Flur abgestellt. Zwischendurch benötigte man Michaels Unterstützung als männlicher Mitarbeiter, wenn Patienten gesäubert, gewendet oder transportiert werden mussten. Regelmäßig wurden die Patienten gebadet, eine Aufgabe, die durch die Immobilität vieler Patienten, und der damit verbundenen körperlichen Belastung, fast ausschließlich von Michael durchgeführt wurde. Aufgrund seines Engagements wurde er aber auch zunehmend mit einfachen, medizinischen Aufgaben betreut. So ging er nach dem Mittagessen durch die Zimmer, nahm den Puls, spritzte Zuckerpatienten und wurde bei Besprechungen des Klinik-Fachpersonals mit der Verantwortung für die Stationen betraut. Die Arbeit mit den Patienten lag ihm und machte unheimlich Spaß. Die Dankbarkeit war direkt und oft emotional. Es kam vor, das ältere Menschen die von ihren Angehörigen zu Hause betreut und gepflegt wurden, nur temporär ins Krankenhaus gebracht wurden, da auch die Angehörigen mal Urlaub machen wollten. Diese „Gäste" waren in der Regel körperlich fit, hatten aber so ihre Schwierigkeiten sich in der neuen Umgebung zurechtzufinden. Dies äußerste sich nicht selten darin, dass sie einfach verschwanden. Dabei waren sie kreativ und einfallsreich. Einmal war ein älterer Herr zu Gast, der lange Zeit im Erzgebirge gelebt hatte, und mittlerweile mit seiner Frau bei den Kindern in Brandenburg wohnte. Seine Frau war noch sehr rüstig. Daher nutzte sie die Gelegenheit zu einer Besuchsreise zu der Verwandtschaft in den Westen. Nun fehlte dem älteren Herrn ohne seine Frau die direkte Bezugsperson und obendrein die gewohnte Umgebung. Nach dem Mittagessen ging Michael bei den potenziellen Ausreißern in die Zimmer, um nach dem Rechten zu sehen. Darauf war der ältere Herr vorbereitet, denn er stellte sich schlafend. Er hatte seine Schuhe bereits unter der Bettdecke. Sobald Michael sich entfernt hatte, startete er und verschwand durch den Haupteingang. Kurze Zeit später fiel das Verschwinden auf und Michael machte sich auf die Suche. Inzwischen hatte er bereits Routine darin, kannte die beliebtesten Fluchtwege, musste sich aber beeilen, damit es an belebten verkehrsträchtigen Plätzen nicht zu Unfällen mit bösen Folgen kommt. Er ging vor die Tür und sah in Richtung Puschkinplatz einem Verkehrsknotenpunkt von Brandenburg. Dort hatte sich eine Menschentraube gebildet, und er ahnte, dass er eventuell gleich fündig werden würde. So war es auch. Der ältere Herr stand zwischen den Menschen in seinem Schlafanzug, Bademantel und Hauslatschen. Ein Polizist war ebenfalls auf die Situation aufmerksam geworden, und befragte gerade den Krankenhausflüchtling.

„Er hatte gefragt, wie er am schnellsten nach Oberwiesental kommt", sagte der Polizist zu Michael.

Er klärte die Situation schnell auf, hakte den älteren Herren unter, und ging unter dem Gelächter der Schaulustigen wieder in Richtung Krankenhaus.

„Ääh scheene Tour gemoocht", sagte er zu Michael, und wirkte für den Moment mit sich sehr zufrieden.

Suchtkrankheiten

Das Zuchthaus Brandenburg-Görden wurde während der Weimarer Republik errichtet, und galt zum damaligen Zeitpunkt zunächst als eine Musteranstalt für modernen und reformierten Strafvollzug. Im Nationalsozialismus und in der DDR zählte es zu den größten Haftanstalten des Landes. Viele politische Häftlinge saßen in beiden geschichtlichen Epochen dort ein. Eine mögliche Inhaftierung war in der Gruppe immer wieder Gesprächsthema und musste gedanklich einkalkuliert werden. Dann wäre es nicht ausgeschlossen, hier zu landen. In unmittelbarer Nachbarschaft befand sich die Klinik für Suchterkrankungen, in DDR-Zeiten zumeist mit Alkohol- und Medikamentenabhängigen Patienten überbelegt. Zur Schulzeit von Michael ging der Sohn des leitenden Arztes in die nahegelegene Schule, und versorgte seine Mitschüler mit Neuigkeiten darüber, welche Prominenten aus DDR-Film- und Fernsehen gerade therapiert wurden. Diese Informationen verbreiteten sich wie ein Lauffeuer in die anderen Schulen. Mal war es „Professor Flimmrich“ und mal „Meister Nadelöhr“, ein anderes Mal ein bekannter Schauspieler. Durch die permanente Überbelegung der Klinik, mussten Patienten auf Krankenhäuser in der Umgebung verteilt werden. So waren nicht selten auch Suchtkranke im Marienkrankenhaus untergebracht. Dieser Umstand führte oft zu Problemen und Störungen im Rahmen der Versorgung der anderen Patienten. Während eines Spätdienstes wurde einmal eine recht große und kräftige Frau eingeliefert. Sie war, wie sich herausstellte als Bäuerin auf einer LPG in einem Dorf im Umland von Brandenburg beschäftigt. Bei den suchtkranken Patienten stellte sich meist recht schnell nach Einlieferung das Alkoholentzugsdelir ein. Dies äußert sich in Albträumen und illusionären Verwirrungen. Die Patientin schaffte es in kurzer Zeit den nachmittäglichen Stationsablauf durcheinander zu bringen. Ständig stand sie im Gang und sah Männer mit Messern auf sich zukommen. Im Krankenzimmer zeigte sie in eine Ecke des Raumes und sagte zu Michael: „Da oben sitzt einer, der spuckt immer runter“!

Ihm blieb nichts weiter übrig als mitzuspielen, und energisch einzugreifen, indem er den vermeintlichen „Spucker“ anschrie: „Ich habe die Faxen dicke mit dir, komm runter oder ich setze dich vor die Tür!“

Michael tat so, als nehme er den vermeintlichen Störenfried am Schlafittchen, und expedierte ihn hinaus. Das machte offensichtlich Eindruck sowohl auf die Bäuerin als auch die anderen Patienten im Zimmer. In der darauffolgenden Nacht hatte die Nachtschwester mit ihr wieder alle Hände voll zu tun, denn sie krochen gemeinsam auf allen vieren durchs Zimmer auf der vermeintlichen Jagd nach Störenfrieden. Die anderen, zumeist ältere Patienten saßen aufrecht in ihren Betten, und verfolgten gespannt aber auch verängstigt das Geschehen auf dem Fußboden. Nach ein paar Tagen wurde die Frau wieder klarer im Kopf, und legte Michael, während der Essenausgabe eine Schachtel F6-Zigaretten auf den Wagen mit den Worten des Dankes: „Sie waren mein Beschützer."

Ein anderes Mal kam es, während einer Chefarztvisite zu einem Zwischenfall mit einem weiteren alkoholkranken Patienten, der am Vortag eingeliefert wurde. Dieser war mittleren Alters und von großer, kräftiger Gestalt. Michael machte gerade in einem der Nachbarzimmer die Betten, als Oberschwester Elfriede panisch seinen Namen schrie. Sofort ließ er alles stehen und liegen. Dann spurtete er in Richtung Zimmer, in dem gerade die Visite stattfand. Dort bot sich ihm ein skurriles Bild. Der Chefarzt befand sich im Würgegriff des Patienten, die Oberärztin, Schwester Elfriede und eine weitere Schwester standen hilflos um die Kämpfenden herum. Michael stürzte sich dazwischen und versuchte mit aller Kraft den Chefarzt aus dem Würgegriff zu befreien. Der Patient entwickelte ungeahnte Kräfte. Es ging im Krankenzimmer zu, wie in einer Spelunke morgens um drei. Das Bett rollte weg und der Nachttisch fiel krachend um mitsamt den darauf stehenden Gläsern und Medikamenten. Nach endlosen Minuten des Ringens war es mit der Kondition des Patienten vorbei. Michael warf sich auf ihn und drückte ihn auf sein Bett. Er versuchte den schweren, massigen Körper mit aller Kraft zu fixieren. Aus dem Mund des Patienten trat weißer Schaum hervor. Seine weit aufgerissenen Augen starrten Michael an. Eine Schwester eilte mit einem Tablett herbei auf dem eine Spritze lag. So gut es ging wurde diese dem Patienten injiziert, worauf er schlaff in sein Bett zurückfiel und kurze Zeit später einschlief. Auch dieser Patient wirkte nach wenigen Tagen der medikamentösen Einstellung wieder recht normal. Michael unterhielt sich, sofern er eine freie Minute hatte, sehr gerne mit ihm. Er hieß Frank, und war ein umgänglicher Typ. An Wochenenddiensten, wenn nur eine Schwester und Michael Dienst taten, kam Frank zum Frühstück in die Küche, und sie tranken gemeinsam Kaffee. Dabei erzählte er von seinen Suchterfahrungen. Er war von Beruf Schweißer. Schon am Morgen kippte er sich bereits vor dem Aufstehen eine große Kaffeetasse mit Cognac gefüllt hinunter. Über den Tag musste der Alkoholpegel gehalten werden. Dann blieben die Hände ruhig und die Schweißnähte wurde optimal. So fristete er seit mehr als zwanzig Jahren ein Leben als Spiegeltrinker. Oft hatte Michael an den Wochenenden gemeinsam mit Schwester Marianne Dienst, eine nette und sympathische Frau Anfang vierzig. Sie war geschieden und lebte seit ein paar Jahren allein. Nachdem Frank nach einigen Wochen entlassen wurde, erzählte sie Michael unter dem Deckmantel der Verschwiegenheit, dass sie ihn bei sich zu Hause aufgenommen habe. Sie hatte sich auch dem Chefarzt anvertraut, denn sie erzählte Michael, dass dieser ihr eine eindringliche Warnung mit auf den Weg gegeben hatte. Der Mann sei ein körperliches Wrack und nicht mehr therapierbar. Aber offensichtlich war die Liebe wohl stärker, denn einige Monate lebten sie zusammen, bis Frank wieder rückfällig wurde.

Arbeit in der Gruppe

Die Gruppe traf sich wieder in der Wohnung von Pfarrer Gumbel. Diesmal waren die von ihm vorgeschlagenen weiteren Kandidaten dabei, zwei Männer und eine Frau. Alle waren nach Michaels Einschätzung Mitte vierzig. Einer der Männer Peter Jensch wohnte mit seiner Familie ganz in der Nähe der Kirche, ausgerechnet über dem ABV. Der Abschnittsbevollmächtige war in der DDR ein Volkspolizist, der mit polizeilichen Aufgaben in einem Stadtbezirk betreut wurde. Peter und seine Frau hatten zwei Töchter, vierzehn und sechzehn Jahre alt. Er arbeitete als Vermessungsingenieur und seine Frau in der Stadtbibliothek. Bei dem zweiten neuen Mitglied, Gerhard Punte war die Frau nach einem Verwandtenbesuch in Westberlin geblieben. Die beiden hatte sich jedoch zuvor darüber verständigt diesen Weg zu gehen. Die Frau in der Runde, Barbara S. war Lehrerin an einer der polytechnischen Oberschulen in der Stadt. Bei ihr hatte Michael sofort ein ungutes Gefühl. Die Frau versuchte sich ständig argumentativ in den Vordergrund zu spielen. Am kommenden Wochenende sollte ein nachmittäglicher Fürbitte Gottesdienst mit anschließender Gesprächsrunde in der Katharinenkirche stattfinden. Die Katharinenkirche ist die zweite große Kirche der Stadt. Mit ihrer imposanten Größe und Ausstattung sollte sie den Anspruch der Brandenburger Neustadt im Mittelalter verdeutlichen, zusammen mit der Altstadt am gegenüberliegenden Havelufer die reichste, vornehmste und bedeutendste Stadt der Mark Brandenburg zu sein. Sie beschlossen an diesem Gottesdienst teilzunehmen, und als Gruppe in der Außendarstellung in Erscheinung zu treten. Am Ende der Gesprächsrunde beim Pfarrer trafen sich die vier Gründer der Gruppe im nahegelegenen Park und gaben ihre Einschätzungen zu den Neuen in der Gruppe ab. Peter Jensch und Gerhard Punte wurden von allen als vertrauenswürdig eingestuft, obwohl man sich nie sicher sein konnte. Horst Wutke kannte Barbara S. bereits und wusste, dass sie in der Partei war. In ihrem Umfeld wurde sie nur die „rote Barbara“ genannte. Es wurde beschlossen, dass nach dem Fürbitte Gottesdienst einer von ihnen Pfarrer Gumbel darüber informieren sollte, dass die Gruppe sich gegen die „rote Barbara“ entschieden hat. Was sie nicht wussten, die Staatsicherheit hatte dieser Entscheidung bereits vorgegriffen. Die Gesprächsrunde in der Katharinenkirche entwickelte sich zu einer sehr offenen und freien Meinungsäußerung. Alle Teilnehmer saßen in mehreren, nach außen größer werdenden Stuhlkreisen dichtgedrängt zusammen. Es entspann sich ein angeregter Dialog über die gegenwärtige Stimmung im Land. Von kirchlicher Seite wurde dafür plädiert zu bleiben, um für Veränderungen zu kämpfen, statt auszureisen. Die unterschiedlichen Ansichten prallten aufeinander. Jeder aus der Gruppe nahm aktiv an der Diskussion teil. Hier war es wieder die „rote Barbara“ die sich in den Vordergrund drängte. Michael hatte den Eindruck, dass hinter ihrer Argumentation Methode steckte, statt Überzeugung. Nach ihrem Redebeitrag wandte sich einer der Kirchenvertreter mit den Worten an die „rote Barbara“: „Solche Leute wie Sie brauchen wir im Land, um Veränderungen zu bewirken!“

Michael war verwundert. Für ihn war es offensichtlich das diese Frau die Gruppe für ihre Zwecke instrumentalisierte. Dies sollte sich auch bestätigen, denn in der darauffolgenden Woche traf das neue Mitglied Gerhard die „rote Barbara“ auf dem Flur der Abteilung Inneres. Ihr war die Begegnung offensichtlich unangenehm, doch Gerhard sprach sie an. Sie teilte ihm kurz angebunden mit, dass ihr soeben die Bewilligung zur Ausreise erteilt wurde und flüchtete förmlich vor ihm. Seitdem ward sie nicht mehr gesehen. Bei Sichtung ihrer Stasiakte nach der Wende bewahrheitete sich der Verdacht, die „rote Barbara“ hatte für die Staatssicherheit geschnüffelt. In der nächsten Gesprächsrunde bei Pfarrer Gumbel war die Frau nochmal Thema. Es wurde einstimmig festgelegt, aus Sicherheitsgründen die Gruppe in ihrer personellen Struktur zu belassen, und keine weiteren Mitglieder aufzunehmen. Die von Uwe Kehlig aus Berlin mitgebrachten Unterlagen wurden ausgewertet, und innerhalb der Gruppe Aufgaben verteilt, um daraus ein eigenes Positionspapier zu entwerfen. Dieses sollte in zwei Wochen diskutiert, angepasst werden. Anschließend sollte das Positionspapier in Druck gehen. Parallel wurde vereinbart, dass über die Öffentlichkeitsarbeit der Kirche publiziert wird, dass eine Andacht stattfindet, in der sich die Gruppe öffentlich vorstellt und Wege aufzeigt, die für Gleichgesinnte aus der Isolation führen. Am Ende der Andacht sollte das Positionspapier verteilt, und der Termin für eine durch die Gruppe initiierte Veranstaltung unter dem Thema „Frieden und Freiheit“ bekannt gegeben werden. Eine Menge Arbeit für jeden Einzelnen von ihnen, aber auch ein mutiges Vorangehen des Pfarrers. Er sagte uns, dass eine derartige

Maßnahme, mit dieser Tragweite einer Abstimmung durch den Gemeindekirchenrat der St.-Gotthardt Gemeinde bedarf. Dieser Termin sollte parallel und zeitnah vereinbart werden. Das Ergebnis der Abstimmung sollte als Basis für das weitere Vorgehen dienen. In den kommenden Tagen wurde fast täglich untereinander kommuniziert, was damals recht schwierig war. Denn kaum ein Haushalt hatte Telefon, und wenn, dann wurde mitgehört. Jeden Tag bekam Michael in seinen Arbeitspausen Besuch von Mitgliedern der Gruppe. Sie setzten sich in den Krankenhausgarten und brachten sich auf den neuesten Stand. Es war euphorisierend aktiv tätig zu sein. Die nächsten Tage vergingen wie im Flug. Bei einem der folgenden Treffen beim Pfarrer teilte er ihnen das Ergebnis der Abstimmung durch den Kirchengemeinderates mit.

„Ja, es war nicht einfach in den letzten Wochen", begann Pfarrer Gumbel zu berichten.

„Wir hatten einige hitzige Diskussionen im Gemeinderat. Es wurde immenser Druck von außen auf die Mitglieder des Gemeinderates ausgeübt. Die Staatssicherheit stand bei ihnen vor der Tür. Sie sollten sich ihre Entscheidung wohl überlegen, und dabei auch ihre berufliche Situation einbeziehen. Schließlich sind Lehrer und Mitarbeiter der Stadtverwaltung unter ihnen. Aber es hat ihnen nichts genützt. Am Ende haben von elf Ratsmitgliedern sechs dafür gestimmt die Nutzung der kircheneigenen Räume für Zusammenkünfte zur Verfügung zu stellen."

Es konnte also weiter nach Plan gearbeitet werden. Die vorbereitenden Maßnahmen der Gruppe im Schutz der Kirchengemeinde und unter Anleitung des Pfarrers zog immer weitere Kreise. Die Einflussname staatlicher Stellen und hier insbesondere der Staatssicherheit erreichte den damaligen Generalsuperintendenten von Potsdam sowie den Superintendenten von Brandenburg. Diese versuchten ergebnislos, auf die St. Gotthardt Gemeinde Einfluss zu nehmen. Es kam der Andachtsabend mit öffentlicher Vorstellung der Selbsthilfegruppe und Proklamation des Positionspapiers in der Gotthardt Kirche. Die Gruppe traf sich bereits eine Stunde vor Beginn in der Kirche.

Bei den vorangegangenen Fürbitte-Gottesdiensten versammelten sich im Vorfeld viele Menschen vor der Kirche. Doch diesmal war es unbeschreiblich. Michael kam mit dem Fahrrad und sah schon von weitem wie Menschengruppen aus allen Teilen der Stadt der Kirche entgegenströmten. Die Staatsicherheit war mit großem Aufgebot anwesend, und mischte sich unter die Besucher. Die Dunkelheit und die spärliche Beleuchtung sorgten für eine angespannte, knisternde Atmosphäre. Die Andacht wurde diesmal von Pfarrer Gumbel und Pfarrer Zern gemeinsam durchgeführt. Pfarrer Zern war Anfang dreißig und ebenfalls sehr engagiert im Rahmen der „Kirche von unten". Einige aus der Gruppe, so auch Michael hatten einen Redebeitrag vorbereitet. Im Positionspapier waren die Mitglieder der Selbsthilfegruppe mit ihren Kontaktdaten angegeben. Ihre Wohnungen standen ab diesem Zeitpunkt zum Meinungs- und Informationsaustausch zur Verfügung. Ihnen war schon klar, dass fortan nicht unterschieden werden konnte, ob es sich bei zukünftigen Besuchern um Gleichgesinnte, oder Mitarbeiter der Stasi handelt. Am Schluss der Andacht wurde der Termin für die Veranstaltung im Gemeindesaal der St. Gotthardt Gemeinde bekanntgegeben, und auf den Charakter der Veranstaltung hingewiesen.

Das MfS meldete jetzt nach Berlin:

[20]*..., dass die Gemeindepfarrer Gumbel und Zern sowie der Sozialdiakon Pengel aus Brandenburg beabsichtigen, eine sogenannte Selbsthilfegruppe Übersiedlungssuchender in der St.-Gotthardt-Gemeinde in Brandenburg zu bilden. In Verwirklichung dieses Zieles planten sie unter dem Deckmantel seelsorgerischer Betreuung, übersiedlungsersuchenden Personen aus Brandenburg kircheneigne Räumlichkeiten der Gemeinde für Zusammenkünfte zur Verfügung zu stellen, und ihnen dadurch zu ermöglichen, sich organisatorisch zusammenzuschließen. Unmittelbar nach Bekanntwerden dieser Absicht wurden durch die zuständigen staatlichen Organe entsprechende Maßnahmen zur vorbeugenden Verhinderung dieses Vorhabens eingeleitet. Gegenüber den genannten kirchlichen Kräften wurde in mehreren Gesprächen unmissverständlich erklärt, dass alle im Zusammenhang mit der Übersiedlung von DDR-Bürgern in das*

nichtsozialistische Ausland stehenden Verfahrensfragen ausschließlich Angelegenheit der zuständigen staatlichen Organe der DDR sind. Es wurde die staatliche Erwartungshaltung zum Ausdruck gebracht, dass ihrerseits von dem Vorhaben Abstand genommen und alles unterlassen wird, was das Verhältnis Staat-Kirche belastet. Während der Gespräche zeigten sich die Personen uneinsichtig und erklärten, aus seelsorgerischer Pflicht handeln zu müssen.

Verteiler

Honecker, Jarowinsky, Krenz, Bellmann,

MfS: Mittig, Leiter HA XX, Leiter ZKG, HA XX/4, Carlson, Tannhäuser (ZAIG/1/6)

Der von staatlicher Seite ausgeübte Druck auf die Gemeinde, die Pfarrer und den Diakon war immens, doch die Gruppe wurde darüber unwissend gehalten, um den Druck nicht zu übertragen. Am darauffolgenden Tag hatten Uwe Kern, Berndt Grievmann, Horst Wutke, Gerhard Punte, Peter Jensch und Michael eine Vorladung für den kommenden Mittwoch zur Abteilung Inneres im Briefkasten. Wieder trafen sich alle kurzfristig beim Pfarrer. Der kausale Zusammenhang war jedem klar. Sie schworen sich gegenseitig darauf ein, auch bei Androhung von harten Repressalien standhaft zu bleiben. Die Termine waren im halbstunden Rhythmus vorgegeben, so dass sie sich die Klinke in die Hand gaben. Michael war als letzter dran. Daher hatte er noch Zeit, mit Gerhard zu sprechen, der als erster antreten musste, und auf dem Puschkinplatz wartete. Laut seiner Aussage war der Tenor der Besprechung in der Sache hart und unmissverständlich. Sollte es tatsächlich zu dieser Veranstaltung im Gemeindesaal kommen, haben die Gruppenmitglieder mit harten Konsequenzen zu rechnen. Es wurde die unverzügliche Verhaftung sowie eine Freiheitsstrafe nicht unter zwei Jahren angedroht. Sie verabschiedeten sich und wollten sich am Nachmittag wieder bei Pfarrer Gumbel treffen, um ihre geführten Gespräche bei der Abt. Inneres auszuwerten. Michael wurde als Letzter ins Büro gebeten. An einem Nebentisch saß ihr sonstiger Ansprechpartner, Herr Schramm.

Er war dieses Mal nur Zuhörer und Beobachter. Michael gegenüber saßen zwei Mitarbeiter der Abteilung Inneres der Bezirksregierung aus Potsdam. An ihren Revers prangten die Parteiabzeichen der SED.

„Herr Tenner", begann der Wortführer, „Sie sind doch Atheist, was haben sie mit der Kirche zu tun?"

„Wissen Sie, was ich mit wem zu tun habe, geht keinen etwas an", entgegnete Michael.

„Das ist Ihre Meinung, wir sind aber da, um die Bürger der DDR zu schützen."

„Wir brauchen keinen Schutz von Ihnen!", konterte Michael erbost.

„Herr Tenner, wir sind extra aus Potsdam gekommen, um Sie eindringlich zu warnen. Wenn Sie die geplante Veranstaltung in den Kirchräumen durchführen, dann kann ich Ihnen jetzt schon versprechen, wird es böse für Sie enden. Wir haben hier ein Schreiben vorbereitet, das Sie sich bitte durchlesen. Es wäre in ihrem Interesse, wenn Sie es anschließend unterschreiben."

Michael überflog den Schrieb, denn den Inhalt hatte ihm Gerhard zuvor bereits mündlich umrissen. Die Kernaussage war die Ankündigung der Verhaftung im Falle der Durchführung einer staatsfeindlichen Veranstaltung in kirchlichen Räumen. Es ist nach Verurteilung mit einem Freiheitsentzug von mindestens zwei Jahren zu rechnen.

„Das unterschreibe ich nicht" entgegnete Michael seinem Gegenüber.

„Wie Sie meinen, dann haben Sie die Konsequenzen zu tragen", reagierte sein Gegenüber äußerst ungehalten.

Es folgten noch einige Wortwechsel, die in der Sache jedoch keine Änderung brachten. Danach verließ Michael das Büro. Am Nachmittag saßen alle wieder bei Pfarrer Gumbel und jeder gab seinen Wissenstand in die Runde.

Der Veranstaltungstermin am 04.03.1988 rückte näher. Im Vorfeld musste noch vieles organisiert werden. Der Programmablauf für die Veranstaltung wurde gemeinsam entwickelt und schriftlich festgehalten. Unter der Woche bekamen die Gruppenmitglieder häufig Besuch von Gleichgesinnten, was auf die jüngst proklamierte Außendarstellung der Gruppe zurückzuführen war. Die Gespräche wurden offen geführt obwohl nie klar war, wer einem gegenübersaß. Michael hatte das Gefühl es tat den anderen Antragstellern einfach gut, aus der Isolation herauszukommen. Es verschaffte Erleichterung, seine Alltagsprobleme und Schwierigkeiten mit den staatlichen Behörden, mit anderen teilen zu können.

Freude mit Edith

Während Michael sich den von staatlicher Seite aufgezwungenen Bekehrungsgesprächen entzogen hatte, musste Alex regelmäßig antreten. Anfang 1986 wurde ihr eröffnet: „..., dass sie bei Aufrechterhaltung des Ausreiseantrages eine Anleitungs- und Kontrolltätigkeit in der Wirtschaftskontrolle nicht länger ausüben kann."

Mit anderen Worten sie wurde fortan an der Ausübung ihrer berufsrelevanten Arbeiten gehindert, und mit nichtigen Bürotätigkeiten betraut. Michael hatte man mittlerweile sogar zu den Nachtdiensten eingeteilt. Mit nur einer Krankenschwester betreuten sie dann zwei Innere Stationen und das angegliederte Seniorenheim. Natürlich war die Nachtschicht meist ruhiger. So blieb Zeit für Gespräche. Sie liefen in stündlichen Abständen über die Flure und schauten in die Zimmer, um nach dem Rechten zu sehen. Es gab Patienten, denen nachts notwendige Medikamente verabreicht werden musste. Zu Beginn der Schicht las er sich das Dienstbuch durch, in dem seine Aufgaben für die kommende Nacht vermerkt waren. Weiterhin konnte er darin erlesen, welche Neuzugänge es am Tage gab, und wie diese zu behandeln waren. Zu Beginn einer dieser Schichten stand darin, dass auf Zimmer drei der I-1 eine mongolide Frau mittleren Alters liegt, die fast blind ist. Es war bereits Nachtruhe und Michael ging leise ins Zimmer, um nach ihr zu schauen. Sie war noch nicht eingeschlafen aber machte einen ruhigen und entspannten Eindruck. Beim Schichtwechsel am nächsten Morgen erzählte die katholische Oberschwester Hildegard ihm, dass Edith, so hieß die Frau, noch zwei ältere Schwestern hat. Die Schwestern waren über achtzig, und versorgten Edith bereits ihr Leben lang im gemeinsamen Haushalt. Um mal Zeit für sich zu haben, waren sie gemeinsam zu einem Kuraufenthalt verreist. Edith wurde derweil im Krankenhaus betreut. Sie lag gemeinsam mit zwei schwerkranken Damen auf einem Zimmer. Beide hatten Krebs im Endstadium. Um die Schmerzen bei der Morgentoilette zu lindern, wurde ihnen zuvor Morphium verabreicht. Dies führte dazu, dass die Morgenwäsche mitunter recht lustig wurde, denn das Morphin linderte nicht nur die Schmerzen, sondern wirkte auch euphorisierend. Die Frauen machten dann Scherze, und sprühten kurzzeitig vor Energie und Lebenswillen. Michael stieg darauf ein, und erzählte die neuesten Witze, manchmal mit etwas anzüglichem Unterton. Das Lärmen der Frauen schallte auf den Flur. Das machte die anderen Schwestern neugierig, die abwechselnd ins Zimmer sahen. Edith entwickelte sich nach kurzer Zeit zum Liebling der Station. Sie war in einer guten körperlichen Verfassung, und konnte noch so gut sehen, dass sie sich ohne fremde Hilfe auf der Station und im Garten zurechtfand. Sie war ständig auf Wanderschaft und vom Drang getrieben, sich nützlich zu machen. Jeden Tag war sie auf der Suche nach Arbeiten, die sie verrichten konnte. So fuhr sie mit dem Wagen nach der Kaffeezeit durch den Flur, und sammelte die Kunststofftassen und Teller aus den Zimmern zusammen. Anschließend brachte sie das Geschirr in die Küche zum Abwaschen. Der Abwasch nach dem Mittagessen war erheblich, denn das gesamte Geschirr wurde von Michael per Hand gewaschen einschließlich der Edelstahl-Wärmebehälter. Er holte sich zum Abtrocknen gerne ein paar Frauen aus den Zimmern, die zu Routineuntersuchungen oder mit nicht so schweren Leiden im Krankenhaus waren, und denen die Abwechslung guttat. Am Abwaschbecken entspannen sich dann neben der Arbeit oft nette Gespräche. Jedes Mal kam wenig später Edith angewackelt. Sie wollte natürlich mithelfen. Edith war aufgrund ihrer Langsamkeit nicht gerade ein Leistungsträger. Daher wurde sie von den anderen Frauen an den Rand der Geschirrablage manövriert, was ihr nun gar nicht gefiel. Ihren Unmut darüber brachte sie dann immer mit den Worten, „äh, äh, äh, äh ick doch!" zum Ausdruck.

An ihrem Geburtstag band ihr Schwester Angelika eine große rote Schleife ins Haar. Das Personal hatte Geld gesammelt und für Edith wurde ein Geschenk gekauft. Nach Absprache holte Michael Edith aus ihrem Zimmer und sie gingen gemeinsam in die Küche. Dort stand das gesamte Schwestern- und Hilfspersonal und sang für sie ein Geburtstagsständchen. Edith war so gerührt, dass ihr dicke Tränen über das Gesicht rannen. Immer wieder sagte sie, „ist doch gar nicht wahr!"

Die Wochen vergingen, und eines Tages standen ihre Schwestern im Flur, um Edith abzuholen. Sie mussten offensichtlich mitbekommen haben, wie gut es Edith auf der Station gefallen hatte, denn sie bedankten sich mit lieben Worten vor versammelter Mannschaft. Edith weinte wieder Krokodilstränen zum Abschied.

Zuführung

Am Morgen des 04.03.1988 ging Michal morgens um vier wie immer aus dem Haus zum Frühdienst.

Heute war der Tag, an dem die Veranstaltung im Gemeindesaal stattfinden sollte. Die organisatorischen Maßnahmen waren abgeschlossen und alles war gut vorbereitet. Bei der Gruppe, aber auch bei den Pfarrern spürte man eine aufkommende, zunehmende Nervosität. Der Veranstaltungsbeginn war für zwanzig Uhr angesetzt. Die Gruppe wollte sich bereits um achtzehn Uhr im Gemeindesaal treffen, um gemeinsam die erarbeitete Struktur noch einmal durchzusprechen. Es schien so, als sollte es ein schöner Vorfrühlingstag werden. Es war mild für die Jahreszeit und die Sonne schien bereits intensiv am frühen Morgen von einem wolkenlosen Himmel. Michaels Dienst im Krankenhaus verlief zunächst normal mit den üblichen Morgenroutinen. Nachdem die

Patienten mit Frühstück versorgt waren, setzten sich die Schwestern und er in die Küche, und begannen ihrerseits mit dem Frühstück. Er hatte gerade vom Brot abgebissen als Frau Hauk aus der Verwaltung durch die halbgeöffnete Küchentür lugte. „Michael, der Kindergarten hat gerade angerufen, deinem Sohn ist etwas zugestoßen, du sollst umgehend kommen, er muss zu einem Arzt gebracht werden."

Michael ließ alles stehen und liegen. Eilig machte er sich direkt auf den Weg zum Kindergarten. Ihn beschlich ein seltsames Gefühl. Er wusste, dass Alex heute Morgen einen Zahnarzttermin hatte. Der Zahnarzt hatte seine Praxis unmittelbar neben Antons Kindergarten. Also ging Michael dort vorbei. Auf die Frage, ob seine Frau zum Termin erschienen war, wurde dies verneint. Die Schwestern hatten sich selbst gewundert. Ihm schwante nichts Gutes. Hier stimmte etwas nicht. Als er kurze Zeit später die Tür zum Kindergarten öffnete, traf ihn ein sorgenvoller Blick der Leiterin.

„Guten Tag Herr Tenner, gehen Sie doch bitte in mein Büro."

Als Michael die Tür öffnete, warteten dort bereits zwei Männer. Die Anzüge, die Haarschnitte sogar die Brillen ließen unschwer erkennen um wen es sich handelt. Einer der Männer griff zum Telefon und sagte nur kurz: „Wir haben ihn."

„Herr Tenner, wir nehmen Sie jetzt zur Klärung eines Sachverhalts mit. Kommen Sie und verursachen kein Aufsehen!"

Von beiden Männern flankiert, wurde er nach draußen gebracht, wo bereits ein Wartburg wartete. Die Fahrt führte über die neu erbaute Tangente in nördlicher Richtung aus Brandenburg heraus. Als sie dann über Fernverkehrsstraße 1 Richtung Potsdam weiterfuhren, ahnte er, wohin die Reise gehen sollte. Nach etwa einer halben Stunde machte der Wartburg vor einem großen Tor in der Innenstadt von Potsdam halt. Das Tor öffnete sich, der Wagen fuhr ein, und es wurde hinter dem Wagen sofort wieder geschlossen. Michael befand sich wieder in der Untersuchungshaftanstalt der Staatssicherheit. Wieder war er an dem Ort, in dem er vor fast zehn Jahren einige Monate verbracht hatte. Seine Gedanken kreisten um Alex und Anton und die Gruppenmitglieder. Was ist mit Alex und Anton passiert? Sind die anderen ebenfalls zugeführt worden? Fragen auf die er hier bestimmt keine Antworten bekam. Durch den Wachdienst wurde er aus der Fahrzeugschleuse durch diverse Flure in ein Vernehmungszimmer gebracht. Es dauerte einige Zeit, ehe ein Vernehmer das Büro betrat. Er nahm hinter seinem Schreibtisch Platz. Michael musterte ihn. Er war schlank, etwa Ende dreißig und hatte schütteres, blondes Haar. Er las wichtig in einer Akte und nahm anschließend seine Personalien auf. Nachdem dies abgeschlossen war, begann das Verhör. „Herr Tenner, können Sie sich denken, warum Sie hier sind?"

Michael stellte sich dumm und antwortete: „Nein, ich habe keine Ahnung.", so einfach wird das für dich nicht, dachte er bei sich und sah den Vernehmer herausfordernd an.

„Sie sind doch Mitglied einer sogenannten Selbsthilfegruppe unter Führung der Pfarrer Gumbel und Zern unter dem Dach der St. Gotthardt-Gemeinde in Brandenburg?", fuhr der Vernehmer fort.

„Ja, das bin ich.", antwortete er knapp.

Michael war fest entschlossen, nichts über sich, seine Familie, die Gruppe und die Kirchengemeinde preis zu geben. Er spürte die Verantwortung, nicht mehr nur für sich allein, sondern für seine Familie und die Gemeinschaft, die sich in den letzten Wochen gebildet hatte. Vielmehr bereitete ihm die Ungewissheit Sorge, was mochte mit Alex und Anton geschehen sein. „Wer sind die führenden Köpfe der Gruppe?", wollte der Vernehmer von ihm wissen.

„Ich verstehe nicht, was Sie meinen" antwortete Michael, „wir agieren gleichberechtigt, es gibt bei uns keine Hierarchieebenen mit Schriftführer und Kassenwart."

Der Vernehmer wurde ungehalten. „Herr Tenner", schnaubte er ihn an, „wir sind hier nicht in einem Unterhaltungsprogramm, ich glaube Ihnen ist der Ernst der Lage nicht bewusst!"

„Uns liegen hier Aussagen vor, dass Sie einer der führenden Köpfe sind."

„Der so etwas sagt, ist unwissend“, entgegnete Michael, und ließ sich von dem schärfer werdenden Ton seines Gegenübers nicht einschüchtern.

„Wurden Sie vom Pfarrer Gumbel zur Bildung dieser Gruppe ermutigt?“, der Vernehmer holte einige DIN A4-Seiten aus einem Ordner, und tat so, als wenn er darin lesen würde.

„Dazu äußere ich mich nicht!“ kam Michaels knappe Antwort.

So setzte sich das Frage- und Antwortspiel fort. Das Verhör dauerte bisher etwa zwei Stunden. Michael reflektierte, dass er sich bisher gut unter Kontrolle hatte. Die Laune des Vernehmers verschlechterte sich zusehends. Gegen 14.00 Uhr gab es eine erste Unterbrechung. Es kam ein anderer Stasimitarbeiter. Dieser nahm gelangweilt auf dem Stuhl des Vernehmers Platz, während dieser sich, wie Michael vermutete, zum Informationsaustausch zurückgezogen hatte. Michael hatte am Morgen nur einmal von seinem Frühstücksbrot abgebissen, und es stellte sich trotz der Anspannung ein Hungergefühl ein. Nach einer halben Stunde wurde das Verhör fortgesetzt.

„Wie sieht es denn mit Essen und Trinken aus?“, ich bin seit heute Morgen um vier auf den Beinen.“

Vom Vernehmer kam keine Reaktion. Michael merkte an den folgenden Fragen, dass er sich in der Pause mit neuen Informationen versorgt hatte.

„Wir haben jetzt mehrere schriftliche Bestätigungen, dass Sie eine Führungsperson innerhalb der Gruppe sind“, startete der Vernehmer die nächste Runde.

„Kann ich die mal sehen?“ reagierte Michael herausfordernd auf seine Frage.

„Alles zu seiner Zeit, und noch eins, die Fragen stelle ich!“

„Wir haben eine Vollmacht in der Tasche Ihrer Frau gefunden, die verfügt, dass im Falle einer Inhaftierung Ihr Sohn zu einer Person aus ihrer Gruppe in Obhut gehen soll. Was hat es damit auf sich?“

Jetzt war sich Michael sicher, dass Alex ebenfalls zugeführt, und in einem der anderen Vernehmungszimmer verhört wurde. Was haben sie mit Anton gemacht, kreisten seine Gedanken?

„Wo ist meine Frau, und wo ist unser Sohn?“, wollte Michael jetzt wissen.

„Ihrem Sohn geht es gut, und wo Ihre Frau ist, werden sie noch erfahren“, antwortete der Vernehmer.

Etwa fünfzehn Minuten versuchte dieser Michael, mit den neu gewonnenen Informationen aus der Reserve zu locken. Er ahnte, dass einige oder gar alle aus der Gruppe zugeführt wurden. Wieso jedoch Alex? Die Stasi musste doch wissen, dass die Frauen und Kinder aus den Aktivitäten herausgehalten wurden. Mittlerweile war es 16.00 Uhr. Michael hatte noch immer nichts gegessen und getrunken.

„Ich möchte noch einmal anmerken, dass ich heute noch nichts gegessen und getrunken habe, wenn das hier so weitergeht, sage ich nichts mehr!“

Der Vernehmer griff nun lustlos zum Telefonhöher, und kurze Zeit später brachte ein Uniformierter ein Glas und eine Karaffe mit Wasser.

Die Staatssicherheit rüstet auf

Während Alex und Michael im Dauerverhör in der Stasi U-Haft in Potsdam festsaßen, wurde die Staatssicherheit in ihrer Wohnung in Brandenburg tätig, und rüstete eine konspirative Wohnung in unmittelbarer Nähe als Abhörzentrale ein.

Sicherungsplan zur Durchführung spezifischer Maßnahmen der Abt. VIII und operativ-technischer Maßnahmen der Abteilung 26 zum OV „Legierer“

Die o. g. Maßnahmen sollen am 04.03.88 in der Zeit von 08.00 Uhr bis 14.00 Uhr in den Wohnräumen der OV-Person

-Tenner Dirk

-Tenner Alexandra

durchgeführt werden.

Zur Absicherung der Durchführung sind folgende Maßnahmen festgelegt:

1. Bindung des Tenner Michael durch Zuführung der Abt. VIII zur Abt. IX
2. Bindung der Tenner Alexandra durch Zuführung der Abt. VIII zur Abt. IX
3. Versorgung und Betreuung des Kindes Tenner, Anton nach Zuführung der Eltern, Übergabe an den Rat der Stadt Brandenburg, Abt. Jugendhilfe
4. Bindung der Eltern der Tenners
5. Bindung der unmittelbaren Wohnungsnachbarn mittels Legende
6.Bindung der Nutzer der Wohnung unterhalb der OV-Personen mittels Legende
7. Suche und Aufklärung einer geeigneten Kontrollstelle/ Stützpunkt entsprechend den Forderungen der Abt. 26
8. Vorbereitung und Einsatz von Funktechnik zur Absicherung der gesamten Maßnahmen für
-Kontrollstelle/ Stützpunkt
-äußere Kontrolle des Objekts
-Abt. VIII

Gegen 09.00 Uhr hielt am selben Tag außerhalb der Wohnblöcke, in denen sich ihre Wohnung befand, ein in unscheinbarem Farbton lackierter Lada. Ihm entstiegen zwei Männer jeweilig mit Koffern für technisches Equipment. Sie betraten das Treppenhaus und gingen zielstrebig ins obere Stockwerk, wissend das die unmittelbaren Nachbarn von Alex und Michael nicht im Haus waren. Die Wohnungstür wurde professionell geöffnet. Anschließend wurde die Wohnung eingehend durchsucht. Dabei wurden im Wohn- und Schlafzimmer Wanzen angebracht. Die ganze Aktion dauerte etwa eine Stunde. Anschließend verließ einer der beiden Männer das Haus, um im angrenzenden Wohnblock im nächsten Hauseingang wieder zu verschwinden. Hier befand sich ebenfalls im oberen Stockwerk die Wohnung eines IMK/KW, in der sich ein weiteres Team mit der Einrichtung der Aufnahmetechnik zu schaffen machte. Die installierte Technik wurde auf Funktion geprüft. Nach einer weiteren halben Stunde verschwanden die Männer wieder.

Das Verhör geht weiter

Das Verhör wurde fortgesetzt. Nach mehreren Stunden wurde es durch Pausen unterbrochen, in denen sich der Vernehmer zurückzog. Mit spärlichen neuen Informationen ging es anschließend weiter. In der Zwischenzeit war es bereits weit nach Mitternacht. Für Michael war der Zeitpunkt gekommen, um seinem Gegenüber eine Ansage zu machen: „Ich sage ab jetzt nichts mehr. Sie können mir den Trainingsanzug geben, mich verurteilen und dann wegsperren!"

Er kannte das Prozedere mit den Trainingsanzügen aus seiner Haftzeit vor ein paar Jahren. Viel wird sich daran wohl nicht geändert haben, dachte er bei sich. Dies schien zu wirken, zumal er ab diesem Zeitpunkt stumm blieb, und der Vernehmer keinen Sinn mehr darin sah, Fragen zu stellen. Noch einmal verschwand sein Vernehmer, um nach seiner Rückkehr nur noch zu sagen: „Sie werden jetzt auf Ihre Zelle geführt."

Wieder Mal ging es für ihn in das Innere der Untersuchungshaftanstalt. Er wurde in eine Zelle in einem der oberen Stockwerke gebracht. Dort stand bereits ein Teller mit Wurstbroten und Tee. Der Mitarbeiter vom Wachpersonal kam kurze Zeit später mit einer Kulturtasche mit den notwendigste Pflegeutensilien. Wenig später war wieder Bewegung auf dem Gang vor seiner Zelle, und er vernahm eine ihm bekannte Stimme, die zu Berndt gehörte. Das gab ihm die Gewissheit, nicht allein zu sein. Der Tag war anstrengend und so ereignisreich, dass er sich auf die Holzpritsche legte. Er versuchte seine Gedanken zu ordnen. Es dauerte nicht lange und er fiel in einen unruhigen Schlaf. Am nächsten Morgen brachte man das Frühstück und stellte es auf die geöffnete Klappe in der Zellentür. Anschließend passierte für mehrere Stunden erst einmal nichts. Der Tag verging ohne weitere Ereignisse. Die einzige Abwechslung waren die Essenzeiten. Auch der kommende Tag, es war ein Sonntag blieb ereignislos. Am Vormittag war Hofgang. Hierzu wurden die Häftlinge einzeln auf den Innenhof in eine Art Käfig gebracht. Die Käfige waren oben mit

Gittermaschenzaun verschlossen. Über den Käfigen gab es Gänge, die mit Gitterrosten ausgestattet waren, auf denen das Wachpersonal patrouillierte. Der nächste Abend kam und die Gedanken kreisten. Die Unwissenheit war das Schlimmste. Wo waren Alex und Anton? Was war mit den anderen passiert? Wurden alle aus der Gruppe nach Potsdam gebracht? Fragen die nur Spekulationen erlaubten. Am Montagmorgen folgte wieder dasselbe Prozedere, nur der Hofgang fiel aus. Gegen Mittag wurde seine Zelle aufgeschlossen. Man brachte ihn durch den Zellentrakt ins Erdgeschoss, und schloss ihn in einer Art Besuchsraum ein. Hier saß er eine Weile, ehe sich kurze Zeit später wieder die Tür öffnete und Alex den Raum betrat. Die Freude war groß. Sie mussten aber ihre Gefühle im Zaum. Sie sahen sich an, und flüsterten sich in wenigen Worten zu, was sie in den letzten Tagen erlebt hatten. Die Zeit verging ereignislos. Nach etwa einer Stunde kamen zwei Stasimänner, und übergaben ihnen ihre persönlichen Sachen, die ihnen am Tag der Einlieferung abgenommen wurden. Dann konnten den Raum verlassen, und standen plötzlich in der Kraftfahrzeugschleuse. Neben der Schleuse war eine Fußgängertür. Diese wurde geöffnet und sie konnten gehen. Vor der Tür standen sie plötzlich mitten im Innenstadtverkehr von Potsdam. Das war irritierend. Eben noch auf der Zelle und zuvor stundenlange Verhöre, und jetzt so ein Ende. Beide kannten sich in Potsdam recht gut aus, also beschlossen sie mit der Straßenbahn zum Hauptbahnhof zu fahren, um von dort aus den nächsten Zug Richtung Brandenburg zu nehmen. Ihre Gedanken waren bei Anton. Wo war er während ihrer Abwesenheit untergebracht?

Daher beschlossen sie, dass ihr erster Weg nach ihrer Ankunft in Brandenburg sie zu Pfarrer Gumbel führen sollte. Am Potsdamer Hauptbahnhof angekommen stiegen sie gerade aus der Straßenbahn, als Michael auch schon den roten Wartburg entdeckte. Einen der Insassen kannte er, denn das war einer der Männer, die ihn aus Antons Kindergarten geholt hatten. Die Männer kamen auf sie zu. Sie forderten sie auf ins Fahrzeug zu steigen. Es ging nochmals zurück in die Stasi U-Haft. Wieder wurden sie in die Schleuse gefahren und mussten in denselben Raum wie zuvor. Sie sahen sich verwundert an, und wussten nicht, was diese Aktion zu bedeuten hatte. Kurz darauf brachte man ihnen Mittagessen. Nach endlosen Minuten öffnete sich die Tür. Ihnen wurde bedeutet in den Wartburg zu steigen. Die Fahrt ging auf der Fernverkehrsstraße 1 in Richtung Brandenburg. Kurz vor der Stadtgrenze musste der Wagen an einem Bahnübergang halten. Die beiden hatten bereits seit einiger Zeit beobachtet, dass ein weißer Lada in größerem Abstand hinter ihnen fuhr. Um nicht am Bahndamm hinter dem Wartburg zu stehen, fuhr der Lada einige hundert Meter hinter ihnen in einen Waldweg. Als die Fahrt wieder fortgesetzt werden konnte, folgte auch der Lada wieder in sicherem Abstand. Sie wurden im Stadtzentrum abgesetzt und die Stasi-Mitarbeiter fuhren davon. Alex und Michael machten sich unverzüglich auf den Weg zum Pfarrhaus. Auf dem Weg dorthin stießen sie auf Berndt. „Na, was war das für eine Aktion?", kam er auf die beiden zu.

„Warst du das im weißen Lada hinter uns?", fragte Alex.

„Ja sicher, ich weiß auch nicht, was das sollte, denn wenn die uns rauslassen können die doch davon ausgehen, dass wir uns wieder treffen."

Warum die Stasi solche Umstände gemacht hatte, erschloss sich ihnen nicht. Sie gingen gemeinsam zum Pfarrhaus und klingelten. Pfarrer Gumbel stand kurze Zeit später an der Tür und begrüßte die drei freudig.

Gegenseitig teilten sie sich in Kurzform die Erlebnisse der letzten Tage mit, wobei der Pfarrer vorschlug, am kommenden Tag noch einmal gemeinsam mit allen Gruppenmitgliedern zusammen zu kommen.

„Wissen Sie, wo unser Sohn ist?", fragte Alex ihn hoffnungsvoll.

Pfarrer Gumbel hatte in den letzten Stunden bei staatlichen Stellen ununterbrochen für die Inhaftierten der Gruppe interveniert. „Ja, sagte der Pfarrer, es war alles sehr schwierig, aber ich weiß, wo er ist. Kommen Sie rein Frau Tenner, ich gebe Ihnen die Adresse."

Alex ging mit ihm in sein Büro, während Berndt und Michael

vor der Tür warteten. „Weißt Du, wer alles in Potsdam war?“, wandte sich Michael an Berndt.

„Ich bin mir nicht sicher, aber ich meine die Stimme von Gerhard auf dem Zellengang gehört zu haben.“, entgegnete Berndt.

Alex und Pfarrer Gumbel traten wieder an die Tür. Michael wiederholte seine Frage an den Pfarrer gewandt.

„Herr Punte, Sie Herr Grievmann und Herr und Frau Tenner waren in Potsdam, die anderen haben an der Veranstaltung teilgenommen.“

„Aber lassen Sie uns das alles morgen besprechen, die anderen wissen Bescheid. Wir treffen uns um 16.00 Uhr hier wieder bei mir.“

Alex und Michael fuhren anschließend zu der Adresse, die der Pfarrer Alex gegeben hatte. Es war ein Kinder- und Jugenheim in Wilhelmsdorf, einem Vorort von Brandenburg. Dort angekommen war das Personal auffallend freundlich und mitfühlend zu ihnen. Man führte sie in einen Raum, in dem viele Kinder in Antons Alter spielten. Er selbst saß auf dem Schoß einer Mitarbeiterin. Anton freute sich riesig, Michael und Alex zu sehen. Gemeinsam fuhren sie mit dem Bus nach Hause. Was sie nicht wussten, aber durchaus für möglich hielten, war jetzt Gewissheit. Sie wurden von der Staatssicherheit abgehört. Die konspirative Wohnung befand sich in einem der rechtwinklig fortlaufenden Wohnblöcke. Die beiden hatten sich bereits seit einigen Monaten eine Verhaltensweise auferlegt, die ein Mithören bei brisanten Themen erschwerte. So wurden Gespräche die Gruppe betreffend entweder in der Wohnung bei laufendem Wasserhahn oder bei Spaziergängen geführt.

„Mal gut, dass du zuvor so viel über die Bedingungen in der U-Haft erzählt hattest, das hat mir geholfen.“, begann Alex über die Zeit in Potsdam zu sprechen. „Die Lüftung in der Zelle mit dem Brett zwischen den versetzten Glasbausteinen, da wäre ich nicht draufgekommen. Ich stand so unter Schock, und dann nicht zu wissen, was sie mit Anton gemacht haben, ich habe sofort meine Tage bekommen. Der Gang zu meiner Zelle hatte durch so eine Art Sondertrakt geführt. Dort waren die Zellen komfortabler, mit gepolsterten Stühlen und so, bestimmt für Westler, die sie eingebuchtet haben."

„Mich haben sie aus dem Krankenhaus gelotst, indem sie die Chefin des Kindergartens genötigt haben. Sie musste im Krankenhaus anrufen, und mir mitteilen, dass Anton etwas zugestoßen sei. Die sind sich für nichts zu schade.", erzählte ihr Michael über die Art und Weise seiner Zuführung.

Alex erzählte Michael, dass in einer der Vernehmungspausen wohl sein Vernehmer aus der Zeit des missglückten Fluchtversuchs ihr gegenübersaß.

Der hat mich dann beiläufig gefragt: „Wie geht es denn der Cousine Ihres Mannes?"

Ich habe zu ihm gesagt: „Gut, sie ist verheiratet. Der hatte mit Sicherheit gedacht, dass du mir die Geschichte mit deiner Cousine nicht erzählt hattest."

Es wurde offenbar mit allen Mitteln versucht Zwietracht zu säen. Am nächsten Tag kam die Gruppe wie vereinbart bei Pfarrer Gumbel zusammen. Diesmal war auch Alex dabei, da die Stasi sie als einzige weibliche Person in Potsdam in Gewahrsam genommen hatte. Zuerst berichteten die Zugeführten über das Geschehen der letzten Tage in der Stasi U-Haft. Außer Alex und Michael waren es noch Berndt, der mit dem weißen Lada hinter ihnen nach Brandenburg gefahren wurde, sowie Gerhard. Ihn hatte die Stasi morgens von seiner Arbeitsstelle abgeholt, während Berndt, der sich mit Gelegenheitsjobs durchschlug beim Verlassen des Hauses aufgegriffen wurde. Daraufhin schilderte Alex den Verlauf ihrer Zuführung: „Als ich am Morgen mit Anton das Haus verließ, fiel mir unterbewusst eine Frau mit weißblonden, hochgesteckten Haaren auf, die in einem Hauseingang stand. Nachdem ich Anton im Kindergarten abgegeben hatte, und zum Zahnarzt gehen wollte, kamen mir zwei Männer entgegen, und fragten mich, ob ich Frau Tenner sei. Als ich dies bejahte, sagte einer der Männer, dass sie mich zur Klärung eines Sachverhalts mitnehmen. Dann musste ich in einen Wartburg einsteigen der bereits am Straßenrand wartete."

Die Schilderungen der Vernehmungen deckten sich im Wesentlichen. Alle waren nach ihren Aussagen standhaft. Die Staatsicherheit konnte nicht viel neue Erkenntnisse gewinnen. Auf viele Dinge in der Stasi U-Haft hatte Michael die Gruppe im Vorfeld bereits hingewiesen. So auch das Durchschalten von roter Beleuchtung in den Gängen des Zellentrakts, um einen möglichen Sichtkontakt von Untersuchungshäftlingen zu vermeiden. Pfarrer Gumbel und die Daheimgebliebenen berichteten anschließend über den Ablauf der Veranstaltung. „Es kamen mehr Menschen als erwartet", sagte der Pfarrer, und Uwe setzte fort: „In unmittelbarer Nähe des Gemeindehauses hielten zwei Mannschaftstransporter der Bereitschaftspolizei aus Potsdam. Alle Polizisten waren mit Kalaschnikows bewaffnet."

„Wir hatten es so organisiert, dass beim Betreten des Saals jedem Teilnehmer von den Gruppen- und Gemeindemitgliedern Schriftstücke mit einer Zusammenstellung von Zitaten zum Begriff „Freiheit" überreicht wurden", berichtete Pfarrer Gumbel.

„Die Stimmung war durchaus angespannt und bedrohlich. Unter den Anwesenden befanden sich einige kleine gewaltbereite Gruppierungen mit Transparenten. Wir hatten gemeinsam versucht von Beginn an ein Kippen der Veranstaltung in Gewalt und Chaos zu verhindern, was uns, denke ich auch gelungen ist. Ich klärte über die gegenwärtige Situation auf, dass einige der Initiatoren des Abends sich derzeit in Stasi U-Haft befinden. Daraufhin wurde eine Schweigeminute abgehalten. Im Laufe der Veranstaltung entspann sich eine angeregte Diskussion. Unter anderem wurde dazu aufgerufen eine Gruppe „Staatsbürgerschaftsrecht" zu gründen, und den 1. Mai zu einem Kampftag der Übersiedlungssuchenden zu gestalten. Zum Abschluss der Veranstaltung hatte ich mich an die Versammelten gewandt und gesagt, dass die Kirche gemeinsam mit dem Gemeinderat entscheidet, wie es weitergehen soll. Ich habe dafür plädiert, den Teilnehmerkreis beizubehalten, da kleinere Gruppen schneller durch den Staat zerschlagen werden können."

Es tat gut sich gegenseitig mitzuteilen und Gedanken auszutauschen. Auch Pfarrer Gumbel sah man die Erleichterung darüber an, dass die Veranstaltung ohne Eskalation beendet werden konnte. Alle waren sich darin einig, sich weiter zu treffen, und zu überlegen mit welchen Aktionen zukünftig dem Willen nach Ausreise Nachdruck verliehen werden kann.

Von staatlicher Seite gab es zu dem Geschehen folgende Verlautbarung:
In Fortführung weiterer offensiver abgestimmter Maßnahmen wurden seitens der zuständigen staatlichen Organe am 5. März 1988 mit Generalsuperintendenten Tandler, Superintendent Schrader und der Vorsitzenden des Gemeindekirchenrates der St.-Gotthardt-Gemeinde erneut Gespräche geführt. Dabei wurde nachdrücklich die staatliche Erwartungshaltung wiederholt, dass von kirchlicher Seite alles unternommen wird, künftig derartige feindlich-negative Aktivitäten in kirchlichen Räumen zu unterbinden.

Ausgehend von diesen Grundpositionen wurde den kirchlichen Gesprächspartnern mitgeteilt, dass nach sorgfältiger Prüfung die Entlassung der am 4. März 1988 zugeführten Personen erfolgte, nachdem sie umfassend, z. T. schriftlich, mit der Rechtslage sowie der staatlichen Erwartungshaltung vertraut gemacht wurden. Gegenüber den Gesprächspartnern wurde die Erwartung ausgesprochen, dass nun auch die Kirche das Ihre tun müsse. Generalsuperintendent Tandler nahm die Erklärung zur Kenntnis und betonte, er habe die Gesamtpolitik der Kirchenleitung der Evangelisch-Lutherischen Landeskirche in Berlin-Brandenburg dargelegt. Seine Position sei dort bestätigt worden. Auch die Kirchenleitung sei der Auffassung, dass die Kirche kein „Auswanderungsbüro" ist. Er versicherte, alles zu tun, um etwaige Wiederholungen künftig zu vermeiden. Superintendent Schrader distanzierte sich von der Veranstaltung. Die Gemeindekirchenratsvorsitzende gab an, die tatsächliche Zielstellung der Veranstaltung nicht erkannt zu haben, zeigte sich erfreut und erleichtert über die Freilassung der Zugeführten und erklärte, dass der Gemeindekirchenrat für eine derartige Veranstaltung nur eine einmalige Zustimmung gegeben habe. Weiterführende Maßnahmen zur Diszipli-

nierung der bekannten feindlich-negativen Kräfte, zur Zersetzung der Gruppierung und zur Unterstützung des Differenzierungsprozesses unter kirchlichen Kreisen werden fortgesetzt.

Spitzel in Spitzenunterwäsche

Am kommenden Tag gingen Alex und Michael wieder zur Arbeit, wobei bei Alex an der Ausübung ihrer eigentlichen Tätigkeit nicht mehr zu denken war. Sie wurde mit nichtigen Arbeiten im Büro betraut. Michael hingehen nahmen die täglichen Aufgaben im Krankenhausbetrieb wieder voll in Anspruch. In einer der folgenden Wochen wurde eine Krankenschwester neu eingestellt. Schon beim ersten gemeinsamen Bettenmachen offenbarte sie ihm: „Ach, weißt du mit meinem Mann, das läuft nicht mehr so gut. Ich für meinen Teil sehe das pragmatisch und bin kleinen Abenteuern am Rande nicht abgeneigt."

Michael fand diese Offenheit verwunderlich, behielt jedoch seine Meinung gegenüber dem anderen Schwesternpersonal erst einmal für sich. Zu Hause erzählte er Alex jedoch, dass ihm die Sache nicht geheuer sei. In den folgenden Tagen steigerte es sich zu einer regelrechten offensiven Anmache. Einmal kam sie in die Küche, während er allein den Abwasch vorbereitete. Sie näherte sich ihm und klatschte mit der flachen Hand auf seinen Hintern. Er war einiges gewöhnt, aber das war zu viel. „Sag mal, hast du sie noch alle!" schrie er sie an.

Sie verließ darauf die Küche, und hatte wohl gemerkt, dass sie zu weit gegangen war, denn einige Zeit später entschuldigte sie sich bei ihm. Aber es sollte noch besser werden. An einem der folgenden Tage musste Michael am Vormittag einen Behördengang machen. Daher kam er etwas später zur Arbeit. Zuerst begegnete er Rosi, einer der Reinigungskräfte. Die erzählte ihm ganz aufgeregt: „Michael stell dir vor, Marianne, so hieß die neue Schwester, hat Reizwäsche unter ihrem Schwesterkittel an. Die Männer auf den Stationen sind schon nervös."

Michael konnte es nicht glauben, bis er mit eigenen Augen sah, wie Marianne völlig selbstbewusst mit schwarzem BH und Slip sowie Strapsen mit schwarzen Strümpfen unter ihrem Schwesterkittel über den Flur flanierte. Die schwarze Reizwäsche zeichnete sich deutlich ab. Das Ganze hatte etwas von einem Filmset für Softpornos. Die fitten Männer standen im Flur, lugten ihr hinterher, und steckten die Köpfe zusammen. Es dauerte nicht lange und Schwester Mechthild, eine der älteren Ordensschwestern kam mit einem übergroßen dunkelblauen Tuch. Sie schirmte damit Marianne ab und geleitete sie in die Umkleide. Dort ermahnte sie Marianne eindringlich, sich in ihrer Kleiderordnung dem Charakter des Hauses anzupassen, und sich sofort umzuziehen. Michael drängte sich der Verdacht auf, dass Marianne von der Stasi geschickt wurde, um ihn in ein „aventure amoureuse" zu verwickeln. Am folgenden Samstag hatten Michael und Marianne gemeinsam Dienst. In der Mittagspause gab es dann einen heftigen Wortwechsel. Michael unterstellte ihr: „Ich weiß genau wer dich geschickt hat, und was die damit erreichen wollen!"

Daraufhin verschwand sie wutentbrannt aus der Küche, und schmiss die Tür, dass diese krachend ins Schloss fiel. Es dauerte nur kurze Zeit, dann öffnete sie diese wieder einen Spalt breit, steckte ihren Kopf hinein und blaffte in Richtung Michael: „Eines kann ich dir jetzt schon sagen, du kommst hier nie raus, du kannst hier die Flure wischen, bis du Schwielen an den Händen hast!"

In der kommenden Woche war der Aufritt von Marianne wieder vorbei, denn sie hatte auf eigenen Wunsch gekündigt. Unerwartet tat sich die Chance auf, Anton in dem Kindergarten unterzubringen, der neben seiner ehemaligen Krippe lag. Dieser befand sich unweit von Alex' Arbeitsstelle. Was vermeintlich ein Vorteil war, stellte sich bald als Fehler heraus. Plötzlich, und ohne erkennbaren Grund ging Anton mit Angst vor dem kommenden Tag am Abend ins Bett. Nachdem sich das Verhalten in den folgenden Tagen wiederholte, fragten Alex und Michael ihn, was los sei. Er zitterte wie Espenlaub und sagte, dass er nicht mehr in den Kindergarten gehen wolle. Den Grund jedoch mochte er auch nach mehrmaligem Fragen nicht preisgeben. Beim Abholen an einem der folgenden Nachmittage wurde Alex von einer anderen Mutter angesprochen. „Wissen Sie Frau Tenner ich muss mich ihnen offenbaren. Ihr Sohn Anton wird von einer der Erzieherinnen schlecht behandelt. Ich kenne die Frau, sie ist eine ganz linientreue Person. Sie ist noch nicht lange hier, und sie weiß, dass Sie einen Ausreiseantrag gestellt haben. Woher, keine Ahnung. Meine Tochter hatte mir erzählt, dass ihm das Essen reingestopft wird, auch wenn er es nicht mehr möchte. Das ging wohl so weit, dass er sich erbrechen musste. Zu den Kindern hatte sie dann gesagt, der Anton ist verwöhnt und ein böses Kind."

Alex bedankte sich für die Offenheit der Frau, nahm Anton an die Hand und ging besorgt nach Hause.

Dort erzählte sie die Neuigkeiten Michael und sie beratschlagten, wie sie schnellstens Abhilfe schaffen könnten. Sie kamen überein, zu versuchen, Anton schnellstmöglich in einem kirchlichen Kindergarten unterzubringen. Michael erläuterte im Krankenhaus die Situation und stieß auf großes Verständnis beim Klinikpersonal. Er bekam einen Tag Urlaub und klapperte die kirchlichen Kindergärten der Stadt ab. Die Sache gestaltete sich jedoch schwieriger als gedacht. Die Ansprechpartner der Einrichtungen waren sehr verständnisvoll und mitfühlend, aber alle waren an ihren Kapazitätsgrenzen, und konnten keine weiteren Kinder aufnehmen. Zuletzt fragte Michael bei einem evangelischen Kindergarten ganz in der Nähe seiner Arbeitsstelle an. Dieser war in einem der wenigen intakten Häuser untergebracht. Die Spuren des Krieges waren in der Straße deutlich sichtbar, denn es gab in den Häuserfronten einige Lücken, die durch Bombentreffer entstanden waren. Fast alle Häuser standen leer. Auffällig waren jedoch die neu errichteten Schornsteinzüge in sämtlichen Häusern, ein Zeugnis der unkoordinierten Planwirtschaft der DDR, denn eine notwendige weitere Sanierung fand nicht mehr statt. Michael nahm auf einem der Kinderstühle Platz, und trug der leitenden Kindergärtnerin sein Problem vor. Diesmal mit Erfolg, denn sie sagte, dass Anton Anfang kommender Woche in den Kindergarten wechseln könne. Sie erläuterte ihm noch, wie hier die Tagesabläufe für die Kinder gestaltet werden. Diese waren nicht so durchorganisiert wie in den staatlichen Einrichtungen. Wenn einige der Kinder nach der Mittagsruhe noch müde waren, konnten sie halt noch weiterschlafen. Die individuelle Kreativität der Kleinen wurde immens gefördert. Dies spürten Alex und Michael recht schnell, denn bei selten stattfindenden Feiern im Kreise der Familien oder beim gemeinsamen Spazierengehen genügte ein Schlagwort, und Anton ratterte textsicher Gedichte runter oder sang Lieder. Nachdem der Wechsel sicher war, ließ es sich Michael nicht nehmen der Kindergärtnerin in Antons altem Kindergarten seinen Standpunkt über sie und ihr Verhalten deutlich zu machen. Im neuen Kindergarten war Anton wieder fröhlich, und sprudelte vor Aktionismus.

Die Gruppe wird kleiner

Peter Jensch, der mit seiner Familie in direkter Nachbarschaft vom ABV lebte, hatten die aufregenden Wochen offensichtlich zugesetzt. Er hatte um einen persönlichen Termin bei Pfarrer Gumbel gebeten, um ihm mitzuteilen, dass er zukünftig nicht mehr an den wöchentlichen Sitzungen der Gruppe teilnehmen werde. Diese Neuigkeit kam für alle überraschend. Kurze Zeit später kam Horst Wutke, der bereits in der Vergangenheit ein privates Verhältnis zur Familie von Peter pflegte mit der Nachricht, dass die Familie Jensch die Ausreisegenehmigung erhalten hat. Die Freude des einen, ist das Leid der anderen. Peter gestand Horst bei einem seiner letzten heimlichen Treffen ein, dass die Staatssicherheit ihm offeriert hatte, löst er sich von der Gruppe, kann die Familie in absehbarer Zeit die DDR verlassen. Das war ein verlockendes Angebot und schließlich auch das Ziel eines Jeden von ihnen. Es kam der nächste Sommer. Michael war mittlerweile fast ein Jahr im Krankenhaus beschäftigt. Alex und er machten sich Gedanken wie es zukünftig weiter gehen soll. Sie lebten am Existenzminimum und eine Änderung ihrer Situation war nicht in Aussicht. Als Michael an einem der folgenden Tage mit dem Dienstfahrrad des Krankenhauses zu Erledigungen in der Stadt unterwegs war, traf er zufällig Gerhard Punte, dessen Frau in Westberlin auf ihn wartete. Gerhard fuhr kurz rechts ran, kurbelte die Scheibe herunter: „Grüß dich Michael, bei mir ist wohl die Leidenszeit vorbei. Ich komme gerade von Abteilung Inneres und habe die Ausreisepapiere erhalten."

„Das ist ja ein Ding", entgegnete Michael, hatte aber den Eindruck, dass Gerhard nicht unbedingt mit ihm gesehen werden wollte, denn er sah sich nervös nach allen Seiten um.

„Ich muss mich beeilen, ich benötige noch die Unterschriften meiner Geschwister, und muss mich noch bei allen möglichen Behörden abmelden."

Sprachs und verschwand ohne ein weiteres Wort. Es ging bei ihm offensichtlich schnell, denn er hatte keinen weiteren Kontakt mehr weder zu ihrer Gruppe noch zu Pfarrer Gumbel. Über Informationskanäle aus einer weiteren Gruppe, die von Pfarrer Zern betreut wurde, kam die Information, dass Gerhard bereits in Westberlin sei. Jetzt waren sie nur noch zu viert: Horst Wutke, Uwe Kern, Berndt Grievmann und Michael Tenner. Die Gruppe traf sich weiterhin wöchentlich bei Pfarrer Gumbel als auch untereinander privat. Viele der Gespräche fanden bei Michael und Alex in der Wohnung statt. So auch an einem Tag Ende Mai 1988. Bedingt durch den Umstand, dass zwei aus der Gruppe ausgeschieden, und mittlerweile im Westen waren, wurde Horst zunehmend nervöser. Zu ihnen kamen noch immer andere Antragsteller zum Informations- und Wissensaustausch nach Hause. Ob unter ihnen auch Mitarbeiter der Staatsicherheit waren, maßen sie keine Bedeutung bei. Es war ihnen schlichtweg egal. Horst vertrat die Meinung: „Es muss unbedingt einer von uns nach drüben und dort Bambule für die anderen machen!"

Bernd schloss sich der Meinung an, und fügte noch hinzu: „Die Verbindung zur Kirche, und insbesondere zu Pfarrer Gumbel, sollten wir auf alle Fälle aufrechterhalten. Wir müssen aber bei allem, was wir tun, darauf achten, die Bereitwilligkeit und Selbstlosigkeit der Gemeinde nicht überzustrapazieren."

„Wir sollten uns zukünftig auf Treffen außerhalb der Wohnungen beschränken, denn die „Firma“ hat uns mit Sicherheit permanent auf dem Schirm“, schlug Michael vor und die anderen stimmten ihm zu.

Auszüge aus dem Zwischenbericht zum OV „Legierer“ vom 14.06.1988
Im OV „Legierer“ werden die Personen
Tenner Dirk und Tenner Alexandra
wegen des Verdachts der Begehung von Straftaten gemäß §§ 213, 214, 220 StGB operativ bearbeitet.
Aufgrund der Aktivitäten des T. und der politisch-operativen Ergebnisse bei der Bearbeitung der OV „Eiche“; „Legierer“ und „Baum“ zählt der T. zu den Mitbegründern und führenden negativen Kräften dieser Gruppe.
In Durchführung operativer Maßnahmen zur Zerschlagung der „Selbsthilfegruppe“ wurde der T. und seine Ehefrau am 4.3.88 zur BV Potsdam, Abt. IX, zugeführt. Dort wurden sie zum anstehenden Sachverhalt befragt und belehrt. Zur Operativen Aufklärung dieser „Selbsthilfegruppe“ wurde bei dem T. eine operativ-technische Maßnahme der Abt. 26 realisiert. Die Analyse dieser Maßnahme ergab, dass T. engen Kontakt zu anderen führenden Kräften dieser feindlich-negativen „Selbsthilfegruppe“ Brandenburger ÜSE hat.
Bei gemeinsamen Treffen in Wohnungen, deren Inhaber ebenfalls im OV als ÜSE bearbeitet werden, wurden bekanntgewordene operative Maßnahmen des MfS ausgewertet, um daraus schlussfolgernd neue Verhaltensweisen und Aktivitäten zur Durchsetzung ihres ÜSE bei sich selbst ableiten zu können.
In der Information B55/66 Blatt 7 der Abt. 26 heißt es:
„Im Verlauf der weiteren Unterhaltung wird erklärt, dass einer von ihnen (ÜSE) rüber muss, damit dieser dann „Bambule“ für die anderen im Osten machen kann.“
Weiterhin wurde festgestellt, dass T. seine Ehefrau zu negativen Einstellungen und Haltungen gegenüber staatlichen und gesellschaftlichen Aktivitäten orientiert.
Die Analyse der wöchentlichen Schreiben des T. untermauern seine starke feindlich-negative Einstellung zur DDR. In einem Schreiben vom

26.10.87 heißt es.
„Wir sehen mit Ungeduld dem Tag entgegen, an dem wir nicht mehr die Staatsbürgerschaft der DDR besitzen, dann können wir endlich den aufgestauten Hass neutralisieren."
Die Familie T. unterhält intensive briefliche sowie telefonische Kontakte zu den ehemaligen DDR-Bürgern
AOV-„Kathode"/ der KD Brandenburg sowie zur Michael und Silvia Jeckel aus Heiligenhaus/ BRD, die den T. in seiner Zielstellung bestärken sowie die westliche Lebensweise verherrlichen. In Briefen an oben benannte Personen, welche konfisziert wurden, schildert der T. in provokatorischer und feindlich-negativer Weise Maßnahmen des MfS, vorrangig der Zuführung und Befragung durch die Abt. IX der BV Potsdam.
Vorgeschlagene Maßnahmen:
Da während der Bearbeitung des OV „Legierer" keine strafrechtlich relevanten Handlungen der Verdächtigen erarbeitet werden konnten, wird vorgeschlagen, die Familie T. aus politisch-operativen Gründen in die BRD überzusiedeln. Dabei ist operativ zu beachten, dass die Verbindung in der sogenannten „Selbsthilfegruppe zusammengeschlossener ÜSE zu Sogwirkungen bzw. zu feindlich-negativen Aktivitäten zur Forcierung ihrer Antragstellungen führen können.
Leiter der Kreisdienststelle
Rubel, Oberstleutnant

Das bereits im Sommer 1988 von der Staatssicherheit der Vorschlag unterbreitet wurde, die Familie Tenner ausreisen zu lassen, ahnten Michael und Alex natürlich nicht. Doch am 11. Juli 1988 antwortete die Bezirksverwaltung der Staatsicherheit an den Leiter KD Brandenburg:

Ihr Vorschlag zur weiteren Bearbeitung ausgewählter OV
Die von mir vorgenommene Bestätigung des Vorschlages zur weiteren Bearbeitung der in Ihrem Schreiben vom 22.06.88 benannten Operativen Vorgänge wurde durch mich zwischenzeitlich aufgehoben. Meine Entscheidung steht ursächlich im Zusammenhang mit dem Auftreten von Pfarrer Gumbel während einer Aussprache bei der Abt. Innere Angelegenheiten des Rates des Kreises Brandenburg und seines Schreibens

an den Rat des Bezirkes Potsdam. In diesem Schreiben setzt sich Gumbel in massiver Form für die Übersiedlung von Angehörigen der ehemaligen „Selbsthilfegruppe" ein und entstellt die staatliche Politik auf diesem Gebiet. Zur Unterbindung der weiteren Einflussnahme des Gumbel auf den Prozess der Übersiedlung habe ich entschieden, dem von ihm unterstützten Personenkreis vorerst keine Übersiedlung zu genehmigen. Am 12. Juli 1988 wird durch den Leiter Genehmigungswesen beim Rat des Bezirkes Potsdam zur weiteren Disziplinierung des G. eine Aussprache geführt. Über das Ergebnis der Aussprache werden Sie unterrichtet.
Pickert, Generalmajor

Der Tod, ein ständiger Begleiter

Da es in der DDR an fachlichen Einrichtungen zur Sterbebetreuung mangelte, wurden viele Patienten bis zu ihrem Tod in Krankenhäusern untergebracht. So war es auch im St. Marien Krankenhaus. Die Staatsdoktrin der DDR gaben die Leitlinie heraus, alles wird besser und es geht nur in eine Richtung – aufwärts. Der Umgang mit dem Tod störte da nur, und wurde weitgehend tabuisiert. So hatte Michael in seiner Zeit im Krankenhaus mehr als hundertfünfzig altersschwache, aber auch jüngere Patienten mit schweren, unheilbaren Krankheiten mal weniger und mal ganz intensiv, bis zu ihrem Tod begleitet. Er begann sich tiefgründiger mit dem Tod zu befassen, und bekam, nachdem sie darauf aufmerksam wurde von Schwester Hedwig Bücher von Elisabeth Kübler-Ross zum Lesen. Schwester Hedwig war eine der älteren und sehr erfahrenen Ordensschwestern, mit der er sich über dieses schwierige Thema unterhalten konnte. Als Ergebnis ihrer Begegnungen und Gesprächen mit Sterbenden hatte Kübler-Ross das 5-Phasenmodell des psychischen Erlebens aufgestellt:

- Nicht-Wahrhaben-Wollen
- Zorn
- Verhandeln
- Depression
- Annahme

Michael erlebte diese Phasen bei den Patienten hautnah, ebenso das Überspringen oder Zurückgehen in eine bereits vermeintlich abgeschlossene Phase. Einer dieser Patienten war ein Mann Anfang fünfzig. Er war in der Unterhaltungsbranche tätig mit überregionalem Erfolg. Karsten Zeumer war ein sportlicher Typ mit vollem grauem Haar. Er wurde in ein Sechsbett-Zimmer gelegt und war sogleich der Unterhalter für seine Bettnachbarn. Michael berichtete ihm von seiner Zeit als DJ. So hatten sie sofort viele gemeinsame interessante Gesprächsthemen. In seinen Pausen saßen sie oft gemeinsam im Garten. Michael staunte mit welchen DDR bekannten Künstlern er in der Vergangenheit gemeinsam auf der Bühne gestanden hatte. Karstens Frau war circa zwanzig Jahre jünger als er, und ebenfalls eine attraktive Erscheinung. Sie war schlank und immer sehr modisch gekleidet. Wer sah, wie sie gemeinsam miteinander umgingen, hatte sofort das Gefühl, die beiden lieben und verstehen sich. Zu den Essenzeiten hatten alle Patienten auf ihren Zimmern zu sein, ein Umstand, der gerade von den Ordensschwestern genauestens überprüft wurde. Karstens Frau kam fast täglich zu Besuch. Karsten nahm es mit der Einhaltung der Regeln nicht so genau, und so vertrieb er sich die Zeit mit seiner Frau bei dem warmen Sommerwetter lieber im Garten. Diese Zuwiderhandlung gegen die Krankenhausordnung brachte Oberschwester Elisabeth auf den Plan. Sie rannte dann wie eine Furie nach draußen, und trieb Karsten auf sein Zimmer. Da Michael gerade im Schwesternzimmer zu tun hatte, berichtete sie ihm davon: „Nun stellen sie sich mal vor, was der Herr Zeumer sich herausnimmt, da turtelt er draußen mit seiner Frau, während hier das Abendessen ausgegeben wird. Ihm wird hier keine Extrawurst gebraten. Na, ja seine Strafe hat er!“, und sie zeigte ihm der Patientenakte. In der konnte er Karstens Diagnose lesen, Larynxkarzinom (Kehlkopfkrebs). Das war hart. Aber Michael empfand die Aussage von Schwester Elisabeth äußerst zynisch, denn wie kann ein Zuspätkommen zum Abendessen mit einer Krebserkrankung als Strafe in Verbindung gebracht werden. Für ihn war es schwierig, sich mit Karsten an den darauffolgenden Tagen weiter so unbeschwert zu unterhalten. Nachdem die Diagnose feststand, wurde er in die Charité nach Berlin überwiesen. Einige Wochen später, Michael hatte Spätdienst, sagte Schwester Angelika zu ihm: „Michael, gehe bitte nach vorne zur Aufnahme und hole Herrn Zeumer ab. Er kommt auf Zimmer 212 auf der I-2."

Michael wunderte sich darüber, dass Karsten wieder zurück war. Als er in die Aufnahme kam, saß Karsten mit seiner Frau auf einer Bank im Büro. Ihn durchfuhr ein Schreck, denn Karsten war fast nicht wiederzuerkennen. Seine Vitalität und Lebensfreude, die er noch vor ein paar Wochen versprühte, waren aus seinem Körper gewichen. Er war äußerlich um viele Jahre gealtert. Die Wangen waren eingefallen. Seine sonst so gepflegten, dichten Haare hingen schlaff und stumpf herunter. Karsten hatte keine Chance mehr auf Heilung und er war sich dessen bewusst. Da Michael auf der I-1 Dienst tat, hatte er nicht mehr die Zeit, sich mit ihm zu unterhalten. Einige Male fragte er beim Schwesternpersonal nach und ging dann zu ihm aufs Zimmer. Es war traurig anzusehen, wie das Leben jeden Tag ein bisschen mehr aus seinem Körper wich. Die letzte Woche schlief seine Frau bei ihm, bis er dann friedlich für immer seine Ruhe fand. Wenn Michael Dienst hatte und jemand verstorben war, musste er mit einer Schwester den Toten in die Leichenhalle bringen, und dort aufbahren. Bei einer anderen Patientin verschlechterte sich der Gesundheitszustand über mehrere Monate kontinuierlich. Immer wieder trat eine kurze Besserung ihres Zustandes ein, der Anlass zur Hoffnung gab. Doch dann kam sie mit voller Wucht zurück. Sie litt unter inneren Blutungen im Bereich des Magen-Darm-Traktes. Für ihn war sie eine äußerst angenehme Patientin, da sie stets nett und hilfsbereit war. Sie half älteren und schwächeren Patientinnen in ihrem Zimmer. Sie kam auch ohne Aufforderung in die Küche, um ihn beim Abwasch zu unterstützen. Ihr Zustand wurde immer kritischer, sodass sie in ein Einzelzimmer gegenüber dem Umkleideraum der Schwestern verlegt wurde. Das medizinische Personal kümmerte sich intensiv um die Patientin und Michael sah mehrmals täglich nach ihr, doch ihr Zustand verschlechterte sich von Tag zu Tag. Immer wieder bekam sie Bluttransfusionen, die unten wieder rausliefen. Darüber unterhielt sich Michael mit einem der jungen Oberärzte. Er war der Meinung, dass diese Maßnahme nur ein Hinauszögern ist, und aus medizinischer Sicht keinen Sinn macht. Jeden Morgen vor Dienstantritt wartete Michael im Flur, bis die Schwestern sich umgezogen hatten, erst dann konnte er in die Umkleide. Jeden Morgen hoffte er, dass der Tod die Patientin endlich erlöst hatte. Das Zimmer roch nach frischem Blut, und das Bettzeug musste mehrmalig am Tage gewechselt werden. Viele Patienten hatte den Wunsch noch kurz vor ihrem Tod zu verreisen. So war es auch bei der Frau, sie flüsterte Michael kraftlos zu, dass sie nochmal ihre Verwandtschaft in Thüringen besuchen möchte. Doch dann wurde sie endlich erlöst, und Michael war froh, dass die qualvolle Leidenszeit ein Ende hatte. Manchmal musste dem Tod mit einem befreienden Lachen begegnet werden. So war es bei einem Wochenenddienst mit Schwester Ruth. Sie selbst stand kurz vor ihrer Verrentung, war eine schmale sportliche Person mit einem Kurzhaarschnitt und lief stets mit großen Schritten über die Station. Seit längerem hatten sie eine ältere Dame im Haus, die weit über achtzig war. Sie achtete sehr auf sich, und hatte dichtes wallendes Haar, das die Schwestern immer gern durchbürsteten und kämmten. Doch an einem ihrer gemeinsamen Spätdienste schlief sie friedlich ein. Es war ein Samstag im September und nur Ruth und Michael hatten Dienst. Also holte Michael die Bahre, um sie in die Leichenhalle zu bringen. Die Frau war mittelgroß und korpulent. Michael stellte die Bahre neben das Bett der Verstorbenen, und sie besprachen, die folgenden Schritte. „Pass auf Ruth, ich packe sie an den Schultern, und du fasst ihre Beine. Ich sage dann eins…, zwei…, drei…, und bei drei wuppen wir sie auf die Bahre."

„So machen wir es", antwortete Ruth mit skeptischem Blick.

Trotz verriegelter Räder rollte die Bahre durch das zunehmende Gewicht vom Bett weg. Die Frau rutschte schräg zwischen Bett und Bahre. Ruth war halb unter, halb über ihr. Michael versuchte die Verstorbene mit seiner Muskelkraft zu stabilisieren, und mit einem Bein die Bahre zu halten. Ruth entglitten die Beine. „Ich kann sie nicht mehr halten!", ächzte sie unter der Last der Frau. Sie musste aufgrund des Bildes, was sich ihr darbot, kichern.

Die Situation war so komisch, dass sie die Aktion abbrachen, und die Verstorbene zurück ins Bett rollten. „Komm, wir gehen erst einmal raus und sammeln uns. Du rauchst eine, dann versuchen wir es nochmal", schlug Michael vor.

„Gute Idee", meinte Ruth. Als sie draußen standen, mussten beide erst einmal herzhaft lachen.

Nachdem sie sich wieder beruhigt hatten, unternahmen sie einen weiteren Anlauf. Jetzt verkeilten sie mit Holzkeilen die Räder der Bahre und bekamen so die Verstorbene endlich hinüber.

Die „Firma" hört weiter mit

Quelle: IMK/KW „Pluto" mündlich an Empfänger: Hauptmann Massner

KD Brandenburg, 03.10.88

Bericht zu ÜSE Tenner -OV

Am Donnerstagabend, den 29.09.88 waren die schon mehrfach gesehenen Insassen der PKW:

- Wartburg, rot MK 52-28 (OV – Pilz)

- VW Golf, weiß PB 74-27 (OV – Baum)

- Trabant, weiß PN 06-44 (OV – Klinke)

für längere Zeit in der Wohnung der Familie Tenner.

Bei der Verabschiedung vor dem Haus war Familie Tenner jedoch nicht auf dem Hof. Bei diesem nochmaligen regen Disput trat offensichtlich der Wartburgfahrer als – Rädelsführer auf.

Massner – Hauptmann

Als letzte gemeinsame Aktion schrieben die vier verbliebenen Gruppenmitglieder im November 1988 eine Eingabe an das Ministerium des Innern in Berlin, Minister Friedrich Dickel. In dem Schreiben forderten sie von höchster Stelle eine Begründung der Ablehnung ihrer Ausreiseanträge. Weiterhin kündigten sie an, dass sie auf Grund der Tatsache, dass es in der DDR keine verwaltungsgerichtlichen Instanzen gibt, die um eine Rechtsvertretung bemüht werden könnten, sich mit einer Beschwerde an internationale Organisationen wenden würden. Das Schreiben verfassten sie gemeinsam in einer weiteren Sitzung bei Pfarrer Gumbel. Er hatte angeregt, dass es gut wäre, auch die Frauen mal zu den Gesprächsrunden mitzubringen. Anfang Dezember teilte uns Uwe Kern mit, dass er aus der Gruppe aussteigt. Er hatte seine neue Freundin zwischenzeitlich geheiratet Seine Frau war gegen seine Mitgliedschaft in der Gruppe. Es tat weh, sich so zu trennen, zumal sie sich seit Jahren gut kannten, und das gemeinsame Arbeiten in der Gruppe und unter dem Dach der Kirche zusammengeschweißt hatte. Jetzt waren sie noch zu dritt. Den Jahreswechsel wollten sie gemeinsam mit ihren Frauen und Kindern feiern. Für 1989 plante die Gruppe eine entscheidende Aktion vorzubereiten, und auch zeitnah durchzuführen.

Alex muss ins Krankenhaus

Anfang Dezember 1988 plagten Alex undefinierbare Schmerzen in der Magen-Darmgegend. Bei der ärztlichen Untersuchung wurden bei ihr Gallensteine festgestellt, die unbedingt entfernt werden mussten. Bereits für den nächsten Tag bekam sie einen Termin im städtischen Krankenhaus. Wenn alles gut verlaufen würde, wäre sie in einer Woche wieder zu Hause. Für Michael bedeutete diese Situation Stress. Zunächst regelte er im Krankenhaus, dass er morgens seinen Dienst etwas später antreten konnte, und dafür abends länger blieb. Nur so war es möglich, Anton morgens fertig zu machen, und zum Kindergarten bringen, und dann am Nachmittag wieder abzuholen. Zu Hause angekommen wollte Anton schnellstmöglich zum Spielen runter auf den Innenhof zu den zahllosen Kindern. Wenn Michael ihm seine „Spielsachen" anzog, stand er auf der Couchlehne und schaute in freudiger Erwartung in den Knien federnd auf den Hof, wo er seine Spielkameraden ausmachte. Dann hatte Michael eine halbe Stunde Zeit, sich aufs Ohr zu legen. Die Operation verlief erfolgreich und Alex konnte nach einer Woche das Krankenhaus verlassen. Sie wurde jedoch noch für mehrere Wochen krankgeschrieben, denn der Heilungsprozess verlief schleppend. Alex und Michael waren immer gezwungen ihren Alltag selbst zu bewältigen, ohne Unterstützung der Eltern. Sie befanden sich ständig in einer Art Kampfmodus, aber das festigte ihre Beziehung. Die Grundversorgung mit Lebensmitteln war in der DDR nicht annähernd mit dem Überfluss im Westen zu vergleichen. Wenn es im Sommer frisches Obst oder gar Südfrüchte gab, sprach sich das auf den Arbeitsstellen rasch herum und die Pausen wurden genutzt, um schnell in die Verkaufsstelle zu laufen, um noch etwas zu ergattern. An festgelegten Tagen in der Woche gab es dann auch zwei Sorten Jogurt. Die meisten Biersorten waren von minderer Qualität und meist schaumgebremst. So setzte sich die Mangelwirtschaft in allen Bereichen des täglichen Lebens und der Wirtschaft fort und verschlechterte sich zusehends.

Vorweihnachtszeit

Im St. Marienkrankenhaus war die Vorweihnachtszeit sehr ursprünglich und fernab von jeglichem Kommerz. An jedem Morgen sangen die gesamte Schwesternschaft mitsamt Michael als einzige männliche Stimme im Flur für die Patienten Weihnachtslieder. Die dicke Ordensschwester Hedwig begleitete auf der Gitarre. Es war für Michael bereits das zweite Weihnachten als Hilfskrankenpfleger. Er war mittlerweile textsicher. Stimmlich fügte er sich mit seinem Bassbariton gut in die hellen Stimmen der Schwestern ein. In ein paar Tagen stand die Weihnachtsfeier der gesamten Belegschaft einschließlich aller Ordensschwestern an. Es war Tradition, dass der Chefarzt im Rahmen der Feier eine Weihnachtsgeschichte vortrug. Im oberen Geschoss des Hauses gab es hierfür einen großen Saal, den es galt, feierlich einzudecken. Michael wusste von den Ordensschwestern, dass die Mutter Oberin in diesem Punkt äußerst penibel war. Er übernahm die

Aufgabe, ohne zu zögern und legte größte Akribie an den Tag. Jeder Teller und jede Tasse standen abgemessen an ihrem Platz. Ebenso wurden das Besteck und die Kaffeelöffel exakt im selben Abstand und Winkel platziert. Als Michael gerade mit den Justierungen fertig war, stand plötzlich die Mutter Oberin hinter ihm. „Herr Tenner, ich bin ja ganz verzückt“, trällerte sie mit ihrer schrillen Sopranstimme. Sie ging an den Tischreihen entlang und betrachtete seine Arbeit von allen Seiten mit einem anerkennenden Blick. „So etwas habe ich noch nicht erlebt. Ich bin ganz verwundert darüber, dass ein junger Mann wie sie, solch eine Sorgfalt walten lassen kann“, wandte sie sich wieder an Michael.

Später hörte er aus allen Ecken des Hauses, wie die Oberin ihn für das Eindecken der Weihnachtstafel in den höchsten Tönen lobte. Es kam recht häufig vor, dass Patienten oder Angehörige als Anerkennung für die gute Betreuung durch das Krankenhauspersonal, diese mit einer finanziellen Zuwendung zum Ausdruck brachten. Die Verwandtschaft aus dem Westen gab des Öfteren Westgeld oder Kaffee. Diese Zuwendungen wurden durch die Ordensschwestern gesammelt und kamen in gewissen Abständen nach einem Verteilungsschlüssel dem Personal zugute. Das war bei dem wenigen Geld, das Alex und Michael zur Verfügung hatten, immer eine zusätzliche Aufbesserung der Haushaltskasse. Eigentlich ging die Verteilung der Zuwendungen im Stillen und ohne Ärger oder Missgunst untereinander ab. Wenn jedoch das Westgeld ausgeschüttet wurde, ging diese Maßnahme fast immer mit Ärger einher. Anstatt Stillschweigen zu bewahren, wurde untereinander nach der jeweilig erhaltenen Summe gefragt. Hatte eine Schwester fünf DM mehr als die andere, wurde es schnell ungemütlich. Zu Weihnachten gab es aus dem Mutterhaus der Ordensschwestern in Österreich, Pakete mit Geschenken für das Personal. Die Pakete enthielten Strumpfhosen, Kaffee, Schokolade und diverse andere Süßigkeiten, die weihnachtlich verpackt im Rahmen der Weihnachtsfeier überreicht wurden.

Bischoff Forck spricht

Alex, Michael und Anton waren seit der Bekanntschaft mit Pfarrer Gumbel als einzige aus der Gruppe bei fast jedem Gottesdienst der Gemeinde dabei. Auch andere kirchliche Veranstaltungen wurden von ihnen besucht. Sie brachten sich, wo es nötig wurde, in die Gemeindearbeit ein. Alex war im Gegensatz zu Michael kurz nach ihrer Geburt konfirmiert worden, und hatte später ebenfalls die Jugendweihe erhalten. Michael war von der mutigen Arbeit der Gemeinde und ihrer Pfarrer so beeindruckt, dass er bei Pfarrer Gumbel anfragte, ob für ihn eine Konfirmierung in seinem Alter noch sinnvoll wäre.

„Herr Tenner, für ein christliches Glaubensbekenntnis ist es nie zu spät. Wenn Sie möchten, vereinbaren wir für die kommenden Wochen eine kirchliche Unterweisung, denn so einfach kommen Sie mir nicht davon".

Also kam Pfarrer Gumbel in den kommenden Wochen jeden Mittwoch um 19.00 Uhr zu ihnen nach Hause. Michael erhielt eine Art Konfirmandenunterricht für Erwachsene. Pfarrer Gumbel und er tranken dazu je eine Flasche Bier und es wurden interessante Abende mit teilweise tiefgründigen Diskussionen. Am Ende wurde nicht nur er, sondern auch Anton im Rahmen eines Sonntagsgottesdienstes im Beisein der Gemeindemitglieder getauft und Michael erhielt die Firmung. Dies führte im Krankenhaus zu Diskussionen unter seinen Arbeitskolleginnen. Viele fanden es gut und Schwester Angelika wurde sogar eine von Antons Taufpaten. Aber es gab auch konträre Meinungen zu seinem Verhalten. So wurde hinter vorgehaltener Hand von einigen Kolleginnen gesagt, „das hat er doch nur gemacht, um die Ausreise zu beschleunigen."

An einem der Adventswochenenden kam der Bischoff der Kirche Berlin-Brandenburg Gottfried Forck als Gastredner zu einer Veranstaltung in die Katharinenkirche. Der Innenraum der Katharinenkirche war bis auf den letzten Platz gefüllt. Die Menschen, die keinen Platz gefunden hatten, standen dichtgedrängt in den

Gängen. Bischoff Forck, war ein großer und schlanker Mann mit wallendem grauem Haar. Er trug einen dunklen Lodenmantel, der seine imposante Erscheinung noch unterstrich. Nachdem er die Kirche betreten hatte, schritt er in Richtung Altar und im Kirchengestühl wurde es mucksmäuschenstill. Er schaute ins Publikum, und begann zu sprechen. Zu dieser Zeit, Ende der achtziger Jahre waren viele Christen in der DDR ob der staatlichen Allmacht resigniert und verzweifelt. Er beschrieb diese Situation mit dem lateinischen Wort „Resignatio", und verband dieses mit einem Gleichnis aus der römischen Militärgeschichte und sagte: „Wenn die Übermacht der Feinde zu groß wurde und man sich ergeben wollte, kam der Befehl Resignatio. Die Standarten wurden zurückgezogen und das römische Heer gab die Stellung auf."

In der stärker werdenden Resignation der Christen in der DDR tat sich seiner Meinung nach ein Widerspruch auf, denn er vertrat die Ansicht, dass die Kirche in einer sicheren Burg sitzt und nicht einmal beachtet wird. Der Feind, in dem Falle der SED-Staat, hat mit sich selbst zu tun, und greift nicht an. Und in dieser Situation zieht die Kirche ihre Fahnen zurück, und will die Burg aufgeben. Er sah es als Fehler an, dass Christen und Vertreter der Kirchenleitungen sich dem Staat ohne Not willfährig hingaben. Das es auch anders geht, zeigte das Beispiel der Gotthardt Gemeinde und seiner Pfarrer. Hier wurde dem Staat die Stirn geboten, und die Fahnen wehten weiterhin im Wind.

[22] *11.01.1989 In Ost-Berlin verlassen 20 ausreisewillige Bürger der DDR die Ständige Vertretung Bonns in der DDR. Ihnen waren zuvor Straffreiheit und die Überprüfung ihrer Ausreiseanträge zugesichert worden. 19.01 DDR-Staats- und Parteichef Erich Honecker versichert, die Mauer werde „in 50 auch in 100 Jahren noch bestehen bleiben, wenn die dazu vorhandenen Gründe noch nicht beseitigt, sind".*

Aufbruch

Das Jahr 1989 begann, wie das alte aufgehört hatte, mit der Fortführung des Kampfes um die Ausreise. Die drei Verbliebenen der Gruppe machten unbeirrt weiter. Sie waren sich einig, dass ihre Ausreise aktiv mit einer gemeinsamen Aktion erzwungen werden musste. Ein untätiges Verharren machte in ihrer Situation erst recht keinen Sinn. Die Treffen im kleinen Kreis bei Pfarrer Gumbel wurden fortgesetzt. Vor einigen Monaten waren Horst und Berndt nach interner Absprache mit Michael auch in der bundesdeutschen Botschaft in Prag, um ihren Ersuchen auf Ausreise Nachdruck zu verleihen. Zuvor war Horst bereits einmal dort, als er gemeinsam mit der Familie in Prag Urlaub machte. So waren die Voraussetzungen gegeben. Um das Heft des Handels selbst zu bestimmen, reifte bei ihnen folgender Plan: Michael, Horst und Berndt fahren gemeinsam mit dem Zug nach Prag und gehen in Botschaft. Doch im Gegensatz zu den Besuchen zuvor, bleiben sie diesmal in der Botschaft und gehen nur auf direktem Weg in den Westen wieder hinaus. In dieses Vorhaben wurde auch Pfarrer Gumbel eingeweiht. Horst und Berndt wollten zuvor ihre PKWs innerhalb ihrer Verwandtschaft verkaufen. Die Einrichtungsgegenstände waren bei allen bereits auf das Notwendigste reduziert. Pfarrer Gumbel sagte größtmögliche Unterstützung zu. Die daheimbleibenden Frauen und Kinder konnten sich jederzeit an ihn wenden. Er würde sich bei allen zu erwartenden Maßnahmen von staatlicher Seite einschalten. Die Unterstützung von kirchlicher Seite gab ihnen Kraft und beruhigte. Als Termin wurde der letzte Mittwoch im März festgelegt. Zuvor sollten noch zwei organisatorische Treffen beim Pfarrer Gumbel gemeinsam mit den Frauen stattfinden, um die Details zu besprechen. Man einigte sich darauf, dass die Männer so lange in der Botschaft ausharren, bis ihre Frauen und Kinder sich aus der Bundesrepublik melden. Anschließend, so der Plan, sollte die Ausreise der drei Männer direkt aus der Prager Botschaft in Richtung Bundesrepublik erfolgen. Über Pfarrer Gumbel wollten sie täglich einmal telefonischen Kontakt halten, um sich so abzusichern, und auf den aktuellen Stand zu bringen. Die Frauen nahmen für den geplanten Zeitraum eine Woche frei. Während ihre Männer in der Botschaft weilten, sollten sie gemeinsam in die Wohnung von Horst und seiner Frau Elvira ziehen, da diese die größte und geräumigste war. Ein Gemeindemitglied, das mit seiner Familie ebenfalls in dem Neubaugebiet wohnte, sollte jeden Abend nach dem Rechten schauen, und am kommenden Tag dem Pfarrer berichten. Denn einen Telefonanschluss hatten die wenigsten DDR-Bürger, und wenn, dann wurde dieser abgehört. Die gemeinsamen, täglichen Besprechungen fanden jetzt nur noch in der Öffentlichkeit, oder beim Pfarrer statt. Bis zum geplanten Termin waren es noch vier Wochen. Die Anspannung stieg von Tag zu Tag. Alex und Michael besprachen die geplante Aktion immer wieder aufs Neue, waren aber darauf bedacht, diese Thematik in den eigenen vier Wänden außen vor zu lassen, und die brisanten Details bei Spaziergängen zu erörtern. Es taten sich viele Fragen auf, die nicht beantwortet werden konnten. Niemand konnte voraussagen, zu welchen Mitteln die staatlichen Behörden greifen würden. Ein starker Rückhalt war die Zusage des Pfarrers und von großen Teilen der Gotthardgemeinde, sich hinter die geplante Aktion zu stellen, und unterstützend tätig zu sein. Während Alex im Büro weiterhin die Zeit mit unwichtigen Arbeiten totschlug, versah Michael in gewohnter Weise seinen Dienst im Krankenhaus. Ein letztes Mal vor der Abfahrt nach Prag trafen sich die Familien beim Pfarrer. Noch einmal wurde der Ablauf durchgesprochen. In zwei Tagen sollte es für die Männer mit dem Zug Richtung Prag gehen. Die Frauen eröffneten währenddessen eine Kommune in der Wohnung von Horst und Elvira. Pfarrer Gumbel hielt sich als Kommunikator bereit. Alles weitere blieb abzuwarten. Die Verabschiedung wurde sehr emotional, denn wie sich Pfarrer Gumbel in den letzten Monaten für sie engagiert hatte, war mit Worten nicht zu beschreiben. An seinem letzten Arbeitstag vor dem geplanten Termin brachte es Michael nicht übers Herz, sich einfach aus dem Krankenhaus davon zu stehlen. Also sprach er

Schwester Angelika an, ob er sie in der Pause unter vier Augen sprechen könne. Zu ihr hatte er volles Vertrauen. Nach dem Mittagessen gingen sie gemeinsam durch den Garten, und Michael sagte zu ihr: „Angelika, wundere dich nicht, wenn ich morgen nicht komme, mehr kann ich einfach nicht sagen, das würde dich nur in Schwierigkeiten bringen."

Angelika schaute ihn verdutzt an: „Michael, muss ich mir Sorgen machen?"

„Nein, du brauchst dir keine Sorgen zu machen, ich möchte nur das jemand weiß, warum ich mich nicht offenbaren konnte, ohne denjenigen in Schwierigkeiten zu bringen."

So brachten sie ihren Dienst zu Ende und verabschiedeten sich voneinander. Beiden war nicht Wohl ums Herz, denn Angelika ahnte natürlich das etwas Entscheidendes und Endgültiges unmittelbar bevorstand. Am Vorabend fuhren Michael, Alex und Anton gemeinsam mit der Straßenbahn ins Neubaugebiet in dem Horst mit seiner Familie wohnte. Die nötigsten Sachen hatten sie bereits im Vorfeld mit dem Trabi von Berndt und seiner Frau Britt dort deponiert. Dies geschah recht unauffällig in mehreren Fahrten. Beim gemeinsamen Abendessen blieb es beim Austausch von Banalitäten. Anschließend gingen die Familien jedoch gemeinsam zur Straßenbahnhaltestelle und sprachen auf dem Weg dorthin noch einige Details des Plans durch. Horst wandte sich an die Frauen: „Denkt bitte daran, nach Möglichkeit nie allein aus dem Haus zu gehen. Die Gefahr ist zu groß, dass sie diejenige dann abfangen und mitnehmen. Auch der Besuch beim Pfarrer sollte immer zu zweit erfolgen. Eine von euch passt in der Zeit auf die Kinder auf!"

Es war ausgemacht, dass zwei der Frauen jeden Abend um 18.00 Uhr bei Pfarrer Gumbel vorbeischauen, um aktuelle Informationen zu erhalten, und ihre gegenwärtige Situation schildern zu können. Die Männer würden ihrerseits aus der Prager Botschaft versuchen, mit Pfarrer Gumbel Kontakt aufzunehmen. Michael und Alex bekamen die folgende die Nacht kein Auge zu und standen früher auf als notwendig. Es war eine seltsame Stimmung, denn die Ungewissheit zehrte an ihren Nerven. Michael drückte Alex und Anton ein letztes Mal. Sie hofften inständig, dass sie sich erst wieder im Westen in die Arme schließen können. Am Morgen trafen sich die Männer am Bahnhof und es ging mit dem Zug in Richtung Berlin. Jeder hatte eine kleine Reisetasche mit dem Nötigsten gepackt. Alex fuhr nach dem Frühstück mit Anton wie verabredet zur Wohnung von Horst und Elvira. Britt kam ebenfalls mit ihrer Tochter. Die Frauen wollten nach Möglichkeit zusammenbleiben. Auch den täglichen Weg zum Pfarrer wollten sie gemeinsam mit den Kindern in den zwei Autos, die ihnen noch zur Verfügung standen, bewältigen.

Ankunft in der Botschaft

Horst, Berndt und Michael kamen bei regnerischem, nasskaltem Wetter am Hauptbahnhof in Prag an. Da alle bereits zuvor in der Botschaft waren, für Michael war es bereits das vierte Mal, kannten sie den Weg dorthin. Ungehindert gelangten sie hinein und Michael ging sofort auf einen jungen Mann zu, den er als Mitarbeiter ausmachte: „Entschuldigen Sie“, sagte er zu ihm, „sind Sie Mitarbeiter der Botschaft?“.

„Ja“, antwortete der junge Mann, „worum geht es denn?“

„Wir kommen aus der DDR, haben seit geraumer Zeit einen Antrag auf Ausreise in die Bundesrepublik gestellt. Daher möchten wir hier mit einem kompetenten Ansprechpartner darüber reden.“

Der Mitarbeiter guckte etwas unentschlossen und sagte: „Nehmen Sie doch bitte kurz Platz“, und verwies auf mehrere Sitzgelegenheiten in einer Ecke des Empfangsraumes, „ich kümmere mich darum, es wird gleich jemand kommen, dem Sie ihre Angelegenheit vortragen können.“

Die drei nahmen Platz und warteten. Es dauerte nicht lange, und es kam ein älterer, untersetzter Herr mit ergrautem, welligem leicht schütterem Haar. Er wirkte ernst, aber freundlich. „Guten Tag, wie kann ich Ihnen helfen?“, wendete er sich an die drei.

Michael ergriff wieder das Wort und wiederholte ihr Anliegen:

„Guten Tag, wir kommen aus der DDR, haben seit mehreren Jahren für uns und unsere Familien einen Antrag auf Ausreise gestellt, und wir hätten etwas Dringendes mit Ihnen zu besprechen."

Der Mitarbeiter schaute die drei nacheinander an und sagte: „Bitte folgen Sie mir", und ging ihnen voran. Sie nahmen eine breite Treppe in den ersten Stock, bogen in einen langen Gang ein und betraten ein geräumiges Büro. Der Mitarbeiter nahm hinter einem Schreibtisch Platz und bat die drei sich zu setzen. Sie setzten sich an einen längeren Tisch mit drei Stühlen auf jeder Seite. Der Tisch stand in T-Form zum Schreibtisch. Der Mitarbeiter wandte sich jetzt an die drei: „Können Sie sich bitte nacheinander vorstellen, und kurz erläutern, was sie zu uns führt?"

„Mein Name ist Berndt Grievmann", begann Bernd.

„Waren Sie bereits in der Vergangenheit hier in der Botschaft?" kam seine nächste Frage des Mitarbeiters.

„Ja, einmal, im August 1988", antwortete Berndt.

Nun wandte er sich an Horst, fragte nach seinem Namen, und es kam wieder die Frage: „Waren Sie auch schon mal in der Botschaft?"

„Ja", entgegnete Horst, „bereits zweimal, im Sommer 1987, und gemeinsam mit Herrn Grievmann im August 1988."

Der Mitarbeiter begann jetzt nervös auf seinem Stuhl hin und her zu rutschen. Nun war Michael an der Reihe, nannte seinen Namen und sagte: „Für mich ist es bereits mein vierter Besuch."

Nun lehnte sich der Mitarbeiter in seinem Stuhl zurück. Sein Gesichtsausdruck wurde noch ernster. Die drei konnten seine Gedanken erahnen. Er war sich sicher, dass hier nicht ein Standardprogramm abgespult werden konnte.

„Und was führt Sie zu uns?", fragte er sie.

Die drei hatten zuvor ausgemacht, dass Michael einen Abriss ihrer bisherigen Arbeit mit der Selbsthilfegruppe geben, und auf die prekäre Situation, in der sie steckten, aufmerksam machen sollte. Er wandte sich an den Botschaftsmitarbeiter: „Wir drei kommen aus Brandenburg an der Havel, und haben seit mehreren Jahren einen Ausreiseantrag gestellt, der unbegründet abgelehnt wurde.

Seit anderthalb Jahren arbeiten wir in einer Selbsthilfegruppe, die von der evangelischen St. Gotthardt Gemeinde und seinen Pfarrern und dem Sozialdiakon unterstützt wird."

Michael erzählte vom Begegnungsabend für Antragsteller, den Zuführungen und der Bespitzelung durch die Staatssicherheit. Am Ende seiner Ausführungen sagte er den entscheidenden Satz: „Jetzt ist für uns der Punkt gekommen, an dem wir nicht mehr gewillt sind, uns von staatlicher Seite das Heft des Handelns aus der Hand nehmen zu lassen. Wir bleiben so lange in der Botschaft, bis wir auf direktem Wege in die Bundesrepublik gebracht werden."

Er berichtete weiter, dass der Pfarrer und die Gemeinde die Aktion unterstützen und die Frauen mit den Kindern derweil in einer der Wohnungen ausharren. Der Mitarbeiter atmete hörbar tief aus. Dann wendete sich an die drei: „Wie stellen Sie sich das vor? Das können wir hier nicht leisten. Ich verstehe Ihre Situation gut, aber dieses Vorhaben, wird so nicht funktionieren. Ich mache Ihnen einen Vorschlag, wir setzen Sie und ihre Familien auf eine absolut prioritäre Dringlichkeitsliste, Sie fahren zu ihren Familien nach Hause, und in einigen Wochen reisen Sie aus der DDR aus."

Die drei sahen sich an und sagten erst einmal nichts.

„Passen Sie auf", wandte sich der Mitarbeiter wieder an sie, „ich möchte keinen Druck aufbauen. Ich lasse Sie jetzt allein, damit Sie untereinander beraten können. Lassen sie sich Zeit, überlegen Sie es sich gut, und geben mir Bescheid, wenn Sie eine Entscheidung getroffen haben."

Daraufhin verließ der Botschaftsmitarbeiter den Raum. Ein paar Sekunden saßen die drei nur schweigend da, und es schien, als würde jeder für sich den Vorschlag abwägen. „Das wäre natürlich eine gute Option, und gefahrloser obendrein, wenn man der Zusage Glauben schenken kann.", löste sich Berndt aus seinen Gedankenspielen.

Horst hielt entgegen: „Denkt mal daran, dass wir alle schon mehrmalig hier waren, für Michael ist es bereits das vierte Mal. Erzählt werden kann viel. Wir haben bereits so viel riskiert. Was ist, wenn dann wieder nichts passiert?"

„Ich denke schon, dass er es ernst meint mit seinem Vorschlag", sagte Michael.

„Es wäre super, wenn wir so mit unseren Familien in ein paar Wochen ausreisen könnten. Wenn wir in der Botschaft bleiben, ist das Risiko mit allen möglichen Konsequenzen für die Frauen und Kinder hoch und unberechenbar. Wir wissen nicht, welche Register die Stasi noch zieht. Auf der anderen Seite dürfen wir nicht vergessen, der Pfarrer und die Gemeinde stehen hinter uns. Ich denke nur an den einen Typen, der uns gegenübersaß, als ich mit Uwe im letzten Sommer hier war. Er verstehe nicht, warum die Leute aus der DDR rauswollen, ich lach mich schlapp."

Die Diskussion wogte hin und her. Argumente für das Bleiben wurden mit den Argumenten für die Rückreise gegenübergestellt, und sorgsam abgewogen. „Wir sollten es jetzt durchziehen, ohne Wenn und Aber", sagte Berndt schließlich. Seine Worte kamen rüber wie eine Kampfansage.

„Berndt hat Recht", stimmte ihm Michael zu. „Ich habe auch keine Lust mehr. Wieder eine Rückkehr mit ungewissem Ausgang, und dann das Warten darauf, dass etwas passiert. Wir haben alles mit unseren Frauen abgesprochen, sie stehen zudem in ständigem Kontakt mit dem Pfarrer, und wir bleiben hier hartnäckig am Ball."

Horst hatte auf diese klaren Bekenntnisse wohl nur gewartet: „So machen wir es. Wir bleiben hier, und werden sehen mit welchem Ergebnis wir hier rausgehen. Wir haben lange daraufhin gearbeitet und jetzt soll es sein!"

Ein jeder von ihnen war froh, dass die Zweifel ausgeräumt waren, und der Plan weiterverfolgt werden konnte. Sie lehnten sich zurück und warteten auf die Rückkehr des Mitarbeiters. Es dauerte eine Weile, ehe dieser kam. Er setzte sich wieder ihnen gegenübersetzte. „Und, sind Sie zu einer Entscheidung gekommen?", sah er die drei fragend an.

„Ja, das sind wir", antwortete Michael, „wir gehen nicht wieder zurück und bleiben in der Botschaft."

Der Botschaftsmitarbeiter seufzte hörbar. „Gut, das ist Ihre Entscheidung. Ich bin nach wie vor der Meinung, dass mein Vorschlag der sinnvollere ist. Was jetzt passiert kann nur gemutmaßt werden, aber ich denke Sie wissen besser als ich, wie die staatlichen Institutionen der DDR reagieren werden."

„Darauf lassen wir es ankommen, Sie können sich nicht in unsere Lage hineinversetzen. Meinen Sie es macht uns Spaß, unsere Frauen und Kinder diesem Risiko auszusetzen?", entgegnete ihm Horst.

„Bitte bleiben Sie erst einmal hier sitzen, ich muss diese Sachlage intern besprechen.", antwortete der Botschaftsmitarbeiter und verließ das Büro.

Die drei waren gespannt darauf, wie es nun weitergeht.

„Es kann sein, dass die hier nochmal Druck machen, um uns doch noch rauszukriegen.", flüsterte Michael.

„Die können machen, was sie wollen, rausschmeißen dürfen sie uns nicht.", fiel Horst ihm ins Wort.

Es dauerte eine halbe Stunde. Endlich kam der Mitarbeiter mit zwei weiteren Männern wieder zurück. Der jüngere von beiden war schlank, groß und hatte blonde, glatte Haare. Er machte einen selbstsicheren und abgeklärten Eindruck. Der zweite war etwas kleiner, hatte eine sportliche Figur und dunkles dichtes Haar. Er trug einen Oberlippenbart, und eine modische, rahmenlose Brille. Beide hatten dunkle Anzüge an und wirkten etwas steif. „Mein Name ist Brüning, und ich bin der stellvertretene Botschafter", stellte sich der größere von beiden vor.

„Mein Name ist Schmidt, und ich bin hier im Rechts- und Konsularreferat tätig.", sagte der sportliche Typ.

Alle nahmen jetzt an dem Sechsertisch Platz. Der stellvertretende Botschafter eröffnete das Gespräch: „Ich habe gehört, dass Sie ihre Ausreise durchsetzen wollen, indem Sie in der Botschaft bleiben?"

„Ja, so ist es", entgegnete Michael.

Herr Schmidt vom Rechts- und Konsularreferat räusperte sich. „Ich kann Ihnen da wenig Hoffnung machen, aus unserer Erfahrung reagieren die staatlichen Behörden der DDR in solchen Fällen äußerst restriktiv. Zudem schaden sie sich und Ihren Familien eher".

„Das mag ja alles sein, aber wir haben unsere Situation eben nochmal ausgiebig besprochen, und wir können jetzt stundenlang weiter debattieren, das wird unsere Entscheidung nicht ändern", sagte Berndt mit einem Gesichtsausdruck, der seine Entschlossenheit unterstrich.

„Nun gut, das ist ihre Entscheidung. Warten Sie bitte hier, wir müssen noch intern ein paar Dinge besprechen, dann wird man sich um Sie kümmern", sagte der stellvertretende Botschafter. Die Männer verließen wieder den Raum.

„Na mal sehen, wo wir heute schlafen", durchbrach Horst die eingetretene Stille.

„Jetzt wird es spannend und im Hintergrund wird ganz schön was anlaufen, da könnt ihr Gift drauf nehmen," mutmaßte Michael, holte seine Wasserflasche aus der Reisetasche, öffnete sie, und trank einen großen Schluck. Alle drei merkten jetzt, wie die größte Anspannung aus ihren Körpern wich und die Müdigkeit sich ihrer bemächtigte. „Schlafen ist ein gutes Stichwort", sagte Berndt und gähnte dabei. „Hoffentlich sind wir nachher alle in einem Zimmer untergebracht."

Draußen war es in der Zwischenzeit bereits dunkel geworden und es regnete noch immer. Sie saßen und warteten darauf, was als nächstes passiert. Endlich kam der Mitarbeiter wieder zurück, mit dem sie das erste Gespräch geführt hatten. „Ich hatte mich vorhin noch nicht vorgestellt, ich bin Herr Janson. Ich werde Ihr Ansprechpartner sein, solange Sie hier verbleiben werden."

„Sie haben doch bestimmt schon lange nichts mehr gegessen?", sah er sie fragend an.

„Ja, wo Sie es sagen es ist schon eine Weile her", sagte Berndt.

„Kommen Sie bitte mit, wir gehen jetzt in die Kantine, dort bekommen Sie etwas. Anschließend bringe ich Sie zu ihrem Zimmer."

Die drei folgten ihm. Es ging die Treppe hinunter, durch eine Zwischentür gelangten sie wieder in einen Gang von dem links und rechts Büros abgingen. Am Ende des Ganges kamen sie in einen kleinen Vorraum, aus dem es direkt in die Kantine ging. Herrschte bei ihrer Ankunft noch geschäftiges Treiben, so hatten jetzt die meisten Mitarbeiter Dienstschluss und die Botschaft verlassen. Es schlugen keine Türen in die Schlösser, es gab kein Stimmengemurmel und kein Getrappel von Schritten in den Fluren. Es hatte sich eine seltsame Stille eingestellt, die beruhigend auf sie wirkte. Auf einem der Tische standen drei Pizzakartons übereinander, mehrere Flaschen Wasser, Saft sowie je eine Kanne mit Kaffee und Tee.

„Bedienen Sie sich", sagte Herr Janson, „und lassen Sie sich Zeit. Ich komme in zirka fünfundvierzig Minuten und hole Sie wieder ab."

Horst, Berndt und Michael setzten sich an den Tisch, nahmen ihre Pizzen aus den Kartons, legten sie auf die beigestellten Teller und begannen zu essen. Wie angekündigt kam Herr Janson nach einer dreiviertel Stunde wieder und sagte: „So jetzt zeige ich Ihnen, wo Sie heute Nacht schlafen werden."

Es ging wieder die Treppe rauf bis ins oberste Stockwerk. Am Ende eines Ganges öffnete Herr Janson eine Tür und sie traten ein. Der Raum war etwa dreißig Quadratmeter groß. Gegenüber der Tür waren zwei hohe Fenster mit weißen Gardinen und schweren dunkelroten Übergardinen. „Das ist eigentlich unser kleiner Besprechungsraum", sagte Herr Janson, „wir haben ihn kurzfristig für Sie freigeräumt."

Mehrere Besprechungstische, die zuvor wahrscheinlich in einer Reihe standen, waren jetzt an der rechten Wandseite übereinandergestapelt. Ebenso die Stühle. In der Mitte des Raumes standen Campingbetten mit Decken und Kopfkissen. „Komfortabel ist anders, aber ich denke Sie sind damit zufrieden, dass sie ein Bett haben und ein Dach über dem Kopf", sagte Herr Janson, und sah die drei fragend an.

„Das ist völlig okay so", sagte Horst und warf seine Tasche auf eines der Betten.

„Lassen Sie ihre Sachen hier, ich zeige Ihnen noch wo sich das

WC und eine Waschgelegenheit befindet."

Herr Janson wartete bereits an der Tür und sie folgten ihm. Die Toiletten lagen auf dem Gang in entgegengesetzter Richtung.

„Ich denke Sie sind erst einmal versorgt, wir sehen uns dann morgen wieder. Ich hole Sie um 08.00 Uhr ab und begleite Sie wieder in die Kantine zum Frühstück. Nicht dass Sie sich wundern, aber auf Sie passt hier oben einer von den Wachdienstleuten auf. Das geht nun mal nicht anders."

„Alles gut, wir kommen damit zurecht," sagte Berndt, und suchte bei Michael und Horst mit seinem Blick Bestätigung.

Herr Janson verabschiedete sich. Sie gingen zurück auf ihr Zimmer, stellten die Campingbetten auf und machten sich für die erste Nacht in der Botschaft zurecht.

„Morgen wird es mit Sicherheit noch eine tiefergehende Befragung geben", sagte Michael.

„Davon gehe ich auch aus, wir müssen einfach abwarten, wie sich die Sache entwickelt. Mehr können wir nicht tun", fügte Horst hinzu.

Berndt, der bereits unter seiner Decke lag, sagte mit sorgenvoller Stimme: „Hoffentlich wird der Druck zu Hause für die Frauen nicht zu groß."

„Gut, dass Pfarrer Gumbel eingebunden ist und wir die Rückendeckung der Gemeinde haben. So sind unsere Frauen nicht auf sich allein gestellt", merkte Michael an. Dann wünschte er Berndt und Horst eine gute Nacht.

Das erste Etappenziel war erreicht und die weitere Entwicklung blieb abzuwarten. Das getrennte Agieren, der Männer in der Botschaft und der Frauen mit den Kindern daheim, sollte die größte Herausforderung werden.

Wohngemeinschaft

Während sich die Männer in der Botschaft auf die erste Nacht vorbereiteten, richteten sich die Frauen mit den Kindern in der Wohnung von Horst und Elvira ein. Die Kinder kannten sich bereits von der gemeinsamen Silvesterfeier. Anton und Marie, die Tochter von Berndt und Britt waren bereits seit mehreren Jahren befreundet, denn sie pflegten zuvor bereits private Kontakte. Berndt war mit Marie seit der Zusammenarbeit in der Gruppe fast jeden Tag einmal bei Michael und Alex. Marie war nur ein Jahr älter als Anton. Dann waren da noch die Töchter von Horst und Elvira, die zwölfjährige Julia und die neunjährige Anna. Für die Kinder war das gemeinsame Wohnen wie ein Abenteuer. Sie kamen gut miteinander aus. Die zwei Kinderzimmer wurden aufgeteilt. So schliefen Marie und Anton gemeinsam in einem Zimmer, während Anna zu ihrer großen Schwester zog. Die Frauen hatten noch eine Matratze ins Schlafzimmer gelegt. So blieben sie auch in der Wohnung eng beieinander. „So, Kinder kommt zum Abendessen!", rief Elvira in den Flur.

Die Frauen hatten im Vorfeld bereits gemeinsam für mehrere Tage Lebensmittel gekauft, um so wenig wie möglich aus dem Haus gehen zu müssen. „Habt ihr euch die Hände gewaschen?", fragte Britt über den gedeckten Abendbrottisch.

„Ja, haben wir", entgegnete Julia, die sich in der Rolle als älteste gut eingefunden hatte, und Verantwortung gegenüber den jüngeren übernahm. „Anton komm jetzt, du kannst nach dem Abendessen noch deine Autoschlangen weiterbauen!", forderte sie ihn auf, sich an den Tisch zu setzen.

Anton hatte eine Affinität zu Matchbox-Autos entwickelt. Er hatte mittlerweile eine stolze Sammlung und konnte sich stundenlang mit den kleinen Dingern beschäftigen. Vornehmlich baute er völlig in sich versunken meterlange Autoschlangen. Die Frauen hatten sich darauf verständigt, Gespräche über die derzeitig laufende Aktion auf die Zeit zu verschieben, in der die Kinder im Bett sind. Das sollte jedoch eine Weile dauern, denn die vier Kinder waren aufgekratzt, und fanden es aufregend zusammen zu sein. Noch war alles ruhig, aber spätestens am nächsten Tag sollte sich das ändern, darüber waren die Frauen sich einig. Gegen zweiundzwanzig Uhr, als die Kinder endlich schliefen, setzten sie sich ins Wohnzimmer. Elvira öffnete eine Flasche Rotwein. Sie redeten über den vergangenen Tag und spekulierten darüber, wie es in den kommenden Tagen weitergehen würde. „Morgen sollten wir wie besprochen zu Pfarrer Gumbel fahren, um uns zu erkundigen, was sich in der Zwischenzeit getan hat. Vielleicht hat er bereits Informationen?“, sagte Alex.

„Dann fahrt ihr beide zusammen“, erwiderte Britt an Alex und Elvira gewandt, „denn ihr wisst ja, ich bin eher ein bisschen ängstlicher.“

„So machen wir es. Britt, du passt derweil auf die Kinder auf“, sagte Elvira. „Wir sollten anschließend gemeinsam mit den Kindern raus gehen, damit sie mal an die frische Luft kommen.“

Die Frauen hatten sich darauf verständigt, dass sie alle gemeinsam jeweilig am Vormittag und vor dem Abendessen eine halbe Stunde draußen verbringen. Dass die Staatssicherheit auf offener Straße drei Frauen mit vier Kindern wegfängt, konnten sie sich nicht vorstellen. Sollte dies wider Erwarten doch geschehen, würde dies spätestens bei der allabendlich vereinbarten Kontaktaufnahme mit einem Gemeindemitglied, der dann bei ihnen vorbeischauen sollte, auffallen.

In der Botschaft

Michael, Horst und Berndt lagen bereits lange bevor es draußen hell wurde wach auf ihren Liegen. hingen ihren Gedanken nach und waren gespannt darauf, welche Entwicklungen der neue Tag bringen würde. Einer nach dem anderen gingen sie ihre Morgentoilette verrichten, zogen sich an und warteten darauf, dass sie von Herrn Janson abgeholt wurden. Pünktlich um 8.00 Uhr stand er auch in der Tür. „Guten Morgen, ich hoffe Sie haben einigermaßen gut geschlafen?“, begrüßte er sie.

„In Anbetracht der Umstände ging es“, antwortete ihm Horst.

„Dann werde ich Sie mal zum Frühstück bringen.“, sagte Herr Janson und nahm sie mit in Richtung Kantine.

Hier herrschte im Gegensatz zum gestrigen Abend reges Treiben. Einige Mitarbeiter saßen an den Tischen, tranken ihren Kaffee oder

Tee, und unterhielten sich angeregt. Als sie den Raum betraten, fiel ihnen auf, dass die Gespräche teilweise verstummten, und viele Augenpaare auf sie gerichtet waren. Sie nahmen ebenfalls an einem der freien Tische Platz. „Habt ihr das mitbekommen?“, die Leute hier scheinen bereits zu wissen, wer wir sind.“, sagte Michael.

„Was darf ich Ihnen bringen?“, fragte Herr Janson die drei.

„Was gibt es denn alles?“, wollte Berndt wissen.

„Nun, Sie können Brötchen, Croissants, Brot, Eier, Wurst und Käse bekommen. Folgen Sie mir doch an den Tresen und wählen selbst aus.“

Nachdem jeder sein Frühstück zusammengestellt hatte, begannen sie zu essen, während Herr Janson ihnen das weitere Vorgehen erläuterte. „Nach dem Frühstück bringe ich Sie wieder auf Ihr Zimmer. Dort warten sie, bis Sie wieder abgeholt werden. Ich weiß noch nichts Genaues, aber im Laufe des Vormittags sollen Sie nochmal eingängiger befragt werden.“

Nachdem sie ihr Frühstück beendet hatten brachte Herr Janson sie wie angekündigt wieder zurück. Um 10.00 Uhr war er wieder zur Stelle. Er führte sie wieder in den Besprechungsraum. Es dauerte nicht lange und Herr Schmidt vom Rechts- und Konsularreferat sowie ein ihnen unbekannter Mitarbeiter traten ein. „Guten Morgen.“, begrüßte Herr Schmidt die drei. „Das ist mein Kollege Herr Scheffer von der Politikabteilung bei uns im Haus.“

„Guten Morgen“, begrüßte auch Herr Scheffer die drei. Wieder nahmen sie am großen Tisch Platz.

Beide hatten einen ernsten Gesichtsausdruck. Herr Schmidt eröffnete das Gespräch: „Ich weiß, dass Sie sich gestern bereits eindeutig positioniert hatten, aber ich möchte trotzdem noch einmal fragen, ob Sie noch immer auf Ihrer Einstellung beharren, die Botschaft nicht verlassen zu wollen?“

„Daran hat sich nichts geändert und wird sich auch nichts ändern.“, sagte Michael mit entschiedener Stimme. Herr Schmidt erwiderte: „Ich wollte nur darauf hinweisen, dass die staatlichen Behörden der DDR bisher nicht wissen, dass Sie in der Botschaft sind. Der Vorschlag steht noch immer, Sie verlassen die Botschaft und wir garantieren Ihnen, dass wir Sie ganz oben auf die Prioritätenliste setzen."

„Herr Schmidt, darüber brauchen wir nicht diskutieren", entgegnete ihm Michael. „Wir wissen genau, dass wir Ihnen Unannehmlichkeiten machen. Aber bitte verstehen Sie unsere Situation. Unsere Familien leben seit mehreren Jahren eingeschränkt, nur noch auf das Ziel der Ausreise hin. Herr Grievmann hält sich und seine Familie mit Gelegenheitsjobs über Wasser. Ich arbeite seit fast zwei Jahren als Hilfskrankenpfleger in einem katholischen Krankenhaus für vierhundert Ostmark. Meine Frau wird seit ihrer Antragstellung mit nichtigen Arbeiten im Büro betraut, obwohl ihre eigentliche Tätigkeit im Wesentlichen aus Außeneinsätzen in den Filialen besteht. Wir rücken nicht mehr von unserem Vorhaben ab, der Entschluss ist endgültig!"

„Das haben wir verstanden und nehmen es zur Kenntnis", schaltete sich jetzt Herr Scheffer ein.

„Wir werden noch heute mit den diesbezüglichen Stellen in der DDR, Kontakt aufnehmen, soviel können wir sagen. Informationen oder gar Details der Gespräche können wir jedoch nicht preisgeben. Alles, was ab jetzt passiert, kann von uns mehr oder weniger moderiert werden. Wie sich die Behörden in der DDR verhalten, können wir nicht wissen, das bleibt abzuwarten."

„Noch einige Dinge für die Zeit Ihres Aufenthalts hier in der Botschaft", sagte Herr Schmidt. „Sie können sich tagsüber im Garten aufhalten, informieren jedoch immer die Sicherheitszentrale, wenn Sie hinausgehen beziehungsweise wieder hereinkommen. Ansonsten würde ich Sie bitten, auf dem Zimmer zu bleiben. Das Frühstück und das Mittagessen können Sie in der Kantine einnehmen. Am Abend wird Ihnen etwas zu essen und zu trinken gebracht. Das wäre es von meiner Seite, Herr Scheffer wird Sie jetzt noch eingehend zu Ihren Personalien, sowie den Details Ihrer jeweiligen Ausreiseanträge betreffend Befragen."

„Haben Sie noch Fragen?", erkundigte er sich abschließend und blickte in die Runde.

„Ja, eine Sache ist uns wichtig", begann Michael.

„Wir haben mit unseren Frauen und dem Pfarrer abgesprochen, dass wir uns jeden Abend nach 18.00 Uhr bei ihm in der Pfarrei melden. Unsere Frauen halten ebenfalls mit Pfarrer Gumbel täglichen Kontakt. Ein Mitglied der Kirchengemeinde schaut jeden Tag bei den Frauen vorbei, ob alles in Ordnung ist. Daher würden wir Sie bitten, uns zu ermöglichen, an den Abenden eine telefonische Verbindung zu Pfarrer Gumbel herzustellen".

„Nun, das ist aus Erfahrung schwierig. Sie wissen schon, dass ein Dritter in der Leitung ist", sagte Scheffer. „Und ich denke, es wäre eher kontraproduktiv, wenn eine deutsche Botschaft an den offiziellen Gesprächskanälen vorbei, Kommunikationswege für Ausreisewillige herstellt."

„Okay, das heißt wir machen praktisch einen Blindflug?", sagte Berndt.

„Es tut mir leid", entgegnete ihm Scheffer, „aber ich denke es ist für Sie alle von Vorteil, wenn die Gespräche auf offizieller Ebene geführt werden."

Die drei guckten sich enttäuscht an. Die Abgeschnittenheit von ihren Frauen und Pfarrer Gumbel hatten sie nicht eingeplant. „Sobald es etwas Neues zu berichten gibt, werde ich mich bei Ihnen melden", sagte Schmidt, verabschiedete sich und verließ den Raum während Scheffer sich an die Befragung der drei machte. Diese dauerte etwa eine Stunde. „Ich denke es wäre gut, wenn wir mal an die frische Luft gehen könnten", wandte sich Michael nach Abschluss der Befragung an Scheffer.

„Das können Sie gerne tun, Sie müssen sich nur vorher bei der Sicherheitszentrale melden, ich gehe mit Ihnen runter."

Draußen war es für Ende März recht warm. Der Regen vom Vortag hatte aufgehört, und die Vorfrühlingsonne schob sich immer wieder durch die Wolken. „Hier habe ich mit Uwe vor einem Jahr gesessen", sagte Michael, und zeigte auf eine Bank auf der Terrasse, die in den Garten führte. „Damals haben wir schon gedacht, dass es sich hier aushalten ließe."

Sie gingen in den weitläufigen, parkähnlich angelegten Garten. Es tat gut im Freien zu sein.

„Das wir nicht Kontakt halten können, macht die Sache schwieriger“, löste Berndt das Schweigen.

„Es ist jetzt so wie es ist“, sagte Horst, „Fakt ist, wir sind dringeblieben. Jetzt gibt es kein Zurück mehr.

Wir lassen uns nicht mehr gängeln und bestimmen die Richtung.“

„Horst hat Recht“, sagte Michael. „Wir arbeiten den Plan so ab, wie er besprochen wurde.

Wichtig ist, dass wenn es konkret wird, wir nicht über den Osten ausreisen, sondern direkt aus der Botschaft in den Westen. Vorher müssen die Frauen mit den Kindern bereits drüben sein. Daran müssen wir festhalten.“

Sie kamen an einer Bank vorbei, die unter einem großen Kastanienbaum stand. „Komm, wir setzten uns ein bisschen, dann kann ich eine rauchen.“

Berndt holte eine Zigarette aus der Schachtel und steckte diese an. Sie setzten sich auf die Bank. Von hier hatten sie einen schönen Blick auf die rückwärtige Fassade der Botschaft. „Was meint ihr, wie lange die Geschichte hier dauern wird“, wandte sich Berndt an die anderen, und blies den Rauch in die Luft.

„Schwer zu sagen“, antwortete Horst, „ich vermute, die wollen das Problem so schnell wie möglich vom Tisch haben.“

„Das kann man nur hoffen“, sagte Michael, es ist natürlich blöd, dass wir keinen Kontakt nach Brandenburg haben, aber da müssen wir jetzt durch.“

Sie vertrieben sich noch für eine Stunde die Zeit im Garten, ehe sie wieder auf ihr Zimmer gingen.

Besuch beim Pfarrer

Der zweite gemeinsame Tag in der Wohngemeinschaft verlief bisher ohne Zwischenfälle. Da die Frauen nicht wussten, wie die Entwicklung in Prag vorangeschritten war, verhielten sie sich achtsam und vorsichtig. Nach dem Mittagessen waren alle gemeinsam in Richtung des angrenzenden Waldgebietes gegangen.

So konnten die Kinder sich an der frischen Luft austoben, um am Abend hoffentlich müde ins Bett gebracht zu werden. Die drei Frauen liefen nebeneinanderher und unterhielten sich.

„Wenn wir wieder zurück sind, fahrt ihr direkt zum Pfarrer", sagte Britt, „ich bereite währenddessen mit den Kindern das Abendessen vor."

„Wir werden vorher noch an der Kaufhalle vorbeifahren, um noch ein paar Lebensmittel zu holen", wandte sich Elvira an Alex.

„Bisher war alles ruhig, ich bin mal gespannt ob und wann sich die Situation ändert. Ich vermute, dass heute im Laufe des Tages von offizieller Seite aus der Prager Botschaft Kontakt nach Berlin aufgenommen wird. Dann wird es interessant, wie die reagieren werden", sagte Alex.

Gegen 17.00 Uhr fuhren Elvira und Alex los. Sie legten vorher den Stopp an der nahegelegenen Konsum Kaufhalle ein. Anschließend fuhren sie weiter Richtung Gotthardt Kirche. Auf dem Vorplatz zwischen Kirche und den Pfarrhäusern war alles ruhig. Sie klopften an der Tür der Pfarrwohnung.

„Hallo Frau Wutke, hallo Frau Tenner", begrüßter Pfarrer Gumbel die Frauen. „Treten Sie ein. Ich habe Sie bereits erwartet und einen Tee gekocht. Ich hoffe Sie haben nichts dagegen, wenn Herr Pengel unser Sozialdiakon sowie Herr Wernitz an unserem Gespräch teilnehmen?"

„Ganz und gar nicht", sagte Alex. Die Frauen begrüßten Hugo Pengel und Herrn Wernitz, die bereits im Arbeitszimmer warteten.

„Ihre Männer hatten in der Vergangenheit des Öfteren mit Herrn Pengel zu tun. Herr Wernitz steckt ebenfalls gut in der Thematik. Herr Wernitz ist der Kontaktmann zu ihnen, denn er wohnt mit seiner Familie in ihrer Nähe"

„Das ist gut, so lernen wir uns auch mal kennen", wandte sich Elvira an Herrn Wernitz.

„Ich werde jeden Abend nach Feierabend bei Ihnen vorbeischauen, damit Sie mir über irgendwelche Auffälligkeiten berichten können", sagte Herr Wernitz.

„Erzählen sie uns mal, wie ist es Ihnen in der Zwischenzeit ergangen ist?“, wandte sich der Pfarrer an die Frauen, Während er den Tee einschenkte.

„Nun“ fing Elvira an zu erzählen, „eigentlich gibt es bisher nicht allzu viel zu berichten. Die Kinder haben Spaß zusammen und empfinden das gemeinsame Wohnen bisher eher als ein großes Abenteuer. Aber wir wissen nicht, wie sich die Situation ändert, wenn die von staatlicher Seite davon Kenntnis bekommen. Das wird bestimmt nicht mehr lange dauern.“

„Das wissen wir nicht“, sagte der Pfarrer Gumbel, setzte sich auf den Stuhl vor seinem Schreibtisch und zündete sich seine Pfeife an. „Aber wir werden alles in unserer Macht Stehende dazu beitragen, dass die Sache nicht eskaliert. Herr Pengel kann Ihnen da noch etwas genaueres sagen.“

„Das ist so“, begann Hugo Pengel zu erzählen. „Ich habe gute Kontakte zu führenden Mitgliedern der „Kirche von Unten“ in Berlin. Eure Männer waren vor Monaten bereits in Berlin. Dort hatten sie wichtiges Material für die Erstellung des Positionspapieres erhalten. Falls die Stasi anfängt mit Zuführungen und Verbringung der Kinder in staatliche Kinderheime, oder irgendetwas aus dieser bekannten Schublade veranlasst, dann gebe ich die Information an Berlin weiter. Dort gibt es Leute mit Kontakten zu akkreditierten Journalisten aus Westberlin. Die warten nur auf solche Infos.“

Auf Elvira und Alex wirkte diese Entschlossenheit beruhigend. Wenig später verabschiedeten sie sich voneinander, und Herr Wernitz sagte noch: „Dann komme ich morgen zwischen 17.00 und 18.00 Uhr bei Ihnen kurz vorbei.“

„So machen wir es“, sagte Alex. Dann fuhren Elvira und sie wieder zurück zu Britt und den Kindern.

Hauptabteilung XX Berlin

Am Nachmittag desselben Tages griff der Leiter der Hauptabteilung XX der Staatssicherheit in Berlin, Horst Walter zum Telefon und ließ sich mit dem Leiter der Bezirksverwaltung Potsdam Generalmajor Pickert verbinden. Kurze Zeit später ging Pickert ans Telefon: „Pickert am Apparat."

„Ja hier Walter, Leiter der Hauptabteilung Zwanzig in Berlin", antwortete Walter, wobei seine Stimmlage nichts Gutes vermuten ließ.

„Wir haben die Information erhalten, dass sich wieder drei Übersiedlungsersuchende in der Botschaft der BRD in Prag aufhalten. Sie gaben dort von sich, so lange zu bleiben, bis sie auf direktem Weg in den Westen gebracht werden. Es handelt sich dabei um drei verbliebene Mitglieder einer sogenannten Selbsthilfegruppe aus Brandenburg. Diese wird offensichtlich von Kirchenleuten agitiert und unterstützt und steht im Kontakt zu gleichgesinnten Kräften in Berlin. Konkret handelt es sich dabei um die OV „Legierer", „Klinke" und „Pilz."

Pickert, der in den Vorgang gut eingearbeitet war, sagte: „Ja, diese sind mir bekannt", und wurde zunehmend unruhig. „Welche Maßnahmen schlagen Sie vor?", wandte er sich an Walter.

„Es muss versucht werden, diese Besetzung mit allen Mitteln aufzulösen. Die Männer haben doch Familie?"

„Ja, sie sind verheiratet und haben Kinder."

„Lassen Sie die Frauen observieren und zunächst eine von ihnen zur Vernehmung zuführen. Das sorgt für Verunsicherung. Anschließend geben wir diese Information an die Botschaft weiter, das sollte den Druck erhöhen!"

„Ich kümmere mich darum, und halte Sie auf dem Laufenden", sagte Pickert, wobei er in Gedanken bereits die einzuleitenden Maßnahmen durchspielte.

„Genosse Pickert, denken Sie daran, die Sache ist hier in Berlin ganz oben aufgehangen", beendete Walter das Gespräch.

Gedankenspiele

Die drei Männer hatten eine Kleinigkeit zu Abend gegessen und saßen auf ihrem Zimmer. Herr Janson hatte ihnen Zeitschriften gebracht, in denen sie lustlos blätterten. Nach dem Gespräch am

Vormittag mit Scheffer und Schmidt gab es keine weiteren Neuigkeiten und es schien sich keiner so richtig um sie zu kümmern.

„Was meint ihr, ob die Stasi schon im Kreis dreht?“, fragte Berndt in die Runde.

„Davon kannst du ausgehen“, blickte Michael von seiner Zeitschrift hoch.

„Morgen wird etwas passieren, da bin ich mir ziemlich sicher. Bleibt abzuwarten in welche Richtung das Pendel ausschlägt.“

„Das denke ich auch“, sagte Horst, „die werden heute von hier mit Berlin telefoniert haben. Dann wird die Sache nach Potsdam gehen, und schon ist Druck auf dem Kessel. Das wir keinen Kontakt nach Brandenburg haben, erschwert für uns die Lage.“

Das Warten auf Ereignisse, die nur durch ihr untätiges Verharren in der Botschaft ausgelöst werden, beunruhigte sie. Die Isolation und der Informationsmangel verstärkten diesen Zustand. Wenn es auch keiner ansprach, dachte doch ein jeder an seine Familie. Schließlich konnten ihre Frauen und Kinder jederzeit einer gezielten Aktion der Stasi ausgesetzt sein.

Eskalation

Sofort nach seinem Telefonat mit dem Leiter der HA XX in Berlin, hatte Generalmajor Pickert mit der Kreisdienststelle in Brandenburg telefoniert, und nach dem Leiter Oberstleutnant Kabel verlangt:

„Oberstleutnant Kabel am Apparat“, meldete sich dieser.

„Genosse Kabel, hier Pickert von der BKD“.

„Der operative Vorgang in Bezug auf die drei Verbliebenen Mitglieder der sogenannten Selbsthilfegruppe eskaliert. Die Männer sitzen in der BRD-Botschaft in Prag und wollen die direkte Ausreise in die BRD erzwingen. Lassen Sie unverzüglich die Wohnungen der drei Frauen observieren. Eine von ihnen wird dann im Rahmen der Maßnahme der Abteilung IX zugeführt. Die Operation ist einzuleiten, wenn die Zielperson das Haus verlässt. Welche der Frauen es sein wird und wann der Zugriff erfolgt gebe ich noch bekannt."

„Zu Befehl, Genosse Generalmajor!", antwortete Kabel, legte den Hörer auf, und leitete diesbezügliche Maßnahmen ein. Es dauerte nicht lange und die ausgerückten Observierungsteams fanden heraus, dass sich die Frauen mit den Kindern gemeinsam in der Wohnung des OV „Pilz" aufhalten.

Am Abend in der Frauen WG

Nachdem Elvira und Alex wieder von ihrem Besuch bei Pfarrer Gumbel zurückgekehrt waren, machten sie gemeinsam mit den Kindern noch einen Spaziergang um die Wohnblöcke im Neubaugebiet. Britt hatte bereits das Abendessen vorbereitet und hierbei die Kinder mit Aufgaben eingebunden. Anton und Marie hatten den Tisch gedeckt. Die Töchter von Elvira waren Britt beim Anrichten eines Salats behilflich gewesen. Es war erstaunlich wie unproblematisch sich die Kinder in die neu entstandene Gemeinschaft einfügten. Als sie wieder auf dem Rückweg zur Wohnung waren, fiel Alex in unmittelbarer Nähe des Hauseingangs ein beiger Lada auf, der am Straßenrand parkte und in dem zwei verdächtig aussehenden Personen saßen. „Seht mal unauffällig in Richtung des Lada da vorne", sagte Alex, „das sieht sehr nach Stasi aus."

„Dann wissen die also Bescheid", sagte Elvira, und rief sofort nach den Kindern: „Kinder kommt schnell zu uns, wir fassen uns an die Hände und laufen gemeinsam bis zur Haustür!"

Schnell liefen sie auf den Hauseingang zu, schlossen die Tür hinter sich und waren froh, wieder in der Wohnung zu sein. Hinter dem Vorhang lugte Elvira nach unten. Der Wagen stand noch da. „Wir werden ab und zu mal sehen, wie ausdauernd die sind, aber jetzt essen wir erst einmal."

Die Frauen waren besorgt. Besonders Britt machte einen nervösen Eindruck und schob immer wieder vorsichtig den Vorhang beiseite, um nach dem vermeintlichen Stasiauto zu schauen. „Die werden uns rund um die Uhr beschatten", sagte sie, und knabberte nervös an einem Fingernagel.

„Solange die im Auto sitzen, braucht es uns nicht weiter stören", meinte Alex. Wir gehen morgen nur raus, wenn möglichst viele Menschen auf der Straße sind".

Der zweite Tag in der WG neigte sich dem Ende. Julia und Anna hatten sich ein Theaterstück fürs Kasperletheater ausgedacht, in dem der Polizist vom Kasper verprügelt wurde. Alle saßen gemeinsam in ihren Schlafanzügen auf dem Teppich und folgten gebannt dem Stück. „Pädagogisch wertvoll", meinte Elvira anschließend, „passt in unsere Zeit."

Zugriff in Brandenburg

Durch die Rückmeldungen der Observierungsteams wusste Oberstleutnant Kabel, dass sich die Frauen und Kinder gemeinsam in der Wohnung des OV „Pilz" aufhalten. Er dachte nach. Ein Zugriff und anschließende Zuführung der drei Frauen im Beisein der Kinder schätzte er als schwierig umsetzbar ein.

Er griff zum Telefon, und ließ sich mit Pickert verbinden. Nachdem dieser am Apparat war, erstattete er ihm Bericht: „Oberstleutnant Kabel hier, guten Morgen Genosse Generalmajor."

„Guten Morgen.", antwortete Pickert.

„Eine unserer Obervierungsgruppen meldete mir, dass die Frauen und Kinder sich gemeinsam in der Wohnung des OV „Pilz" aufhalten.

Pickert spielte gedanklich sofort mehrere Szenarien durch. „Lassen Sie die Wohnung weiterhin beobachten. Wenn eine der Frauen die Wohnung verlässt, greifen Sie zu. Wenn, wovon ich ausgehe, alle gemeinsam die Wohnung verlassen, wird die Frau des Grievmann, OV „Klinke", von der Gruppe getrennt und zugeführt. Sie ist nach unserer Einschätzung das schwächste Glied in der Kette. Das sollte aber zwingend im Laufe des Tages umgesetzt werden. Das Kind der Grievmann bleibt zunächst bei den anderen Frauen. "

„Zu Befehl, Genosse Generalmajor!", antwortetet Kabel und

legte auf. Anschließend gab er den Befehl an die Observierungsgruppe III weiter.

Am Morgen des dritten Tages machten sich die Frauen mit ihren Kindern zum morgendlichen Spaziergang fertig. „Die hatten Schichtwechsel.“, sagte Britt leise zu Elvira und Alex, um die Kinder nicht zu beunruhigen. „Jetzt steht anstelle des Lada ein Wartburg vor der Tür.“

„Davon lassen wir uns nicht einschüchtern.“, meinte Alex, und Elvira fügte hinzu: „Wir gehen an den Häusern entlang, da wird schon nichts passieren.“

Als sie vor die Haustür traten, war ihre Anspannung spürbar, doch sie wollten diese nicht vor den Kindern zeigen. Sie zwangen sich zur Ruhe. Aus dem Augenwinkel sah Alex, dass zwei Männer in dem Auto saßen. Die Frauen nahmen Marie und Anton an die Hand und bogen auf dem Gehweg nach links ab. „Lasst uns hinter dem Block in Richtung Spielplatz gehen, dann verlieren die uns aus den Augen“, schlug Elvira vor. Hinter sich hörten sie wie der Motor gestartet wurde und der Wartburg ihnen in Schrittgeschwindigkeit folgte. Kurz vor der Abzweigung in Richtung Kindergarten vernahmen sie, wie das Fahrzeug beschleunigte und abrupt neben ihnen abgebremste. Dann ging alles blitzschnell. Die Türen wurden aufgerissen und die Stasimänner kamen auf sie zugestürmt. „Wer von Ihnen ist Britt Grievmann?“, fragte der Ältere von beiden.

Beide Männer trugen Anoraks und Stoffhosen in gedeckten Farben. Alex sah, wie Britt das Blut aus dem Gesicht wich. „Wer will denn das wissen?“, fragte Elvira die beiden.

„Ministerium für Staatssicherheit, sagte der Ältere und zeigte ihnen seinen Ausweis vor. Wir haben die Anweisung Frau Britt Grievmann zur Klärung eines Sachverhalts mitzunehmen.“

„Ich gehe nicht mit“, sagte Britt mit bebender Stimme.

Jetzt wussten die Stasimänner auf wen sie sich konzentrieren mussten.

„Steigen Sie in den Wagen!“, wandte der andere sich barsch an Britt.

Die Stasimänner ließen sich nicht beirren. Beide griffen jeweilig einen Arm von ihr und zerrten sie Richtung Auto. Marie umklammerte ihr Bein und schrie, „Mama, Mama!".

Anton fasste die Hand von Alex noch fester und sah verängstigt mit offenem Mund auf die Szenerie.

„Das können Sie nicht machen!", schrie Alex die Stasileute an.

Elvira und Alex versuchten Britt aus den Fängen der Männer zu befreien, und es kam zu einem Gerangel. Jetzt fing auch Anton und die größeren Kinder von Elvira an zu schreien. Dadurch wurden Passanten auf die Situation aufmerksam und traten zögerlich dazu. „Was ist denn hier los?", fragte ein älterer Herr.

„Die wollen unsere Freundin mitnehmen, es gibt aber keinen Grund dafür!", rief Alex verzweifelt den Umstehenden zu.

„Treten Sie zurück!", wurde jetzt der jüngere Stasimann energischer.

Der ältere Stasimann hatte bereits mit seiner freien Hand die hintere Tür des Wartburg geöffnet, um Britt mit grober Gewalt in das Innere des Fahrzeugs zu manövrieren. Marie hing noch immer wie eine Klette am Bein ihrer Mutter. Der jüngere Stasimann riss Marie grob von Britt weg, wobei Marie aufs Pflaster fiel und noch lauter anfing zu schreien. Unter den Umstehenden entwickelte sich ein zunehmendes Grollen. Einige gaben ihre Empörung über das Geschehen mit Wortattacken zum Ausdruck.

„Schweinerei!", schrie einer der umstehenden Männer.

„Eine Mutter auf offener Straße zu verhaften, das sind Methoden wie im dritten Reich!", rief eine ältere Frau.

„Vorsicht, überlegen Sie was sie hier von sich geben, ansonsten nehmen wir Sie gleich mit!", schrie der ältere Stasimann in Richtung der Frau.

Sie stiegen eilig ins Fahrzeug, und brausten mit Britt auf dem Rücksitz davon. Das Ganze hatte weniger als eine Minute gedauert. „Unfassbar was die sich erlauben, auf offener Straße und im Beisein von den Kindern!", schimpfte der ältere Herr dem davonfahrenden Auto hinterher.

Marie schrie, wie von Sinnen ihrer Mutter hinterher, die weinend aus der Heckscheibe blickte. Immer wieder rief sie: „Mama komm zurück!“

„Wir gehen jetzt alle gemeinsam in die Wohnung“, gab Alex energisch Anweisungen.

Elvira nahm Marie auf den Arm, und sie liefen in schnellen Schrittes auf den Hauseingang zu.

„Wir fahren gleich zu Pfarrer Gumbel“, sagte Elvira völlig außer Atem.

„Ja, das machen wir so, aber lass uns erst die Kinder beruhigen.“.

Wenig später saßen Elvira, Alex und die Kinder im Auto und fuhren in Richtung Innenstadt.

Kurz nachdem sie an die Tür des Pfarrhauses geklopft hatten, öffnete ihnen Frau Gumbel.

„Guten Tag Frau Gumbel, sagte Alex, „ist Ihr Mann zu Hause?“.

„Nein, der ist bei einem Gemeindemitglied, müsste aber in der nächsten Stunde wieder zurück sein. Aber kommen Sie doch rein und warten derweil in seinem Büro.“ Die Frauen gingen mit den Kindern in das Büro und setzten sich. „Worum geht es denn, ist etwas vorgefallen?“, wollte Frau Gumbel wissen.

„Die Staatssicherheit beschattet uns bereits seit gestern Abend. Es stand die ganze Zeit ein Wagen vor der Tür. Als wir heute Morgen einen Spaziergang machen wollten, haben sie Britt zur Klärung eines Sachverhalts, wie sie es ausgedrückt hatten, mitgenommen“, erklärte Elvira die Situation.

„Das ist ja schrecklich“, entgegnete Frau Gumbel. „Darf ich Ihnen und Ihren Kindern etwas zu trinken anbieten?“

Ja gerne“, antwortete Alex, „wenn Sie für uns einen Tee hätten und für die Kinder Limonade oder Wasser wäre es gut.“

Nach mehr als einer halben Stunde hörten sie, wie der PKW der Kirchengemeinde mit seinen typischen Zweitaktgeräuschen auf den Vorplatz der Pfarrei vorfuhr und abgestellt wurde. Als Pfarrer Gumbel sein Büro betrat und die Frauen mit den Kindern sah, ahnte er sofort, dass etwas nicht stimmt. „Was ist passiert?“, war seine erste Frage.

Elvira schilderte ihm noch einmal in kurzen Worten das Geschehen vom Vormittag.

„Das gibt es ja wohl nicht!“, reagierte er erbost. „Ich rufe sofort beim Superintendanten an“, und griff zum Hörer. Es dauerte eine Weile, bis sich jemand auf der Gegenseite meldete.

„Gumbel am Apparat, von der St. Gotthardt Gemeinde aus Brandenburg“, meldete sich der Pfarrer. „Verbinden Sie mich mit dem Superintendenten!“

„Ja das ist sehr wichtig!“, gab er in ungehaltenem Tonfall zurück. „Ja ich bitte darum, ansonsten sehe ich mich gezwungen mit Berlin zu telefonieren!“

„Er muss aus einer Sitzung herausgeholt werden“, wandte er sich an die Frauen. „Das ist dreist, was die Staatssicherheit sich erlaubt, aber ich bleibe penetrant, das kann ich Ihnen versichern!“

Die Kinder saßen ruhig auf ihren Plätzen und lauschten gebannt den Gesprächen der Erwachsenen.

„Wir werden alles tun, um deine Mama so schnell wie möglich wieder nach Hause zu bekommen.“, wandte Pfarrer Gumbel sich an Marie, die ihn mit verängstigtem Gesichtsausdruck vertrauensvoll ansah. Das Telefon klingelte.

„Gumbel“, sagte der Pfarrer, offensichtlich dauerte es etwas, bis das Gespräch auf der Gegenseite durchgestellt wurde, „Herr Schrader, Gumbel hier, Guten Tag.“

„Sie wissen das wir in unserer Gemeinde seelsorgerisch für eine Gruppe von Ausreisewilligen und ihre Familien tätig sind?“

„Herr Schrader, ich will ganz offen zu Ihnen sein“, setzte der Pfarrer das Gespräch fort.

„Die Gruppe besteht noch aus drei Familien mit ihren Kindern. Die Männer sind seit ein paar Tagen in der Botschaft der Bundesrepublik in Prag, um ihre Ausreise zu erzwingen.“

Auf der anderen Seite der Leitung schien erst einmal Sprachlosigkeit eingetreten zu sein, denn der Pfarrer rief in den Hörer: „Herr Schrader, sind Sie noch am Apparat?“

„Die Dinge sind jetzt so wie sie sind“, sagte Pfarrer Gumbel.

„Ich möchte Sie inständig bitten, dafür Sorge zu tragen, dass

Frau Britt Grievmann unverzüglich wieder auf freien Fuß gesetzt wird. Ich weiß, die Sachlage ist brisant, aber wenn diese in die falsche Richtung eskaliert, nutzen wir von unserer Seite Kontakte zu westlichen Journalisten und ich werde mich nicht scheuen, diese für die Interessen unserer seelsorgerisch betreuten Familien zu nutzen!"

„Wie..., ja das ist gut. Wir warten hier auf Ihren Rückruf", erwiderte Pfarrer Gumbel und legte auf.

„Der ist jetzt völlig konsterniert", sagte der Pfarrer zu Alex und Elvira.

„Ich kann Ihnen folgende Vorschläge unterbreiten: Sie warten hier mit mir auf den Rückruf des Superintendenten. Oder Sie fahren mit den Kindern nach Hause und erhalten Nachricht von Herrn Wernitz, wenn er heute Abend nach Hause kommt?"

„Ich denke es ist besser wir warten bei Ihnen. Dann haben wir die Nachricht ohne Verzögerungen", sagte Elvira zu Gumbel.

„Selbstverständlich können Sie bleiben. Vielleicht wollen die Kinder derweil bei uns im Garten spielen", schlug der Pfarrer vor.

„Julia, Anna, geht doch mit Anton und Marie ein bisschen im Garten spielen, ihr müsst hier nicht die ganze Zeit rumsitzen!", wandte sich der Pfarrer an die Kinder.

„Wir können doch auch mit rausgehen, dann stören wir Sie nicht bei ihrer Arbeit", sagte Alex zu Pfarrer Gumbel.

„Sie stören mich nicht", wandte der Pfarrer sich an Alex und Elvira, „das gehört schließlich auch zu meiner Arbeit. Ich denke aber auch, es ist besser, wenn Sie bei uns warten."

Die Frauen gingen mit den Kindern in den Garten des Pfarrhauses, der auf der Rückseite direkt an die historische Stadtmauer angrenzte. Durch die zahlreichen Kinder der Gumbels, gab es dort viele Spielsachen, die teilweise wild verstreut herumlagen. Anton lief sofort zum Sandkasten und spielte mit einem Plastik-LKW, während Marie nur verstört in der Nähe der Frauen blieb.

Es gibt kein Zurück

Den ganzen Tag über hatte sich nichts getan. Vor allem Horst wurde immer ungeduldiger. Ihm machte die Untätigkeit am meisten zu schaffen. Herr Janson hatte die drei Männer wieder zum Frühstück begleitet, das sie ohne großen Hunger lustlos eingenommen hatten. Anschießend hielten sie sich lange im Garten auf und ergaben sich in wilden Spekulationen. Mittlerweile war es nach 15.00 Uhr, als Herr Janson zu ihnen aufs Zimmer kam. „Meine Herren, ich möchte Sie bitten mir in den Besprechungsraum zu folgen", sagte er mit einem optimistischen Gesichtsausdruck, der ihnen Hoffnung machte. Voller Spannung folgten sie Janson durch die Gänge in Richtung des Besprechungszimmers. Dort warteten bereits Herr Scheffer und Herr Schmidt.

„Guten Tag", eröffnete Herr Schmidt das Gespräch. „Ihre Angelegenheit hat hohe Brisanz, so viel kann ich Ihnen sagen. Wir stehen über das Auswärtige Amt in Kontakt mit den diesbezüglichen Schaltstellen in der DDR. Selbst hohe Würdenträger der evangelischen Kirche aus der Bundesrepublik haben wir in Ihrer Angelegenheit zwischengeschaltet. Aus Berlin wurde uns zugesichert, dass Sie mit Ihren Familien binnen vierundzwanzig Stunden ausreisen können, unter einer Bedingung: Sie müssen zunächst in Ihren Heimatort zurückkehren."

Sie sahen sich an und ihre Blicke verrieten Skepsis. „Wer gibt uns die Gewähr, dass wir nicht bereits an der Grenze verhaftet werden?", fragte Michael zurück.

„Ein Risiko besteht, aber wir haben die feste Zusage aus Ostberlin", erwiderte Herr Schmidt, „wir würden Sie natürlich mit allen in unserer Macht stehenden Mitteln unterstützen, das können wir Ihnen zusichern."

„Zusagen vom Ministerium oder von der Stasi, das ist wie ein Pakt mit dem Teufel eingehen", sagte Horst, „wenn wir wieder im Osten sind, sind Ihre Unterstützungsmöglichkeiten recht bescheiden."

„Denken Sie darüber nach", wandte sich Herr Schmidt an die drei.

„Herr Schmidt", sagte Michael, „es tut uns leid, aber wir sehen für uns keine andere Möglichkeit. Unser Entschluss steht fest, wir gehen auf keinen Fall mehr zurück in den Osten. Wir wissen und haben auch Verständnis dafür, dass sie uns hier schnell wieder raushaben wollen. Aber in diesem Fall müssen wir an uns und unsere Familien denken."

Herr Schmidt und Herr Scheffer zogen resigniert ab, versprachen aber, weiter am Ball zu bleiben. Der dritte Tag ging zu Ende, und die Zweifel am baldmöglichen Erfolg stellten sich wieder ein.

Wiedersehensfreude

In der Zwischenzeit waren mehrere Stunden vergangen, aber das Telefon im Arbeitszimmer von Pfarrer Gumbel blieb stumm. „Ich schlage vor, wir essen alle bei uns gemeinsam. Anschließend rufe ich nochmal in Potsdam an", wandte sich Pfarrer Gumbel an die beiden Frauen.

„Danke für Ihre Mühe und die Einladung zum Abendessen", antwortete Elvira, „wenn die Kinder etwas bekommen könnten, wäre schön, ich für meinen Teil habe keinen großen Hunger."

„Ich habe auch keinen Hunger", sagte Alex, folgte aber den anderen in die große Küche des Pfarrhauses. Dort mischten sich mehrere Kinder des Pfarrers unter die Gäste, und es bildete sich ein wildes Durcheinander am Tisch. Nachdem jeder einen Platz gefunden hatte, schenkte Frau Gumbel Tee ein und bewirtete die Gäste zusammen mit ihrer ältesten Tochter. Plötzlich klingelte das Telefon. Der Pfarrer lief sofort in sein Arbeitszimmer. Aus der Küche konnte man aus den Gesprächsfetzen vernehmen, dass er mit dem Superintendenten redete. „Das sind ja gute Nachrichten, danke für die Rückmeldung und einen schönen Abend", beendete Pfarrer Gumbel das kurze Telefonat.

Freudig kam er zurück in die Küche. „Ich habe sehr gute Neuigkeiten, Frau Grievmann ist auf dem Weg zu uns. Man hat sie laut Aussage vom Superintendenten im Stadtzentrum wieder auf freien Fuß gesetzt. Sie müsste gleich bei uns eintreffen."

Plötzlich herrschte helle Aufregung am Tisch. „Marie, deine

Mama ist gleich bei dir", sagte Alex zu Marie.

Aber Marie sah sie nur ungläubig an.

„Ich würde vorschlagen, wenn Frau Grievmann eingetroffen ist, soll sie erst einmal berichten. Im Anschluss fahren Sie gemeinsam zurück in Ihre Wohnung, und verlassen morgen nicht das Haus", sagte der Pfarrer. „Wenn sich im Laufe des Tages nichts tut, wird am Abend Herr Wernitz bei Ihnen vorbeischauen."

Kurze Zeit später klopfte es an der Tür. Frau Gumbel öffnete und eine völlig aufgelöste Britt trat in die Küche. „Ich bin fix und alle", begrüßte sie die große, um den Tisch versammelte Runde. Marie rannte sofort voller Freude zu ihrer Mutter und beide schlossen sich in ihre Arme. Im Anschluss berichtete Britt, dass sie ins Gebäude der Kreisdienststelle der Stasi in Brandenburg gefahren wurde. Dort musste sie lange in einem verschlossenen Raum ausharren, bis sie schließlich verhört wurde. „Die wollten wissen, wo unsere Männer stecken", erzählte sie. „Ich habe denen gesagt, dass sie in der Prager Botschaft sind. Dann wollten die noch wissen, wer der Initiator dieser Aktion war, und ob die Kirche mit drinsteckt. Darauf habe ich geantwortet, dass es keinen Chef gibt unter unseren Männern, und dass wir von der Kirche seelsorgerisch betreut werden."

„Das haben Sie sehr gut gemacht", sagte darauf der Pfarrer.

„Ich habe gedacht, das wars. Die behalten mich jetzt für immer da drin. Man bin ich froh wieder bei euch zu sein!"

Nach dem Essen verabschiedeten sich Alex, Elvira und Britt von der ganzen Familie Gumbel, und traten gemeinsam den Rückweg an.

Ausreisepapiere

Der Sozialdiakon Hugo Pengel hatte gerade seinen dreijährigen Sohn in den kirchlichen Kindergarten der St. Gotthardt Gemeinde gebracht. Jetzt ging er nach Hause und nahm sich vor in seinem Büro die letzten Texte für den heute stattfindenden Gemeindeabend zum Thema „Ausgrenzung in der sozialistischen Gesellschaft" zusammenzustellen. Offiziell gab es in der DDR keine

Arbeits- und Obdachlosigkeit. Doch die Realität sah anders aus.

So wurde der sogenannte „Asozialen"-Paragraph 249 oft herangezogen, um Arbeitsunwillige oder diejenigen die nicht arbeiten konnten, zu kriminalisieren. Unter Berufung auf diesen Paragraphen konnten Verhaftungen solcher Personen legitimiert werden. Später bot er die Möglichkeit, auch politische Taten unter dem vermeintlich „asozialen"-Deckmantel zu verurteilen. So konnte ein Bürger oder eine Bürgerin, die sich in der oppositionellen Friedensbewegung engagierten, mit der Anwendung von Paragraph 249 als „Asozial" im Gefängnis landen. Auch viele junge Menschen, die unerwünschten Subkulturen wie den Punks angehörten, wurden als vermeintliche Arbeitsverweigerer festgenommen.

Als Hugo Pengel auf seine Wohnung zusteuerte, sah er einen, am Straßenrand parkenden Lada stehen und wusste sofort, das sind seine „Freunde" von der Stasi. Als die beiden im Lada sitzenden Männer auf ihn aufmerksam wurden, stiegen sie aus, und kamen auf ihn zu. „Herr Pengel, ich grüße sie", sagte einer der beiden mit lakonischem Tonfall. „Können wir kurz mit Ihnen sprechen?"

„Eigentlich habe ich keine Zeit", antwortete der Sozialdiakon kurz angebunden.

„Es geht um die drei Antragsteller und ihre Frauen, die auch von Ihnen betreut werden, könnten wir das nicht drinnen besprechen?"

Hugo überlegte, aber er konnte sich nicht vorstellen, was die beiden Stasi-Typen von ihm wollten. Nachdem er die Wohnungstür aufgeschlossen hatte, folgten ihm die beiden unaufgefordert. „Es dauert auch nicht lange", sagte der offensichtliche Gesprächsführer.

„Herr Pengel, sorgen Sie dafür, dass die drei Frauen noch heute um 12.00 Uhr bei der Abteilung Inneres erscheinen."

„Warum?", fragte Hugo.

„Das werden Sie dann schon erfahren", gab der Stasimann zurück.

„12.00 Uhr passt bei mir, dann werde ich sie begleiten," erwiderte der Sozialdiakon.

„Tun Sie, was Sie nicht lassen können“, verabschiedete sich der Stasimann, bevor er mit seinem Kollegen die Wohnung verließ. Hugo wartete, bis die beiden verschwunden waren. Dann ging er sofort in Richtung Pfarrhaus. Er wusste, dass Pfarrer Gumbel heute auswärtige Termine hatte, hoffte aber ihn noch anzutreffen. Er hatte Glück, der Pfarrer war gerade auf dem Sprung. „Grüß dich Rudolf“, sprach Hugo Pfarrer Gumbel an.

„Was führt dich so früh zu mir?“

Hugo setzt ihn schnell in Bild: „Die Stasi war gerade bei mir, die Frauen sollen heute um 12.00 Uhr bei der Abteilung Inneres erscheinen.“

Der Pfarrer schien angestrengt zu überlegen. „Das kann viel bedeuten, aber ich kann mir auch vorstellen, dass die Staatssicherheit mittlerweile genug von ihnen hat und sie jetzt loswerden will.“

„Ich wollte dir nur Bescheid geben. Ich fahre gleich raus zu den Frauen und werde sie dann begleiten.“

„Das ist eine gute Idee Hugo. Du weißt ich habe heute einige Termine, aber gegen 16.00 Uhr bin ich wieder zurück. Es wäre gut, wenn wir uns dann noch kurz sprechen könnten. Wann ist dein Gesprachsabend?“

„Um 18.00 Uhr“, antwortete Hugo.

„Dann haben wir noch Zeit. Ich bin gespannt was dabei rauskommt.“

Hugo ließ alles stehen und liegen, und ging Richtung Straßenbahnhaltestelle. Kurze Zeit später klingelte er an der Eingangstür. Die Frauen blickten überrascht, als er plötzlich vor der Tür stand. „Was ist denn jetzt wieder passiert?“, wollte Elvira von ihm wissen.

„Unsere „Freunde“ standen heute Morgen bei mir vor der Tür, um mir mitzuteilen, dass ihr heute um 12.00 Uhr bei der Abteilung Inneres einen Termin habt.“

„Was hat das zu bedeuten?“, fragte Britt, die durch die Ereignisse des letzten Tages verständlicherweise noch sehr mitgenommen war.

„Das kann man bei der gegenwärtigen Gemengelage überhaupt nicht einschätzen", sagte Hugo.

„Ich hatte noch mit Pfarrer Gumbel darüber gesprochen. Seine Einschätzung war, dass die euch wahrscheinlich langsam loswerden wollen. Aber das ist alles Spekulation. Wie dem auch sei, ich werde euch begleiten. Der Pfarrer ist auch sensibilisiert."

„Bis 12.00 Uhr? Dann haben wir noch zwei Stunden Zeit, möchtest du etwas trinken, einen Kaffee vielleicht?", fragte Alex.

„Das wäre nicht schlecht, kann ich auf dem Balkon eine rauchen?"

„Ja klar, tu dir keinen Zwang an", sagte Elvira, „ich setze mal Wasser auf."

Bereits zehn Minuten vor dem Termin standen die Frauen mit ihren Kindern und Hugo auf dem Puschkinplatz. „Ich werde draußen auf dem Gang mit den Kindern warten", sagte er. „In einer Stunde werden wir schlauer sein."

Dann machten sie sich auf den Weg in die Baracke der Abteilung Inneres. Als sie auf dem Gang saßen, beschlich sie ein beklemmendes Gefühl, das sich auch auf die Kinder übertrug. Als erstes wurde Alex von einer Mitarbeiterin aufgefordert, in eines der Büros zu kommen. Mit einem mulmigen Gefühl trat sie ein, und sah ihren Ansprechpartner der letzten Jahre, Herrn Schramm, hinter seinem Schreibtisch sitzen. „Frau Tenner, nehmen Sie Platz.", sagte er in einem Tonfall, der keine Schlussfolgerungen auf die Stimmungslage zuließ. Alex nahm Platz. Ihr Gegenüber blätterte alibimäßig in einer Akte.

„Frau Tenner", löste er die Stille auf, „bitte geben Sie mir Ihren Personalausweis!"

Alex kramte das Portemonnaie aus ihrer Tasche, und suchte nach dem Ausweis. „Hier, bitte", sage sie, und übergab ihm den Ausweis.

„Den ziehe ich hiermit ein. Sie erhalten von mir eine Identitätsbescheinigung. Weiterhin gebe ich Ihnen eine Laufkarte, die Sie mit allen Unterschriften versehen bis morgen 14.00 Uhr hier wieder abgeben. Anschließend leisten Sie noch einige Unterschriften, erhalten die Entlassungsurkunde aus der Staatsbürgerschaft der DDR, und reisen dann mit Ihrem Kind mit dem Zug um 18.15 Uhr in die BRD aus."

Das Herz schlug Alex bis zum Hals, und die letzten Worte von Herrn Schramm hatte sie wie durch Watte vernommen. Sollte es wahr werden? Hatten sich die Mühen der letzten Jahre, die Arbeit in der Selbsthilfegruppe mit Unterstützung der Kirche endlich gelohnt. Sofort dachte sie an Michael und wandte sich an Herrn Schramm. „Was passiert mit unseren Männern?"

„Dazu kann ich Ihnen keine Auskunft geben", kam seine Antwort in einem missmutigen Tonfall.

„Haben Sie noch Fragen?", sagte Herr Schramm, und sah sie dabei ausdrucklos an.

Alex dachte an die Einholung der Unterschriften. Hierzu musste sie extra nach Kleinmachnow fahren. Zu ihrem Bruder hatte sie jahrelang keinen Kontakt mehr. Wie wird es mit ihrem Vater werden, der mehr im Westen unterwegs ist als zu Hause? Egal sagte sie sich, notfalls werde ich selbst unterschreiben.

„Nein, ich habe keine Fragen mehr", sagte sie.

Alex verließ das Büro und ging auf Hugo zu, der mit den Kindern im Flur saß. Auch Elvira erwartete sie bereits.

„Und wie war es bei dir?", frage Alex.

„Na ich hoffe wie bei dir, wir müssen bis morgen Abend ausreisen."

Dann endlich trat Britt mit hochrotem Gesicht aus einem der Büros. „Mir ist das mittlerweile alles zu viel", sagte sie, und musste sich erst einmal setzen. Auch sie hielt die Identitätsbescheinigung und den Laufzettel in ihren Händen, die vor Aufregung zitterten. „Ich schlage vor, wir gehen gemeinsam zu mir nach Hause und besprechen die nächsten Schritte", sagte Hugo. „Schließlich habt ihr bis morgen noch einiges zu erledigen, und solltet die verbleibende Zeit so effektiv wie möglich nutzen."

Im Büro des Sozialdiakons mussten sich die Frauen erst einmal sammeln. Er setzte Teewasser auf und steckte sich eine Karo an, die er aus Rücksicht auf die Kinder auf der Terrasse rauchte. „Hoffentlich geht das in der Botschaft mit den Männern gut.“, sagte Britt.

„Das werden wir von hier nicht beeinflussen können. Aber wenn wir drüben sind, können wir schon unterstützend tätig werden, am besten gleich in Helmstedt“, meinte Elvira.

„Du hast Recht. Ihr müsst jetzt zusehen so schnell wie möglich die letzten bürokratischen Hürden zu nehmen“, mischte sich Hugo ein. „Das mit den Unterschriften der Behörden, sowie die Kontoauflösungen bei den Banken sehe ich da eher als unkritisch. Schwieriger wird es mit den Schuldenfreiheitserklärungen der Verwandtschaft. Wie sieht es da bei euch aus?“

„Also meine Eltern und meine Schwester wohnen in Brandenburg. Das wird schnell und unkompliziert gehen, denn sie sind bereits lange darauf vorbereitet“, meinte Britt.

„Bei mir ist es ähnlich. Meine Eltern wohnen in Jeserig, das sind nur etwa zehn Kilometer zu fahren. Mein Bruder und die jüngere Schwester wohnen in Brandenburg“, sagte Elvira. „Sie werden auch die Wohnung auflösen und der Wagen ist bereits an meinen Bruder verkauft.“

„Bei mir wird es schwieriger. Meine Eltern und Stiefbrüder wohnen in Kleinmachnow, wobei mein Vater ständig unterwegs ist. Dann habe ich noch einen Bruder, der wohnt in Berlin“, beschrieb Alex ihre ungleich kompliziertere Aufgabe.

„Dann schlage ich Folgendes vor“, begann Hugo mit der Unterbreitung seines Plans: „Elvira und Britt fahren als Erstes zu ihren Eltern und Geschwistern, und holen sich die Unterschriften. Dann versucht ihr noch so viel Behördengänge wie möglich zu erledigen. Ihr habt doch noch ein zweites Auto zur Verfügung?“

„Ja, unseren Trabi“, antwortete Britt.

„Wenn wir uns den leihen könnten, fahre ich mit Alexandra in Richtung Berlin“, bot sich Hugo an.

„Klar, könnt ihr den Trabi haben“, erwiderte Britt.

„Hast du die Möglichkeit jemanden von deiner Verwandtschaft zuvor telefonisch zu informieren?“

„Ja, ich habe die Telefonnummern von den Arbeitsstellen meiner Mutter und meines Buders. Sie könnten eventuell auch meinen Vater erreichen. Mein Bruder hat sogar immer eine aktuelle Telefonnummer, wenn er sich in Westberlin aufhält", sagte Alex.

„Dann nichts wie ran, hier ist mein Diensttelefon. Versuch dein Bestes und kündige uns für heute Nachmittag an", wandte sich Hugo an Alex.

Alex hatte Glück, und konnte sowohl ihre Mutter als auch ihren Bruder erreichen. Er erzählte ihr, dass er sich am Nachmittag sowieso mit ihrem Vater treffen wollte. „Das hört sich gut an, die Glückssträhne sollte man nicht abreißen lassen", sagte Hugo positiv gestimmt. „Dann lasst uns keine Zeit verlieren."

Britt und Elvira nahmen ihre Kinder und fuhren zuerst in das nahegelegene Jeserig, während sich Alex, Anton und Hugo in Richtung Kleinmachnow auf den Weg machten. Am Abend wollten sie sich gemeinsam bei Pfarrer Gumbel treffen, um die noch zu erledigenden, offenen Punkte für den kommenden Tag zu besprechen.

Widererwarten konnten die notwendigen Unterschriften von allen dreien problemlos eingeholt werden. Selbst bei Alex, die bereits im Vorfeld vor diesem Tag die größten Befürchtungen hatte, lief alles schnell und unproblematisch ab. Sie verabschiedete sich von ihrer Mutter und den Geschwistern. „Alexandra mein Kind, hoffentlich wird alles so, wie ihr euch das vorgestellt habt. Meine Telefonnummer hast du ja, und wenn nicht, dann schreibe ab und zu, wie es euch geht. Liebe Grüße an Michael, ich hoffe er kommt schnell nach", sagte ihre Mutter mit Tränen in den Augen.

„Wir werden auf alle Fälle in Verbindung bleiben", sagte Alex und drückte ihre Mutter zum Abschied.

Ihr Vater war da abgeklärter, und wollte sie, sobald sie sich in der Bundesrepublik eingerichtet hatten, besuchen kommen. Sie hatten in der Vergangenheit von anderen Antragstellern gehört, dass die Bestätigung gegenüber der Verwandtschaft keine Schulden zu haben, ausgenutzt wurde, und für die Unterschrift im Gegenzug hohe Summen an Geld verlangt wurden. Am frühen Abend trafen sich Alex, Elvira und Britt im Arbeitszimmer des Pfarrers. Hugo hatte sich bereits verabschiedet, da er noch einige Vorbereitungen für seinen Gesprächsabend treffen musste. Die Frauen hatten sich bei ihm mit innigen Umarmungen für die selbstlose Unterstützung bedankt.

„Alles Gute für Ihre Zukunft und viele Grüße an Ihre Männer", wandte sich der Pfarrer ein letztes Mal an die drei Frauen. „Ich hoffe, dass eine in allen Belangen aufregende Zeit zu Ende geht und Sie sich ein neues Leben aufbauen können. Jetzt muss es für Ihre Männer in Prag noch zu einer positiven Lösung kommen. Aber ich denke und hoffe, dass in ihrem Fall kurzfristig eine Entscheidung herbeigeführt wird."

Nun war es an Alex einige Worte an Pfarrer Gumbel zu richten: „Wir möchten uns für Ihren Einsatz in den letzten Wochen und Monaten, den Sie für uns und unsere Familien geleistet haben, ganz herzlich bedanken. Das gilt auch insbesondere für Hugo, Pfarrer Zern und die gesamte Gemeinde."

Ein bisschen wehmütig gaben sie sich die Hand und drückten sich noch einmal. „Vielleicht sehen wir uns in der Zukunft einmal wieder", waren die letzten Worte von Pfarrer Gumbel. Dann fuhren die Frauen zurück in die gemeinsame Wohnung fuhren. Nach dem Abendessen packten sie ihre, für die Ausreise notwendigsten Sachen. Anschließend mussten Packlisten in doppelter Anfertigung für die Grenzkontrolle erstellt werden. „Wir konnten von den Behörden bereits heute einige Unterschriften einholen", sagte Elvira zu Alex.

„Das habe ich noch komplett vor mir, aber ich könnte doch eines der Fahrräder nehmen, dann bin ich schneller?". Alex hatte leider noch keinen Führerschein.

„Klar kannst du das", meinte Elvira, während sie mit dem Kofferpacken beschäftigt war.

Gute Neuigkeiten

Der vierte Tag in der Botschaft neigte sich dem Ende zu. Die drei Männer wurden aufgrund ihrer erzwungenen Untätigkeit immer missmutiger. Eines war für sie klar, es gab kein Zurück aus dieser Situation, auch wenn es noch Wochen oder Monate dauern sollte. Sie verspürten zudem keine Lust sich weiterhin mit Lesen oder Kartenspielen abzulenken. Das Angenehmste war noch, egal bei welchem Wetter sich so lange wie möglich im Garten aufzuhalten. Die frische Luft tat gut, zumal das Wetter besser wurde und die Märzsonnenstrahlen bereits wärmten. Sie waren gerade wieder von ihrer Runde zurück als Herr Scheffer zu ihnen aufs Zimmer kam.

„Guten Tag", begann er, „wir haben soeben vertrauenswürdige Informationen erhalten. Demzufolge dürfen Ihre Frauen und Kinder die DDR morgen in Richtung Bundesrepublik verlassen."

„Das sind mal gute Nachrichten", freute sich Berndt.

Woher haben Sie diese Informationen?", wollte Horst wissen.

„Bitte haben Sie Verständnis, aber wir können unsere Informationsquellen nicht preisgeben", antwortete Herr Scheffer.

„Sobald sich wieder etwas tut, lasse ich es Sie wissen. Falls wir uns heute nicht mehr sehen, wünsche ich einen guten Abend", verabschiedete sich Herr Scheffer von den dreien.

„Langsam kommt Bewegung in die Sache. Wenn die Frauen und Kinder drüben sind, haben wir eine große Sorge weniger. Ich sage euch, ich habe so ein Gefühl, dass es bei uns auch nicht mehr lange dauert", spekulierte Michael.

„Ich denke auch, dass sich aus dieser veränderten Situation zusätzliche Möglichkeiten bieten und die Stasi nicht will, dass die Öffentlichkeit davon Wind bekommt", stimmte Horst zu, wobei sich sein Gesichtsausdruck in den letzten Minuten deutlich entspannt hatte.

Als Michael am Abend auf seinem Feldbett lag, musste er an Alex und Anton denken. Die Aussicht, auf die morgige Ausreise der beiden, stimmte ihn froh und ein wenig zuversichtlicher. Sie wären nicht mehr den Klauen der Stasi ausgesetzt, und könnten die gegenwärtige Situation ihrer in der Prager Botschaft ausharrenden Männer schildern. Es schien, als wenn dadurch der Druck etwas nachließ. In ihm verschaffte sich ein seltsames Gefühl Raum und so schlief er mit dem Gedanken ein, dass ein entscheidender Tag bevorstand.

Letzte Stunden in der DDR

Pünktlich um 14.00 Uhr waren Alex, Elvira und Britt bei der Abteilung Inneres. Sie legten ihre komplett ausgefüllten Papiere mitsamt den Unterschriften vor. Sie erhielten die Entlassungsurkunden aus der Staatsbürgerschaft der DDR. Die Aktion verlief in nüchtern, sachlicher Atmosphäre. Bereits eine Stunde vor Ankunft des Zuges aus Berlin Richtung Köln standen die Frauen mit den Kindern auf dem Bahnsteig. Die Familien von Elvira und Britt ließen es sich nicht nehmen, sich von ihnen und den Enkelkindern, Neffen und Nichten zu verabschieden. Nur Alex und Anton waren allein, aber sie waren deswegen nicht traurig. Alex hatte immer ein angespanntes Verhältnis zu ihrer Schwiegermutter und in den Jahren der Antragstellung kaum Kontakt zu Michaels Eltern. Der Zug fuhr pünktlich ein. Ein letztes Mal lagen sich die Eltern und Geschwister in den Armen. Sogar Alex und Anton wurden in die innige Verabschiedung einbezogen. Die schweren Gepäckstücke wurden von den Vätern und Brüdern in den Wagon gewuchtet. Kurze Zeit später setzte sich der Zug in Bewegung. Alle winkten aus dem Fenster so lange, bis die Zurückgebliebenen auf dem Bahnsteig immer kleiner wurden, und schließlich aus den Blicken entschwanden. Die Frauen hatten Glück und erwischten ein freies Abteil. Es war bereits dunkel und die Anspannung stieg, je näher sie der Grenze kamen. Die Züge wurden von einer Kontrollgruppe der Transportpolizei begleitet, um die Sicherheit der Reisenden zu gewährleisten, wie es offiziell hieß. In Wahrheit wurde der Zug bereits vor Reiseantritt einer Kontrolle unterzogen, um möglichen Fluchtversuchen vorzubeugen. Etwas verspätet gegen 20.30 Uhr fuhren sie in den hermetisch abgeriegelten Bahnhof von Marienborn ein. Sie schauten aus dem Fenster und sahen die Grenzanlagen. Draußen liefen die Uniformierten der Passkontrolleinheit mit Schäferhunden den Bahnsteig entlang. Diese war eine Abteilung der Staatssicherheit und stand im Rang über den regulären Grenztruppen. Das Bild, das sich Alex, Elvira und Britt bot, hatte etwas Bedrohliches. Plötzlich wurde die Tür aufgerissen.

„Guten Tag, ihre Papiere bitte", schallte es in den Wagon. Vor ihnen standen zwei Uniformierte. Ihre Gesichtsausdrücke ließen keine Schlüsse zu. Sie taten ihre Arbeit professionell und unpersönlich. Die Frauen reichten ihnen die Identitätsbescheinigungen, die sorgsam geprüft wurden. Schließlich wurden sie abgestempelt mit dem Vermerk „Gültig zur einmaligen Ausreise in die BRD" mit dem handschriftlichen Zusatz „zur ständigen Ausreise".

„Wo befindet sich Ihr Gepäck?", wollte einer der Uniformierten wissen.

„Das große Gepäck ist im Gepäckwagen", antwortete Alex.

„Dann kommen Sie mit", sagte der Uniformierte in forschem Tonfall.

Britt blieb bei den Kindern, während Alex und Elvira den PKE-Mitarbeitern folgten. Im Gepäckwagen zeigten sie ihre Reisetaschen und Koffer und übergaben die handschriftlich angefertigten Packlisten. Akribisch wurden diese durchgegangen, und ohne erkennbares Muster mussten die Frauen auf Anweisung Sachen aus den Koffern kramen und vorzeigen. Schließlich ließen sie von ihnen ab und verabschiedeten sich. Nach mehr als dreißig Minuten setzte sich der Zug endlich wieder in Bewegung, und fuhr wenige Minuten später in Helmstedt ein. Sie hatten es geschafft. Die Frauen umarmten sich und ihre Kinder vor Freude überschwänglich. Die Anspannung der letzten Stunden fiel von ihnen ab und wich dem Gefühl der Erleichterung. Aber auch die Ungewissheit wie es mit ihnen weitergehen würde, nagte an ihnen. In Helmstedt kontrollierten Mitarbeiter des Bundesgrenzschutzes ungleich freundlicher. Als sie anhand der Papiere feststellten, dass es sich bei den Frauen und Kindern um Ausgereiste aus der DDR handelte, entwickelte sich schnell ein Gespräch. „Haben Sie ein festes Ziel in der Bundesrepublik?", wollte einer der Bundesgrenzschützer wissen.

„Unsere Männer sind noch in der Botschaft in Prag, daher möchten wir so schnell wie möglich zu ihnen Kontakt aufnehmen, und nein, ein festes Ziel haben wir nicht“, antwortete Elvira.

„Es ist jetzt nach 21.00 Uhr, da wird es schwierig noch etwas diesbezüglich in die Wege zu leiten“, meinte der Beamte. „Ich würde vorschlagen Sie fahren bis Hannover und steigen dort aus. Dort melden Sie sich bei der Bahnhofmission, die kümmern sich um Sie. Ich sage dem Schaffner Bescheid, er gibt Ihnen dann die erste Zugverbindung Richtung Gießen für den morgigen Tag. Wenn Sie dort angekommen sind, melden Sie sich im zentralen Aufnahmelager. Dort wird man Ihnen mit Sicherheit weiterhelfen und Sie werden registriert“.

Die Frauen bedankten sich bei den Beamten für die Unterstützung, denn sie hatten jetzt wieder ein neues Ziel vor Augen.

Abreise aus Prag

Nachdem Horst, Berndt und Michael gefrühstückt hatten, drehten sie gerade wieder ihre Runde im Garten, als Herr Janson aus dem Gebäude kam und nach ihnen Ausschau hielt. Als er sie entdeckte, kam er eilig auf sie zugelaufen. „Guten Morgen“ rief er aufgeregt bereits von weitem. Forschen Schrittes kam er auf sie zu gelaufen.

Nach Luft ringend sprudelte es aus ihm heraus „Ihre Frauen sind im Aufnahmelager in Gießen angekommen. Ich soll Sie grüßen!“

„Eh, Herr Janson, Sie werden uns immer sympathischer“, freute sich Michael über die Neuigkeit.

„Das ist noch nicht alles. Ich bringe Sie ins Besprechungszimmer, dort wartet bereits Herr Scheffer auf Sie.“

Sie folgten Herrn Janson und wären am liebsten an ihm vorbeigezogen, so groß war der Drang nach Neuigkeiten. Im Besprechungszimmer stand Herr Scheffer am Fenster und sah scheinbar gedankenverloren auf den Vorplatz der Botschaft. Als er sie vernahm, ging er Richtung Schreibtisch. „Guten Morgen“, sagte er.

„Sie haben es sicherlich von Herrn Janson gehört, Ihre Frauen und Kinder sind in Gießen und werden bereits registriert."

„Ja, dass er hatte uns berichtet", antwortete Horst.

„Für Sie zeichnet sich ebenfalls eine Lösung ab. Die mit Ihrer Angelegenheit befassten Behörden haben mittlerweile nach langem, zähem Hin und Her zugestimmt, dass Sie von hier auf direktem Weg in die Bundesrepublik ausreisen können."

Sie sahen sich ungläubig an.

„Wann soll es losgehen?", wollte Horst wissen.

„Der Ablauf wird wie folgt sein. Sie packen Ihre Sachen und Herr Janson holt Sie in einer Stunde ab. Anschließend fährt er Sie bis zum Grenzübergang Waidhaus. Dort wird jemand von offizieller Seite der DDR auf Sie warten, um die Ausreiseformalitäten zu erledigen. Nach Grenzübertritt werden Sie dann mit einem Fahrzeug auf direktem Weg nach Gießen gebracht."

Wie sicher ist das für uns?", fragte Michael.

„Die beiderseitigen Gespräche wurden mit fester Zusage von DDR-Seite abgeschlossen und ich denke denen ist sehr daran gelegen, das Problem vom Tisch zu bekommen", beendete Herr Scheffer das Gespräch.

Die drei gingen auf ihr Zimmer und packten ihre Sachen zusammen. „Ich kann es gar nicht glauben, dass wir, wenn alles gut geht, heute noch unsere Frauen und Kinder wiedersehen", sagte Berndt.

„Wir sind kurz vor dem Ziel, sollten aber noch nicht in Euphorie verfallen, noch sind wir nicht drüben", gab Horst zu bedenken."

„Trotzdem ist es unfassbar", sagte Michael, während er die letzten Sachen in seiner Tasche verstaute.

Pünktlich kam Herr Janson ins Zimmer. „Na meine Herren, reisefertig?", fragte er mit Freude in der Stimme.

„Ja, wir wären so weit. Wie lange fahren wir bis zur Grenze?", wollte Berndt wissen.

„Bis Waidhaus sind es an die hunderundsiebzig Kilometer und wir fahren auf der E50. Ich denke, wenn alles gut geht, sind wir in zwei Stunden da. Ich habe Ihnen Marschverpflegung zusammenstellen lassen, denn der Tag wird lang für Sie werden."

„Herr Janson, wie Sie sich die letzten Tage um uns gekümmert haben, das war beispiellos!", bedankte sich Michael bei ihm.

„Sie werden mir als sympathische junge Männer in Erinnerung bleiben", erwidert Herr Janson.

Sie liefen ein letztes Mal den Gang entlang und die Treppe ins Foyer hinunter. Dort warteten bereits Herr Scheffer und Herr Schmidt.

Ich denke Sie sind froh, dass Sie uns jetzt verlassen müssen?", wendete sich Herr Scheffer an sie.

„Wir sind sehr froh. Ich denke wir hatten ihnen in den letzten Tagen genug Unannehmlichkeiten beschert", gab Michael zurück.

„Wir können nur ahnen, was alles hinter den Kulissen gelaufen ist, aber wir möchten uns aufrichtig bei allen hier, die damit direkt oder indirekt zu tun hatten, bedanken. Vielleicht besuchen wir Sie einmal unter anderen Umständen."

„Das würde uns freuen", sagte Schmidt. Sie gaben sich die Hände zum Abschied, während Herr Janson bereits ungeduldig mit dem Zündschlüssel spielte. Sie warfen die Taschen in den Kofferraum eines Mercedes mit Diplomatenkennzeichen und stiegen ein. Michael setzte sich auf den Beifahrersitz.

„Möchten Sie vielleicht etwas trinken, ein Wasser vielleicht?", fragte Janson.

„Ja das wäre nicht schlecht, ich habe einen ganz trockenen Hals vor Aufregung", antwortete Berndt.

Herr Janson chauffierte die drei stadtauswärts durch die Prager Altstadt und bald erreichten sie die Europastraße 50 Richtung Bundesrepublik.

Formalitäten an der Grenze

Die Fahrt verlief problemlos. Es dauerte nicht lange, und sie fuhren an Pilsen vorbei. Die vorüberziehende Landschaft war wunderschön. Dichte, urwaldähnliche Mischwälder standen in einer Hügellandschaft, die in sanfte Täler überging. Das Frühjahr vertrieb den Winter, und es begann überall zu grünen. Doch dafür hatten sie heute keinen Blick. Nach einer weiteren halben Stunde wurde bereits der Grenzübergang ausgeschildert. Keiner sagte ein Wort. Herr Janson hatte noch versucht die Stimmung aufzulockern, aber bald gemerkt, dass es zwecklos war. Die Strecke wurde abschüssig und sie sahen von weitem bereits den Grenzübergang mit den Grenzsicherungsanlagen, ähnlich denen in der DDR. Links und rechts der Fahrspuren standen in kurzen Abständen Peitschenmastleuchten. Mehrere Fahrzeuge warteten in zwei Abfertigungsschlangen, während weiter vorne die Grenzbeamten die Fahrzeuge kontrollierten. Herr Janson ordnete sich nicht in die Schlange ein, sondern parkte den Wagen auf einem Parkplatz zwischen zwei mehrstöckigen Gebäuden. „Bitte warten Sie im Auto, ich gehe rein, und melde uns an", sagte Herr Janson, der sich mittlerweile von der Anspannung der drei anstecken ließ.

„Die werden doch hier wohl nicht mehr eine linke Nummer abziehen wollen?", sagte Horst.

„Das kann ich mir beim besten Willen nicht vorstellen", antwortete Michael, obwohl er selbst noch Zweifel hatte.

Nach zehn Minuten kam Herr Janson wieder aus dem Gebäude. „So, jetzt wird es ernst. Nehmen Sie bitte ihr Gepäck mit. Wir gehen gemeinsam rein, um die Formalitäten zu erledigen."

Sie betraten das Gebäude. Herr Janson der vor ihnen lief, ging im Erdgeschoss direkt auf eine Tür zu.

Er klopfte kurz und trat ein. Die drei folgten ihm. Im Zimmer anwesend waren zwei Grenzbeamte und ein Mann in Zivil. An der gegenüberliegenden Fensterfront standen zwei Schreibtische. Der Raum wurde im vorderen Bereich ähnlich einer Polizeiwache von einem Tresen abgeteilt. Der Zivile sah die drei mit ernstem Gesichtsausdruck an. Er trug einen Trenchcoat, Anzug und Krawatte. Das musste ein Offizieller aus dem Osten sein. Der Mann kam Michael nach näherer Betrachtung bekannt vor. Er überlegte bis bei ihm der Groschen fiel. Vor ihnen stand der Anwalt Dieter Gremmel, einer der Soziusse in der Kanzlei von Wolfgang Vogel. Ihm hatten Alex und er im Dezember 1987 gegenübergesessen. Damals hatte er sie lapidar mit den Worten abgewiesen, „dass er in ihrem Fall nicht tätig werden kann, und sie sich selbst um ihre Ausreise kümmern müssen."

Der Aufforderung sind sie in gewisser Weise auch nachgekommen, dachte sich Michael und konnte eine gewisse Häme nicht verbergen. Die Grenzbeamten forderten die drei auf, ihr Gepäck über den Tresen zu reichen. Sie öffneten auf einem Tisch die Taschen und durchsuchten diese.

Gremmel wandte sich grußlos an die drei: „Geben Sie mir Ihre Personalausweise!"

Sie kramten ihre Ausweise heraus und legten sie auf den Tresen. Gremmel übergab ihnen die Entlassungsurkunden aus der Staatsbürgerschaft der DDR, sowie Identitätsbescheinigungen.

Nachdem die Grenzbeamten die Kontrolle beendet hatten, stempelten sie ein Visum zur Ausreise in die BRD in die Identitätsbescheinigungen. Der offizielle Teil war hiermit beendet. Herr Janson verabschiedete sich von Gremmel und sie verließen das Gebäude. „Jetzt fahre ich Sie auf die deutsche Seite. Dort wartet ein Fahrzeug, mit dem Sie nach Gießen gebracht werden."

Die Kontrolle verlief problemlos. Janson startete den Wagen und fuhr auf das Territorium der Bundesrepublik Deutschland.

Epilog

Alexandra, Anton und Michael verschlug es nach den gemeinsamen Tagen der drei Familien im zentralen Aufnahmelager in eine Großstadt unweit der ehemaligen Grenzübergangsstelle Helmstedt. Beruflich war Michael die ersten zehn Jahre vorwiegend in Deutschland aber auch in europäischen und arabischen Staaten unterwegs.

Alexandra arbeitete wenig später in der Buchhaltung derselben Firma. Mitte der neunziger Jahre kam ihm die Idee, die aufregenden Ereignisse seines, und später ihres gemeinsamen Lebens aufzuschreiben. Unzählige Abende saß er im Hotelrestaurant, auf dem Zimmer oder in seinem Dienstwagen. So schrieb er mit der

Zeit etwa dreihundert handschriftliche Seiten zusammen. Er qualifizierte sich weiter, und machte sich zusammen mit Alex Anfang 2000 selbständig. Durch die berufliche Anspannung geriet das Manuskript aus dem Fokus und lag fast dreißig Jahre ordentlich abgelegt in einem Schrank. Nach dem Verkauf der Firma Ende 2020 holte er die Seiten wieder vor, und begann erneut mit dem Schreiben, wobei die handschriftlichen Erinnerungen eine große Hilfe waren. Ebenfalls Mitte der neunziger Jahre erhielt Michael einen Anruf eines Journalisten des Sender Freies Berlin. Dieser war durch Recherche auf die Tätigkeit der damaligen Selbsthilfegruppe aufmerksam geworden, und kontaktierte Pfarrer Gumbel. Dieser wusste von Michaels Wohnort und gab die Information weiter. Der Journalist war dabei eine Dokumentation für eine Politsendung des MDR über die Machenschaften eines hochrangigen Mitarbeiters der Bezirksverwaltung Potsdam zusammenzustellen. Das Interview wurde in Brandenburg an der Havel an Originalschauplätzen abgedreht. So wie es Pfarrer Gumbel in einer der ersten gemeinsamen Zusammenkünfte erzählt hatte, wechselte er nach der Wende die Pfarrstelle, und übernahm einen Gemeindeverbund in der Prignitz. Dort besuchte ihn Michael auf dem Rückweg eines geschäftlichen Termins. Die Wiedersehensfreude war groß, und sie unterhielten sich mehrere Stunden über die Geschehnisse der vergangenen Jahre. Pfarrer Gumbel ist Anfang 2023 verstorben. Der Sozialdiakon Hugo Pengel hatte sich in seinem aufopferungsvollen Leben nicht nur um systemkritische Geister gekümmert, sondern um alle Menschen am Rande der Gesellschaft. Jeder fand bei ihm ein offenes Ohr, ob ein Haftentlassener, Jugendliche, die mit Schule oder Lehre nicht zurechtkamen, Wehrdienstverweigerer oder Homosexuelle. Bereits früh geriet er ins Visier der Staatssicherheit. Zwischenzeitlich waren mehr als zwanzig Spione auf ihn angesetzt. Zu DDR-Zeiten gab es Pläne die „unsicheren Elemente“ im Falle von Unruhen in Internierungslager zu stecken. Hugo Pengel wäre sicherlich einer der ersten gewesen. Er litt lange unter schweren Depressionen, und starb 2016 im Alter von sechzig Jahren. Horst und Elvira gingen mit ihren Töchtern nach Bayern. Horst arbeitete dort bis zu seiner Verrentung als leitender Mitarbeiter in einem mittelständischen Betrieb. Berndt und Britt ließen sich im schwäbischen Tübingen nieder. Michael traf die Familie zufällig am Dienstag nach Ostern 1990 am Hattenbacher Dreieck. Er wusste nur, dass sie einen Mazda fuhren und sah das Tübinger Nummernschild. Auf Verdacht fuhr er langsam an dem Fahrzeug vorbei und schaute herüber. Tatsächlich waren es die Grievmanns auf der Rückreise von einem privaten Besuch in Brandenburg. Die Familien trafen sich anschließend nochmal in Tübingen, ehe der Kontakt im Laufe der Jahre abriss.

Quellenverzeichnis:

1 Chronik der Mauer
Leibnitz-Zentrum für Zeithistorische Forschung Potsdam (ZZF)
Bundeszentrale für politische Bildung-Fachbereich Multimedia
Bundeskanzlerplatz 2
53113 Bonn
http://www.chronik-der-mauer.de
2 Stiftung Haus der Geschichte der Bundesrepublik Deutschland
Willy-Brandt-Allee 14; 53113 Bonn
http://www.hdg.de
3 ARD-Jahresrückblick 1964
Norddeutscher Rundfunk; Anstalt des öffentlichen Rechts
Hugh-Greene-Weg 1
22529 Hamburg
ARD-Jahresrückblick 1964
http://www.tagesschau.de meldung-ts-3416
4 Stiftung Haus der Geschichte der Bundesrepublik Deutschland
Willy-Brandt-Allee 14; 53113 Bonn
http://www.hdg.de
5 Stiftung Haus der Geschichte der Bundesrepublik Deutschland
Willy-Brandt-Allee 14; 53113 Bonn
http://www.hdg.de
6 Stiftung Haus der Geschichte der Bundesrepublik Deutschland
Willy-Brandt-Allee 14; 53113 Bonn
http://www.hdg.de
7 Stiftung Haus der Geschichte der Bundesrepublik Deutschland
Willy-Brandt-Allee 14; 53113 Bonn
http://www.hdg.de
8 Stiftung Haus der Geschichte der Bundesrepublik Deutschland
Willy-Brandt-Allee 14; 53113 Bonn
http://www.hdg.de
9 Stiftung Haus der Geschichte der Bundesrepublik Deutschland
Willy-Brandt-Allee 14; 53113 Bonn
http://www.hdg.de
10 Neue Züricher Zeitung; Stefan Reis Schweizer 31.05.2019
11 Victor Zaslavsky „Klassensäuberung"; Das Massaker von Katyn
Victor Zaslavsky „Klassensäuberung"; Das Massaker von Katyn

WAT (597).25.9.2007 ISBN 978-3-8031-2579-8
12 Eiserner Vorhang – Tödliche Fluchten und Rechtsbeugung
Freie Universität Berlin – Forschungsverband SED-Staat
http://www.eiserner-vorhang.de
13 Eiserner Vorhang – Tödliche Fluchten und Rechtsbeugung
Freie Universität Berlin – Forschungsverband SED-Staat
http://www.eiserner-vorhang.de
14 Eiserner Vorhang – Tödliche Fluchten und Rechtsbeugung
Freie Universität Berlin – Forschungsverband SED-Staat
http://www.eiserner-vorhang.de
15 Stiftung Haus der Geschichte der Bundesrepublik
Deutschland Willy-Brandt-Allee 14; 53113 Bonn
http://www.hdg.de
16 Stiftung Haus der Geschichte der Bundesrepublik
Deutschland Willy-Brandt-Allee 14; 53113 Bonn
http://www.hdg.de
17 Stiftung Haus der Geschichte der Bundesrepublik
Deutschland Willy-Brandt-Allee 14; 53113 Bonn
http://www.hdg.de
18 Stiftung Haus der Geschichte der Bundesrepublik
Deutschland Willy-Brandt-Allee 14; 53113 Bonn
http://www.hdg.de
19 Stiftung Haus der Geschichte der Bundesrepublik
Deutschland Willy-Brandt-Allee 14; 53113 Bonn
http://www.hdg.de
20 Stiftung Haus der Geschichte der Bundesrepublik
Deutschland Willy-Brandt-Allee 14; 53113 Bonn
http://www.hdg.de
21 Auszüge aus: Bundesarchiv für Stasi-Unterlagen-Archiv
Frankfurter Allee 204
10365 Berlin, Telefon: 030 18665-0, Telefax: 030 18665-7799
E-Mail: post.stasiunterlagenarchiv@bundesarchiv.de
Information Nr.: 119/88 Quelle: BStU, MfS, ZAIG 3657, Bl. 1-7
22 Stiftung Haus der Geschichte der Bundesrepublik
Deutschland Willy-Brandt-Allee 14; 53113 Bonn
http://www.hdg.de

Akronyme

A – Kompanie
Ausbildungskompanie für Wehrpflichtige im Grund-Wehrdienst der NVA
Abt. VIII
Aufgabe der Hauptabteilung VIII war es, im Auftrag anderer MfS-Abteilungen operative Beobachtungen und Ermittlungen durchzuführen. Ihre Standardmethoden waren Mitschnitte von Telefongesprächen, heimliche Fotoaufnahmen, Videoüberwachung und verdeckte Wohnungsdurchsuchungen.
Abt. IX
Für strafrechtliche Ermittlungen zuständige Diensteinheit (Strafverfolgung). Sie hatte wie die nachgeordneten Abteilung IX in den Bezirksverwaltung (BV) (Linie IX) die Befugnisse eines Untersuchungsorgans, d.h. einer kriminalpolizeilichen Ermittlungsbehörde.
Abt. 26
Die Tätigkeit der Abteilung 26 des MfS wird in der Regel kurz unter dem Begriff der Telefonüberwachung zusammengefasst. Zu ihren Aufgabengebieten gehörten unter anderem auch die Kontrolle des Telefonverkehrs und der Telexnetze.
ABV
Als Abschnittsbevollmächtigter (ABV) wurde ein Polizist der Volkspolizei in der DDR bezeichnet, der für die Überwachung und Sicherheit in einem festgelegten Gebiet verantwortlich war. Die ABV wurden im Oktober 1952 nach dem Vorbild der sowjetischen Polizei eingeführt.
AOV
Archivierter operativer Vorgang
BStU
Behörde des/der Bundesbeauftragten für die Unterlagen des Staatssicherheitsdienstes der ehemaligen DDR
EOS
Der Zugang zu einer Erweiterten Oberschule (EOS) und damit zum Abitur war in der DDR streng reglementiert.
HA XX
Die HA XX bildete den Kernbereich der politischen Repression und Überwachung der Staatssicherheit. In Struktur und Tätigkeit passte sie sich mehrfach an die sich wandelnden Bedingungen der Herrschaftssicherung an.
IMK/KW
Überwiegend private Wohnungen (oder Zimmer), deren Inhaber zumeist Inoffizielle Mitarbeiter zur Sicherung der Konspiration (IMK/KW) waren und in denen sich die Führungsoffiziere mit ihren IM trafen. Diese Praxis diente der Konspiration der inoffiziellen Zusammenarbeit. Bei den Inhabern handelte es sich zumeist um „gute Genossen", denen für das bereitgestellte Zimmer Miete gezahlt wurde.

IM/GMS
Seit 1968 bestehende Kategorie inoffizieller Informanten, die laut Richtlinie 1/79 eine in der Öffentlichkeit bekannte „staatsbewusste Einstellung und Haltung“ aufwiesen und entsprechend auftraten.
KD
Kreisdienststelle im Ministerium für Staatssicherheit
MfS
Ministerium für Staatssicherheit
OV
Operativer Vorgang
PM 12
Der PM 12 wurde anstelle des Personalausweises ausgegeben, wenn dieser aus meist politischen Gründen eingezogen wurde. Der Besitzer eines PM 12 war faktisch vorverurteilt: Er musste sich regelmäßig auf dem Revier der Volkspolizei melden, durfte in vielen Fällen die Stadt nicht verlassen und nicht ins Ausland reisen. Ein Original des Dokuments ist im Mauermuseum am Checkpoint Charlie in Berlin ausgestellt.
ÜSE
Übersiedlungsgesuchen
ZAIG
Zentrale Auswertungs- und Informationsgruppe war eine Diensteinheit des Ministerium für Staatssicherheit der DDR. Sie fertigte regelmäßig geheime, für die Partei- und Staatsführung bestimmte Stimmungs- und Lageberichte sowie Einzelinformationen an
§213
Seit 1968 wurden Flüchtlinge nach §213 des Strafgesetzbuches der DDR wegen „ungesetzlichem Grenzübertritt“ verurteilt. Im Juni 1979 wurde der Paragraph durch ein Gesetz neugefasst: Mit dem im Absatz 3 geregelten „schweren Fall“ konnten Flüchtlinge eine Haftstrafe von bis zu acht Jahren erhalten.
§ 214
Beeinträchtigung staatlicher oder gesellschaftlicher Tätigkeit (§ 214) Der Paragraph 214 des DDR-Strafgesetzbuchs von 1968 bestraft die „Beeinträchtigung oder Missachtung staatlicher Maßnahmen, Gesetze oder der öffentlichen Ordnung“ mit bis zu fünf Jahren Gefängnis.
§ 220
In der DDR wird mit einer Haftstrafe von bis zu zwei Jahren bedroht, wer sich öffentlich verächtlich über staatliche Funktionäre oder Institutionen äußert. Bereits ein Witz oder eine herabsetzende Bemerkung über einen ehrenamtlichen Funktionär sind strafbar.

Danksagung

Es ist schwer als unbekannter Autor einen Roman zu veröffentlichen, und zudem noch erfolgreich zu verkaufen.

Zu sitzen und zu schreiben, ohne zu wissen ob da draußen jemand Interesse daran findet, macht die Sache nicht einfacher. Es ist wie bei einem Schwimmer im Meer. Er muss zunächst die Brandung überwinden, dann kann er schwimmen. Der Handlungsstrang beruht auf wahren Begebenheiten, gepaart mit eingeflochtenen dichterischen Freiheiten des Autors. Die Namen der handelnden Personen sind bis auf die im Quellenverzeichnis aufgeführten Personen, frei erfunden.

Ich möchte mich in erster Linie bei meiner Frau Bettina bedanken, die immer hinter mir stand, und aktiv die Entwicklung des Romans bis zur Fertigstellung begleitete.

Weiterhin möchte ich Almut Gaida, Katherina Mittendorf und Ilona Peter danken, die als Lektorinnen aus dem Freundeskreis viele Stunden ihrer Zeit damit verbrachten, das Manuskript gegenzulesen, und zu optimieren.

Das Schreiben macht mir Freude und ich bin aktuell dabei, einen weiteren Roman zu schreiben.

Ihr Dirk Tessarek

ISBN 978-3-7598-2809-5
www.epubli.com